La chamane du cinquième âge

Jean-Patrick COSTA

La chamane du cinquième âge

Alphée

JEAN-PAUL BERTRAND

Du même auteur,

Indiens Jivaros, histoire d'une mort programmée,
Le Rocher, 1997

L'Homme-Nature ou l'alliance avec l'univers,
Sang de la Terre, 2000

Visions, regards sur le chamanisme,
Jan Kounen & Coll., Télémaque 2005

L'ethnomédecine,
Willem J.-P. & Coll., Éditions Jouvence, 2006

Les chamans, hier et aujourd'hui,
Éditions Alphée, 2007

www.editions-alphee.com

ISBN 978 2 753 80224 7

À tous ceux qui rêvent de changer le monde.

L'impulsion de l'air

— *Il est temps pour toi de savoir.*

Kiétu encaissa cette sentence sans broncher. Il ignorait qu'elle mettait un terme à son enfance insouciante. Le vieil homme aux cheveux gris qui lui avait murmuré cela à l'oreille, un peu comme si personne, pas même les arbres, ne devait l'entendre, était un passeur aux yeux des gens de son village. Un passeur qui, dit-on, traverse en toute confiance la frontière du monde invisible des esprits. Et lui, Kiétu, hésitant encore entre enfance et adolescence, il allait se farcir les esprits, là maintenant ! Était-il vraiment temps pour lui ?

Face à lui, il y avait ce crépitement incessant, ce souffle brûlant qui s'ajoutait à la chaleur torride et éternelle de la forêt tropicale. Le feu riait à flammes décousues, le narguait de sa danse infatigable. Il léchait à n'en plus finir depuis l'aube la marmite en terre cuite contenant un liquide brun obscur en pleine ébullition. On lui enleva enfin son jouet qui, trop heureux d'échapper à cette souffrance, libéra aussitôt un parfum âcre, un de ces parfums qui vous prennent au corps pour ne plus vous lâcher. De quoi vous faire frissonner jusqu'au fond des os. Le vieil homme se mit alors à chanter au-dessus de la marmite, tout en retirant un petit paquet de tiges écorcées et une poignée de feuilles même plus vertes. Vapeurs et paroles se mélangeaient sur ses lèvres, s'enlaçaient dans sa chevelure généreuse pour ensuite se dissoudre dans le monde grouillant de la forêt toute proche. Oh, ce n'étaient pas des paroles magiques. Juste une humble prière, le désir insistant d'un homme s'adressant au monde. Il était question d'offrir à Kiétu le courage nécessaire à son initiation. Car ce soir, pour la première fois de sa vie, il allait boire le Grand Véhicule.

Il faut croire que les animaux entendirent son message. Ce fut d'abord l'agami avec son chant éclatant de trompettiste qui donna son accord. Puis quelques crapauds acquiescèrent timidement au début, plus confiants par la suite : « Croah, crok, croah, crok ». Un fin sourire ridé anima le visage du passeur toujours penché sur son breuvage, quand au loin, un singe hurleur répondit présent. *Tséré*, son animal de pouvoir, allait être là avec lui dans la difficile tâche de guider Kiétu. C'était de bon augure.

Mais après tout peut-être, ces bruits n'annonçaient que la nuit qui approchait à grands pas. D'ailleurs, le temps lui-même changeait. De fines gouttes d'eau commencèrent à marteler le petit toit de palme de quelques mètres carrés qui leur tenait lieu d'abri. Le son sourd des chocs répétés égrenait le temps comme un compte à rebours. Cette bouffée d'air frais tombée du ciel, presque inespérée, ne parvenait pourtant pas à dissiper l'inquiétude grandissante de Kiétu. Dans un grognement, son ventre lui rappela amèrement qu'il n'avait plus mangé depuis cinq longs jours. De toute façon, il n'avait pas faim du tout. Déjà, sous l'effet du jeûne, il lui semblait que ses pensées s'effilochaient. Elles quittaient son corps, la terre compacte et odorante, pour s'élever dans les airs en fines volutes, pareilles aux vapeurs du breuvage. Elles se dispersaient peu à peu dans la nature en diluant ses quelques certitudes sur la vie, sur qui il était. Ses pensées se vidaient… Elles… Là tout près, en lui, le magma du monde gémissait…

Un coup de coude fit revenir Kiétu à des considérations plus terre-à-terre. Dans la pâle lueur d'un crépuscule avancé, trois doigts rassemblés en une pyramide inversée lui présentaient une petite coupe en forme d'œuf décapité. Le Grand Véhicule gisait là à une courte distance sous ses yeux hagards et le regardait de son unique œil noir. Pas une ride, ni même un reflet sur sa surface, juste le noir profond qui engloutit toute lumière. On ne recule pas devant le Grand Véhicule. On ne peut que se faire tout petit. Kiétu eut le sentiment que le temps s'était arrêté. Pas un bruit, pas un souffle, juste lui et… Lui, dans un mano à mano qui devait fatalement se terminer par une fusion entre l'homme et la plante. Avec une délicatesse extrême, il prit la petite coque dans ses mains jointes, l'amena à ses lèvres en fermant les yeux et laissa couler le liquide dans sa bouche. Une saveur amère, tenace, l'envahit aussitôt. Il eut envie de vomir, mais les paroles du vieil homme lui revinrent à l'esprit :

— Surtout, ne rejette pas le Grand Véhicule. Laisse-le te prendre. Garde toujours confiance, il a tant de choses à t'apprendre.

Kiétu parvint à se calmer, tant d'hommes et de femmes avant lui avaient subi cette épreuve et en étaient sortis vivants qu'il n'y avait pas lieu de s'alarmer outre mesure. Et puis, le passeur l'aidait, il le sentait. D'une bien étrange façon d'ailleurs. Il sifflotait une mélodie lancinante et répétitive qui enivrait les sens et allait durer toute la nuit. À un seul moment, il s'interrompit. Le vieil homme d'un pas hésitant dans la pénombre s'était penché sur Kiétu, il lui avait insufflé de la fumée de tabac sur la fontanelle et c'est là que tout avait commencé.

Sans même s'en rendre compte, Kiétu s'était alors redressé. Il était sorti de l'abri et avait lentement levé ses bras en croix tout en renversant la tête en arrière. Il offrait son corps nu à la pluie. Sur son visage d'adolescent où perlaient de fines gouttes de cristal, l'univers entier put voir se dessiner les traits de l'extase. On eut dit qu'il avait un drôle de sourire, entre joie et soulagement. Les yeux mi-clos, il se laissait bercer par l'étrange harmonie du clapotis autour de lui. Il sentait les vibrations de chaque goutte d'eau qui s'écrasait puis roulait, une à une, sur sa peau pour former une symphonie improvisée. Il dansait dans sa tête, ondulait au rythme de la brise, flottait dans la jungle d'air et d'eau sur une musique comme jamais il n'en avait entendu. Bientôt, les gouttes se firent plus lourdes, les sons plus distordus. L'eau, si suave il y a peu, devint brûlante, bouillante même, elle le martelait, lui arrachait la peau. Son corps tombait en lambeaux et se liquéfiait. Un de ses bras tomba au sol, puis l'autre. Il eut un instant de panique, la mort se présentait à lui : il allait mourir ici. Les idées les plus noires se bousculèrent dans sa tête : le vieil homme voulait le tuer, lui prendre son énergie de vie, sa jeunesse. Il commença à se débattre, il voulait s'arracher à son guide, courir dans la forêt, rejoindre sa mère. Il hurla de détresse. Mais son cri fut coupé net par l'éternel sifflotement du passeur. Il fit volte-face, le rideau de pluie avança puis dépassa sa tête et se mit à rugir dans son dos. Il était de nouveau à l'abri sous le toit de feuilles. Devant lui, il y avait un long tunnel et une minuscule étincelle dansait dans le noir. En l'espace d'une seconde peut-être, celle-ci fondit sur lui. Le noir se réduisit comme une peau de chagrin pour laisser place à un blanc éclatant : la lumière l'aveuglait maintenant. Il se sentit soulevé, aspiré dans un vaste toboggan. D'étranges couleurs écarlates défilaient à grande vitesse au-dessus et en dessous de lui. Des triangles se démultipliant à l'infini, des losanges s'empilant avec une parfaite précision, des spirales sans fin en 3D, comme des relents de pensées rationnelles qui partaient en fumée…

Un bruit sourd semblable à un couvercle que l'on refermait se fit entendre. Dans le choc, une pluie d'étoiles l'encercla, elles tournèrent autour de lui en accélérant. Et ce tourbillon l'emporta au-dessus des arbres. Il survolait maintenant sa forêt. Il y découvrait les méandres du fleuve qui bordent sa maison, les chemins de chasse qui rayonnent en étoile depuis le terre-plein central, les arbres les plus majestueux qui serviraient un jour à fabriquer une pirogue, les terres salées où viennent s'abreuver les hordes de pécaris… Continuant son vol, il parvint à rattraper un toucan. Kiétu pouvait ressentir chacun des plus infimes mouvements de son battement d'ailes. La contraction puissante des muscles internes, le relâchement subtil des pointes extérieures, les corrections légères de sa hampe arrière. Celui-ci fondit dans les branches à une vitesse vertigineuse. Il le suivit et se posa à ses côtés. *Tsukanka*, son nouvel ami, s'apprêtait à lui révéler La Vérité. Mais, soudain, l'arbre se mit à bouger. Ses feuilles s'étiraient, avançaient vers lui. Elles l'enlacèrent, le pénétrèrent, le disloquèrent en mille parcelles. Le désespoir revint à la charge, d'autant plus que *Tsukanka* riait, riait de son malheur. Sans crier gare, son bec largement ouvert vomit un serpent. Rassemblant ses forces, Kiétu desserra l'étreinte des feuilles et se mit à recoller avec application les morceaux épars de son corps en y mettant toute sa volonté, toute son intention. Lentement.

Le travail enfin terminé, il se regarda et réalisa qu'il était devenu jaguar ! Le serpent ne l'avait pas quitté des yeux, il bondit sur lui. Kiétu put esquiver l'attaque grâce à sa toute récente agilité féline et d'un coup de patte puissant tua net le serpent. Décapité, celui-ci ne parut pas s'en offusquer, il lui sourit et lui demanda de s'approcher pour connaître La Vérité. Kiétu hésita, était-ce là une nouvelle ruse ? Il s'avança prudemment et entendit le serpent lui souffler :

— Petit homme, sois heureux parmi nous durant ta brève existence.

Existencceee, ce dernier mot s'était terminé dans un souffle violent. Tseuh !

Kiétu venait de recevoir une puissante aspersion d'alcool odorant en plein visage. Le serpent venait-il de lui cracher son venin ? Non, c'était le passeur qui lui avait pulvérisé une des onctions mystérieuses dont il avait le secret. La tempête semblait se calmer, même la pluie avait cessé. Kiétu s'allongea sur le dos. Il n'avait plus peur, il avait dépassé la peur, il n'aurait plus jamais peur dans sa vie. Ses doigts caressaient le sol. Chaque grain de terre, chaque poussière se détaillait à son toucher. Des boules parfaitement sphériques, des brindilles aux pointes acérées, quelques copeaux de bois à la surface striée, une graine égarée là, duveteuse à souhait. Puis, sur le dos de sa main, Kiétu put sentir le pas pressé d'une fourmi. Six petites pattes qui s'enfonçaient à peine sur sa peau…

Tseuh ! Une seconde aspersion encore plus copieuse que la première lui mouilla tout le visage et le torse. Kiétu plissa fermement les yeux sans bouger. Il savait. Le crépitement du feu était déjà sur lui. L'odeur de roussi envahit ses narines. Il faillit perdre connaissance au moment même où il traversait le rideau de feu. Mais le jeune homme résista de toutes ses forces. Car dans cet instant magique, il devenait un nouveau passeur à l'égal du vieil homme qui pour la première fois de la soirée, déchira son visage d'un sourire édenté.

Ce qui suivit n'était par contre jamais arrivé. Un singe hurleur vint s'asseoir à ses côtés. Il regarda longuement Kiétu de ses yeux noirs tout en brossant avec soin les touffes de poils brûlés sur le haut de son crâne. Il inclina la tête de côté comme s'il hésitait, avant de lui dire :

— Petit homme qui chasse à l'arc, veux-tu connaître une nouvelle arme pour me chasser ?

— Si tel est ton désir, je l'accepterai, lui répondit Kiétu.

— À une seule condition…

— Laquelle ?

— Toi et ton peuple, vous devrez toujours veiller sur notre peuple. Jamais les singes ne doivent disparaître par votre faute.

— J'en fais le serment, assura Kiétu tout simplement horrifié à l'idée d'une telle éventualité.

— Viens, dit *Tséré*, ne perdons pas de temps, il se pourrait que je change d'avis…

Tséré lui montra alors comment travailler un certain bois de palme pour en faire une sarbacane parfaitement rectiligne. Ensuite, il façonna de fines flèches aux pointes acérées que le nouvel engin pouvait propulser à plus de trente mètres de hauteur jusqu'à la canopée des arbres. Mais le plus extraordinaire était à venir. *Tséré* lui indiqua l'arbuste avec lequel il pourrait confectionner un poison paralysant. Devant les yeux ébahis de Kiétu, la mixture que préparait *Tséré* avec application se changea en une pâte noire et goudronneuse, le curare ! Se retournant vers lui avec un air malicieux, *Tséré* dit :

— Vous les hommes, n'oubliez jamais que l'intelligence est partout dans la nature. Pensez toujours à faire une encoche sur la pointe de vos flèches pour qu'elles se cassent dans notre chair, car sinon nous les arracherons sans l'ombre d'une hésitation.

De retour au village, Kiétu n'était pas seulement calciné par son baptême du feu. Ses traits avaient changé au point d'en faire un adulte. L'adolescence n'existait pas sur cette terre, on passait en un jour, ou plutôt en une nuit, de l'enfance à l'âge mûr. Mais Kiétu avait autre chose en tête, il fallait qu'il s'attelle seul et dans le plus grand secret à matérialiser sa vision. Elle était si fragile cette vision, si délétère qu'une simple course du soleil dans le ciel pouvait la brûler à jamais. En une journée, il trouva un à un tous les composants de son invention. Enfin, son invention, c'est vite dit ! De son intuition, peut-être… Bref, le lendemain, notre homme s'exerçait déjà sur une cible et tentait de maîtriser la trajectoire courbe si particulière de ses flèches.

Au petit matin du troisième jour, toujours seul et sans éveiller le moindre soupçon dans son village, il partit en forêt adresser sa première prière au peuple de la canopée. Il leur parla de cette amitié éternelle entre leurs deux peuples, de ce pacte sauvage qui devait les lier jusqu'à la fin des temps, de sa propre vie dépendante à jamais de la chair des autres. La prière dut être juste, car à peine terminée, une horde de singes hurleurs se mit à égayer les frondaisons d'un grand capuli.

La flèche partit en un souffle, celui qui vient du cœur. Elle déchira plusieurs feuilles au passage dans un silence religieux. Toujours reliée par un fil invisible à l'émotion bouillonnante de Kiétu, elle semblait ralentir, hésiter entre deux versions différentes du monde. Elle se ficha pourtant dans la cuisse d'un gros mâle bien gras. Le singe ne protesta même pas. D'une main dédaigneuse, il arracha la flèche, sans se rendre compte que la pointe empoisonnée était restée dans sa chair.

Le singe vécut d'une vie bien pleine les quinze dernières minutes de son existence. Il eut juste sur la fin des respirations chaque fois plus saccadées comme si un poids lui comprimait la poitrine. La lassitude gagnant peu à peu son cerveau, il fit un saut de l'ange de plus de trente mètres pour s'écraser à quelques pas de Kiétu. Rien dans la forêt n'avait changé. À une portée de voix, une femelle donnait naissance à une nouvelle créature. Deux cris de joie s'entremêlèrent, celui d'un bébé-animal et d'un chasseur à la sarbacane tendant son arme vers le ciel.

Le don de *Tséré* avait marché. Hier encore totalement inconnu des hommes, il s'était extrait du magma du monde, des idées improbables que l'on ne soupçonne même pas, pour devenir une réalité. D'où venait cette force ? Qui allumait ces étincelles de créativité ? Pourquoi Kiétu en était-il l'artiste élu ? Infime et important à la fois, le jeune homme souriait. Il souriait de ce sourire béat qui émaille les visages de ceux qui se sentent dépassés par l'inexplicable, l'indicible. Il avait réussi un miracle parce qu'il avait cru au monde invisible. Peut-être avant lui, des milliers d'hommes avaient reçu ce don en rêve, mais ne l'avaient pas réalisé, trop préoccupés par autre chose, trop incrédules peut-être. Lui, il l'avait fait et cela devenait un devoir de le faire vivre et se multiplier comme la vie elle-même sur cette terre.

Kiétu aurait pu devenir un artisan spécialisé dans la fabrication des sarbacanes ou plus astucieusement, dans celle du curare. Il aurait pu protéger son secret, le cacher aux yeux des autres hommes, en faire un négoce, s'enrichir peut-être. Déposer un brevet, pourquoi pas !? Mais tout cela ne lui vint même pas à l'esprit. Ce n'était pas dans l'échelle des possibles dans sa société. Un homme se devait de rester polyvalent : chasseur, pêcheur, essarteur, bâtisseur de sa propre maison, artisan hors pair, conteur, guérisseur aussi… Et puis, amasser des biens était très mal vu. En terre indienne, seul le prestige comptait. Il fallait donner pour être apprécié des autres. D'ailleurs, la nature ne se comportait pas autrement. Elle donnait de l'air, de l'eau à tous ses enfants. Elle donnait des plantes pour nourrir les animaux, des animaux pour nourrir les plantes. Les plantes se donnaient aux vers, aux insectes qui eux-mêmes se donnaient aux oiseaux et aux singes qui eux-mêmes se donnaient aux… hommes. Et que pouvaient bien faire les hommes ?

Ils se donnaient aussi, à la terre, à l'univers entier, pour que le cercle se referme. Tout n'était que dons dans la nature. Et la tribu de Kiétu copiait inlassablement la nature, comme pour mieux s'assurer l'éternité.

Kiétu sut tout de suite ce qu'il allait faire de son invention. Une année passa et tous les chasseurs du village avaient adopté la sarbacane. Ses performances étaient bien supérieures à celle de l'arc. On peaufina l'invention, chacun y allant de sa petite trouvaille : de la cire d'abeille pour la rendre imperméable et plus longtemps rectiligne, une petite mire qui surhaussait automatiquement la visée, un embout en fémur de pécari pour augmenter la puissance de propulsion. Et on s'arrêta là, ne serait-ce que pour laisser encore une chance aux singes…

Pendant ce temps, Kiétu partait souvent en forêt rejoindre le vieil homme dans sa retraite sacrée pour parfaire sa formation. Il but une dizaine de fois le Grand Véhicule et s'habitua à traverser sans difficulté l'immense porte à cisaillement qui se cachait dans le rideau de feu. Au fil des séances, il put récupérer toute l'expérience du vieil homme et même des fragments de voyages des générations antérieures de passeurs. Plusieurs animaux de pouvoir passèrent en lui à cette occasion. Chacun était efficace dans telle ou telle situation. Ainsi, le petit homme rabougri par les années se hâtait avec lenteur pour transmettre toute sa science, car il savait qu'il ne verrait pas la prochaine saison des pluies. Son temps se terminait sur cette terre. Un autre passeur venait de naître sous ses yeux. Un passeur qui dès son premier voyage avait fait mieux que lui en obtenant la révélation de la sarbacane et du curare. Un passeur qui devait aussi se chercher une femme…

Kiétu partit en pirogue chez les Gens d'En Bas, un de ces matins brumeux où les arbres retiennent le brouillard dans leurs branches comme pour mieux boire l'air. Tout le monde ici avait tenté de l'en décourager. Des femmes « à marier » dans le village, il y en avait plusieurs : une jeune robuste et jolie, une moins jeune mais travailleuse, des très jeunes pour dans quelques petites années et même une veuve tout à fait disposée... À la rigueur, on était prêt à organiser en catastrophe un rapt, un tout petit rapt, chez les Gens d'En Haut. Après tout, ceux-là leur avaient fait le coup, il y a une dizaine d'années. En fait, on ne voulait surtout pas que celui que l'on appelait déjà le nouveau passeur prenne un risque trop grand en allant courtiser une fille en terre étrangère. Face à l'avalanche d'arguments, Kiétu avait tenu bon, il voulait mélanger son sang avec ceux que l'on appelait « les autres hommes ». Lui, le passeur, ne pouvait que survivre à cette nouvelle épreuve. Parce qu'il ne voulait pas qu'un jour on le traite de sorcier, il lui fallait se lier d'amitié avec les Gens d'En Bas. Sa détermination avait suffi pour qu'on le laisse s'échapper...

L'accueil fut des plus froids. Qui était ce jeune gringalet qui se permettait d'arpenter le territoire d'autrui ? Quelle idée avait-il en tête ? Quelle ruse étaient en train de préparer les Gens de l'Amont, comme on les appelait ici ? C'était à peu près cela que devait penser le chef du village. Il l'avait fait asseoir à cinq pas devant lui dans sa propre maison, juste pour lui montrer qu'il n'avait pas peur de lui. Sans lui décocher une seule parole, il s'était peint un jaguar sur le visage en réponse aux peintures de singe hurleur qu'arborait Kiétu. Puis les deux hommes s'étaient dévisagés de longues minutes sans se quitter des yeux. Chacun essayait de pénétrer l'autre, de le contraindre à baisser sa garde pour faire entrer la peur. On aurait dit un combat entre deux animaux prêts à s'entre-dévorer. Comme l'habitude le voulait en de telles circonstances, aucune boisson ne fut offerte à Kiétu, car on savait qu'il refuserait poliment de crainte que celle-ci ne fût empoisonnée. Le chef du village attendait un signe pour commencer, lorsqu'un couple de perroquets survola la maisonnée haut dans le ciel :

— Sais-tu que les jaguars mangent les singes ?

— Certes, mais tu conviendras avec moi qu'il y a des proies plus faciles, répondit prudemment Kiétu.

— Moi, je n'aime pas les singes, ils sont toujours curieux et c'est la curiosité qui les perd.

— Certains sont moins curieux. Mais ceux-là, tu ne les as jamais vus.

— Ils ne m'intéressent pas.

— Tu ne sais pas ce que tu perds.

L'homme aima cette réponse directe dans la plus pure tradition d'une première rencontre polie. Il descendit d'un ton, laissant une porte ouverte à Kiétu :

— Crois-tu que je n'ai pas vu pour signe de notre rencontre ce couple de perroquets qui vient de passer dans le ciel ? Ne serais-tu pas venu nous voler une femme ?

— Les hommes ne volent pas, ils se parlent et peuvent parvenir à un accord.

— Nos femmes valent un trésor, bien plus que tu ne peux offrir.

— J'ai cela et bien plus que tu ne peux imaginer.

— Ne sois pas présomptueux, jeune homme.

Il l'avait appelé jeune homme, c'était la perche qu'attendait Kiétu :

— Je ne le suis pas, beau-père. Je tiens toujours parole.

Le chef du village esquissa un sourire, la partie était gagnée pour le moment :

— Il faudra que tu me le prouves, petit homme. En attendant, sais-tu que je n'ai pas mangé avec l'un des tiens depuis bien longtemps ?

— Trop longtemps sûrement, grand homme.

— Femmes, entrez, nous avons faim et soif. Venez célébrer avec nous cette rencontre qui m'a tout l'air d'être de bon augure.

C'était comme cela que Kiétu avait gagné sa première femme, dans une joute oratoire intense et incertaine où tout comptait : l'attitude, les gestes, les paroles, les signes, sans oublier la chance… Une joute qui aurait pu tout aussi bien le mener à la mort, si la peur s'était immiscée en lui. D'ailleurs comme un signe ne vient jamais seul, c'était elle qui était sortie la première de derrière la palissade. À travers les interstices de la paroi, Nupa avait eu tout le temps de détailler l'étranger qui tenait tête à son père. Et plus la conversation avançait, plus elle se laissait convaincre qu'il venait pour elle. Elle avança les yeux rivés au sol, le cœur battant la chamade, un ouragan dans sa tête mêlant fébrilité et empressement contenus. Elle n'était pas sûre. Elle pouvait se tromper. Elle se dirigea vers sa grande jarre et remplit prestement son bol de bière de manioc. Puis elle fit volte-face et s'avança droit sur l'étranger, se plantant là de trois quarts, bras tendu pour lui offrir son bol. Elle savait que son père lui en voudrait de ne pas l'avoir servi en premier comme la coutume l'exige. Tant pis, elle affirmait son choix à la face des hommes. Elle imposait son émotion aux règles de bienséance. Elle lui disait « oui » sans même le connaître. Un de ces « oui » féminins qui balayent la guerre.

Au sortir de sa joute verbale, lorsque les femmes entrèrent, Kiétu avait perdu tout son tonus. Il continuait cependant de maintenir le même regard déterminé en direction de celui à qui il prendrait peut-être une femme. Était-ce la fatigue ? Mais quand Nupa passa devant lui pour remplir son bol, il se sentit attiré par sa présence. « Non, non, ne regarde pas ! », résonna dans sa tête la voix de son vieil ami le passeur. Une chaleur intense sur son visage, pareille à la morsure du feu, le poussait irrésistiblement à tourner la tête en direction de Nupa. Dans un dernier sursaut d'énergie, Kiétu parvint à fermer les yeux en guise d'échappatoire et respira son parfum pour toute indication. Un parfum de cannelle mélangé à la sueur musquée de sa peau. Il l'imagina élancée et généreuse comme dans ses rêves. Puis son parfum revint presque aussitôt. « Ouvre tes yeux, Kiétu. Ouvre-les. Elle est là ! ». Il ouvrit enfin les yeux et resta bouche bée. Nupa s'imposait à son père. Elle lui tendait en premier son bol. Était-il empoisonné ? Était-il tombé chez des mangeurs d'hommes ? On se retrouvait en dehors de toute règle de bienséance, dans l'improvisation la plus totale. Le monde s'effondrait autour de lui. On le forçait à démontrer sa confiance avant celle du maître de maison. Injure grave ou acte d'amour insensé ?

Kiétu ne trouva d'autre solution que de plonger ses yeux dans ceux de l'effrontée. Et ce qu'il y vit faillit le rendre fou. Il y avait dans ces yeux toute la force de la nature qui cherche l'alliance, l'accouplement pour célébrer la grande aventure de la vie. Des yeux noirs, profonds comme le Grand Véhicule, qui lui criaient : « Prends-moi ». Des narines qui frémissaient d'une tension trop forte. Nupa était encore plus belle que dans ses rêves avec ses longs cheveux noirs qui retombaient sur la racine de ses seins arrogants. Kiétu prit rageusement ce bol qu'on lui tendait avec insistance et le vida d'une traite, désamorçant d'un seul coup la tension qui montait. Il aima la salive qui avait fait cette bière. C'était presque son premier baiser.

En moins d'une lune, l'affaire fut entérinée ! D'abord, le père, enfin le futur beau-père, avait reculé. Pris de court par l'impensable geste de sa fille, il s'était fait déborder par l'acte de bravoure de Kiétu. Celui-ci lui démontrait le courage des Gens de l'Amont, une décision qu'il n'aurait jamais osé prendre vingt ans plus tôt, s'il s'était retrouvé dans pareille situation… Et puis surtout, il y avait ce long tube étrange, la sarbacane de Kiétu, un engin béni des dieux, tout droit tombé du ciel. Cet homme aux peintures de singe hurleur était-il vraiment un homme ou bien un émissaire du peuple des singes ? On était en droit de se poser la question. On comprit alors dans le village que Kiétu n'était autre qu'un passeur, un de ceux qui changent la marche du monde, le plient comme un arc pour lui donner une nouvelle impulsion inattendue. Et on mangea du singe tous les jours pendant une lune entière !

Chaque famille voulait inviter « l'homme-aux-singes ». Peut-être trouverait-il une autre jeune femme plus à son goût. Dans son sillage, tous les chasseurs se mettaient à croire qu'eux aussi pourraient changer modestement le cours de l'histoire… en prenant pour gendre cet homme aux talents exceptionnels. Les fêtes chez l'un, chez l'autre allaient bon train. Dans ces moments-là, la bière de manioc coulait à flots, chacune différente puisque son mode de fabrication nécessitait la salive d'une femme pour transformer l'amidon du manioc en alcool. Il y en avait des douces, des acides, des pétillantes, des fortement alcoolisées… La règle de ces soirées de beuverie était qu'un homme ne pouvait refuser de boire un bol offert. Et les femmes en profitaient. Seules admises à se déplacer à l'intérieur du cercle, elles écoutaient toutes les conversations, toutes les confidences que l'état d'ébriété favorisait. Parfois, elles se croisaient au centre de l'arène, s'échangeaient quelques paroles murmurées et pouffaient de rire discrètement en rougissant sans que la pénombre ne puisse les trahir. Leur position debout face à l'homme assis était sans conteste un avantage. Elles se permettaient non seulement d'intervenir dans les discussions en y imposant de temps à autre leurs points de vue, mais aussi de les interrompre en forçant l'homme à boire. Car il existait plusieurs façons de servir : soit on donnait le bol tout en restant face à l'homme, froide et distante, soit on le lui posait sur les lèvres. Celui-ci devait alors se reculer en arrière pour boire à la volée. Mais on pouvait aussi garder la main sur le bol dans l'attente d'une furtive caresse du buveur. Hommes et femmes avaient élaboré des codes discrets « sous le bol » :

— Je te veux. (Aimer n'existait pas dans leur langue, on se voulait, un point c'est tout...)

— Moi aussi.

— Je te donne rendez-vous demain dans la forêt.

— Non.

— Pourquoi ?

— Tout de suite !

— Non, c'est trop risqué...

— Tout de suite !

Dans ces soirées, tard dans la nuit, les hommes n'en pouvaient plus. Leur ventre menaçait d'éclater ! Ils avaient un droit, celui d'aller uriner ou plus efficacement de vomir. Vider ce ventre dilaté pour reprendre au plus tôt les conversations... Celles sous le bol, bien entendu, mais qui obligeaient à boire plus que de raison. Sacré dilemme ! C'était un bal incessant entre ces femmes qui glissaient dans l'obscurité butinant un cœur à prendre pour rejoindre prestement leur homme à servir. Un bal entre ces hommes interrompant une conversation amoureuse, lorsque leur femme approchait, pour se lever et aller dans la forêt toute proche se soulager. Qu'une femme manque à l'appel...

n'cut surpris personne. Car c'était un bal d'amour. Mieux, une ruche d'amour !

Kiétu l'avait prise pour la première fois dans une de ces soirées. Quinze jours à peine qu'il était là. De son doigt insistant, Nupa lui avait dit : « Tout de suite ! ». Il avait répondu : « Non, je ne veux pas mourir. ». Mais dans la soirée avancée, elle revint à la charge plus que jamais déterminée : « Tout de suite ! ». Il finit par acquiescer, l'air un peu contrit. Titubant lentement pour faire croire aux autres qu'il menaçait à chaque instant de s'évanouir et que par conséquent il ne pourrait peut-être pas revenir, Kiétu sortit du cercle, le cœur battant. Un arbre, deux arbres, trois arbres et il la vit de dos. La tête dans ses avant-bras appuyés sur un *palo santo*, les jambes légèrement écartées, elle l'attendait. Il s'approcha doucement comme un jaguar à l'affût et vint se plaquer contre elle. Son corps chaud, son effluve de cannelle qu'il buvait enfin de ses lèvres gloutonnes. Il la prit là, ses cheveux contre sa joue, sa sueur sur son torse brûlant, son cœur prêt à exploser de tant de couardise. Mille yeux brillaient dans la forêt, mille étincelles éclairaient le ciel, tous furent leurs témoins. La forêt étouffa leurs cris dans une sage précaution. On aurait dit qu'elle les mariait. Un mariage sans paroles inutiles. Juste des vibrations animales qui scellaient l'union d'une femme et d'un homme.

Lorsque Kiétu revint dans le cercle, personne ne sembla en tenir compte. Ses yeux mouillés balayèrent l'assemblée jusqu'à un certain endroit qu'il trouva vide. Alors son sang se glaça instantanément. Là, ce tabouret vide, c'était celui du père de Nupa !

Au même moment, une main se posa sur son épaule et le fit sursauter. Devant lui, sa belle-mère s'approchait avec un bol de bière qu'elle lui enfourna dans la bouche, l'obligeant à renverser sa tête en arrière. Dans la nuit noire, il ne vit qu'une masse au-dessus de lui et le souffle chaud d'une haleine alcoolisée. Collée à son oreille, une bouche lui parlait :

— Beau-fils, j'espère que tu as apprécié la sueur de ma famille car maintenant nous sommes parents.

L'homme maintenait toujours fermement sa main sur son épaule. Il se releva lentement pressant son sexe dans le dos de Kiétu. Puis, il éclata d'un rire théâtral qui interrompit toutes les conversations et annonça solennellement à toute l'assemblée réunie que « l'homme-aux-singes » était devenu « un membre à part entière de sa famille ». Le mariage était entériné. On n'y reviendrait plus, au grand dam de quelques chasseurs qui espéraient encore pouvoir un jour en dire de même…

De retour au village après une lune d'absence chez les Gens d'En Bas, Kiétu et Nupa furent reçus dans l'allégresse. Pendant tout ce temps, le vieux passeur avait bu du Grand Véhicule plus que de coutume, surtout au début. La communauté l'avait réquisitionné de force pour qu'il donne un peu des nouvelles. On évitait de le déranger pour une petite maladie, cela pouvait attendre. Et le vieil homme avait rempli sa fonction fort professionnellement : « Kiétu vient d'échapper à la mort », « Kiétu fait ceci », « Kiétu fait cela », « Kiétu rentrera bientôt ». Il ne s'était trompé que sur une seule chose, il avait dit que Nupa était rousse. Quelle idée, une femme rousse ! Le vieux devait dérailler, l'âge, sûrement ! En tout cas, le village était en liesse. On avait fait d'une pierre deux coups. Kiétu était heureux, il était sorti de cette épreuve encore plus fort, il serait probablement un bon passeur, bien dans sa peau. Mais surtout, ce mariage scellait une nouvelle alliance entre deux tribus. Une amitié gage d'une paix durable. Des fêtes, des beuveries à venir. De nouveaux mariages en perspective pour les moins téméraires, ceux qui jamais n'auraient osé s'aventurer en terre étrangère. Pour preuve, le père de Nupa n'avait-il pas annoncé à Kiétu au moment de son départ qu'il viendrait rendre visite à sa belle-famille dans cinq lunes ? Certes, l'annonce n'était pas innocente. Il voulait sûrement vérifier par lui-même la rondeur du ventre de sa fille… Mais à n'en point douter, il ne viendrait pas seul, on pouvait espérer dix, vingt personnes, les sœurs de Nupa peut-être !

À une lune de l'échéance, on fit provision de viande boucanée. Des singes bien sûr, des crocodiles, du ragondin, des œufs de tortue, que l'on dit aphrodisiaques, et aussi quelques paniers de poisson séché. Tout le village était prêt pour recevoir les Gens d'En Bas, sauf peut-être le vieux passeur qui commençait à décliner. Ils arrivèrent à près de trente dans leurs peintures d'apparat comme pour mieux célébrer ce miracle de l'alliance entre deux villages. La fête dura cinq jours et cinq nuits d'affilée. Danses, chants, beuveries et bols codés se succédèrent à un rythme soutenu, avec au passage quelques erreurs d'interprétation des codes qui faillirent mal tourner…

Cette alliance était bien trop précieuse pour que quelques doigts mal croisés viennent la défaire. Nupa en était la preuve vivante. Dans son ventre, elle mélangeait les sangs de deux tribus autrefois ennemies. Cet enfant qui allait naître ne serait ni d'En Bas, ni de l'Amont, il serait le premier d'une nouvelle race d'hommes : les Gens de la Sarbacane et du Curare. Autant dire que cette fête se solda par trois mariages célébrés dans la même simplicité que celui de Nupa et Kiétu. Une nouvelle ère se levait sur le fleuve, une ère où le rapt de femmes devenait, pour un temps, une vieille histoire de grand-père. D'ailleurs, deux femmes du village de Kiétu descendaient et une cousine de Nupa restait. Cela correspondait à un équilibre parfait. Il y a des signes qui ne trompent pas.

Les mois passèrent et cet enfant tant attendu, fruit des jaguars et des singes, vint au monde dans la forêt comme le voulait la tradition. Dès que la poche s'était rompue, Nupa était sortie de la maison. Seule, elle s'était enfoncée dans la forêt, avait préparé un épais matelas de feuilles rassemblées dans une peau d'ocelot avant de s'agripper à une branche en serrant les dents. Debout, les jambes légèrement fléchies, les yeux fermés et le souffle profond, elle avait poussé, poussé vers la terre cet enfant que l'on appelait ici-bas. Et la terre l'avait aspiré en douceur. Dans un bruissement de feuilles qui s'écrasent, la terre lui donnait une chance de vivre heureux, une toute petite chance qu'il devrait cultiver dans son cœur.

Nupa coupa ensuite le cordon avec une lame de bambou. Elle enterra la lame avec le placenta à l'endroit même de la naissance et alla baigner l'enfant au ruisseau. Celui-ci ne criait pas, il écoutait sa mère chanter. Un de ces chants qui racontent la naissance du monde et vous inondent de vibrations apaisantes. Puis elle l'emmaillota dans la peau d'ocelot et prit le chemin du retour, non sans oublier de cueillir quelques feuilles rouges écarlates qu'elle savait là au détour du sentier.

Allongé dans son hamac, Kiétu attendait. Il avait renoncé à prendre le Grand Véhicule pour savoir. Les naissances étaient affaire de femmes. Elles se devaient de bien chanter pour s'attirer la faveur des esprits. Les hommes auraient tort de s'en mêler. Or ce fut un chant qu'entendit Kiétu, avant même de voir sa femme. Et Kiétu l'écoutait, ce chant. Il l'écoutait d'une oreille plus qu'attentive, car il voulait savoir le sexe de son enfant. Nupa le fit un peu languir, histoire de garder encore quelques instants de plus cette puissance des femmes qui donnent la vie. Elle s'activait autour du feu, plongeant ses feuilles rouges dans une marmite d'eau, berçant l'enfant dans sa ronde autour de l'âtre, jetant de temps à autre un petit regard taquin à son mari. Elle se décida enfin, lorsque sa tisane anti-hémorragique fut prête. Alors, elle plaça dans son chant, un tout petit : « Et quand tu seras grand, tu chasseras le singe avec ta sarbacane ». Le visage de Kiétu s'illumina aussitôt : c'était un garçon !

Lui donner un nom n'était pas très urgent. De toute façon, il aurait son vrai nom dans l'année comme tout un chacun. Les autres se chargeraient de lui donner son deuxième nom, celui que tout le monde prononce. Rien d'étonnant si on finit par l'appeler Kuraré… En fait, il avait échappé à un autre nom : *Rihiwi*, « le rouquin » dans la langue des Gens du Fleuve. Car Kuraré eut pendant quelques mois de biens curieux reflets roux dans sa chevelure naissante. Cela faisait jaser, quelquefois même on s'en inquiétait. Pourquoi des cheveux roux sous cette canicule ? Était-ce une dégénérescence ? On n'allait tout de même pas ressembler aux singes depuis cette fameuse invention de la sarbacane. C'est curieux, ils s'estompèrent lorsque le vieux passeur décéda...

Ce jour-là, le vieil homme fit appeler Kiétu. Il lui parla de ce voyage au pays des morts, de ce chemin tortueux pour retourner au magma du monde. Il avait un dernier désir, il voulait tenter une ultime expérience que peu d'hommes avaient osée avant lui. Il voulait que Kiétu, puisqu'il était si doué, l'accompagne un bout de chemin dans ce voyage... Impensable. Insensé. Le nouveau passeur risquait gros. Et s'il ne revenait pas, que deviendraient Nupa, Kuraré et les autres à venir...

Puisant son énergie d'on ne sait où, le vieil homme insistait. Infime et important, tout méritait d'être considéré avec respect et opiniâtreté. Pourquoi *Tséré* lui avait-il confié ce don de la sarbacane ? Où pouvaient mener les fils du temps ? Que voulait nous dire la nature ? Kiétu n'était-il pas courageux ?

Il but le Grand Véhicule au moment même où le vieil homme décida de ne plus respirer. Une pleine gorgée bien amère. Il eut le temps de se dire que c'était une folie qu'il faisait là, seul avec ce mort en devenir. Pouf ! Il était parti dans une pluie d'étincelles, rouges comme le feu incandescent. Juste suspendu à la verticale du mort. Et ce qu'il vit l'étonna. Une masse blanche, semblable à une montgolfière, décolla lentement du corps de son vieil ami.

— Entre avec moi.

Ce n'était pas des mots. Plutôt une sorte d'onde comme le souffle d'une explosion. Kiétu entra, en y mettant tout son calme :

— Lâche prise. Aie confiance.

L'âme du vieil homme pénétra dans un long tunnel obscur. Au loin, il y avait la lumière, cette même lumière que Kiétu avait vue tant de fois dans ses séances de passeur. Mais là, on rejouait toute la vie du vieil homme. Sa naissance dans le bruissement des feuilles, sa première tétée goulue, l'entrée de son âme par la fontanelle, des prières adressées aux plantes ou aux animaux, des doigts sous le bol qui s'effleurent, etc. Le film de sa vie se déroula à une vitesse tellement hallucinante que Kiétu en oublia les trois quarts. Peut-être, ne les vit-il même pas, juste un flou que l'on n'arrête pas. Car déjà arrivait un tourbillon plus puissant que n'importe quel passeur, un tourbillon qui vous amène dans le magma du monde sans retour possible. Kiétu savait qu'il ne pourrait aller plus loin, qu'on ne laisserait pas sortir vivant au-delà d'une certaine limite. C'est alors que le vieil homme eut un dernier sursaut. Au risque de brûler son âme, il dévia sa trajectoire pour s'écraser sur les parois du vortex. Le tourbillon se déchira l'espace d'une seconde à peine, laissant une vision que Kiétu ne put comprendre :

Là, sous ses yeux, une toile d'araignée avec des fils par milliards, des fils d'étincelles et non de soie. Avec à chaque croisement, des labyrinthes géométriques brillants comme le soleil. À perte de vue. Partout, absolument partout. Et puis, il y avait aussi ce bruit d'enfer, une cacophonie de grésillements, de paroles incompréhensibles dans des langues d'un autre monde qui se choquent et rebondissent, des bips 0-1-1-0-0-1… Non, oui, oui, non, non, oui… Jamais peut-être…

Déjà Kiétu et son vieux guide venaient de se séparer. L'autre fut aspiré dans le vortex et Kiétu remonta le tunnel en sens contraire. Il fut accueilli par un « Crooaah, crook, crooaah, crook », rassurant. Que le monde est beau, lorsqu'il redevient conforme à ce que vous avez toujours connu…

Vingt ans plus tard, Kiétu se rappelait de cette fameuse vision comme si elle datait d'hier. Il en avait gardé une sorte de fascination pour les toiles d'araignée. Lorsqu'il en trouvait en une, il se plantait devant, quelquefois pendant des heures. Il avait par exemple remarqué qu'un certain type d'araignée ne s'immobilisait jamais sur sa toile, elle se cachait sous un amas de feuilles, simplement reliée par un fil jusqu'à sa toile. Kiétu avait montré à Kuraré qu'une infime vibration produite avec un bâtonnet attirait l'araignée et que si on coupait ce fil, elle n'y reviendrait plus jamais.

— Tout est relié, avait-il conclu absorbé dans ses pensées.

Mais il cherchait une signification plus profonde ou même à la rigueur plus pratique. Il essaya notamment le venin de mygale sur le bout de ses flèches et se gratta la tête un bon moment lorsqu'il constata que les singes lui jetaient des noyaux de fruits, hilares. Non décidément, cette vision n'était pas claire, pas mûre pour lui. Ce n'était pas faute d'avoir essayé. Aussi se résigna-t-il : peut-être Kuraré parviendrait un jour à la décoder. Il décida donc d'initier son fils à la difficile tâche de passeur, ce que la tradition n'obligeait en rien. Et lorsque celui-ci vomit son premier Grand Véhicule, il dodelina de la tête en se disant que la vie avait vraiment des hauts et des bas.

Des hauts, il y en avait eu durant toutes ces années. Kiétu se souvenait des sept petites vies sorties du ventre de Nupa. Seules quatre avaient survécu, les autres choisirent de retourner à la terre sans un cri parce qu'il fallait bien respecter l'Équilibre Ancestral. Il se souvenait aussi de la descente surprise des Gens d'En Haut. Renseignés par leur passeur qui parlait avec insistance depuis quelque temps d'un « tube qui chante pour les singes », ils étaient venus nombreux et armés avec l'intention d'un nouveau rapt. Mais Kiétu avait su trouver les mots. Il leur avait parlé de cette nouvelle ère de paix qui devait naître, de cette toile d'araignée que les hommes se devaient de tisser sur le fleuve, de ces signes de la terre qu'il fallait écouter. De cette nouvelle alliance, Kiétu reçut en cadeau une seconde femme. La marque des grands hommes à qui l'on donnait le droit d'enfanter plus, pour que la race des hommes soit plus forte.

Kiétu se souvenait aussi de ce petit enfant de la cousine de Nupa qui tremblait comme une feuille les nuits de pleine lune. Maintes fois, il disparaissait dans la forêt appelé par on ne sait quelle voix et réapparaissait hagard et hirsute comme s'il revenait du monde d'au-delà du fleuve. Kiétu savait que ce petit enfant serait le nouveau passeur du village. Aussi, il le prit sous son aile pour l'emmener dans le monde invisible. Là où tout se joue. Dans le petit abri sacré qui avait vu Kiétu adolescent ouvrir les bras en croix sous la pluie, il siffiota pour ce jeune homme. Assis près du feu, ses yeux s'embrumèrent lorsqu'il vit le même geste, la même prière au ciel, les mêmes traits d'extase sur le visage de son protégé. La vie est une danse en rond autour du magma du monde. Et l'axe de ce cercle passe par le cœur des hommes. Combien de générations avaient-elles fait ce même choix ? L'homme en mouvement resterait-il toujours au centre de l'œil du cyclone ? Surtout ne pas s'en écarter, car là était sa modeste place.

Le jeune homme s'allongea sur le sol, sans un mot, sans un ordre. Ses mains caressaient la terre et la terre lui faisait sentir toute sa profondeur. Tseuh ! Les flammes embrasèrent le corps nu offert au feu. Kiétu bloqua la grande cisaille pour que son novice ne puisse la voir, comme l'avait fait pour lui vingt ans plus tôt le vieux passeur aux cheveux blancs. Il vit l'âme du jeune homme entrer sur la pointe des pieds dans le monde invisible. Kiétu souriait, sa mission sur cette terre grasse et généreuse se terminait à petit feu…

Pas de nouvelle invention, cette fois-ci. Kiétu s'y attendait. Juste des hauts et des bas, une onde qui passe, rien de surprenant. En revanche, le jeune homme avait vu la mort de son guide. Il savait aussi que selon la tradition, lorsque l'on confiait sa vision à un autre, elle finissait par s'évanouir. Il crut bien faire en la racontant dès son réveil : le monde invisible lui avait indiqué que Kiétu se ferait attaquer par un jaguar lors d'une journée de chasse. Dans sa vision, le passeur était seul. Si bien qu'il enchaîna en déclarant que dorénavant, il accompagnerait Kiétu dans toutes ses chasses.

Dans le village, on en rit car il était rare que deux chasseurs partent ensemble :

— Tiens, les passeurs partent à la chasse. Toujours inséparables, ces deux-là !

Quelqu'un avait même plaisanté un jour :

— Faudrait pas qu'ils se perdent en forêt, on se retrouverait sans passeur du jour au lendemain !

Mais, les autres l'avaient réprimandé sur le champ :

— Ne laisse jamais cette idée germer dans ta tête. La terre s'alimente de nos pensées. Elle pourrait bien s'en inspirer…

Kiétu sut qu'aujourd'hui était son dernier jour. Il embrassa Nupa juste un peu plus tendrement qu'à l'accoutumée et celle-ci le sentit. Son jeune assistant, « le passeur de demain » comme il l'appelait gentiment, en escorteur silencieux, l'attendait devant la maison pour une partie de chasse comme les autres. C'est drôle, il s'était peint en jaguar ce jour-là, pour faire honneur au clan de sa mère. Décidément, il allait être un bon passeur, ce petit.

Ils poursuivaient une horde de pécaris et se séparèrent sur une minuscule petite portion de cette planète ronde comme un œuf. Un arbre, deux arbres, trois arbres, il vit Nupa de dos. Jeune comme la toute première fois. Mais cette image s'estompa au moment même où il entendit dans son dos le rugissement puissant d'un félin sur le point d'attaquer.

— « Le magma du monde te reprend, Kiétu » pensa-t-il ou entendit-il, peu importe à vrai dire.

Il n'essaya même pas de se retourner. Il savait qu'on ne forge pas une alliance entre hommes de clans différents sans payer en retour un tribut aux esprits du monde. Et ce tribut, c'était sa vie. Rien de grave. Le jaguar lui labourait déjà le dos, d'une force que l'on n'arrête pas. Contre toute attente, elle s'arrêta net mais trop tard, d'une lance plantée en pleine carotide par un jeune homme aux peintures de jaguar…

Le lendemain, le nouveau passeur du village n'était pas triste. D'ailleurs, dans ces moments-là, lorsqu'on rend un dernier hommage à celui qui vous a précédé, on ne peut qu'être confiant. Toute autre attitude ne serait pas de nature rassurante. Derrière lui, tout le village était réuni. Des hommes et des femmes qui chantaient une complainte mouillée pour que son âme s'envole au royaume des morts. Le corps nu de Kiétu avait été installé sur un échafaudage entre ciel et terre, au cœur de la forêt. À ses côtés, il y avait une sarbacane, sa sarbacane, la première, et une coupelle de curare frais. Nupa avait rajouté un bol de bière de manioc. D'autres déposèrent un morceau de viande de singe hurleur séchée. Voilà, il était prêt pour son dernier voyage. Rien n'avait changé dans la forêt. Une créature de chair et de sang allait naître quelque part pas loin. Comme pour les singes qui s'arrachent une fléchette de rien du tout.

Le nouveau passeur ferma les yeux et tendit les paumes de ses mains vers le défunt. Des effluves âcres de mort montaient en volutes à travers la canopée et se mélangeaient aux feuilles des arbres. Les chants s'arrêtèrent d'eux-mêmes, laissant place au seul souffle du silence. Alors, le passeur prononça à voix basse un seul mot. C'était le vrai nom de Kiétu. Puis il sourit comme s'il était satisfait. Sa peau sentait les vibrations. Une spirale lente en pleine accélération. Le vortex, il était là. Sûr de lui, il emportait chaque particule de Kiétu vers une nouvelle ronde autour de la terre pour se fondre aux autres êtres vivants, de génération en génération. L'une d'elles, après des milliers de cycles, allait s'échouer par hasard dans le corps d'une jeune femme répondant au nom de Lumi…

Afin que nul ne meure

Sacrée canicule ! Pourquoi fallait-il encore une fois subir cette horrible chaleur suffocante ? Le ciel d'un bleu profond, uniforme et sans nuage, ça c'était bien. Le chant strident et monocorde des cigales, ça aussi, c'était très sympa. Mais cette chaleur torride, on s'en serait bien volontiers passé !

Lumi chassa de son esprit cette mauvaise pensée. Après tout, son corps allait s'y habituer peu à peu. Autant profiter du spectacle grandiose qui l'entourait. Elle était là, en plein cœur du plus grand canyon d'Europe, cernée de toutes parts par ces falaises altières dont la réputation avait fait le tour du monde. Un paysage à vous couper le souffle. Tout en bas, la rivière se faisait entendre. Le Verdon déroulait son ruban vert émeraude en se frayant un passage entre les murailles calcaires. Il disparaissait par endroits pour se cacher derrière un maquis dense et impénétrable, resté sauvage. Son rugissement était quelque peu étouffé par la distance. Mais on le sentait entrer en résonance avec la roche pour s'élever dans les airs avec rage, porté par les ascendances. Des effluves de thym et de romarin s'y mélangeaient. Sublimées par le soleil ardent, elles longeaient la pente pour venir se plaquer contre la falaise. Et Lumi inhalait ce parfum d'essences naturelles. Elle ferma les yeux et se laissa enivrer par les senteurs d'un été en Provence. Que c'était bon de sortir un peu de l'univers aseptisé des villes !

Lumi s'arracha à sa rêverie et leva les yeux. Au-dessus d'elle, un imposant mur vertical de près de cinq cents mètres d'un seul jet la narguait de toute sa hauteur. Oh, il n'était pas complètement lisse ce mur. On pouvait le lire comme un livre ouvert. Il commençait par de petits ressauts irréguliers sur lesquels s'accrochaient quelques genévriers nains. Plus loin, une faille le zébrait en diagonale. Plus haut encore, un jeu d'ombre trahissait une goulotte se terminant par une rampe inclinée. Juste avant le sommet, un surplomb difficile à négocier se découpait dans le ciel. Quelle beauté ! Quelle pureté que cette paroi minérale sculptée par l'eau et le vent depuis la nuit des temps !

Lumi ne put s'empêcher de caresser la roche. Elle voulait s'imprégner de sa dureté avant de l'attaquer. Car son intention était de monter par là. Seule à seule, elle allait régler son compte à cette falaise arrogante. Lui montrer qu'un petit paquet de nerfs et de muscles d'un mètre soixante-quinze et de cinquante-cinq kilos était capable de la dominer sans coup férir. Son défi était simple : apprivoiser la verticalité à la manière d'une araignée. Pour cela, il faudrait rester concentrée tout du long, oublier le vide et s'ancrer dans la matière.

— Tu as déjà fait d'autres voies aussi difficiles dans le Colorado. Tu sais que tu peux passer et tu vas passer, ma vieille, lâcha-t-elle entre ses dents pour se motiver un peu plus.

Elle ponctua sa phrase en soufflant plusieurs fois bruyamment. Une habitude qu'elle avait prise, peut-être pour mieux se prouver à elle-même qu'elle existait. Puis avant d'entamer l'escalade, elle jeta un dernier coup d'œil tout autour. À travers ses lunettes de soleil, le canyon brillait de mille reflets couleur fuchsia. Il était absolument désert. Aucun baigneur, aucun marcheur sur les sentiers, pas même un autre grimpeur à l'horizon. Juste une buse qui tournoyait sans fin au-dessus d'un méandre de la rivière.

— Quel pied ! pensa-t-elle, tout en ajustant machinalement son débardeur échancré ultra-moulant en lycra. Il épousait à merveille ses rondeurs féminines au point de laisser percer la pointe de ses seins, signe que la tension montait doucement en elle…

— Top chrono, c'est parti !

Les cent premiers mètres étaient faciles. Elle les avala avec toute la fougue de sa jeunesse, en guise d'échauffement. Arrivée aux ressauts, elle trouva instinctivement leur point faible, ce qui la mit en confiance. Vint ensuite la fissure en diagonale. Lumi plongea ses mains dans un petit sac pendu à sa ceinture pour les talquer copieusement. Avec application, elle plaça son corps en opposition et chemina en crabe sur toute la longueur sans forcer. Poursuivant son ascension, elle parvint à la base de la fameuse goulotte qu'elle avait repérée d'en bas. La tension monta d'un cran, car pour surmonter ce passage, il fallait chercher ses appuis de part et d'autre du couloir.

Le vide immense derrière elle se fit plus présent. Il ne demandait qu'à l'aspirer. Il tentait de s'immiscer dans sa tête pour la faire tomber.

Parce qu'elle grimpait sans aucune sécurité, Lumi savait qu'elle n'avait pas le droit à l'erreur. Régulant son souffle, anticipant chaque geste, elle se concentra sur ses prises pour oublier le vide. Chacun de ses mouvements était d'une précision absolue. Sur une courte longueur, il n'y avait même plus de prises. Les gommes de ses chaussures n'adhéraient sur la paroi lisse que grâce au grand écart qu'elle imposait à ses jambes. Surtout ne pas se crisper. Rester fluide, s'économiser…

Centimètre après centimètre, elle se hissa au sommet de la cheminée. Celle-ci se terminait par une rampe en dévers, l'obligeant à une transition délicate. Lumi sentit une décharge d'adrénaline l'envahir. Son cœur battait à plein régime. Elle monta ses pieds au maximum, puis s'élança vers le graton suivant avec l'énergie d'un jaguar. L'instant d'après, elle était passée…

Qu'elle était belle, Lumi, quand elle se concentrait comme ça. Ses grands yeux bleus rayonnaient de vivacité et son petit nez en trompette se retroussait un peu plus. Cela lui donnait un air de conspiratrice. Force est de constater que le danger la faisait frémir de plaisir. C'était comme une drogue qui la rajeunissait. Elle redevenait alors l'adolescente espiègle et insouciante qu'elle avait cessé d'être quelques années auparavant. Et cette sensation l'excitait.

De grosses gouttes de sueur perlèrent sur son visage d'ange. Elle les essuya à l'aide de son avant-bras pour continuer aussitôt. La sortie n'était plus qu'à une trentaine de mètres, elle pouvait faire un excellent temps, ce n'était pas le moment de se reposer. D'autant plus qu'elle commençait à sentir une vive brûlure dans le dos. Nul doute qu'elle sortirait de cette aventure avec un méchant coup de soleil !

Le surplomb final l'attendait. Droit comme un I dans sa plus grande partie, il s'incurvait ensuite lentement mais sûrement vers le vide tout puissant. Polies par le vent, ses concrétions étaient plus fines. Ici, aucune saillie sécurisante que l'on prenait à pleine main, juste quelques boursouflures du rocher qu'une phalange pouvait à peine accrocher. Pour défier les lois de la pesanteur, le grimpeur devait faire corps avec la roche. Physiquement mais aussi mentalement. Lumi savait tout cela. Elle savait aussi que le toit de la baume recelait un cadeau miraculeux : une faille de dix centimètres de large dans laquelle elle pourrait coincer ses pieds pour parvenir jusqu'à la corniche salvatrice.

— Tu sors tes griffes et tu finis vivante, OK ?

À défaut de sortir ses griffes, Lumi sortit ses ongles. Elle promenait ses mains à tâtons sur le calcaire à la recherche de la moindre aspérité. Dans son exaltation, le surplomb n'était plus qu'une immense motte de beurre dans laquelle elle plantait ses ongles. Tous ses gestes étaient au ralenti et se paraient d'une grâce féline. On aurait dit une panthère approchant sa proie.

Avantagée par sa stature élancée, elle s'économisait dans son combat contre le vide. Son corps enlaçait la paroi sans jamais s'en éloigner. Parfois même, les circonstances l'obligeaient à se plaquer contre elle. Alors le lycra crissait sur la roche, ce qui lui donnait la chair de poule. Consciente de chaque gramme à poser sur ses appuis, elle continuait à progresser avec détermination. Lorsqu'elle parvint à s'arrimer à la fissure du toit, elle avait épuisé depuis bien longtemps toutes ses réserves d'adrénaline. Un volcan explosait dans sa tête. Il déversait une lave brûlante dans ses veines. C'était comme si elle bouillait d'un feu intérieur semblable à ce que les chamans ressentent dans leur transe. Sous la pression du stress, son univers s'était prodigieusement rétréci. Il se limitait à une intention précise pour produire le seul geste autorisé par les lois de la physique. Le monde s'était réduit à une action parfaite dont la seule finalité était de la maintenir en vie.

Bandant ses muscles, repoussant la fatigue, Lumi bascula ses jambes en direction du toit juste au-dessus de sa tête. Elle parvint du premier coup à coincer un pied dans la fissure, puis l'autre. De toute façon, elle n'aurait pas eu les ressources suffisantes pour une deuxième tentative. Son visage si beau tout à l'heure était maintenant déchiré par un rictus de douleur. L'effort qu'elle venait de faire avait été à la limite de ses capacités physiques. Des crampes montaient dans ses doigts. Suspendue dans les airs, tête en bas, elle massa longuement ses mains tout en examinant les derniers mètres qui lui restaient à faire. La fissure était moins délicate qu'elle ne le pensait. Elle était idéalement creusée pour permettre à un grimpeur de s'y accrocher. Elle menait tout droit à l'ultime passage difficile de la voie : la corniche. Là, il fallait faire l'opération inverse, c'est-à-dire se redresser pour atteindre d'énormes baquets avec les mains afin de se hisser vers la sortie.

Lumi reprit son ascension, tel un singe suspendu à sa branche. Lorsqu'elle arriva au bout de la fissure, elle avait retrouvé un peu de ses forces. Son corps exhalait une odeur de fauve. Elle allait manger cette foutue corniche !

Solidement suspendue par ses pieds, elle se balança pour prendre son élan puis se jeta en direction de ces baquets salvateurs qu'elle ne pouvait voir. Elle essaya une fois sans même atteindre la paroi. La seconde serait la bonne. Elle se détendrait au maximum, le lycra suivrait le mouvement et la corniche s'offrirait à elle. Elle ferait la « perf » de l'année.

Ivre d'une rage guerrière, la grimpeuse en lycra s'élança pour la dernière fois à l'assaut du monstre de pierre. Une de ses mains atteignit une prise, mais l'autre ripa sur la paroi lisse. Emportée par son élan, Lumi ne put contrôler cette position instable. Elle sentit que l'ergot rocheux se dérobait sous ses doigts. Sa dernière intention fut de griffer le rocher compact, mais elle n'y laissa qu'une rayure infime. Déjà le vide l'aspirait. Le monstre allait la terrasser sans pitié et lui faire payer au prix fort son outrecuidance.

Son vol dans les airs ne dura que quelques secondes. Un choc effroyable suivit. Le lycra se déchira comme une feuille de papier et Lumi entendit un terrible craquement dans sa cage thoracique. C'était ses os que le monstre broyait. Il lacérait sa chair et faisait gicler son sang que le calcaire buvait avec avidité. Et voilà que maintenant, le monstre lui arrachait un bras. Il vola dans les airs en direction de la rivière vert émeraude. Ce qui restait de Lumi continua à descendre, ballotté par la falaise. Il rebondissait sur la rampe inclinée pour dévaler le couloir qu'elle avait passé quelques minutes plus tôt, fraîche et exaltée. Mais cette fois-ci, le couloir lui arracha un morceau de cervelle. Cette chute interminable se termina sur la terrasse aux effluves de thym et de romarin. Un grand « Plof » se fit entendre, semblable à une bouteille d'eau en plastique que l'on jette au sol.

Lumi était encore consciente. Sa bouche était sèche, son souffle haché, mais elle pouvait voir au loin la buse qui tournoyait inlassablement, toujours au même endroit. Alors la lumière s'éteignit et le noir complet envahit son champ de vision. Le dernier jet de lumière était une ligne horizontale parfaitement rectiligne, au centre. L'instant d'après, ses deux extrémités furent mangées par l'obscurité pour ne laisser survivre qu'un petit point brillant qui disparut aussitôt. Au loin, Lumi vit apparaître des lettres fluorescentes qui tournaient sur elles-mêmes avec un sens esthétique certain. Elles grossissaient peu à peu et finirent par se stabiliser bien en face d'elle. Alors Lumi put lire un texte défilant :

GAME OVER

Veuillez revenir doucement dans le monde réel

Merci d'avoir choisi Big Blue Coorporation
Nous déclinons toute responsabilité quant aux conséquences
qui pourraient découler de l'utilisation de ce jeu

LE MINISTÈRE DE LA SANTÉ VOUS INFORME
QUE TOUTE UTILISATION ABUSIVE DES JEUX VIRTUELS
NUIT GRAVEMENT À LA SANTÉ

Lumi ne prit même pas le temps de lire ce texte, elle le connaissait par cœur. Elle commença par enlever son casque noir anthracite qui lui couvrait entièrement le visage, libérant ainsi sa belle chevelure d'un roux écarlate qui inonda l'oreiller. Toujours en position allongée, elle dégrafa ensuite sa combinaison moulante en plastique thermoformé. Les velcros cédaient les uns après les autres, découvrant peu à peu sa peau blanche et délicate. Elle se redressa nue comme un enfant qui venait de naître, en prenant la précaution de n'exercer aucune pression sur les fragiles capteurs de sa combinaison.

Laissant sa peau de plastique noir tel un cadavre sur un lit, Lumi se dirigea alors vers l'écran plasma qui veillait dans un coin de la pièce. Elle était toute en sueur, quelques mèches de ses cheveux s'étaient collées sur sa nuque. Juste en dessous, au milieu du dos, un magnifique coup de soleil se rappela à son bon souvenir…

— Sacrée canicule ! marmonna-t-elle comme une vieille célibataire qui parle toute seule.

Mais son attention était ailleurs, elle lisait les données de l'écran :

> Afin que nul ne meure, Voie cotée 6b+, Canyon du Verdon, Europe 4
> Score : 8 790 points sur 10 000 potentiels
> Temps : 48 minutes 27 secondes 11 centièmes
> Replay ? <Oui> <Non>
> Nombre de vies virtuelles du joueur Lumi Richard : 1 234

— Tiens, se dit-elle, voilà un chiffre peu banal. Des chances qu'il me porte bonheur jusqu'à ma prochaine mort !

Puis elle éclata de rire. Ce jeu lui avait fait du bien. Elle se sentait épuisée mais incroyablement détendue, presque rajeunie. Son erreur fatale n'allait pas la poursuivre plus loin que dans la salle de bains. Elle s'y précipita pour se rafraîchir. Le pommeau de douche lui délivra une eau savonneuse comme elle l'aimait, à 28,2 °C pour ensuite baisser progressivement jusqu'à 23,2 °C. Entre-temps, l'eau savonneuse aurait laissé place à une eau pure et cristalline, garantie sans aucun additif de rinçage car elle était allergique à ces derniers. L'eau froide lui donna un léger coup de fouet, idéal pour bien attaquer sa journée de travail. Les cheveux encore mouillés, elle sortit en trombe de la pièce d'eau en jetant furtivement un coup d'œil à l'horloge sur un de ses écrans informatiques :

— 8 h 55 ! Ouf, je suis à la bourre ! Cette sacrée partie a duré bien plus longtemps que je ne l'imaginais…

Il n'y avait pas de temps à perdre. Dans cinq minutes, elle devait être à son boulot. Elle accéléra encore le rythme et déboula dans sa chambre toujours en désordre, comme d'habitude. Sur une chaise, plusieurs robes s'étaient entassées au fil des jours. Elle prit la première qui lui tomba sous la main et l'enfila derechef. Tant pis, elle ne serait pas *smart* au boulot aujourd'hui, ironisa-t-elle en se regardant dans la glace. Elle fit une petite moue désabusée à cette jeune femme mignonne qu'elle avait devant elle et qui se déhanchait pour lui plaire.

— Oui, t'es belle ma fille !

Quelle manie que de parler tout le temps à haute voix ! Bah, tous les célibataires – et ils étaient nombreux – devaient en faire de même. Rien de bien pathologique ! Elle rafla sa montre sur la table de chevet et l'ajusta à son poignet. Ses mains étaient lisses et douces, comme toute bonne informaticienne qui se respecte, elles ne semblaient pas avoir griffé la roche quelques minutes plus tôt. Quelle merveille, la technique ! Les coups de soleil, oui. Les égratignures, non…

— Oh, flûte, 9 h 01 !

Elle traversa son appartement en courant, ouvrit la porte de son bureau et appuya sur l'interrupteur général pour en ressortir aussitôt. L'ordinateur mettrait deux bonnes minutes pour se charger, elle avait le temps de se sécher les cheveux et de se faire une petite beauté. 9 h 05, elle s'affala sur son fauteuil de travail, un peu essoufflée certes, mais toute pimpante.

— Top chrono, c'est parti pour six heures de travail non-stop, lança-t-elle triomphante, tout en appuyant sur la touche « Enter » de son clavier.

Le mur entier qui lui faisait face s'alluma d'un coup. On aurait dit une immense baie vitrée de trois mètres sur quatre, à la différence près qu'il n'y avait pas de store roulant pour l'ouvrir. Comme dans un film, elle se vit pousser l'une des portes d'entrée de sa chère boîte informatique et pénétrer dans le hall principal. Des centaines de gens pressés qu'elle ne connaissait pas se croisaient dans tous les sens. Au-dessus d'eux, un immense logo lumineux flottait dans les airs sans aucune attache. On pouvait lire :

Big Blue Coorporation
Research Headquarters
Centre de Recherche

Et puis une dizaine d'autres lignes dans des langues différentes.

La représentation holographique de Lumi s'avança vers l'ascenseur B52 dont les portes venaient de s'ouvrir. Une cinquantaine d'autres personnes s'y engouffrèrent sans oublier d'appuyer sur la touche de l'étage désiré. Au 366e étage, elle sortit de l'ascenseur et traversa les coursives tout en saluant les représentations holographiques des gens qu'elle connaissait. Elle arriva enfin dans son bureau. Identique à tous les autres, il n'était qu'une cage de verre à travers laquelle elle pouvait voir ses collègues déjà installés.

Que ce rituel était emmerdant ! Pourquoi donc BB, comme elle disait, n'acceptait pas que l'on puisse attaquer directement son travail sans passer par le hall et tout le saint-frusquin ?

— Salut Lumi, encore en retard !

C'était Kevin, son plus proche voisin de bureau. Elle bossait avec lui depuis six mois sur un nouveau jeu vidéo et s'entendait bien avec lui. Kevin était sympa, mais en plus, il était beau mec, ce qui ne gâchait rien ! Châtain clair, la trentaine dynamique, costaud, un beau cul. Enfin, c'était ce que sa représentation holographique voulait bien montrer… Car aussi curieux que cela puisse paraître, elle ne l'avait jamais vu en réalité ! Aucune rencontre en six mois, aucune vidéo-conférence en direct, non plus. Cela cachait sûrement quelque chose… Mais après tout, on ne pouvait pas lui en vouloir. Il faut dire que Lumi, aussi, avait cru bon de modifier légèrement sa représentation holo pour faire un poil plus « femme fatale ». Oh, elle n'avait pas changé grand-chose. Elle avait juste un peu souligné sa bouche pour la rendre pulpeuse. Et puis surtout, elle s'était rajoutée une taille à son tour de poitrine. Voilà, c'était tout. Mais Kevin, le créatif du groupe, qu'avait-il modifié de sa silhouette ? Avec ses airs de poète, il était bien capable de se faire une fausse identité complètement différente de la réalité. Bah, la vie privée, ça ne regarde personne, n'est-ce pas ?

— Voui, Kevin ? Tu veux peut-être savoir ce que j'ai fait cette nuit ?

— Non, non. Je voulais juste savoir si tu t'étais envoyée en l'air avec un de nos jeux.

— Affaire privée, mon vieux !

— Ah, j'ai compris… T'es encore allée chez la concurrence…

— Négatif ! Allez, cette fois-ci, je peux te le dire, je me suis fait une petite escalade dans le Verdon.

— Dans le ver quoi ?

— Dans le Ver-don, Kevin ! C'est le programme Europe 4 dans Top Escalade de chez BB. D'ailleurs, à ce propos, y'a un petit truc qui cloche dans les tabloïdes. Il y a une buse qui tourne dans le ciel toujours au même endroit, ça fait *cheap*. Tu devrais envoyer un mail au créatif du jeu pour qu'il modifie un poil son algorithme, le fainéant !

— Tu sais, tu devrais faire gaffe avec les jeux, ça tape sur le système.

— Je sais, je sais.

— Oui, ben en attendant, j'imagine que tu n'as pas écouté les nouvelles de ce matin. Il parait que 85 % des cyber-joueurs qui font une partie ou plus par jour sont décompensés. La moitié d'entre eux serait même sous antidépresseurs. Et il paraît que 10 % sont bons pour se faire interner. T'es dans quel groupe, toi ?

— Oh là, doucement ! Qu'est-ce qui t'arrive ? Pourquoi tu m'agresses de si bon matin ? T'as mal dormi ou quoi ?

— Ça c'est bien les femmes. Tu leur poses une question et au lieu de te répondre, elles t'en posent trois dans la foulée, histoire de détourner la conversation…

Bien calée dans son fauteuil, Lumi se sentit bouillir :

— Ah oui, Môôssieur veut une réponse ! pensa-t-elle en souriant.

Son escalade matinale l'avait rendue intrépide, et même espiègle. Elle avait la pêche ce matin. Sa réaction fut spontanée. Elle pressa le bouton rouge de son clavier sur lequel était marqué « Vidéoconférence », puis écrivit : Kevin Smith. Au moment de valider sa commande, elle fixa avec attention l'hologramme de Kevin qui continuait à la narguer de son petit sourire impérial à travers la vitre de son bureau. Elle voulait voir sa tête quand il se rendrait compte que sa petite collègue vidéophile, voire psychopathe, l'appelait en direct pour la première fois.

Et ce qui devait se passer, arriva. Kevin sursauta à la vue de la lumière rouge qui venait de s'allumer dans son bureau. Son sourire se décomposa lorsqu'il lut le nom de son correspondant. Il fut même pétrifié pendant une poignée de secondes. Dans sa tête, ses pensées défilaient à toute allure :

Cette garce veut voir ma bouille ! Ma vraie bouille !
Peut-être qu'elle n'est pas si belle que ça, tu devrais répondre pour en avoir le cœur net.

Je ne peux pas la voir, je ne suis même pas habillé. T'aurais pas dû, Kevin ! T'aurais pas dû la pousser à bout !

— Alors tu décroches, hologramme Kevin ? À moins que tu ne préfères te dégonfler ? jubilait Lumi.

Contre toute attente, l'hologramme en question valida l'appel.

Sur un des écrans de son bureau, apparut le vrai Kevin, cadré plein pot. Il était rouge écarlate, les cheveux en bataille, avec une barbe de trois jours. Sur un des angles de l'écran, on pouvait voir ce qui ressemblait au col d'un pyjama. Mais au final, il était à peu près fidèle à son hologramme, le bougre ! Ah, ces créatifs, toujours un poil dans les nuages, pensa Lumi, il est fou de travailler dans une tenue pareille. Si la direction venait à l'apprendre, il se ferait virer.

De son côté, Kevin découvrait aussi le vrai visage de Lumi. Et pour lui, le choc fut encore plus grand. Il avait en face de lui, une beauté rousse de vingt-cinq ans toute pimpante et guillerette. Cela était difficile à croire, mais son vrai visage était encore plus joli que son hologramme. Il en resta bouche bée. Mais il n'était pas au bout de ses surprises. Car son interlocutrice se rapprocha au maximum de la caméra et lui chuchota :

— Pour ton information, je ne joue qu'un jour sur deux. Le reste du temps, je fais l'amour. Ma réponse te suffit-elle, Kevin ? Ou tu veux peut-être plus de détails ?

Comme l'autre ne répondait pas, elle lui fit un petit coucou de la main, tout en inclinant légèrement la tête sur le côté. Son sourire était plus séducteur que moqueur, mais il y avait un peu des deux.

D'une main légère, elle coupa la communication. Décidément, quelle pêche ce matin !

Elle n'entendit plus parler de Kevin de toute la journée. Il se cachait derrière ses ordinateurs. Ce n'était pas plus mal car elle avait une tonne de boulot. Deux cents E-mail à éplucher, trois mémorandums à écrire, deux vidéos d'avant-garde à disséquer pour s'inspirer.

Après cela, elle pourrait enfin reprendre la programmation de ce nouveau jeu qu'il fallait impérativement sortir pour Noël. Big Blue s'apprêtait à lancer une combinaison enfant et le big boss voulait qu'on leur sorte une brochette de jeux adaptés. Lumi travaillait sur une adaptation du programme « Far West » pour faire un guide d'apprentissage de l'équitation. Elle ne savait pas quel était le farfelu du marketing qui avait pondu cette idée saugrenue, vu qu'il n'existait plus de chevaux dans les mégapoles depuis belle lurette ! Quoi qu'il en soit, son travail consistait à reprendre tous les algorithmes de déplacement et de guidage d'un cheval pour les transformer en manuel pratique. Elle avait neuf mois pour ça.

Sa journée de travail se déroula comme à l'accoutumée : pas d'appels directs, ni de mauvaises nouvelles. Tout le monde travaillait dans son coin avec application, sans faire de vagues. Concentrée sur la masse d'informations qui défilait sous ses yeux, Lumi voyait son énergie du matin décliner. Qu'il était loin le surplomb du Verdon ! Enfoui dans les méandres de ses neurones. Juste une vague sensation de bonheur. Ici, enfermé entre quatre murs, on devenait une sorte de ver de terre amorphe, dévoué à satisfaire sa hiérarchie pour ne pas se faire virer.

Que la vie chez Big Blue serait triste, s'il n'y avait pas les jeux vidéo !

15 h 00, Lumi déconnecta son ordinateur professionnel sans passer par le rituel soporifique de sortie de bureau, signé BB. On y voyait des gens bailler et se diriger à pas lent vers les ascenseurs. Elle avait trouvé la parade sur internet en téléchargeant un petit programme qui gérait les procédures d'urgence pour couper un ordinateur dans un temps record. En Amérique du Nord, de Montréal à Mexico, il était 9 heures précises du matin et des gens pressés de chez Big Blue reprenaient le travail télétransmis depuis l'Europe pour continuer la chaîne qui, en passant par le Japon puis l'Inde, ne s'interrompait jamais. Les programmes avançaient 24 heures sur 24. Rien n'arrêtait leur ronde éternelle.

On avait même tout prévu. Les employés, s'ils le désiraient, pouvaient continuer à travailler au-delà des six heures réglementaires. Dans ce cas, on leur interdisait de travailler sur les programmes, ils ne pouvaient que consulter leurs E-mails ou bien préparer des mémos en local. Lumi le faisait parfois, mais c'était rare, pour ne pas dire extrêmement rare. Elle fut quand même surprise d'apprendre dans un journal télévisé que 73 % des employés du privé faisaient des heures sup au moins une fois par semaine. Ce qui donnait une moyenne de trente-cinq heures par semaine, au lieu des trente réglementaires. Les gens devaient s'ennuyer à la maison, c'était la seule explication possible…

Lumi éteignit l'interrupteur central de son bureau et referma la porte derrière elle. Elle eut une bouffée d'angoisse à l'idée qu'au même moment, des centaines de millions d'employés, tels des automates, en étaient réduits à faire exactement l'inverse. L'énorme masse électronique se déplaçait d'un bond vers l'ouest en avalant six fuseaux horaires à la vitesse de la lumière. Semblable à une marée qui se retirait, elle pompait l'énergie des hommes pour la projeter sur un autre continent. Et Lumi qui était une femme sensible le percevait clairement. Elle avait la sensation de n'être qu'un grain de sable que la mer aspirait vers les abysses noirs et ténébreux. Une autre raison sans doute qui poussait les gens à rester quelques minutes de plus dans leur bureau. Peut-être qu'inconsciemment, ils voulaient sauver le restant de leur tonus en continuant à se concentrer sur leur travail.

— Au diable tes idées noires, Lumi !

Elle fouilla nerveusement dans son sac en quête de son spray antidépresseur. « Pchittt » fit l'engin. Elle respira à pleins poumons cette bouffée parfumée qui avait l'avantage de lui donner une bonne haleine. D'ailleurs, ce n'était pas un médicament. On le vendait dans la rubrique « Vitamines et Fortifiants ».

Quelle merveille la technologie, quand même ! Elle était capable d'absorber la demande phénoménale d'énergie qui venait de se déclencher de l'autre côté de l'Atlantique. Grâce à leurs immenses toits solaires sur des centaines de kilomètres carrés, les mégapoles pouvaient abreuver l'ensemble des ordinateurs professionnels sans aucune difficulté. Tels des écailles de poissons, des volets électromécaniques s'étaient ouverts par millions quelques instants auparavant pour découvrir les capteurs solaires. Des monstres immobiles aux allures de tortue ronronnaient sur tout le continent américain. Chacun d'entre eux renfermait une ruche d'êtres humains besogneux et heureux de retrouver un sens à leur vie… six heures par jour.

Le spray antidépresseur devait être un cocktail inimaginable de composés actifs, car il déclenchait aussi l'appétit. Lumi ouvrit son frigo et promena son regard d'un rayonnage à l'autre. Tout y était parfaitement rangé. Les entrées en haut, les plats de résistance au centre, fromages et desserts en bas, boissons dans la portière. Par quoi allait-elle se laisser tenter ? Cassoulet ? Paella ? Couscous ? Chili con carne ? Hamburger ? Chop suey ? Sans même y prêter attention, ses yeux venaient de faire le tour de la planète. Elle se laissa guider par son instinct en empilant dans ses mains quatre barquettes translucides. Puis faisant volte-face, elle donna un léger coup de pied à la porte du frigo pour le refermer. Quelques lumières vertes clignotèrent, elles indiquaient que le frigo télétransmettait une commande à la centrale d'achat afin de remplacer ce qui venait d'être prélevé.

Lumi déposa une à une ses barquettes dans le micro-onde. Ce n'était pas la peine de le programmer car il reconnaissait automatiquement les plats et savait ce qu'il avait à faire. Sur son écran annexe, l'appareil l'informa du nombre total de calories pour ce repas et sur 24 heures.

— 3 570 calories ! Il faudra que je fasse 45 minutes de gym cet après-midi, gloussa-t-elle en alluma la télévision.

Lumi mangeait devant sa télévision tous les jours à 15 h 15 précises. Son téléphone était programmé pour refuser les appels pendant la demi-heure qui suivait, car elle n'aimait pas être dérangée durant son déjeuner. C'était mauvais pour la digestion. D'ailleurs, la plupart des gens étaient aussi à table. Personne n'aurait eu l'idée saugrenue de téléphoner à ce moment-là. Et pourtant, les chances d'un appel existaient réellement : un ami s'étouffant dans son couscous, torturé par la perte de son spray antidépresseur et désirant confier son angoisse de la solitude ; un robot vocal enquêtant sur la qualité des repas ; un plaisantin ou pire encore un détraqué stimulé par un bon score dans un jeu vidéo et voulant faire partager sa joie au monde entier !

Lumi choisissait toujours le journal télévisé pour déjeuner. Depuis quelques années, il s'était édulcoré pour justement faciliter la digestion. Peu de mauvaises nouvelles, c'est meilleur pour la santé, leur avaient sûrement dit les médecins. À moins que ça ne soit une idée des multinationales toujours à la recherche de la meilleure productivité… De toute façon, cela faisait quelque temps qu'il n'y avait plus de guerres. Les musulmans s'étaient résolus à prier l'après-midi après le sacro-saint travail. Autant dire qu'ils avaient rejoint le clan universel des gens heureux acceptant le charme douillet et sans surprise des cadrans d'une montre. Mais surtout, ils accédaient peu à peu à l'opulence qui, même si elle est la mère de tous les vices, avait un effet certain sur la haine. La mondialisation des mœurs et des pensées s'était enfin achevée, bien des décennies après celle de l'argent. Bref, plus de guerres, plus de terrorisme, plus d'échauffourées de banlieue, on pouvait enfin manger en paix…

L'information principale du jour, c'était l'inauguration officielle de la nouvelle mégapole de Curitiba au Brésil, la 998ᵉ.

— Bientôt le millénium, chers téléspectateurs !

— Ben quoi ? Avec douze milliards d'habitants, faut bien ça ! maugréa Lumi en avalant une bouchée de champignons noirs vietnamiens à la sauce aigre douce.

— Objectif des Mégapoles Unies, répartir équitablement d'ici la fin du siècle la population mondiale à raison de douze millions d'habitants par ville, lui répondit le présentateur comme s'il avait entendu sa remarque.

— Aïe, aïe, les délocalisations qui approchent. Espérons que ça ne tombera pas sur moi. Tu te vois toi à Curitiba ? demanda Lumi à ses champignons.

Les champignons ne répondirent pas et le speaker lança son sujet sur Curitiba. On pouvait y voir une fabuleuse coupole évasée en vitrocéramique de cent kilomètres de diamètre, entourée de rizières à perte de vue. Avec ses milliards de cellules solaires, on aurait dit un œil de guêpe qui regardait le ciel fixement.

La caméra pénétra sous le dôme, laissant apparaître des rangées ordonnées d'immeubles qui ne verraient jamais la pluie. Il y régnait une température agréablement thermostatée à 25 °C, de jour comme de nuit, toute l'année. Le reportage ne s'attarda guère sur l'intérieur des édifices, car les appartements étaient les mêmes que dans les autres mégapoles avec un bureau, une salle de jeux vidéo et une aire domestique privée. Petit plus de Curitiba, les appartements pouvaient fusionner pour les couples en un clin d'œil, il suffisait d'enlever une seule paroi et on obtenait une zone parfaitement symétrique et tout aussi fonctionnelle.

Mais la grande innovation de cette nouvelle cité modèle était ailleurs. On avait aménagé de vastes espaces naturels, un pour chaque quartier. Dans une bulle d'un kilomètre de diamètre, la forêt amazonienne y avait été entièrement recréée. Dans une autre, un faux lac gelé s'entourait de sapins croulants sous la neige. Plus loin au cœur du centre-ville, des canards barbotaient dans une réplique de Central Park à ciel ouvert – enfin si l'on peut parler ainsi, vu que la coupole dominait tout cela. Quartier n° 14, il y avait les jardins à la française de Versailles. On n'avait rien oublié : un désert du Tassili, un atoll de Polynésie, etc.

Les concepteurs du projet n'étaient pas peu fiers. Pour la première fois, l'écologie entrait dans les mégapoles. Fini la virtualité des documentaires télévisés ou des voyages vidéo. Ici tout était bien réel, vivant, maîtrisé, contrôlé… La nature dans toute sa splendeur, issue des meilleurs laboratoires de génie génétique du monde ! Aucun risque qu'un arbre pourri de l'intérieur par la vermine ne tombe sur la tête des visiteurs, on sulfaterait régulièrement et on changerait les spécimens de temps en temps. Pas d'animaux sauvages, si leur comportement n'avait pas été inhibé par vasectomie neurologique. Quelques abeilles sans dard pour la reproduction des plantes à fleur. Des papillons incapables de pondre des œufs, pour le plaisir des yeux. Une glace en verre de cinq centimètres d'épaisseur pour le lac gelé. Indestructible, pensez donc ! Des asperseurs partout, sauf dans le désert bien sûr, pilotés par ordinateur entre 9 h et 11 h, quand les gens travaillent. Enfin, la totale !

L'avantage de l'écologie humaine, c'était la convivialité. Les études dans les autres mégapoles avaient montré que les gens ne pouvaient se rencontrer que dans les galeries marchandes. Certes, c'était bon pour l'économie. Mais à la longue, cela produisait des psychoses dont la plus connue était le syndrome du célibataire. Peu de sorties, peu de rencontres conduisait à plus de cyber-voyages et à une totale confusion entre réel et virtuel. Les malades parlaient tout seuls, s'inventaient des doubles ou triples personnalités. Conséquence, ils se concentraient moins sur leur travail… Avec la convivialité écologique, on allait éliminer cet avatar de la modernité. Les gens auraient plaisir à déambuler dans des espaces sauvages. Ils retrouveraient les saines sensations de leurs corps au contact de l'air et de l'oxygène des plantes. « *Curitiba, c'est l'avenir de l'homme* » conclut triomphalement le journaliste en plein milieu du parc à thème « Désert ». Un dromadaire mâchouillait langoureusement derrière lui, en guise de décoration destinée à convaincre de manière subliminale les derniers téléspectateurs restés sceptiques.

Le reportage sur Curitiba devait être long car Lumi avait attaqué son yaourt aux fruits exotiques quand il se termina. Le reste des informations n'était pas bien intéressant. Pas de catastrophe à déplorer dans le monde. Aucun dôme ne s'était effondré ou même fissuré, cela n'arrivait plus, non plus. Aucun accident de la circulation, les transports s'étaient drôlement réduits avec le télétravail et l'avènement des cyber-spectacles en 3D. Par contre, les résultats sportifs prenaient un temps fou. Toutes les disciplines étaient détaillées en long et en large avec images à l'appui. Avant de changer de chaîne, Lumi attendit de connaître les scores de la 25e journée du championnat mondial de football. Cela ne l'intéressait guère, mais elle voulait au moins savoir si sa ville avait gagné. Le speaker ne tarda pas à l'annoncer :

— La Mégapole Paris-Lyon est allée gagner à Washington-New York DC sur le score de 3 à 2.

— Super, on a gagné ! s'écria Lumi toute revigorée.

Elle passa aussitôt sur la chaîne Shopping. De toute façon, il n'y avait plus de météo dans les journaux télévisés… Soleil toute l'année de 6 h à 21 h précises et 25 °C assurés ! Une jeune femme aux mensurations de mannequin, armée d'un sourire indéfectible, présentait une suite sans fin de produits variés. Cela allait du robot ménager à des soins médicaux en passant par les incontournables cyber-jeux et cyber-voyages. Si le produit intéressait le téléspectateur, il suffisait de presser sur une touche pour obtenir un reportage détaillé d'une quinzaine de minutes, avec possibilité d'achat à tout moment. À l'inverse, on pouvait aussi zapper pour obtenir la présentation de l'objet suivant sans perdre plus de temps. Lumi s'apprêtait à acheter un cyber-voyage en Himalaya, lorsque son téléphone sonna. Elle appuya sur « Pause » et décrocha :

— Allô, Lumi ? C'est Kevin, disait la voix.

— Alors, comment ça va depuis ce matin ? Tu t'es remis de tes émotions ?

— Lumi, je… je voulais m'excuser pour mon comportement de ce matin…

— Bah, laisse tomber, rien de grave. En tout cas, c'était courageux d'avoir pris l'appel dans l'état où tu étais.

— C'est pour ça que je t'appelle, je n'aimerais pas que tu gardes une mauvaise image de moi. J'ai pas été bon sur ce coup-là et je voudrais me faire pardonner.

— Ah bon ? À ce point ?

— Je t'invite à dîner ce soir à 21 heures, si tu es libre bien sûr !

— Dîner aux chandelles ? Tu perds pas ton temps, toi, hein ?

— Allez va, accorde-moi ce petit dîner en tête-à-tête. Je m'occuperai de tout…

— Ça roule, Kevin… T'as gagné, j'accepte une si charmante invitation… À ce soir, 21 heures. Bye !

Lumi raccrocha, un sourire aux lèvres. Elle tenait là sa petite surprise du jour. Il faut dire qu'elles étaient si rares dans ce monde bien réglé. Du coup, elle abandonna son projet de voyage en Himalaya, sans oublier d'enregistrer ses références pour une autre fois, quand elle ne saurait pas quoi faire de son après-midi. Peut-être demain, qui sait ? En attendant, cette invitation lui donnait une raison de plus pour se remettre en forme. Tout en changeant de tenue, elle décida de doubler sa séance de gym et régla aussitôt son timer à 1 h 30. Sa salle de jeux était encombrée de divers appareils de musculation autour du lit où gisait sa cyber-combinaison qui, pas plus tard que ce matin, l'avait emmenée dans les gorges du Verdon. La pièce comportait aussi un téléviseur mural qu'elle alluma en entrant. La même présentatrice que tout à l'heure cherchait maintenant à lui vendre un bandeau pour les migraines. Elle lui coupa la parole pour mettre la chaîne Gymnastique 3. Un groupe d'hommes et de femmes en combinaison lycra moulante s'activaient sur une musique rythmée. Lumi prit l'exercice en marche. Dans sa tête, une voix disait :

— Top chrono, c'est parti !

Et Lumi lui répondit à voix haute :

— Toujours en retard, ma vieille !

Tout de suite après, elle oublia l'heure, Big Blue, Kevin et tout le reste. Elle n'était plus qu'un corps en plein effort. Elle oublia même que le téléviseur exhalait un parfum de salle de gym. De ses ailettes spéciales, il délivrait discrètement l'odeur de la sueur humaine…

Lorsque le timer sonna, Lumi s'arrêta net sans prendre le temps de finir l'exercice en cours. Elle éteignit l'écran et alla se faire couler un bain. Elle l'avait bien mérité. Les jets d'eau sous pression lui massaient les muscles, tout en rechargeant son tonus. Elle se laissa bercer par cette douce sensation de bien-être. C'était comme une énergie qui coulait en elle et la remplissait. Voilà qui était de bon augure pour ce soir.

Lumi termina son après-midi en consultant ses messages personnels. Elle n'oublia pas de téléphoner à Ariane, sa meilleure amie, pour prendre de ses nouvelles, mais surtout pour lui raconter en détail l'excellente journée qu'elle venait de passer. Elle garda pour la fin le plus croustillant, c'est-à-dire son rendez-vous avec Kevin. Comme Ariane ne la croyait pas, elle lui fit écouter l'enregistrement de leur conversation téléphonique. C'était facile car son téléphone gardait en mémoire tous les appels sur 24 heures. On pouvait aussi les sauvegarder sur ordinateur et même s'en servir comme preuve juridique. Conséquence logique, peu de gens s'énervaient ou proféraient des insultes au téléphone ou en vidéoconférence…

De son côté, Ariane lui parla de son tout récent cyber-voyage aux pyramides de Kheops. La salle du sarcophage était vraiment trop poussiéreuse. Elle avait même dû écraser plusieurs araignées. Elle lui déconseilla ce voyage, puis elle s'étendit ensuite – un peu trop longuement au goût de Lumi – sur sa visite chez son grand-père, dimanche dernier. Le vieux venait de fêter ses cent ans et toute la famille éparpillée dans le monde s'était réunie en vidéoconférence. Il se plaisait bien dans sa nouvelle résidence de retraite dans la mégapole d'Athènes, aujourd'hui spécialisée dans l'accueil des retraités. Incroyable, là-bas, chaque immeuble possédait plusieurs salons publics où les retraités passaient le plus clair de leur temps à jouer aux cartes !

— Tu sais jouer aux cartes, toi ?

— Ben non, Ariane. En tout cas, je peux te dire que c'est pas sain les salles publiques.

— Oui, tu as raison, t'es sûre de t'attraper une bonne grippe ou quelque chose de plus grave.

— Dis-moi, ton grand-père, il n'en aurait pas un peu marre de la vie ?

— Tu dis ça, parce qu'il voit tout le temps d'autres gens ?

— Ben oui, il veut peut-être se suicider en douceur…

— J'avais pas pensé à ça…

— Ah, les vieux ! Les cyber-jeux, c'est pas leur truc. Pourtant, c'est pas faute de leur proposer des cyber-voyages adaptés. Chez Big Blue, on a toute une unité qui travaille là-dessus. Faut dire que le marché est vaste. Plus d'un tiers de la population, tu penses !

— Moi, ce que j'en dis, c'est qu'ils sont d'une autre génération. Surtout les plus de 80 ans qui sont nés au siècle dernier. La préhistoire, quoi ! Mon grand-père me disait qu'à sa naissance, il y avait plein de gens qui vivaient à la campagne à l'air libre et que la pollution commençait à peine. Lorsqu'il n'était qu'un jeune enfant, l'asthme a pris des proportions gigantesques. Il a perdu pas mal de copains d'école à cause de cette maladie…

— À peine croyable ! On a peu d'infos sur ça, hein ?

— Figure-toi que même moi en tant que journaliste, j'ai du mal à obtenir des documents sur cette période. Mais le sujet m'intéresse et je…

— Bon, dis-moi Ariane, c'est pas tout ça, mais j'ai rendez-vous dans moins de deux heures et je ne sais même pas ce que je vais me mettre. On se rappelle demain, OK ? Je te raconterai… Tu ne m'en veux pas, hein ? Bises.

Lumi avait à peine raccroché que la sonnerie de la porte d'entrée retentit. Elle sursauta. Qui sonnait à la porte ? Cela ne pouvait pas être Kevin, ni même Ariane. Par précaution, elle préféra consulter son ordinateur domestique. Ouf ! Ce n'était pas une visite, mais une livraison. Elle valida l'information et le paquet traversa automatiquement le sas d'entrée. Avant de l'ouvrir, Lumi inspecta le colis sous tous ses angles à la recherche d'une identification de l'expéditeur et ne trouva rien. Son cœur se mit à battre plus vite. Qu'est-ce que cela pouvait bien être ?

À la vue du contenu, Lumi sauta de joie. C'était un magnifique bouquet de roses indigo, sa couleur préférée. Comment Kevin avait-il pu deviner ses goûts ? Quelle délicate attention !

Elle détacha la carte de visite qui était fixée sur la cellophane et son sourire se changea alors en grimace. On pouvait y lire :

Surprises & Co vous souhaite une excellente journée
Numéro de contrat 5993WJ84

Lumi reconnut ce numéro. Elle l'avait vu si souvent. C'était tout simplement son numéro d'affiliation à la société de service « Surprises, Farces et Attrapes ». Ce qui en d'autres termes voulait dire que l'expéditeur n'était autre qu'elle-même ! Beaucoup de gens dans Paris-Lyon avaient succombé à cette mode. Cela donnait un peu de piment à la vie. On recevait de temps à autre des cadeaux-surprises ou encore des blagues sur internet. Plus rarement, on se faisait piéger par une farce. La meilleure avait été le jour où elle regardait d'un œil distrait une émission de télévision de rencontres amoureuses. Sans crier gare, elle s'était retrouvée à l'antenne en tant que candidate, alors qu'elle se prélassait sur son canapé en petite tenue, tout en sirotant un verre de vin. Cela l'avait beaucoup fait rire, car elle avait dû s'habiller en toute hâte pour finir l'émission. Les jours suivants, elle avait reçu des tonnes d'invitation d'un peu partout en Europe… Et là, finalement, c'était un peu pareil. La société avait dû savoir qu'elle avait un rendez-vous galant pour ce soir. Elle venait de lui faire à la fois une farce et un cadeau. Contrat rempli, une fois encore !

Lumi décida de ranger son séjour et sa chambre. On ne savait jamais jusqu'où pouvait aller une soirée avec un artiste, informaticien de surcroît. Mieux valait prendre ses précautions. Peut-être que c'était ça, le sens qu'il fallait tirer de cette mauvaise blague de « Surprises & Co ». Lorsqu'elle eut terminé son rangement, il ne lui restait plus qu'une demi-heure pour se préparer…

Choisir une robe fut un vrai calvaire. Lumi hésitait entre une tenue plutôt stricte ou plutôt aguichante, entre indigo ou noir, avec ou sans boucles d'oreille. Cela la rendait de plus en plus nerveuse. Elle dut se résoudre à pratiquer un petit exercice de zen pour se calmer. Elle mentalisa une boule blanche au-dessus de sa tête. Celle-ci grossissait, grossissait entre ses mains. Lorsque la boule atteignit la taille d'un ballon, elle baissa lentement ses bras jusqu'à l'horizontale, bien devant elle. Puis, elle la fit entrer dans sa poitrine, tout en inspirant profondément. La boule de lumière se répandit doucement dans tout son corps en lui procurant une sensation de calme et de sérénité. Juste avant de se disperser, la lumière lui avait dit :

— Aguichant, Indigo et Boucles d'oreille.

À 21 h 10, Lumi sortit enfin de sa salle de bain, traînant derrière elle une fragrance délicieusement vanillée. Elle tira tant bien que mal la table de son séjour pour la plaquer contre son téléviseur géant. Gênée par les volants de sa robe, elle dut s'y reprendre à plusieurs fois, en pestant pêle-mêle contre le tapis, ses talons aiguilles, les horaires à respecter et en fin de compte Kevin qui aurait pu choisir tout de même une heure plus tardive !

Elle installa ensuite sa chaise de style vénitien bien dans l'axe de son écran et positionna sur la table un couvert de circonstance. Contente du résultat, elle s'assit avec grâce, tout en tenant dans une main sa télécommande. Puis, elle fit quelques ultimes exercices pour détendre ses joues en forçant son sourire. L'écran noir lui renvoyait un pâle reflet de sa silhouette. Alors, elle pressa d'un doigt léger le bouton « Vidéoconférence ».

Kevin apparut instantanément au centre de l'écran, en grandeur nature. Lui aussi était attablé. Il se tenait de trois quarts comme s'il regardait un autre téléviseur dans l'angle de la pièce. Mais Lumi ne pouvait le voir car son champ de vision était limité. Cela n'avait aucune importance et elle se concentra plutôt sur l'homme qu'elle avait en face d'elle, tout en lui souriant de la façon la plus cordiale qu'il soit. Elle clignait sans cesse des yeux et se caressait nerveusement le cou, incapable de réprimer son émotion.

À l'inverse, Kevin était d'un calme olympien. On le sentait détendu par cette dizaine de minutes d'attente. Voire même un soupçon désabusé… Il semblait un autre homme par rapport à ce matin. Rasé de près, son visage était plus doux, moins creusé. Il s'agrémentait d'une abondante chevelure, savamment domptée, qui retombait sur ses épaules. Son col de chemise largement entrouvert laissait apparaître une toison fournie qui n'était pas pour déplaire à Lumi. Elle lui trouva un air d'aventurier latino. Ses yeux d'un vert émeraude, semblable aux eaux du Verdon, lui donnèrent même le frisson, tant son regard était perçant.

— Bonsoir Lumi, comment ça va ?

— Bien, bien, Kevin. Excuse-moi du retard…

— Oh, ce n'est rien, je l'avais prévu : le repas ne sera servi que vers 21 h 30. Permets-moi de te dire que je te trouve très en beauté, ce soir.

— Merci, Kevin. C'est gentil.

— Puis-je te faire tout de même une remarque ?

— Oui, bien sûr.

Kevin s'avança vers l'écran et lui chuchota :

— Tu as oublié de mettre les chandelles, Lumi…

— Oh mon Dieu !

Lumi se rendit compte de sa distraction et éclata de rire. La pièce de Kevin était plongée dans l'obscurité au point de ne rien distinguer à l'arrière-plan et sa table s'ornait d'un magnifique chandelier en argent, placé au plus près de l'écran pour mieux éclairer son visage. Concentrée sur la nouvelle physionomie de son ami, Lumi avait oublié de regarder le décor. La nappe, les couverts, l'éclairage, tout avait été soigneusement étudié pour produire une ambiance romantique. En échange, Lumi lui offrait l'intérieur d'un appartement banalement décoré. Elle se leva d'un bond et alla chercher dans un placard un paquet de bougies. Une chance, elle en avait ! Elle en alluma une de part et d'autre de son couvert.

Son hôte d'un soir, lui, n'avait pas bougé. Il prenait plaisir à savourer la vue plongeante sur son décolleté. Le spectacle fut de courte durée, car Lumi repartit aussitôt à l'autre bout de la pièce pour éteindre la lumière. Sa silhouette réapparut dans le noir pour s'asseoir à nouveau.

L'ambiance n'avait plus rien à voir. Les flammes qui brillaient à l'écran avaient la même tonalité que celles, bien réelles, devant Lumi. Elles unissaient leur chaleur pour former un cocon d'intimité, cerné par l'obscurité. Deux êtres humains y réchauffaient leur cœur. On aurait dit qu'ils s'étaient un peu plus rapprochés…

— Comment as-tu trouvé mes roses indigo, Lumi ?

Lumi écarquilla les yeux comme une chouette en pleine nuit.

— Non, c'est pas vrai ? Je rêve ou quoi ? Les fleurs, c'était toi ? finit-elle par articuler.

Kevin souriait de plus belle. Il profitait de ce moment si rare où tout s'enchaîne comme prévu, lorsqu'on cherche à séduire une jolie femme.

— Ce n'était pas bien difficile. Il suffisait de se rappeler que tu avais souscrit un contrat chez « Surprises & Co ». Tu ne te rappelles pas ? Il y a trois mois, tu m'avais raconté cette histoire à dormir debout d'une émission télévisée pour célibataires ?… Puis-je te faire une autre suggestion, Lumi ?

— Voui, Kevin.

— Ce beau bouquet mériterait de partager notre table, souffla-t-il.

Lumi se précipita à nouveau à l'autre bout de la pièce pour revenir chargée de son bouquet. Elle comprit que Kevin en profitait pour l'admirer sous toutes ses coutures. Aussi, força-t-elle un peu son déhanchement. Voilà qui était bien payé pour tant de mise en scène, pensa-t-elle en s'asseyant une seconde fois !

Elle reprenait à peine son souffle lorsque la sonnerie d'entrée se fit entendre. C'était le repas envoyé par Kevin. Elle dut une fois de plus se lever pour aller le chercher. Quand elle revint, son hôte l'attendait avec ses propres plats agencés sur sa table… Décidément, ce type avait dû penser à cet enchaînement tout l'après-midi ! Ne serait-il pas un peu détraqué sur les bords ?

— Salade au fromage de chèvre chaud, Langouste à l'armoricaine et Île flottante, accompagné d'un Côtes-du-Rhône… si Mademoiselle veut bien se donner la peine d'enfin s'asseoir, énonça Kevin triomphalement.

— Peut-on au moins savoir le nombre de calories, lui répondit Lumi du tac au tac.

— 1250, chère amie, si tu finis ta demi-bouteille de vin.

C'est toi que je vais finir, pensa-t-elle en lui retournant poliment son sourire…

Le repas se déroula sur un ton plutôt léger et les plaisanteries allaient bon train. Lumi et Kevin évitèrent soigneusement les sujets trop intimes. Chacun cherchait à découvrir l'autre sans se révéler vraiment. Il fallait être habile pour discerner l'authentique du surfait car de part et d'autre, on s'était construit une muraille pour protéger son jardin intérieur. L'écran plasma qui les séparait, même s'il s'évanouissait au cœur des conversations, en était l'illustration la plus tangible. Car pour se rencontrer les gens avaient besoin de cette protection. Ils ne raisonnaient plus que par l'image qu'ils donnaient d'eux. L'image de la personne qu'ils auraient voulu être et qu'ils n'étaient pas. Lumi désirait-elle vraiment rencontrer Kevin ou bien jouait-elle à séduire un homme dans une simple cyber-partie ?

Lumi et Kevin terminèrent leur repas et leur bouteille de vin respectives. Ils allèrent même chercher deux bouteilles de whisky pour mieux abreuver leurs conversations frivoles. L'alcool aidant, Lumi poussa le bouchon un peu plus loin. Elle laissa négligemment tomber une de ses bretelles sous le regard vitreux, mais intéressé de son partenaire. L'effet ne se fit pas attendre, il en redemanda un peu plus. Et Lumi ne se démonta pas. Dans un geste d'une extrême lenteur, elle dégrafa sa deuxième bretelle du bout des doigts. Sa robe s'affaissa, découvrant ses seins. Déjà, elle se levait pour la laisser glisser à ses pieds. Sans même laisser souffler Kevin, elle enchaîna par une petite danse autour de sa chaise. Puis revint vers la table pour y poser ses mains. Plus elle avançait vers l'écran, plus ses seins flottaient dans le vide. Alors, elle lui chuchota langoureusement :

— On s'fait une PJS, mon chéri ?

Kevin était tout à fait partant pour une Partie de Jeu Sexuel. Il acquiesça d'un signe de la tête et se leva sans plus attendre pour embrasser son écran plat dans lequel flottaient encore les seins de sa collègue de travail. Puis il partit directement dans sa chambre pour y allumer un second téléviseur. Le temps de chercher dans son placard sa fameuse combinaison PJS que déjà un parfum vanillé envahissait la pièce. Il se retourna pour voir Lumi déambuler dans sa chambre sans aucune retenue comme s'ils se connaissaient depuis des années. Sa combinaison à portée de main, elle s'allongea sur son lit, lequel était parfaitement cadré à l'écran. Elle attendait que Kevin veuille bien se déshabiller, si possible de la manière la plus érotique qu'il soit. Et lorsque les prémisses seraient terminées, chacun revêtirait sa combinaison PJS pour une folle nuit d'amour à deux… et à distance.

Lumi et Kevin pensaient que les deux combinaisons étaient reliées. Tout le monde pensait cela. Or en réalité, les PJS n'étaient que des programmes aléatoires virtuels semblables aux jeux vidéo. Chaque caresse érotique ne venait pas du partenaire, mais d'un algorithme écrit des années auparavant par un vulgaire technicien lambda. Techniquement, il n'était pas encore possible de télétransmettre d'un lieu à un autre les réponses physiques du partenaire en des temps suffisamment rapides. Tout simplement, parce que la masse d'informations était trop importante et trop complexe à gérer, vu le nombre d'amateurs au même moment, dans le monde entier…

En fait, le seul lien qui existait entre deux combinaisons était un coupe-circuit : si l'un des deux partenaires dégrafait sa PJS, les stimulations s'arrêtaient chez l'autre. Mais ce secret-là était l'un des mieux gardés. Les PJS étaient produites dans une seule mégapole du monde, en Chine semble-t-il, et ceux qui les concevaient étaient tenus au secret professionnel. L'information était trop sensible, on l'avait classée « Sécurité d'État » – un mot sorti tout droit du siècle dernier et qui semblait aujourd'hui désuet puisqu'il n'existait plus d'États. Car les PJS étaient la clé de voûte de la politique de contrôle des naissances. Grâce à ces combinaisons, les trois quarts de la population étaient des célibataires.

Qui plus est, les PJS avaient d'autres avantages non négligeables. Elles avaient permis de réduire les maladies sexuellement transmissibles, véritable fléau du début de ce XXIe siècle. Par ailleurs, avec les PJS, les gens avaient gagné une sexualité épanouie grâce à l'ingéniosité des meilleurs informaticiens-sexologues. Ils pouvaient explorer toutes les positions du Kama-sutra sans pour autant être victimes d'éjaculation précoce, de frigidité ou encore d'un lumbago. Le plaisir sexuel ne devenait, ni plus ni moins, qu'une question de cyber-réglages…

Tard dans la nuit, Lumi dégrafa sa combinaison avec lenteur tant elle était épuisée. Son corps vibrait encore de plaisir et elle n'eut pas la force de se lever pour aller éteindre sa télévision. De toute façon, l'écran était noir et Kevin devait dormir à poings fermés. Elle renonça aussi à prendre sa pilule quotidienne pour dormir. Sa journée avait été tellement riche en sensations qu'elle n'aurait aucune difficulté à s'endormir.

L'écran était noir. Mais si Lumi avait éteint sa lampe de chevet, elle aurait pu discerner une masse plus sombre au centre de l'écran. Et cette masse avait l'apparence d'une silhouette assise au pied d'un lit. Kevin ne dormait pas, il regardait le corps endormi de Lumi. Il rêvait de caresser sa belle chevelure rousse et de blottir son visage dans le creux de son cou vanillé. Dans sa tête, il jouait une dernière cyberpartie où l'on voyait un homme et une femme partager le même appartement pour une vie entière…

Cette nuit-là, Lumi dormit profondément. Elle fit un drôle de rêve qui l'amena loin, très loin, quelque part dans l'Océan Indien. Remontant le fil du temps jusqu'au fond des âges, elle traversa la vie d'un jeune pêcheur qui lui-même rêvait souvent…

L'appel de l'eau

Toa voyait la mer tous les jours et même la nuit dans ses rêves. Son goût à chaque repas. Son sel qui faisait craquer les pores de sa peau dorée. Son ressac qui lui labourait les oreilles du matin au soir. Son embrun les jours de grand vent qui perlait dans ses narines. Sa couleur vert lagon qui lui picotait ses yeux en amande. Et puis surtout, sa présence silencieuse quand bien même il lui tournait le dos, trop occupé à confectionner un outil. Combien de fois s'était-il assis sur la grève pour la regarder tout en lui jetant des pierres à manger ? En fait, elle l'attirait comme une maman attire son bébé. Il faut croire qu'il était fait de cette même eau salée. De quoi s'étonner que son sang puisse être rouge.

Elle devait l'aimer, avait-il conclu. Parce qu'elle lui parlait dans ses rêves. Pas avec des mots, mais avec des images. Grâce à elle, il connaissait tous les poissons de la création. Il y en avait un qui revenait très souvent. C'était le dauphin. Dans ses songes, il venait le chercher sur la plage et hoquetait de son rostre narquois jusqu'à ce qu'il se mette à l'eau. Alors, ils partaient ensemble nager jusqu'au bout de la mer, à la vitesse des dauphins. Son corps s'étirait, sa peau se grisait, des nageoires lui poussaient et il rejoignait une horde serrée de cétacés. Ils traversaient des bancs de harengs, poursuivaient des perroquets des mers, se frottaient prudemment aux espadons. Tout devenait possible dans la peau de ce roi des océans. Dans ces moments-là, il comprenait beaucoup de choses. Était-ce le sifflement strident de ses compagnons de voyage qui résonnait dans sa tête ? Ou bien, la mémoire de l'eau qui s'imprimait sur sa peau de dauphin ? En tout cas, l'information du monde était là, à portée de nageoire.

De ces rêves, Toa en retirait des intuitions. « Tiens, aujourd'hui, je pars par là. » Il chargeait sa barque avec son attirail rudimentaire de pêche : un harpon, une poignée d'hameçons en os taillé, une nasse en osier. Puis il poussait son engin de fortune à la mer, hissait son bout de toile et partait à quelques encablures de la côte. Certes, il scrutait toujours d'un œil attentif et machinal le bal des mouettes ou encore le frétillement de l'eau à l'horizon. Mais là où son intuition de la nuit le menait, mouette ou pas, écume ou pas, il y avait toujours du poisson. Debout dans sa barque, telle une sentinelle de l'immensité liquide, il suivait des yeux les ondulations de ses proies, se laissait pénétrer de leurs moindres mouvements jusqu'à les anticiper. Ses pensées plongeaient dans l'eau tiède et limpide. Elles se liquéfiaient au point de sentir la plus infime des houles. Elles devenaient poisson. Faisant corps avec l'animal, Toa en oubliait même de respirer.

Tchak ! Son harpon fouettait l'eau avec cette petite correction instinctive qui tenait compte de la réfraction. C'était tout simple. Parfois, lorsque le poisson ne se montrait pas, il jetait sa ligne et fermait les yeux. Il priait en silence. Oui, il priait pour que celui qui allait mordre à l'hameçon ne soit pas trop gros. Son fil de pêche était trop fragile, on n'en avait pas inventé d'autre, il pouvait se casser à la moindre tension trop forte, emportant à jamais un de ses précieux hameçons. À la première touche, ses bras se mettaient à flotter dans l'air. Tout en douceur, ils mimaient la danse du poisson qui se débattait. Il fallait le fatiguer et garder en permanence une certaine tension avec lui. Avec l'expérience, Toa savait à quel animal il avait affaire. Il devinait sa taille, sa couleur, si c'était un mâle ou une femelle… Dans sa tête, il lui parlait pour qu'il se laisse amadouer et le poisson le plus souvent acceptait la volonté de l'homme. À un moment ou à un autre, il remontait à la surface comme pour voir qui l'appelait et une nasse venait le cueillir délicatement…

Comme tous les autres pêcheurs de son village, Toa ne s'éloignait jamais de la côte. Cette mince bande noire entre bleu turquoise et bleu azur, c'était sa bouée de sauvetage, son unique refuge. Il revenait à terre toujours avant la nuit après un périple de quelques heures, selon les caprices du vent, avec un ou deux paniers pleins flottant au fond de son bateau qui prenait l'eau.

Une nuit, Toa fit un rêve différent des autres. Il vit un immense entrelacement de cordes à perte de vue qui fendait l'eau à grande vitesse. Une sorte de toile d'araignée en forme de sac sur plusieurs centaines de mètres. Sa horde de dauphins fut emprisonnée par cette barrière où s'entassaient pêle-mêle thons, bonites, pagres, espadons. La mer si vaste, généreuse d'espaces, se refermait sur ses enfants. Le dauphin Toa étouffait de cet entassement insoutenable, de cette densité trop lourde à vivre comme une promiscuité malsaine. C'était la mort qui fauchait les fonds marins, armée d'une nasse.

Une nasse ? Oui, une nasse. Toa se réveilla en sursaut. Peut-être que l'homme pouvait fabriquer une telle nasse souple et suffisamment résistante pour ensuite la hisser. Une nasse de cordage et non d'osier…

Le lendemain de son rêve, il alla voir les vieux pêcheurs qui aimaient se réunir les jours de grand vent dans la case communautaire. Certains, vautrés dans des hamacs, se laissaient bercer par la houle. D'autres, assis en cercle, jouaient avec des coquillages sur une sorte de damier rudimentaire. D'autres encore, répartis en petits groupes, se racontaient leurs frayeurs en mer ou leurs palpitantes aventures avec les sirènes du village. On riait, on passait le temps pour en finir avec cette tempête qui les empêchait de sortir en mer.

Toa reconnut son oncle dans un attroupement. Il s'avança avec un petit pincement au cœur. Ce qu'il avait à dire n'intéresserait peut-être personne, on allait se moquer de lui. À la faveur d'une pause, il se mit à raconter son rêve. Les autres l'écoutaient suspendus à ses lèvres. Ils avaient l'air grave, aucun ne riait. Toa s'attendait à tout sauf à ça. Son oncle prit alors la parole. Il lui répondit que beaucoup de pêcheurs avaient eu ce même rêve. Que quelque part sur cette terre découpée par la mer, dans une crique lointaine, un homme avait probablement déjà fait cela. Que grâce à lui, cette idée était dans l'air, transportée par les embruns de la mer depuis un bon moment. Un jour ou l'autre, elle allait se matérialiser ici aussi.

En fait, Toa ne savait pas que beaucoup de pêcheurs avaient tenté de faire des filets depuis des générations. Soit ils étaient trop lourds, soit ils devenaient trop cassants après une ou deux utilisations. Ils en avaient conclu qu'il leur manquait un ingrédient pour rendre le cordage plus résistant à l'eau de mer. On se souvenait d'un homme du village qui était parti chercher ce secret en suivant la côte toujours plus vers le sud. On ne l'avait jamais revu…

Toa se jeta sur cette idée avec la fougue de sa jeunesse. Non, le secret n'était pas ailleurs, il devait être à portée de main. Il savait que les cordages étaient faits avec les nervures de palmes séchées. En ces temps-là, point de coton ou de chanvre. On ne connaissait pas l'agriculture. On grimpait au sommet des palmiers pour couper les feuilles. Il en fallait des quantités astronomiques. Puis d'un coup sec, on brisait la feuille encore fraîche pour retirer six fines nervures de rien du tout, d'une longueur d'environ un mètre. Elles étaient rassemblées en botte et séchées plusieurs jours au soleil. Ensuite il ne restait plus qu'à tresser une cordelette en vrillant les nervures avec le plat de la main sur la cuisse. C'était un travail de titan, mais personne ne se plaignait. Parce que ce travail était essentiel à la vie, les hommes avaient bâti tout un rituel autour de cette tâche pénible. Lorsqu'une famille avait amassé suffisamment de matière première, elle organisait une *mingua* chez elle. Les amis, les voisins venaient en famille pour travailler tous ensemble. À l'ombre des manguiers, hommes et femmes torsadaient les fibres au rythme des plaisanteries et des légendes. Invariablement, quelqu'un dans l'assistance ressortait la légende de Bételgeuse. Elle disait à peu près ceci :

Petit-homme et Petite-femme s'ennuyaient sur leur étoile. Ils décidèrent de tresser une longue cordelette pour descendre sur la Terre qui de loin leur paraissait accueillante, dans son grand manteau bleu. Ils mirent près de six ans pour fabriquer cette corde qui descendait, descendait petit à petit. À la fin, ils étaient tellement fatigués que celle-ci était de plus en plus fine. Une fois leur travail terminé, ils se laissèrent glisser le long de la corde. Au moment de toucher le sol, elle cassa. La déception fut grande, car la terre était absolument déserte, mis à part quelques austères colonies d'aloès. La mer par contre regorgeait de poissons, ce fut l'unique bonne surprise. Petit-homme et Petite-femme restèrent prisonniers sur Terre et engendrèrent le peuple des pêcheurs. Quand à la corde, elle se dessécha peu à peu sous la brûlure du soleil. Et chaque morceau de torsade qui s'effilochait donna naissance aux plantes et aux animaux. Jusqu'à la fin des temps, Bételgeuse continuera à les appeler : encore aujourd'hui, elle grossit puis se réduit tous les six ans…

— Ne tresse pas comme Petite-femme !

C'était la blague favorite des hommes.

— Arrête de rêver à Bételgeuse, active-toi !

Ripostaient les femmes en riant.

Quand la nuit tombait, des dizaines de mètres de cordelette gisaient par terre. Elle appartenait au maître de maison qui avait invité et offert les victuailles de la journée. Elle lui servirait à tout un tas de fonctions pour le bateau ou pour la maison. Mais avant, il fallait la bénir. La tradition voulait qu'on prépare une bouillie d'arêtes de poisson pilées mélangée à de l'eau de mer. Chaque participant en buvait une petite gorgée et en versait une lampée sur la cordelette lovée en spirale. Ah, Bételgeuse ! On rendait grâce ainsi aux peuples des poissons qui avaient sauvé les premiers hommes. Mais cette petite cérémonie avait une autre vertu : elle donnait soif ! La fête se poursuivait tard dans la nuit par des danses. C'était la partie de la *mingua* qui plaisait le plus à Toa, si bien qu'on le voyait souvent d'une maisonnée à l'autre, toujours prêt à torsader une petite cordelette.

Toa était convaincu qu'il trouverait le secret des filets dans ses rêves. Chaque nuit, il s'endormait en pensant à cette nasse immense qu'il avait vu dans sa première vision. Or chaque fois, son rêve l'emmenait vers le centre de la terre, dans une sorte de lac souterrain rempli d'une eau noire et poisseuse. Un vrai cul-de-sac qui prenait l'allure d'un cauchemar. Il décida alors d'entamer ses nuits en se concentrant sur l'image d'une nasse en osier qui grossissait, grossissait au point de ressembler au filet de sa vision originelle. Un jour, ou plutôt une nuit, un dauphin s'approcha de lui et lui dit :

— Petit homme qui cherche depuis bien longtemps, veux-tu connaître le secret des filets ?

— Oui, répondit Toa. Ce mystère me ronge tellement que je finirai par en mourir.

— Ne dis pas cela. La clé de tout mystère vient lorsque l'on prie suffisamment.

— Dois-je encore prier ?

— Tu prieras en pensant à ceci : nous autres, les poissons, avons depuis toujours une alliée sur terre.

— C'est tout ?

— Oui, continue sur cette voie et garde toujours à l'esprit que les poissons ne devront jamais disparaître par la faute des hommes.

Des jours durant, il rumina ces quatre petits mots dans sa tête : « une - alliée - sur - terre ». En boucle comme une vague qui s'enroule sur elle-même. En vrille comme un beau jour où il torsadait une cordelette chez un voisin. Bételgeuse revint comme d'habitude. Et en plein milieu de l'histoire, Toa s'arrêta net. Sa main sur le cordage tremblait. Une grosse goutte de sueur glissa sur sa joue, à moins que ce ne fût une larme. Son cœur se comprima écrasé d'un doute remontant du fond des âges. Il suffoquait. L'alliée des poissons, celle qui était là sur terre avant Petit-homme et Petite-femme, ouverte en forme de poulpe renversé, c'était l'aloès ! Et dans ses veines coulait un suc, un sang vert lagon qui collait au doigt, l'antithèse du sang de la mer…

Toa ne dansa pas cette soirée-là. Écrasé d'un poids trop lourd sur ses épaules, il rentra directement chez lui en marchant à pas lent. Il savait déjà que la vie du village ne serait plus pareille. Il en avait même un peu peur. Devait-il réaliser son rêve ?

La nuit porte conseil, comme on dit. Tant et si bien que Toa se réveilla le lendemain les idées claires :

— Tiens, je n'ai rien rêvé cette nuit, pensa-t-il.

La mer l'avait laissé libre de choisir, pour une fois. Ou bien peut-être, elle aussi, avait-elle eu peur de ce qui allait se passer ? Quoi qu'il en soit, il grimpa au sommet d'un palmier sans plus tarder. Les palmes s'affaissaient de toute leur hauteur dans un bruit qui disait déjà qu'elles n'auraient pas la même destinée. Tchaaak ! Et non pas Tchak ! On le vit s'éreinter seul toute la journée pour préparer une botte de fibres à sécher. Le lendemain, personne ne comprit pourquoi il revenait avec un panier rempli de feuilles d'aloès qu'il mit aussitôt à bouillir. Là sur la surface, une huile gluante surnageait. Il la récupéra dans un pot et y plongea les fibres de palme, puis les remit à sécher. Toa priait en silence tout en regardant ses fibres danser dans le vent. Oh, ce n'était pas une prière pour que le monde change. Mais une prière qui demandait pardon aux poissons…

La *mingua* qui suivit ne fut vraiment pas comme les autres. On en oublia même de raconter l'histoire de Bételgeuse, c'est dire ! Car tous s'appliquaient à faire une cordelette très fine en respectant les recommandations insistantes de ce fou de Toa qui selon toute vraisemblance, avait dû attraper une insolation. Elle était quatre fois moins grosse que les cordes traditionnelles et semblait si fragile qu'on en aurait volontiers ri, si Toa s'était arrêté de chanter sa drôle de chanson qui parlait de poulpe renversé tendu vers le ciel…

Cette corde, elle était ridicule avec sa brillance qui réussissait à apprivoiser le soleil. Mais elle intriguait aussi, car déjà elle était rêche comme du bois. Les quelques pêcheurs présents n'avaient plus envie de rire du tout. Sous leurs mains, naissait ce dont ils avaient toujours rêvé, une corde légère et ultra-résistante qui, si elle n'avait pas peur du soleil, devait fatalement se rire de l'eau de mer.

Quelques années plus tard, la toute première corde de Toa riait encore de la mer. Elle semblait tout bonnement indestructible. L'oncle de Toa l'avait tressée selon son inspiration en faisant des mailles carrées de la taille d'un poing d'enfant. D'un tout petit enfant, car ce filet était un bébé, un bébé qui annonçait une nouvelle ère dans la crique aux dauphins. On aurait dit que tout le village le sentait. Ce filet, il prenait du poisson comme on se baisse pour ramasser du sable sur une plage ! Léger et maniable, il volait dans les airs en caressant l'eau. Il retombait ensuite en volutes savantes pour s'agripper au poisson tel un épervier. Puis quand on le tirait sur le bateau, il résistait avec une force miraculeuse, gorgé de toute la vie marine qui passait par là. Le poisson en frétillait de surprise. Sous le soleil des tropiques, l'homme imposait un de ses rêves et flanquait à la mer une gifle bien réelle.

Les pêcheurs en avaient plus que conscience. Pour autant, jamais il ne fut question de vider la mer. On savait trop bien qu'il y avait des équilibres sacrés à respecter. En revanche, cette invention leur libérait du temps. Moins de sorties en mer pour s'alimenter. Plus de temps pour la remercier. Toa s'était consacré avec abnégation à cette tâche au point d'en oublier qu'il était en âge de se marier. Tout un rituel était né sous sa houlette de nouveau mystique. Les gens le laissaient faire. Après tout, n'était-il pas « l'homme-aux-filets » ? Celui par qui le monde change. On aurait dit un prêtre lorsque dans toutes les *minguas*, il s'acquittait avec bienveillance de son devoir de chanter la naissance d'un nouveau filet. Il s'en fallut même de peu que Toa interdise de danser après la « sainte fabrication ». L'idée lui avait traversé l'esprit, mais il s'était vite ressaisi. À n'en pas douter, sommeillaient encore en lui les vapeurs de ces soirées ludiques qu'il avait tant aimées. Et puis, mieux valait se réjouir de la bonté de l'aloès que s'en flageller. Tout le monde ici désirait le remercier dans l'allégresse. Si bien que Toa fut promu « Grand Intronisateur de l'Aloès ». Chaque année, au solstice d'été, on faisait une grande fête pour favoriser la floraison de l'aloès. Grands feux, bouturage de la plante sacrée et danse du poulpe renversé se succédaient dans la liesse générale. Six jours de festivités qui célébraient l'alliance de la plage et de la mer, des poissons et des hommes, de Bételgeuse et de la Terre.

En parallèle de cette dévotion naissante, les temps changeaient aussi dans la vie de tous les jours. Les pêcheurs avaient remarqué que leurs frêles esquifs n'étaient pas adaptés aux filets de Toa. Ils tanguaient, prenaient l'eau, menaçaient de se retourner lorsque l'on halait le filet. Le temps libre fut réinvesti dans la conception de bateaux plus gros et plus stables. Ces hommes qui n'étaient marins que pour manger commencèrent à s'imaginer dompteurs des mers. Chacun y allait de sa petite suggestion pour renforcer la structure du bateau : un tirant d'eau plus important, des traverses de renfort, un balancier latéral pour la stabilité… Dans la case communautaire, les jours de pluie, on ne parlait plus que de cela. Dans l'ébullition des conversations, une idée radicalement nouvelle germait peu à peu. Et ce fut encore Toa qui la cristallisa. Lui qui chantait si souvent devait être plus près des dieux. Il lâcha simplement :

— La petite barque individuelle, c'est dépassé. Il faut faire de gros bateaux communautaires capables de résister aux tempêtes.

Les autres restèrent bouche bée. Certains se demandèrent si l'on n'allait pas un peu trop loin. Tous furent submergés par une vague d'interrogations : Pourquoi Toa était-il né ? Que voulaient les dieux qui parlaient par sa bouche ? Qu'est-ce que le village avait fait pour que les dieux leur envoient un fils pareil ?

Cinq années à peine s'étaient écoulées depuis la première corde de Toa que déjà deux bateaux majestueux trônaient dans la crique aux dauphins. On aurait dit deux merlans allongés sur la plage, entourés de sardines rachitiques vieilles d'un autre monde. Dix gars costauds étaient nécessaires pour les mettre à l'eau en les faisant rouler sur des rondins de bois. Tous pouvaient y prendre place. Et lorsque l'on hissait la grand-voile, le monstre grinçait d'une volonté rageuse de prendre la mer. Il fendait les vagues sans qu'on ait à prier pour qu'il ne casse pas ! Les femmes qui ne prenaient jamais la mer riaient de ce phallus ornant sa proue. Encore une idée de Toa. Les hommes voulaient-ils affirmer leur virilité face à la mer ? Ce jet d'écume que le monstre imposait à la mer, n'était-il pas l'expression de cette hargne des hommes d'assouvir leur désir de domination sur la nature ?

Elle, elle se laissait faire. Elle avait pour elle l'immensité et l'éternité…

Pendant tout ce temps, Toa continuait à rêver d'Elle. La mer, bien sûr. Il l'avait parcourue en tous sens en se glissant dans la peau des dauphins. Comme eux, il l'aimait d'un amour charnel. Elle lui avait appris qu'aussi vaste qu'elle puisse être, elle n'en demeurait pas moins entourée de terre. Ainsi, au bout de la mer, il y avait une autre terre. Et sur cette terre écrasée par le même soleil, il y avait d'autres hommes. Tout ce que Toa savait, c'était que ces hommes-là ne venaient pas de Bételgeuse. Parents de l'aloès peut-être. Mais très certainement, remplis d'un savoir différent. Il fallait aller les voir.

Cette idée trottait dans sa tête. Elle était même devenue une obsession lorsqu'il avait poussé pour la première fois le monstre à l'eau. Car le monstre lui disait que son rêve devenait possible. Alors, il errait dans toutes ces *minguas* à la recherche de ceux qui auraient le même rêve. Une parole, un signe, quelque chose. Personne ! On était bien ici. Pourquoi aller plus loin quand on avait tout pour être heureux ? En désespoir de cause, il introduisit subtilement dans ses chants une complainte de l'aloès qui cherchait ses frères à l'autre bout de la mer. Quelques vieux pêcheurs ne furent pas dupes, mais ils laissèrent faire. Toa avait tant de rêves que dans le lot, certains ne se réaliseraient peut-être pas. Ils se trompaient. Car chez certains jeunes, la complainte de l'aloès fit des émules. Elle les travailla au corps et à la raison. Elle émergea de l'impensable, lentement mais sûrement.

Toa et deux de ses acolytes partirent un lendemain de fête. Au solstice d'été. Un troisième disciple avait été initié pour continuer de chanter la sainte fabrication des filets en leur absence. Tout le village rassemblé sur la plage avait le pressentiment qu'on ne les reverrait plus jamais. Pour conjurer le mauvais sort, on avait donné un nom à ce bateau. C'était bien la première fois que l'on donnait un nom à autre chose qu'un être vivant… L'*Aloès* était encore plus gros que ses prédécesseurs, il avait une cale ventrue qui lui interdisait de remonter sur la plage. Ce bateau-là, il resterait toute sa vie sur la mer. Autant dire qu'il la finirait aussi…

Pendant que l'*Aloès* s'éloignait à l'horizon, les gens avaient le cœur serré. Trois jeunes hommes s'en allaient ailleurs, un ailleurs qui n'existait peut-être pas. De la pure folie divine. Ils n'avaient emporté que trois semaines d'eau. Dix petits jours et ils auraient déjà atteint le point de non-retour. Là-bas, dans l'immensité bleue, les dieux les mangeraient tout crus sans qu'aucun humain ne puisse leur offrir une cérémonie d'adieu. Ces morts égarés finiraient par hanter la mer qui de capricieuse deviendrait maléfique…

Sur l'*Aloès*, on se mit à compter les jours jusqu'à dix, un doigt pour chaque jour. Après, on ne compta plus, on regardait simplement dans la cale les réserves d'eau qui s'amenuisaient. Les trois hommes avaient dépassé la mort. Une sorte de quiétude contagieuse les avait envahis. Dans leurs yeux mouillés par l'espoir d'apercevoir à l'horizon une bande de terre, on pouvait lire toute la détermination de la vie. Non pas pour survivre, mais pour comprendre. Où ? Quand ? Pourquoi ? La vie n'était faite que de questions que l'univers se posait à lui-même. Ces hommes regardaient le vide devant eux depuis trop longtemps déjà. Ils étaient prêts à mourir juste pour obtenir des réponses.

À défaut de mourir, ils virent la terre plusieurs fois. Des îles petites ou grandes, gorgées d'eau, débordantes de végétation qui s'offraient à l'homme pour la première fois. Des îles fruitées mais désertes. Peut-être qu'ils tenaient là une des réponses à leurs questions : l'homme descendait bien des étoiles. De Bételgeuse en l'occurrence.

Mais alors qui avait planté la végétation sur ces îles ? Des hommes aujourd'hui disparus ou qui avaient pu repartir dans les étoiles ? Fallait-il continuer à errer sur cet océan peuplé de radeaux déserts ?

Pris par l'ivresse du voyage, aucun des trois ne voulait rentrer. Ils avaient remarqué qu'à chaque traversée, des dauphins les avaient rejoints. Ils nageaient à côté du bateau. Puis petit à petit, ils passaient sur un des deux bords et faisaient mine de s'éloigner. Toa avait compris que les dauphins cherchaient à les rabattre vers une île. Il prit la décision de toujours se fier à eux. Cela leur donnait confiance. Trop confiance sûrement, car ils ne se rendirent même pas compte qu'ils entamaient la grande traversée, celle qui sépare des continents.

Et ce qui devait arriver, arriva. L'eau vint à manquer pour de bon. Et les dauphins aussi… Rongés par la soif, les deux amis de Toa décédèrent un après l'autre. Toa eut à peine l'énergie de prononcer quelques paroles pour qu'ils rejoignent le royaume des morts, avant de les jeter par-dessus bord. Le lendemain, il s'affala sur le pont pour sombrer dans un délire profond peuplé de dauphins dansant dans la grand-voile. La nuit qui suivit le sauva une première fois par une pluie drue qu'il n'espérait même plus. Elle lui donna trois jours de plus à vivre. Le temps pour Toa de prier pour que les dauphins reviennent. Puis ce fut à nouveau le calvaire, un calvaire qui se terminerait sans personne pour le convoyer dans le royaume des morts.

Il s'allongea à l'arrière du bateau, son filet dans les mains pour une dernière pêche qu'il renonça à faire. Ses yeux brûlés par le sel regardaient l'eau défiler. Bientôt, il s'endormirait avec cette vision et plongerait rejoindre une bande de dauphins qui peut-être l'accepterait comme l'un des leurs. Sa dernière vision fut un dauphin qui suivait le bateau, puis s'en écartait vers l'est. Il sautait dans les airs de joie, plongeait, ressautait encore, replongeait. De nouveau, ce satané délire qui revenait. Le dernier geste de Toa fut machinal, il poussa la barre vers le couchant. Puis il plongea dans le noir absolu.

Lorsque Toa ouvrit les yeux, un visage noir couvert de cendres le regardait dans la pénombre. Le nez était large et empâté, à faire peur. Les yeux rouges semblaient injectés de sang. La chevelure abondante était grise et frisée comme il n'en avait jamais vu auparavant. Toa en déduisit qu'il était arrivé au royaume des morts. La bouche de ce visage d'outre-tombe s'entrouvrit laissant apparaître une rangée de dents bien blanches pour ensuite éclater en un rire tout à fait humain. Puis ce visage se démultiplia. Deux, quatre, six, huit bouches identiques à la première, quoique plus jeunes, prononçaient des paroles incompréhensibles. Partout autour de lui, on chuchotait, on s'exclamait, on écarquillait les yeux. Toa se dit alors qu'il ferait bien de jeter un coup d'œil à son corps. Il le découvrit entièrement vert, couvert d'un cataplasme de boue. Décidément, ce royaume des morts était bien étrange…

Les jours passèrent et les pensées de Toa revinrent une à une s'emboîter dans son crâne encore brûlant. À la faveur de l'obscurité dans laquelle on l'avait confiné, il revoyait le film de sa vie, ses rêves, ses doutes, ses réussites, ses erreurs aussi. L'homme à la chevelure d'argent venait souvent lui rendre visite dans sa case. Il s'asseyait à ses côtés. Dans un geste lent, il ramenait la paume de sa main sur son torse et prononçait une seule parole : « Intiaré ». Toa pensait bien faire en copiant scrupuleusement son geste : « Intiaré » lui répétait-il. L'autre paraissait déçu, il fermait les yeux et se mettait à chanter. Tout en continuant ses chants, il passait ses mains au-dessus du corps de Toa. Celles-ci s'arrêtaient parfois sur tel ou tel organe, souvent le crâne, et se mettaient à trembler. Elles semblaient agir à distance car il ressentait des picotements dans sa chair. Ces caresses aériennes lui faisaient du bien, elles le remettaient dans sa juste place, une place loin, très loin de la crique aux dauphins. Il était Toa et l'autre le soignait, Intiaré devait être son nom…

À la visite suivante, Toa refit le même geste, mais prononça son nom. L'autre sourit, n'en répéta pas moins son traitement, mais cette fois-ci, il laissa la porte ouverte derrière lui…

Toa attendit un long moment afin de s'habituer à cette lumière qui l'aveuglait. Lorsqu'il sortit, il eut un haut-le-cœur. Il était en plein désert, une plage de sable tout autour de lui, sans la mer, avec cinq ou six arbustes maigrichons çà et là qui se battaient en duel. Une poignée d'hommes, de femmes et d'enfants, tous absolument noirs de peau, nus et hirsutes, le regardait sans bouger. Ces habitants qui ne pouvaient être que du royaume des morts se présentaient à tour de rôle de la même manière qu'Intiaré, excepté les enfants qui braillaient en se cachant derrière leur mère. Toa en fit de même à chaque présentation en tentant de mettre un peu de joie sur son visage. Il ne se doutait pas qu'une maladresse de sa part aurait pu lui coûter la vie. De toute façon, n'était-il pas déjà mort ? Les dieux lui offraient une nouvelle vie certes, mais sans la mer. Autant dire qu'ils l'avaient envoyé en enfer.

Les semaines passèrent et Toa apprit à parler la langue de sa nouvelle famille. Elle se résumait à trois couples ayant des liens de parenté étroits, une vingtaine de personnes seulement en comptant les enfants. Ils n'avaient pas de chef à proprement parler, Intiaré était juste leur homme-médecine. Si Toa avait retrouvé du baume au cœur, c'était parce qu'il avait très vite découvert que la mer n'était qu'à quelques kilomètres. Un jour, il retrouva son bateau échoué sur la plage, le ventre à l'air déchiré par une profonde entaille. Inutilisable… Son filet était resté accroché au gouvernail. Il voulut aussitôt montrer à Intiaré quelles étaient ses vertus. Avançant au maximum dans l'eau, il parvint à prendre quelques poissons. Cela fut suffisant pour s'attirer l'admiration des hommes noirs. Mais pour Toa, ces retrouvailles avec son bateau furent un véritable choc. Tout devint clair dans sa tête au moment même où il lança son filet dans les airs face à l'immensité bleue. Derrière lui, ces hommes qui s'excitaient sur la berge, c'étaient les Autres Hommes ! Il n'était pas au royaume des morts, mais sur Terre, de l'autre côté de la mer. Un rêve de plus se réalisait…

Pour Toa, un rêve n'était pas le fruit de l'imagination des hommes. Dans ses racines profondes, il appartenait à l'univers entier. En fait, c'était l'univers qui rêvait. L'homme en percevait des bribes plus ou moins claires durant son sommeil, et pouvait concrétiser un rêve de l'univers qui n'existait auparavant que sous forme éthérée. Toa avait rêvé les Autres Hommes et ces Autres Hommes étaient apparus. Rien de bien magique à tout cela. Quelle ne fut donc pas sa surprise d'apprendre qu'Intiaré pensait exactement la même chose. Cette soirée-là, les flammes jouaient sur les visages noirs, lorsque l'homme médecine lui demanda de but en blanc :

— De quel rêve es-tu, homme-de-la-mer ?

Toa fut surpris par une question si directe, si claire. Il réfléchit un bon moment tout en attisant le feu avec une petite brindille. Sa réponse devait être la plus claire possible :

— Je viens de Bételgeuse, dit-il en levant la tête vers le ciel.

Ses yeux s'étaient machinalement dirigés vers un coin de la voûte céleste. Mais Bételgeuse n'y était pas, elle était plus basse dans le ciel. Il eut comme un frisson dans le dos et se résolut quand même à la montrer du doigt.

Intiaré avait levé la tête. Il s'était pincé les lèvres tout en souriant. Cet homme lui disait qu'il était de la constellation du Kangourou et cela lui plaisait.

— Nous autres, nous venons du rêve de l'Iguane. Tu connais, tu en as mangé hier.

Puis lentement, il leva aussi son doigt pour montrer à Toa la constellation de l'Iguane qui trônait juste sous la queue du Kangourou.

— C'est curieux, vous n'êtes pas les fils de l'aloès ? demanda Toa intrigué.

— Pas plus que tu n'es un fils de la mer, lui répondit l'autre amusé.

— Vous n'aimez pas la mer, n'est-ce pas ?

— Lorsque tu aimeras le désert, la mer te paraîtra trop... salée. Tu sais, nous sommes des gens qui marchent beaucoup. Chaque année nous décrivons sur cette terre un long périple. Nous y laissons notre empreinte et celle-ci à la forme d'un iguane pour montrer au ciel que nous sommes bien les Gens de l'Iguane. De la plage où nous t'avons trouvé et qui est sa tête jusqu'aux Monts du Bout du Monde qui forment sa queue. Tu iras là-bas parce que c'est là-bas que tu comprendras.

— Qu'ai-je à comprendre ? Ici, sur la tête de l'Iguane, il y a du poisson, de quoi vivre toute l'année si on construisait une barque.

— Parce que si je ne t'avais pas rêvé, tu flotterais encore sur l'eau, les os sans la peau.

À ces mots, Toa eut comme le vertige. Intiaré était en train de lui dire qu'il faisait partie de son rêve. Et que pour que deux peuples se rencontrent, il fallait deux rêves convergents. L'autre reprit sans le laisser souffler :

— Crois-tu que quand deux étoiles se rencontrent sur cette terre, cela soit dû au hasard ?

— Il n'y a jamais de hasard dans l'univers, juste des rêves qui se réalisent.

— Bien. Et quel est ton rêve aujourd'hui ?

— Apprendre de l'Iguane, balbutia Toa.

— Et le mien, selon toi ?

— Que l'Iguane survive à cette rencontre.

— Que l'Iguane aide Bételgeuse, corrigea Intiaré en levant son doigt.

Les autres autour du feu se détendirent. Là sur sa droite, une femme jeune et plantureuse que Toa n'avait pas vraiment remarquée durant ces quelques jours passés dans la tête de l'Iguane, lui envoya en pleine face une bouffée d'hormone femelle. C'était Nora, la fille d'Intiaré.

— Que Bételgeuse aime l'Iguane, lâcha sans réfléchir Toa en riant.

L'assistance prit ce rire comme un rhume contagieux. Il se changea en fou rire général. Les autres savaient, pas Toa. Demain, on allait reprendre la marche vers l'intérieur du continent avec dix jours de retard à cause d'un homme à la peau dorée, rejeté à la face de l'Iguane. Plus de mer pour Toa pendant des mois. On le laissa dans son ignorance car sinon il aurait ri jaune !

Celui-ci était ailleurs. Il pensait à la crique aux dauphins, à son village qui, à l'autre bout du monde, chantait l'aloès en se réjouissant d'une danse pour la nuit et de pêches abondantes. Il rêvait les yeux mi-clos au bonheur de son enfance, lorsqu'une main furtive chemina sur sa cuisse, tel un crabe en vadrouille sur la plage. Elle se dirigeait vers son sexe qui se mit à rêver d'une autre… version du monde ! Le temps que le rêve du bas prenne le dessus sur le rêve du haut, Nora avait disparu dans la nuit. Il alla se coucher en se disant que demain, il aurait les idées plus claires.

Le lendemain, sa nouvelle petite famille débordait d'une activité inaccoutumée. Chacun rassemblait ses affaires, les empaquetait. Que se passait-il ? Qu'avait-il bien pu dire dans la soirée pour déclencher une telle pagaille ? Ce fut Nora qui vint le rassurer :

— Aujourd'hui, les Gens de l'Iguane quittent sa tête pour cheminer sur son dos jusqu'à sa queue. Tu sais bien ! Les Monts du Bout du Monde, trois mois pour y arriver !

Toa devint livide. Trois mois plus trois mois, au moins six mois sans voir la mer ! Jamais au grand jamais cela ne lui était arrivé. Il en mourrait sûrement.

— On te donne la matinée pour saluer ta sœur la mer, lui murmura Nora à l'oreille. Reviens-moi, je ferai ton paquetage pendant ce temps, avec ton filet bien sûr.

Il courut vers la mer, il voulait avoir du temps pour qu'Elle lui dise ce qu'il devait faire. Il s'était agenouillé à ses pieds. Il implorait une solution tandis que les vagues lui léchaient ses genoux. Du poisson qui tombe en pluie sur le désert, pourquoi pas ? Un dauphin qui vienne le chercher pour rentrer chez lui ? Pour toute réponse, il vit un requin qui de son aileron tranchait la surface de la mer. Rien d'autre. Ah, si on lui avait laissé le temps de dormir auprès d'Elle, il aurait su quoi faire. Pourquoi cette bande de nomades ne l'avait-il pas prévenu plus tôt ? Une vague un peu plus forte s'écrasa sur son torse et lui mouilla le visage. Il comprit alors qu'Elle lui disait au revoir…

Marcher une journée, deux jours, c'est sympa. Une semaine, c'est déjà moins bien. Un mois, ça commence à faire mal aux pieds ! Comment ces hommes font-ils pour endurer une telle souffrance ? C'était exactement ce que se demandait Toa à mi-parcours. Il n'était pas beau à voir, la peau brûlée par le soleil, ses cheveux crasseux qu'il ne laverait qu'à la fin de ce fameux pèlerinage. Et puis surtout, ses pieds. Il s'affalait dans chaque camp pendant que les autres allaient trottiner dans les environs pour ramener un mulot ou une gerboise.

Heureusement que Nora était là. Elle allait ramasser quelques plantes, les mélangeait à une graisse qu'elle avait dans son sac et lui passait cet onguent magique sur la plante des pieds. L'effet était immédiat, une sensation de fraîcheur se répandait dans ses membres inférieurs. La préparation avait aussi un effet euphorisant, on voyait le camp plus accueillant qu'il ne l'était vraiment. Parfois, mais c'était rare, ce même camp se vidait de ses occupants trop affairés à glaner une pitance sur le désert. Toa se retrouvait seul avec Nora. C'était l'occasion rêvée pour quelques caresses volées, voire plus si le temps leur était donné.

Intiaré paraissait contrarié de ce rapprochement… entre deux étoiles. Sa fille Nora était une ressource non négligeable du groupe. Depuis qu'elle s'occupait de Bételgeuse, comme il disait, elle ramassait moins de tubercules. Certains soirs, on avait faim. Mais Nora sut faire plier son père. N'était-ce pas lui qui l'avait sauvé ? Tout cela devait avoir un sens. Intiaré avec le temps s'assagit. Si bien que le jour où les Monts du Bout du Monde se dessinèrent enfin à l'horizon, il appela Toa : « Fils ». La cause était entendue.

Les Monts du Bout du Monde étaient autre chose qu'un tas de cailloux planté au milieu du désert. Les Gens de l'Iguane avaient raison, il se dégageait de ce lieu une force, pas seulement tellurique. C'était en fait le point de jonction de plusieurs rêves. Celui du serpent, de l'autruche et du cactus notamment. Tous ces gens se réunissaient une fois l'an pour passer quelques semaines ensemble. Il y avait suffisamment d'eau cachée dans les gorges pour tout ce petit monde. C'était l'opportunité d'échanger des objets, de faire la fête et même de se marier.

Toa était un peu l'attraction de l'année. On fit beaucoup de fêtes en l'honneur de « l'homme à la peau dorée qui venait de Bételgeuse ». Allait-il revenir l'année prochaine accompagné des autres membres de sa tribu pour agglutiner son rêve à celui des autres ?

Chaque groupe parlait un dialecte légèrement différent. Toa en était parfois désorienté. Il comprit tout de même que les hommes ne venaient pas ici juste pour se rencontrer et s'amuser. Cela lui parut compliqué, mais ils venaient à la source du savoir, là où « La Loi », comme ils l'appelaient, était née.

— Qu'est-ce que La Loi, Intiaré ? demanda un soir Toa.

— La Loi, c'est difficile de t'expliquer avec des mots. Disons que c'est la mère de tous les rêves. La force qui émet tous les rêves avant qu'un être vivant ne les réalise.

— Et elle est ici, n'est ce pas ?

— Oui, partout ces montagnes sont creusées de grottes. C'est à l'intérieur de celles-ci que tu te trouves le plus près d'elle.

— Mais à quoi cela sert-il de s'en rapprocher si elle rejaillit partout dans le monde ?

— Pour le comprendre, il faudrait que tu entres dans ces grottes. Mais je ne suis pas sûr que tu sois prêt.

— Pourquoi dis-tu cela ? En traversant les mers, j'ai perdu toute peur. Cette source des rêves dont tu parles, je peux l'atteindre aussi bien que toi…

— Il y a un problème, fils.

— Ah oui ? Lequel ?

— Il faut faire abstinence sexuelle pendant un mois. Et vu ce que Nora m'a dit…

— Je ferai ce que tu me demandes. Et puisque tu es bien informé, Nora te le confirmera !

— Rendez-vous demain, grand curieux, conclut Intiaré en riant.

Toa s'était peut-être un peu vite emballé. Là maintenant, il se retrouvait dans une de ces grottes sacrées. La torche éclairait les parois couvertes de peintures : des mains, des visages stylisés, des animaux d'une époque révolue… Et voilà qu'un pêcheur entrait dans leur monde. Intiaré lui avait dit de s'asseoir au centre de la cavité et l'avait planté là dans l'obscurité depuis des heures. Peut-être même des jours, il ne savait plus vraiment. Lorsque l'homme-médecine revint, il était entièrement couvert de cendres et il enduisit pareillement le corps de Toa. Dans un coin de la grotte, il déterra un long tube d'un mètre à peine et deux énormes cristaux, de la taille d'un poing, translucides comme l'eau.

— Prépare-toi à rencontrer la mère de toutes les connaissances, fils !

Sur ces mots, l'homme noir lui appliqua les deux cristaux de quartz sur les oreilles à l'aide d'un bandeau qui en même temps lui couvrit les yeux. Le reste, il ne put que le deviner. Intiaré s'était assis en face de Toa, le grand tube entre les deux hommes. Sa pointe reposait par terre, l'autre extrémité dans sa bouche. Il prit son inspiration, puis souffla. Un souffle du fond du cœur qui se transforma en un vrombissement du fond des âges…

Dans le noir total, chaque vibration du didjeridoo formait, dans la tête de Toa, des milliers d'étincelles de couleurs différentes qui s'agençaient harmonieusement. Les trains d'ondes en forme de spirale, de sinusoïde l'emportaient vers l'intérieur de la montagne. Il se vit plonger dans un puits sans fin. Puis le noir l'envahit de nouveau dans un silence absolu. Le vrombissement revint alors à la charge, il le catapulta sur la mer couverte de rides irisées.

— Tiens, cela faisait longtemps que je n'avais plus rêvé de la mer, pensa-t-il.

Mais déjà, là-bas, la crique aux dauphins fondait sur lui. Il s'y encastra pour replonger vers le centre de la terre dans un magma en fusion. Dans ces volutes incandescentes, se dessina une vision qui ne ressemblait à rien :

Sur une terre plate et grise sans aucun arbre, une moitié de bulle gigantesque était posée. En transparence, on pouvait voir à l'intérieur des blocs de pierres rectangulaires énormes séparés par des canyons de quelques mètres de large. On aurait dit qu'ils étaient incrustés de quartz parfaitement translucides. Et dans ces petits carrés, des hommes et des femmes étaient prisonniers. Une ruche d'êtres humains aussi nombreux et serrés qu'un banc de sardines, qui se protégeait d'un bruit semblable au crépitement d'un feu...

Il cria pour que la paix revienne dans son esprit. Et ses vœux furent immédiatement exaucés. Le son du didjeridoo se changea en sifflements de dauphins. Juste des sifflements et rien d'autre.

De retour au camp, Toa raconta son voyage à Intiaré. Celui-ci l'écouta avec attention, puis fit la moue :

— Fils, tu n'as pas pénétré La Loi. Tu t'es juste égaré vers un des multiples rêves du futur. Ici, ce n'est pas le futur que nous cherchons, mais les origines du monde. Ce que nous appelons « le temps du rêve », la force qui donne naissance à une réalité parmi tant d'autres possibles.

Toa en était à son cinquième tour de l'Iguane. Lorsqu'il marchait sur son dos en direction des Monts du Bout du Monde, il lui arrivait de penser à cette fameuse vision du futur. Par contre, lorsqu'il marchait sur son ventre en direction de la mer, il se sentait revivre. Toa avait maintenant deux enfants café au lait qui eux aussi aimaient rejoindre la tête de l'Iguane. Il avait pu obtenir d'Intiaré que le camp d'été soit installé au bord de la mer et c'était lui qui nourrissait tout son clan durant cette période. Juste retour des choses pour un homme qui restait un piètre chasseur du désert. Intiaré et les siens avaient fini par s'habituer à manger autant de poisson. Ils commençaient même à rêver un peu de la mer. Toa, de son côté, rêvait souvent de la crique aux dauphins. Il n'avait pas abandonné le projet de rentrer un jour chez lui. À chaque rencontre avec d'autres tribus, il s'arrangeait pour demander discrètement si elles ne connaissaient pas un village de pêcheurs ou même des hommes sachant construire des bateaux. Et invariablement, on lui répondait par la négative.

Intiaré savait qu'il risquait à tout moment de perdre son gendre. Il avait deux solutions : soit vivre en tenant compte de ce possible départ, soit inclure encore plus profondément Toa dans la vie de son groupe. Il alla dans une grotte interroger La Loi. Bien que la première solution eût été plus raisonnable, La Loi lui désigna la seconde. Un nouveau rêve était né, celui de faire de Toa un homme-médecine. Ce rêve-là était risqué, car si Toa s'en allait un jour, les Gens de l'Iguane perdraient tout le savoir médical accumulé durant des générations. Son entourage ne manqua pas de lui en faire la remarque. Mais Intiaré répondait toujours :

— La Loi l'a formulé. Nous le réaliserons.

Toa accepta la proposition d'Intiaré avec enthousiasme. Ce qui n'était au départ qu'une curiosité, devint peu à peu une passion. Intiaré ne s'était pas trompé : cet homme-là avait été un prêtre de l'aloès, il ferait un excellent médecin. Pour tous ces gens, santé physique et spirituelle formait un tout. Entre religion et médecine, on passait d'un domaine à l'autre avec les mêmes mots, les mêmes gestes, la même énergie. Tout n'était-il pas que prière ?

Toa débuta son apprentissage par un jeûne dans le désert, juste à la jonction de la tête et du cou de l'Iguane, afin de purifier son corps et de mieux sentir les énergies du monde, du désert, du sable.

— Le corps est rempli d'énergies. Il les échange en permanence avec le reste du monde. Tout ton travail se résume à mieux sentir ces échanges puis à les orienter, les canaliser, disait toujours Intiaré.

Une lune de jeûne et Toa regardait déjà le monde en transparence. Les autres s'étaient privés de poisson pendant tout ce temps, rien de grave. Ensuite, tout en cheminant sur le dos de l'Iguane, Intiaré lui dessina sur le sable tous les rêves qu'il connaissait sur ce continent. Toa devait les mémoriser, puis les refaire. L'homme-médecine à ses côtés corrigeait la moindre de ses erreurs.

Aux Monts du Bout du Monde, Intiaré dessina le « Rêve de l'Équilibre Ancestral », le seul à avoir une symétrie sur trois axes, un vertical et deux horizontaux. Au centre, là où les énergies convergent, un cristal de quartz était enterré. Il y plaça son élève un jour entier sans manger, ni boire, les paumes des mains orientées vers le ciel. On dit que c'est à ce moment-là que les mains « se chargent ». Toa en sortit exténué, comme vidé de ses entrailles. Il avait froid. Seules ses mains étaient chaudes.

En chemin sur le ventre de l'Iguane, il s'entraîna à sentir avec ses mains. Il fermait les yeux et balayait le corps d'Intiaré. Celui-ci simulait une maladie en concentrant ses énergies dans une partie du corps et Toa devait deviner. Avec le temps, Toa finit par « voir » le corps en transparence. Il parvenait à localiser le nœud pathologique, une sorte de tubercule couvert de radicelles et solidement enraciné dans la chair. Alors ses mains tremblaient…

Le temps passait et Intiaré faiblissait. Toa l'avait remplacé comme homme-médecine chez les Gens de l'Iguane. Et personne ne s'en plaignait. Cet ancien pêcheur de la crique aux dauphins était un peu le kangourou blanc des plaines, la perle rare, celui qui concentre les pouvoirs grâce à un destin hors du commun. Signe de cette réussite, le groupe d'Intiaré avait grandi. Il avait gagné des femmes, comme on disait à l'époque. Outre la petite famille de Toa qui s'élevait maintenant à six personnes, quatre autres foyers s'étaient ralliés au Rêve de l'Iguane.

Le soir, lorsque le feu crépitait sur la plage et que tous se réunissaient, Toa racontait le Rêve du Dauphin. Dans les yeux de l'assistance, chez les enfants et les adolescents surtout, brillait une lumière bleue comme la mer. On rêvait à un autre rêve possible. Qu'un jour, l'un des descendants des Gens de l'Iguane atteindrait la crique aux dauphins, ses aloès en forme de poulpe renversé, ses bateaux orgueilleux qui fendent la mer. En retrait, Intiaré écoutait l'homme qui lui avait succédé, cet homme qui aimait l'Iguane au point de ne plus envisager de rentrer un jour chez lui. Intiaré avait réalisé son rêve, mais en retour il lui devait un dernier cadeau.

Ce fut juste avant sa mort dans une des grottes des Monts du Bout du Monde. Intiaré invita son gendre et lui dit que cette nuit, tous les deux, ils allaient essayer de rejoindre la crique aux dauphins telle qu'elle était maintenant. Un troisième homme-médecine jouait du didjeridoo et deux paires de quartz se mirent en position devant lui.

On se saura jamais comment, mais Intiaré parvint à suivre le fil précis de l'espace sans que le fil du temps ne se rompe. Une véritable performance, car les hommes noirs ne cultivaient pas ce genre d'exercice. Dans sa détermination, il emmena Toa avec lui, tout en réussissant à stabiliser sa vision. Là, sous leurs yeux, des hommes et des femmes, ses amis d'enfance devenus adultes, tissaient des cordelettes, cristallines comme le quartz. Un détail l'intrigua. Personne ne chantait le chant de l'aloès et encore moins la complainte des Autres Hommes à l'autre bout de la mer. Tout était exactement comme avant, lorsqu'il était enfant dans ce village, à la différence près que les cordelettes étaient imprégnées du suc de l'aloès. En partant, il eut le temps de voir les mêmes deux bateaux communautaires qui était là le jour de son départ. Aucun autre bateau n'avait été construit. On aurait dit que le village avait oublié Toa…

Intiaré décéda quelques jours après cette vision. Lui qui ne connaissait pas la crique aux dauphins ne pouvait pas comprendre la signification de ce qu'ils avaient vu. Pourtant, ses dernières paroles à l'intention de Toa furent les suivantes :

— Tu vois, fils. Chaque homme, chaque peuple, chaque humanité prend tous les jours des décisions. Les choix qu'ils font, bons ou mauvais, on ne peut jamais les effacer. On ne revient jamais en arrière, on peut juste corriger les rêves trop ambitieux.

Le vieil homme lui avait donné une dernière leçon. De quoi méditer pour le restant de ses jours.

Toa termina sa vie dans la quiétude du continent australien. Les Gens de l'Iguane avaient fait de lui un homme-médecine nomade qui ne regardait la mer que trois mois par an. Ici, sur cette terre aride et parcimonieuse, personne ne rêvait d'un monde ailleurs et c'était bien ainsi. Toa avait quand même pu transmettre aux jeunes générations son amour de la mer et cette envie d'aller rêver sur la plage. Ses fils avaient construit des barques à balancier. Ils pêchaient sans filet, au harpon et à la nasse, car on n'avait pas trouvé d'aloès dans la région. Pour tous, remonter vers la tête de l'Iguane était devenu aussi réjouissant que de rejoindre sa queue.

— Voilà qui équilibre le monde, se disait en souriant Toa à la fin de sa vie.

Vieux et fatigué de près de quarante parcours de l'Iguane, il se laissa mourir au bord de la mer. Toute sa famille savait ce qu'elle aurait à faire le jour de sa mort. À la différence des hommes noirs qui aimaient être enterrés, Toa fut roulé dans ce qu'il restait de son filet à l'aloès. Ses fils avancèrent sur la grande bleue au plus loin qu'ils purent. Jamais ils n'étaient allés aussi loin. Et ils attendirent. Combien de temps allaient-ils attendre à la limite de leurs capacités de marins ?

Leur père les avait assurés que ce ne serait pas bien long. Alors, ils prièrent pour que le dernier rêve de leur père se réalise. Eux qui n'avaient vu que très rarement des dauphins n'en menaient pas large. Lorsque enfin il arriva, ils se mirent à pleurer de joie et de tristesse. Prestement, ils jetèrent le corps de Toa à la mer et le dauphin se mit à tourner autour.

Dans la pâle lueur d'un crépuscule, deux jeunes gens rejoignaient la terre ferme le cœur joyeux. Derrière eux, chaque particule de Toa se mêlait aux gouttes de mer. Prises d'une agitation frénétique, elles fusionnaient ensemble et déjà s'échangeaient toute l'information du monde…

Alerte Virus

Lumi se réveilla l'humeur plutôt morose, assaillie par les lambeaux de ce rêve étrange qui remontaient à la surface de sa conscience, comme des bulles de gaz dans un verre d'eau. Pourquoi avait-elle fait un tel rêve ? Peut-être aurait-il mieux valu prendre une pilule pour dormir... Lorsqu'elle ouvrit les yeux, elle fut arrêtée net dans ses réflexions : l'écran de télévision de sa chambre était éteint, Kevin avait dû couper la connexion. C'était monnaie courante après une PJS entre deux inconnus, on ne pouvait pas lui en vouloir. Ceci étant, Lumi en fut attristée, car elle aurait aimé une fin plus romantique à cette belle soirée aux chandelles.

En arrivant dans son bureau, Kevin l'avait saluée à travers la vitre virtuelle, d'un sourire un peu plus appuyé que d'habitude, mais sans plus. Cela aussi était normal, car les relations amoureuses ne se dévoilaient pas au travail. Probablement parce qu'elles devaient être fréquentes et qu'il ne fallait pas qu'elles en viennent à perturber la productivité.

Après son travail, Lumi déjeuna comme à l'accoutumée devant sa télévision avec un manque d'appétit évident. Les informations télévisées de ce vendredi 13 la laissaient totalement indifférente. Le nez plongé dans sa mousse au chocolat, elle dessinait des figures avec la pointe de sa petite cuillère, se consolant à l'idée que peut-être Kevin essayait de l'appeler sans succès, là, maintenant. Une chance sur deux qu'il cherche à me revoir ce week-end, pensa-t-elle. Qu'allait-elle bien pouvoir lui répondre ? Elle décida que tout dépendrait de l'originalité de son invitation. D'accord pour un opéra ou une pièce de théâtre en 3D. Négatif pour un *cappuccino* dans une galerie marchande…

Toujours plongée dans ses spéculations, elle acheva son repas en se laissant tenter par une consultation astrologique. Les programmes étaient maintenant très au point depuis que la course des astres avait été entièrement informatisée. Lumi y avait entré une fois pour toutes sa date de naissance à la minute près et les coordonnées cardinales GPS de son lieu de naissance à la seconde près. Si bien qu'il suffisait de lancer le programme pour avoir une prévision précise pour la journée.

L'écran afficha une page d'informations segmentée en différentes catégories : travail, cœur, amitiés, etc. Elle préféra porter son attention sur la rubrique « En bref » :

Aujourd'hui, de bonnes nouvelles
vous mettront sur une piste insolite.
Laissez-vous surprendre par la nouveauté
qui passe à portée de main.
Goûtez à l'extraordinaire. Vous ne le regretterez pas.

Décidément, l'astrologie était une science exacte. Voilà qui corroborait sa folle envie d'inattendu en compagnie de Kevin. Ce fut à ce moment-là que le téléphona sonna et Lumi ne put s'empêcher de sourire. Elle imagina son pauvre collègue de travail recomposant indéfiniment son numéro pendant toute la durée du déjeuner, trépignant contre ce maudit filtrage automatique. Elle décrocha à la cinquième sonnerie juste avant que son répondeur ne se déclenche, car cette musique de Carmen condamnée à passer en boucle lui plaisait bien :

— Ta, ta, ta, tan !

Surprise, ce n'était pas Kevin, mais Jeff, son vieux compagnon d'études. Le son de sa voix la replongea instantanément quelques années en arrière lorsqu'ils bûchaient ensemble les cours virtuels d'informatique de l'université de Stanford. Aujourd'hui, Jeff poursuivait une carrière brillante : il travaillait à la prestigieuse et mystérieuse ISA, l'*International Security Agency*, qui avait remplacé la défunte NSA.

— Salut Lumi, comment vas-tu ? Ça fait un bail qu'on ne s'est pas vu.

— Tu l'as dit, bouffi ! Un mois au moins.

— Eh, arrête de m'appeler comme ça ! J'ai encore maigri de quatre kilos depuis notre dernière rencontre. Bientôt, j'aurai une taille de guêpe comme toi…

— Oui, mon bouchon, accroche-toi !

— Dis-moi, si on se faisait une toile cet après-midi ?

— Un vieux cinoche poussiéreux avec un écran en tissu bien crasseux, rempli d'acariens ! Et pourquoi pas un musée du tire-bouchon, tant que tu y es ?

— Ben, c'est tout ce que j'ai trouvé pour sortir de l'ordinaire…

À ces mots, Lumi eut comme un flash. Elle regarda à nouveau son écran affichant obstinément sa prédiction astrologique et se dit qu'il n'y avait pas de hasard dans la vie, juste des coïncidences…

Elle attendait un coup de fil amoureux et était sur le point de décliner l'invitation de son ami qui tombait mal, quand elle se rendit compte que rien dans ce message astrologique n'avait une connotation sexuelle. C'était elle qui avait vu du sexe, là où il n'y en avait pas… L'idée de sortir pour aller s'enfermer dans une salle publique, sombre de surcroît, pour y voir un ersatz de cyber-voyage ne l'enchantait pas du tout. Que pouvait bien mijoter ce vieux fou de Jeff ? À quoi rimait cette invitation ringarde ? Sans plus demander de détails, elle accepta en se disant qu'elle le regretterait peut-être…

— Bon très bien, excellente décision ! Tu ne le regretteras pas ! La séance est dans deux heures au Cinéma Ritz. T'as juste le temps de te changer pour sauter dans une navette express. Prends ton portable avec toi, il t'indiquera comment y aller.

Lumi fut intriguée par une réponse aussi laconique. On aurait dit qu'il était pressé et cela ne lui ressemblait guère. Elle réalisa alors qu'il n'y avait pas d'émotion dans sa voix. Aussi décida-t-elle d'abréger la communication par une trivialité du genre : « Allez à tout de suite, mon chou ». Et quand elle raccrocha, un étrange pressentiment l'assaillit : Jeff voulait lui dire quelque chose d'important. Elle était loin de se douter que cette rencontre allait changer sa vie…

Le rendez-vous était à mi-chemin entre leurs deux domiciles dans un quartier résidentiel proche d'une zone commerciale. Son charme était désuet avec ses petits immeubles vétustes et ses grandes avenues, aujourd'hui désertes, mais qui autrefois canalisaient à grand-peine un flot incessant d'automobiles. Quel gaspillage de place ! Nul doute que dans un proche avenir, ce quartier serait détruit, happé par le centre commercial tout proche.

Lumi promena son regard sur ces façades d'une autre époque vouées à disparaître. Les rues étaient désertes à cette heure de la journée ce qui accentuait encore le sentiment de tristesse ambiante. Si Jeff avait voulu un endroit calme et discret, il n'aurait pas pu mieux trouver… Elle jeta un œil sur sa montre et constata avec délectation qu'elle ne serait pas en retard pour une fois. Au loin, l'enseigne ringarde du Ritz se dessinait. Quelques pas encore et elle put apercevoir un homme de petite taille coiffé d'un chapeau qui faisait les cent pas devant l'entrée.

Jeff l'accueillit tout sourire, les bras grands ouverts pour l'enlacer aussitôt. L'accolade était vigoureuse et sincère, voire un peu théâtrale, mais en tout cas, conforme à leur amitié. Son ami n'avait pas menti, il ressemblait de moins en moins à ce jeune étudiant rondouillard qu'elle avait connu. Tout juste pouvait-on dire de lui qu'il était trapu. Elle ne se priva pas de l'abreuver d'une avalanche de plaisanteries à ce sujet.

Alors que la conversation allait bon train, Lumi remarqua qu'il n'arrêtait pas d'observer toutes les personnes qui se présentaient au guichet. Elle mit cela sur le compte de sa déformation professionnelle. Lui, l'agent de la sécurité, ne pouvait pas s'empêcher de contrôler son propre entourage…

Fort heureusement, il n'y avait pas beaucoup de candidats à cette ennuyeuse projection de dix-huit heures. Lumi s'en réjouissait à l'avance, elle qui avait une sainte horreur des foules. Elle se demanda quand même s'ils allaient finir par entrer, car il ne semblait pas se décider. Lorsque la billetterie automatique annonça le début du film, il l'invita enfin à entrer.

Dans la pièce sombre et poussiéreuse qui faisait penser au tombeau de Kheops, s'éparpillaient une douzaine de têtes tout au plus. Lumi suivit la silhouette de son ami dans la pénombre tout en cherchant vainement une araignée à écraser. Préoccupée par son angoisse, elle ne s'aperçut pas qu'il avait pris soin de choisir une place à l'arrière, la plus éloignée possible des autres spectateurs.

Jeff ne lui laissa pas le temps de souffler. Il se retourna vers elle pour mieux lui chuchoter à l'oreille :

— Tu te doutes que je ne t'ai pas fait venir ici pour voir ce navet. Il se passe quelque chose de bizarre sur Internet depuis deux semaines. L'affaire est classée top secret, c'est pour ça que je n'ai pas pu t'en parler au téléphone. Je risque ma place si on venait à savoir que je t'ai divulgué cette information.

L'agent de l'ISA s'interrompit pour donner un coup d'œil circulaire autour de lui. Sa voix était à peine audible par Lumi, elle ne risquait pas d'être remarquée. Il reprit :

— En fait, on a vu apparaître un site terroriste d'un genre nouveau. Il s'appelle KODT, mais tu ne pourras jamais trouver une seule information sur internet avec ce terme. Tout simplement parce que tous les messages informatiques comportant ce nom sont filtrés à l'échelon mondial. Techniquement, ce site s'apparente à un virus mutant d'une nouvelle génération. Il est impossible de le déloger de la matrice. Chaque fois qu'on parvient à l'isoler, et même si on éteint le serveur dans lequel il s'est réfugié, il disparaît pour réapparaître ailleurs un peu plus tard. C'est pas incroyable, ça ?

Lumi acquiesça, tout en se demandant pourquoi Jeff lui racontait tout cela. Pourquoi elle ? Elle voulut parler, mais une main sortie du néant vint se plaquer contre sa bouche.

— Nos meilleurs informaticiens font chou blanc. Si tu le télécharges pour étudier sa programmation, il te détruit ta bécane. Ils ont même décidé de ne plus l'attaquer de peur qu'il ne se duplique en des milliers de rejetons. Cette chose-là est vivante, je te dis. Elle a la hargne de survivre ! La seule idée qu'ils ont eue, c'est de bâtir un écran de brouillage tout autour pour que plus personne ne puisse le visiter. D'ici une dizaine de jours, ce site ne sera plus consultable, il sera muré dans la matrice. Comme un kyste toujours bien vivant. À l'ISA, j'ai fait savoir que je n'étais pas d'accord avec cette stratégie. Je prétends qu'il faut continuer à l'étudier pour un jour parvenir à le détruire définitivement. Mais personne ne m'écoute en haut lieu. Je suis coincé, c'est pourquoi j'ai pensé faire appel à toi.

— Pourquoi moi ? parvint à glisser Lumi, le cœur battant.

— Chuuutt ! Tu écoutes, tu réfléchis, tu parleras après ! Figure-toi que ce site est hallucinogène. Une vraie drogue. Car une fois que tu y as touché, tu ne peux plus t'en passer. Toi, tu es spécialiste des cyberjeux. C'est un peu pareil, non ? Alors, j'ai pensé que tu pourrais m'aider. Surtout, n'essaie pas de rentrer dans sa programmation, c'est trop dangereux. Teste-le simplement et tu me donneras ton avis d'ici une semaine. T'as tout le week-end pour ça. Mais fais bien attention à toi, je ne voudrais pas te retrouver à l'asile. Alors, ça te branche ou tu te dégonfles ?

— Ça me branche.

— Bon, super ! On va rebosser ensemble sur ce coup-là. J'ai ouvert une nouvelle adresse internet personnelle, tu pourras m'écrire chaque fois que tu le voudras, comme ça on restera en contact permanent. Pas de vidéoconférence. Pas de téléphone. Juste des messages. Et quand tu parleras de lui, tu diras PJS à la place de KODT, OK ?… Ah, j'oubliais, essaye de ne pas te faire repérer quand tu vas sur ce site : les internautes qui y vont sont mis en quarantaine illico. OK ?

— OK.

Jeff sortit de sa veste un long tube semblable à un rouleau de poster, empaqueté comme un cadeau.

— Tiens, voilà un cadeau pour toi : mon dossier sur ce virus. Il y a tout dessus : les rapports ISA, mes propres expériences, les recommandations que je viens de te dire, tout… Si tu tires sur le ruban, tu casses une ampoule d'acide à l'intérieur qui détruira tous les papiers. On ne sait jamais si tu te fais prendre dans un contrôle. À la maison, tu n'auras qu'à le couper avec une paire de ciseaux et l'ouvrir précautionneusement.

— On se voit dans une semaine alors ? Le mieux, c'est que tu viennes à la maison. On simulera un rendez-vous amoureux au téléphone, hein ?

La réponse directe de Lumi surprit Jeff. L'espace d'un moment, il s'imagina avoir à ses côtés la jeune étudiante contestataire d'il y a quelques années. Il comprit que la petite informaticienne de chez BB venait de prendre l'affaire en main, exactement comme il l'espérait.

— OK, Lumi. Maintenant, tu pars et tu rentres direct chez toi. Tu ne m'as pas vu au cinéma. Je t'ai posé un lapin. Tu ne sais pas où je suis… Bye et prends soin de toi.

Lumi embrassa son vieil ami et se leva aussitôt. Ses jambes étaient molles et sa tête bouillonnait. Les araignées du tombeau de Kheops avaient totalement disparu de sa mémoire. Elle s'imagina plongée dans un cyber-jeu d'enquête policière. La planète entière était à ses trousses. On allait l'arrêter pour vol de documents secrets, voire même l'accuser de terrorisme, alors que justement elle était l'unique chance de survie d'un monde infecté par un virus informatique. Elle prit une navette directe pour rentrer chez elle. Quatre-vingts minutes de trajet qui furent un véritable calvaire.

À peine arrivée dans son appartement, Lumi s'empressa de couper le ruban de son paquet cadeau. Elle retira délicatement la fiole d'acide puis la liasse de documents. Une soixantaine de pages en tout qu'elle déposa sur son bureau. D'une petite pichenette, elle réveilla ensuite son ordinateur central qui somnolait. Dans la foulée, elle lui demanda de couper tous ses téléphones et d'enregistrer tous ses messages téléphoniques jusqu'à lundi 9 heures dans un dossier à part. Voilà, elle avait soixante heures devant elle. Et pour mieux s'en convaincre, elle décida d'afficher sur un écran annexe un compte à rebours en chiffres énormes.

— Top chrono, c'est parti, s'entendit-elle proférer solennellement.

L'instant d'après, elle se rua dans la salle de bain pour prendre une douche que son corps réclamait avec insistance. La ville entière s'était plaquée sur sa peau. Particules, saletés, microbes, effluves, tout devait être expulsé au plus tôt. C'était normal de se comporter comme cela dans un monde où chacun vivait dans un bocal contrôlé et protégé. Chaque fois qu'elle sortait à l'extérieur, Lumi ne dérogeait jamais à cette règle élémentaire d'hygiène. Pour elle, comme pour tous les autres, ce n'était plus un principe, mais une nécessité. Et cette nécessité s'appelait solution antiseptique…

Document ISA 02/02/82 – Alerte Virus KODT

Depuis trois jours maintenant, nos services ont repéré un site non autorisé à l'adresse www.kodt.fr. Nos différentes recherches pour retrouver les auteurs de ce site illégal se sont avérées infructueuses. De toute évidence, les auteurs en question utilisent une technologie de programmation ultra-sophistiquée, leur site ne peut être effacé de la matrice. Nos meilleurs techniciens en ont déduit que nous étions en présence d'un virus mutant capable de s'incruster dans les circuits informatiques afin de survivre en l'absence de tout courant électrique. Sa capacité de réaction est tout aussi phénoménale, il se déplace dans toute la ceinture du réseau informatique mondial à une vitesse supérieure à la vitesse de la lumière, ce qui le rend insaisissable. Une partie de nos techniciens n'est pas d'accord avec cette interprétation. Pour eux, dépasser la vitesse de la lumière étant impossible, le virus se serait donc dupliqué et incrusté dans un nombre important d'ordinateurs du web. Tout ce que l'on peut dire en l'état actuel de nos connaissances, c'est que ce virus constitue une menace majeure pour la matrice. Il est raisonnable de penser qu'un complot organisé se cache derrière ce site viral.

Document ISA 03/02/82 – Alerte Virus KODT

Le site terroriste KODT a peut-être été injecté dans la matrice par un complot extra-terrestre. C'est l'avis aujourd'hui de bon nombre de nos informaticiens. Car toujours selon eux, aucun internaute au monde ne serait en mesure de développer une technologie de programmation aussi complexe. Le site semble être composé de quatre unités indépendantes (K, O, D et T), sortes de pro-virus, baptisés E-prion, détectables mais inidentifiables. Ce serait la fusion de ces quatre éléments qui produirait le virus mutant à l'origine du site qui n'est en somme qu'une « explosion herpétique », expression du jargon informatique empruntée au domaine médical (herpès, bouton de fièvre). Nos techniciens pensent être en mesure d'endiguer le site d'ici quatre semaines. Les E-prions resteraient dans la matrice, mais ne pourraient plus s'exprimer.

Document ISA 06/02/82 – Alerte Virus KODT

Au septième jour de l'infection virale KODT, le nombre d'internautes ayant visité le site terroriste est en constante augmentation : il est de 32.578 dans le monde (hors personnel de l'ISA). Et ceci, malgré notre politique visant à éliminer du réseau tous les messages E-mail contenant le mot KODT dès le premier jour. Nous en déduisons que l'information circule hors des moyens de communication électronique, c'est-à-dire par téléphone, vidéoconférence et rencontre en direct.

Les effets cliniques du site terroriste sont les suivants : extase, transe, hallucination, introspection, mélancolie, démotivation, dépression, névrose, psychose, schizophrénie, repli sur soi, comportement antisocial, incivisme, absentéisme… Ils varient fortement d'une personne à l'autre. Le personnel de l'ISA travaillant sur KODT lui-même est touché. Certains ont dû être internés, un homme s'est même suicidé. Nous recommandons que tous les visiteurs de ce site en dehors des personnes accréditées soient internés pour suivre un traitement psychiatrique.

Document ISA 12/02/82 – Alerte Virus KODT

L'internement psychiatrique de près de 72 000 internautes ayant visité le site terroriste KODT semble porter ses fruits. Le site est maintenant peu visité hors accréditation. La vigilance la plus extrême doit cependant encore être maintenue car il suffirait d'une divulgation publique pour déclencher un véritable raz de marée aux conséquences sociales et économiques incalculables. Le contrôle se maintiendra jusqu'à la mise en place d'un brouillage définitif du site d'ici une dizaine de jours. Le pire semble avoir été évité grâce aux décisions politiques des Mégapoles Unies dont il faut louer les mérites. Il reste qu'aucun scientifique ne peut expliquer ni la présence, ni le fonctionnement de ces E-prions volontairement injectés dans la matrice.

Lumi jeta nerveusement les documents de l'ISA sur son bureau. Ce virus n'était autre qu'une bombe prête à exploser. Jeff avait raison : murer les E-prions dans la matrice pouvait être dangereux. Une fois de plus, on ne s'attaquait pas à la cause profonde du mal, mais à ses effets. Un bricolage superficiel au lieu d'un véritable travail en profondeur.

Qui pouvait bien être à l'origine de cette agression caractérisée ? Le monde uni ne se connaissait pas d'ennemis. Tout au plus, quelques exclus et autres tribus restées primitives erraient à l'extérieur des villes, condamnés à manger des racines sauvages jusqu'au jour où l'on finirait par les interner. Cela ne pouvait venir que du ciel…

Lumi se dit que pour sa sécurité, elle ne pouvait entrer sur ce site terroriste sans une bonne nuit de sommeil réparateur. Elle aurait besoin de toute sa force de caractère et de toute sa lucidité pour lutter contre les armes virtuelles qu'elle allait affronter. Elle décida qu'elle n'utiliserait pas le code d'accréditation donné par Jeff, car il resterait une trace de sa visite sur le site. On n'est jamais assez prudent. Elle avait une autre idée : lancer son ordinateur dans une folle nuit de « saute-monton »... En quelques clics, elle demanda à son ordinateur de passer de manière aléatoire d'un serveur à un autre en changeant chaque fois d'identité. Pendant des heures, celui-ci allait faire des milliers de fois le tour de la terre, comme une ficelle qui s'enroule indéfiniment autour d'une pomme. Dans le lot, quelques-uns de ces sauts seraient perturbés par un parasite et donc effacé de la matrice. On ne pourrait jamais retrouver sa trace, si bien que sa visite sur KODT serait imputée à un autre. Lumi eut un frisson en pensant que quelque part dans le monde, un internaute serait interné par sa faute. La mission que Jeff lui avait assignée était à ce prix...

Son ordinateur transitait par Honolulu lorsque Lumi s'intéressa aux autres documents. Jeff avait consigné sur plusieurs pages les effets qu'il avait ressentis en visitant le site. Un passage retint plus particulièrement son attention :

Quatre lettres K, O, D et T tournoyaient avec volupté sur mon écran depuis plusieurs minutes. Plus je les fixais et plus je sentais mon corps se liquéfier. Je crois être tombé dans une sorte d'état hypnotique durant lequel j'ai pu voir se rejouer toute ma vie depuis le tout premier instant de ma naissance jusqu'à aujourd'hui. En fait, j'étais comme un observateur extérieur. Je pouvais me rendre compte des blessures psychologiques que j'avais infligées inconsciemment aux autres et qui à l'époque m'étaient apparues comme anodines. Je me voyais grandir et changer de comportement, de jugement vis-à-vis de la société. Mes rêves d'enfants s'évanouissaient. Ils étaient remplacés par d'autres qui n'étaient pas les miens : servir la matrice, aider le système à gérer la surpopulation, vivre selon un modèle préétabli.

Un sentiment de mélancolie s'est alors emparé de moi. Je n'étais plus Jeff, mais un numéro dans une immense banque de données. L'enfant Jeff voulait se réveiller et sentir à nouveau le souffle chaud de l'inédit, de l'aventure, de l'imprévu. KODT semblait m'enseigner quelque chose : la vie est un risque qui doit être vécu comme tel, si l'on ne veut pas mourir avant l'heure. Mourir, c'est s'éloigner de ce qui nous est promis, c'est tourner le dos à nos rêves. KODT me disait qu'un jour après la mort de mon corps, je vivrais une autre vie, une autre aventure et que le défi serait exactement identique : être soi-même pour vivre au plus près de la lumière éternelle...

Pour Lumi, le puzzle se mettait en place. Elle comprenait maintenant l'attitude nerveuse et culottée de Jeff lors de leur rendez-vous. Pourquoi il était contre le brouillage définitif de ce site. Elle alla s'endormir avec le sentiment que peut-être KODT n'était pas un ennemi infâme, mais un cadeau divin de l'univers. Une sorte d'accident informatique conjuguant les talents de Freud et de Jung réunis, né d'un rayonnement cosmique pour aider les hommes à voir plus clair dans ce nouveau siècle qui s'annonçait. Peut-être qu'elle aussi voulait changer et redevenir un être pur et innocent, comme au premier jour de sa naissance...

Le lendemain matin, Lumi était assise devant son ordinateur. Elle regardait d'un œil détaché les informations défiler à l'écran : « *Tokyo - Serv OK* ». Une poignée de seconde après, une autre ligne tout aussi laconique s'affichait : « *Montréal - Serv OK* ». Lorsque l'ordinateur inscrivit « *Curitiba - Serv OK* », elle sursauta. Elle partirait de là pour aller à la rencontre de l'inconnu. C'était un excellent choix, elle le sentait bien.

Son rythme cardiaque s'accéléra, mais au fond d'elle-même, elle était sereine. Il ne lui arriverait rien de grave. Juste un petit voyage qui risquait de la secouer un peu plus que d'habitude. Un cyber-voyage chez la concurrence... comme disait Kevin !

— Aie confiance, ma vieille. Car tout est dans la confiance. Reste ouverte et transparente comme la lumière et tout se passera bien, se dit-elle à voix haute pour se motiver une dernière fois.

Son souffle était profond. Sa conscience claire. Son corps bien détendu et léger. Elle avait choisi de jeûner ce matin, une inspiration tout droit sortie de sa nuit. Elle se cala au fond de son fauteuil moelleux et tapa lettre après lettre avec lenteur : « www.kodt.fr ».

Sur fond noir, quatre lettres apparurent du point focal pour remplir l'écran. Chacune était colorée d'une couleur différente : K était bleu, O vert, D rouge et T jaune. Elles tournaient sur elles-mêmes indépendamment, puis petit à petit elles se synchronisèrent. Formant un seul bloc, elles se mirent à tourner en cercle, dans le sens des aiguilles d'une montre, tout en accélérant.

Ce n'était pas comme Jeff l'avait décrit, pensa Lumi, assaillie par le doute. Bientôt, KODT ne devint plus qu'un serpent lumineux dessinant une spirale de plus en plus rapide. Concentré sur son écran, Lumi se sentit aspirée. Le vortex l'hypnotisait. C'était comme si une corde tressée sortait de son front pour se prendre dans le tourbillon de lumière. Elle résista de toutes ses forces, mais la corde était plus puissante. Elle allait l'arracher à son fauteuil, l'enfoncer dans la terre noire et compacte pour l'étouffer à petit feu.

Quand Lumi lâcha prise, un éclat de lumière l'aveugla. Et cette lumière n'était pas simplement un flash extérieur car elle pénétra dans son corps au niveau du plexus. Enfin, c'est comme ça que Lumi le ressentit, parce qu'elle crut qu'une épée rougeoyante venait de la transpercer de part en part.

— *Te voilà transparente comme la lumière, lui dit KODT. Veux-tu continuer ?*

Lumi ravala sa salive. Elle avait du mal à déglutir et sa bouche était sèche, un peu comme lorsqu'elle était tombée de la falaise du Verdon. À la différence près que cette mauvaise sensation lui paraissait mille fois plus physique et qu'elle durait depuis maintenant une éternité. Rassemblant ses dernières forces, elle voulut articuler « OUI », mais aucun son ne franchit ses lèvres. La douleur s'effaça enfin. Alors Lumi revint peu à peu dans son petit appartement des quartiers sud de la grande métropole Paris-Lyon. Elle se vit affalée dans son fauteuil, inconsciente. Sa tête ne regardait pas l'écran ; elle pendait sur le côté comme un ballon dégonflé. Ses mains pendues dans le vide au-delà des accoudoirs tremblaient nerveusement. Des tressaillements qui remontaient jusqu'aux épaules. Elle pensa qu'elle allait réintégrer son corps, mais ce fut l'inverse qui se passa. Elle s'en éloigna lentement, traversant les murs de son immeuble, puis le toit de cristal de la ville. L'œil de guêpe rempli de technologie dérisoire s'éloignait.

Lumi flottait maintenant dans les airs au-dessus du Rhône d'un jaune sale. Le fleuve charriait des détritus de toute sorte. De la mousse haute de près d'un mètre s'accumulait sur ses rives où plus aucun arbre ne poussait. Un spectacle de mort s'étendait à perte de vue. Lumi survolait tout cela et pouvait même sentir l'odeur nauséabonde qui s'en dégageait. Son vol rectiligne vers le sud s'incurva d'un seul coup vers l'est. Les premières collines verdoyantes apparurent, puis ce fut le tour des sommets enneigés des Alpes. Tel un aigle utilisant les ascendances, Lumi passait d'une vallée à l'autre. Elle survolait parfois des villages abandonnés dont la plupart étaient encore intacts, juste recouverts de lierre et de ronces. Plus aucun homme ne vivait dans cette région retranchée au pied des neiges étincelantes. La vie végétale et animale était par contre abondante. De jeunes forêts peuplaient des vallons entiers. Elle crut même apercevoir un chien sauvage, à moins que ce ne fût un loup.

Au détour d'une crête, Lumi eut un choc. Là sous ses yeux, une petite communauté d'hommes et femmes s'accrochait à la pente, presque par miracle. Ils avaient façonné le fond de la vallée en une mosaïque de champs et de haies. S'approchant toujours plus, elle put voir des enfants qui jouaient au bord de la rivière en tenant des longues perches prolongées par un fil. Plus loin encore, elle fut attirée par une colonne de fumée. Un homme jeune aux cheveux longs se tenait debout les bras écartés et chantait au-dessus d'un feu en y déversant de temps à autre de l'encens.

Alors elle comprit que c'était ce chant mélodieux qui l'attirait depuis qu'elle avait quitté son appartement. Et ce chant était une prière. Il répétait sans fin la même strophe :

Lumi, Ô Lumi, fille de la lumière, nous t'attendions
Car KODT est notre modeste invention
Rousse et belle, tu es notre ultime recours
Jeune et forte, il faut que tu accoures
Ici, tu connaîtras une nouvelle vie
Parce que l'univers entier t'a choisie.

Lorsque Lumi vint se placer à l'aplomb du feu, la fumée odorante traversa son corps éthérique. Une douce sensation de bien-être l'envahit. Ce fut à ce moment-là que l'homme s'arrêta de chanter. Il regarda le ciel en souriant. Lumi essaya de lui parler, mais l'homme continuait de sourire sans lui répondre. Elle descendit alors à sa hauteur et se plaça dans son dos. Il se retourna aussitôt et tendit ses bras vers elle sans un mot. Manifestement, ses mains fendaient le vide dans sa réalité, car elles passèrent à travers le corps de Lumi.

— Il ne peut me voir, ni me toucher. Je suis juste une sensation confuse pour lui, pensa-t-elle.

Mais l'homme lui démontra le contraire. Tendant ses mains dans sa direction, il dit simplement :

— Lumi, je t'attends. Et je sais que tu viendras.

À ces mots, la scène entière disparut. Quatre lettres tournoyaient sur un écran informatique. Quatre couleurs primaires sur un fond noir, comme au premier instant où Lumi avait tapé sur la touche « Enter ». Les yeux mi-clos, l'informaticienne de chez BB reprenait ses esprits en étirant son cou de droite à gauche. Elle semblait dire non, alors que tout son être disait oui. Oui, ce qu'elle avait vécu était aussi fort que le réel. Aucun cyber-jeu ne pouvait produire un vécu aussi intense. On sentait bien que l'information ne venait pas de l'extérieur, mais... de l'intérieur. Et en plus, sans aucune cyber-combinaison !

Une conviction indéracinable s'était gravée au plus profond d'elle-même : KODT ne venait pas d'une lointaine planète bourrée d'extra-terrestres, mais d'une petite communauté à demi mystique nichée dans une vallée des Alpes, pas très loin d'ailleurs des gorges du Verdon. Comment avaient-ils pu programmer cet incroyable virus ? Ça, elle n'en avait aucune idée, mais un jour elle le saurait…

Durant toute l'après-midi, Lumi se mit à échafauder un plan. Son idée était un peu folle, mais en y réfléchissant bien, elle n'était pas impossible à réaliser. Jeff, elle en était sûre, serait de la partie. Mais il lui faudrait monter une équipe plus conséquente. Qui était assez téméraire pour s'associer à une telle aventure ? Elle passa en revue tous ses amis et son choix s'arrêta sur Ariane. Son unique amie d'enfance avait tout à fait les qualités requises. Elle était jeune, sportive, en bonne santé comme elle et de par sa profession de journaliste, curieuse, déterminée et futée. Elle décida de l'appeler sans plus tarder.

— Allô, Ariane, c'est moi Lumi.

— Ah, finalement tu t'es décidée à m'appeler ! J'espère au moins que tu t'es régalée avec Kevin. Raconte…

— Oui à ce propos, je voulais m'excuser pour mon comportement d'avant-hier lorsque je t'ai coupée.

— Ben raconte, je te dis.

— Tu ne voudrais pas faire une partie de lèche-vitrines avec moi, là maintenant ?

— Ah, c'est ça, tu ne veux pas me raconter, hein ?

— Non, non, tu ne comprends pas. Comme ça je pourrais mieux te raconter les détails de notre soirée.

— Tu m'étonnes. Toi qui n'aimes pas les foules, un samedi après-midi !

— J'ai repéré des choses sympas juste en bas de chez moi. Je sais, tu vas me dire que tu as une heure de trajet à faire. Mais sérieux, tu ne regretteras pas ton déplacement. Allez viens ! Je te raconterai tout…

— Bon, ça va, te fatigue pas, j'arrive.

Ariane s'avançait vers elle d'un pas alerte et décidé. Dans la galerie marchande, plusieurs hommes s'étaient retournés sur son passage, attirés par sa silhouette élégante. Il faut dire qu'Ariane s'était mise sur son trente-et-un. Pensait-elle finir la soirée en discothèque ? Lumi sourit en se disant que l'amusement qui l'attendait allait dépasser toutes ses espérances...

— Alors, elles sont où ces choses sympas à voir dans ta galerie de prolos ?

— Eh, oh, doucement. Tu sais ce qu'on va faire, on va se promener un petit quart d'heure ici, puis ensuite, on va remonter chez moi, car la chose sympa à voir est dans mon appartement...

— Quoi ? Kevin ?

— Non, un autre K...

— Mais de quel cas tu parles ? demanda Ariane interloquée.

— Laisse tomber, tu verras. Chaque chose en son temps !

Les deux amies déambulèrent le long des vitrines scintillantes, Lumi prenant la précaution de choisir chaque fois, les allées les moins bondées. Elles échangèrent quelques banalités sur la mode actuelle qui revenait à des tendances d'il y a vingt-cinq ans. Enfin, c'était surtout Ariane qui parlait, car Lumi était ailleurs, loin des villes. Elle revoyait ces immenses forêts d'épicéas accrochées à la montagne, ce petit village si exotique avec ses ruelles étroites, cet homme mystérieux qui chantait sa venue prochaine... Quand elle jugea qu'elle avait suffisamment donné le change aux caméras de la galerie commerciale, elle donna un léger coup de coude à Ariane pour la diriger vers les ascenseurs.

Lumi installa confortablement son amie dans le canapé de son salon. Elle lui servit un scotch serré, en guise d'apéritif, tout en lui expliquant les raisons de son comportement de l'avant-veille. Ariane tombait des nues. Elle avait totalement oublié ce qu'elle lui disait au téléphone lorsque Lumi avait écourté la communication. Oui, maintenant, elle se souvenait. Elle parlait des « trous de l'histoire » qui avaient précédé la création des grandes métropoles sous verre. Des oublis sans importance qui au fond n'intéressaient personne.

— Crois-tu vraiment que ce soient des oublis ? Peut-être veut-on nous cacher des choses ? Sais-tu au moins s'il existe encore des gens qui vivent à l'extérieur au contact de la nature comme ton grand-père à sa naissance ?

— D'après ce que j'ai lu, il existe des bandes de SDF qui nomadisent autour des villes en essayant d'y entrer. Ce sont des délinquants, des exclus de la société que l'on a rejeté. La nature sauvage est leur prison. C'est bien pratique et plus économique que d'entretenir des centres de détention, n'est-ce pas ? Et puis, ça fait peur aux gens. C'est très efficace, tu sais.

— L'air à l'extérieur est-il respirable ?

— Selon de récentes études, le taux de pollution est plutôt en régression. Les globes urbains recyclent de mieux en mieux leurs rejets. La couche d'ozone notamment est en train de se reconstituer.

— As-tu accès à des cartes satellites ? Pourrais-tu par exemple te procurer un cliché de la zone Sud-Sud-Est de notre métropole ?

— Bien sûr, rien de plus facile. En tant que journaliste, j'ai les accréditations pour ça. Tu veux voir ?

Ariane se leva aussitôt et se dirigea vers l'ordinateur qui trônait sur le bureau de son amie.

— Attends, dit Lumi, utilise plutôt mon portable…

Un quart d'heure à peine s'était écoulé qu'une carte couleur détaillée des Alpes sortait de l'imprimante. Lumi refit mentalement son voyage hallucinatoire de ce matin. Elle avait survolé deux grandes villes en ruine le long du Rhône, puis avait bifurqué en passant au-dessus de Nyons dans la vallée d'Eygues remplie d'oliviers centenaires. De là, elle avait traversé plein Est une succession de vallées boisées pour croiser un grand fleuve qui ne pouvait être que la… Durance. Voilà, une, deux, trois vallées, son doigt suivit le trajet sur la carte, sous le regard dubitatif d'Ariane. Il pointa une zone blanche et parfaitement circulaire d'un centimètre environ, soit une dizaine de kilomètres.

— C'est quoi ça ?

— Emplacement de missiles pour notre bouclier de protection contre les attaques extra-terrestres, énonça fièrement Ariane. Secret militaire. Des zones comme ça, il y a en a un peu partout. Elles sont placées loin des villes, entre deux grandes métropoles pour mieux les défendre sans risque. Celle-ci, tu vois, elle est entre Paris-Lyon et Milan-Turin.

— Tu vas aller là-bas.

— Plaît-il ?

— Là maintenant, tu vas partir en rêve là-bas, je te dis. Tout ce que je te demande, c'est de prendre une autre route que moi. Une route plus directe qui ne longe pas le Rhône.

Elle lui montra sur la carte, un parcours rectiligne à travers les montagnes. Ariane la regardait abasourdie.

— Tu dérailles, ma pauvre fille.

Lumi l'assit de nouveau sur le canapé et lui servit un second scotch. Après tout, nous étions samedi après-midi, un petit extra, ça ne pouvait pas faire de mal…

Elle lui expliqua en détail toute l'affaire KODT : sa rencontre avec Jeff, les rapports de l'ISA, ces étranges E-prions, son hallucination, etc. Ariane l'écoutait attentive, les oreilles grandes ouvertes comme des paraboles. Si Lumi disait vrai, elle tenait là le scoop de sa vie ! Seule la fin lui déplut :

— Tout ce que je viens de te dire doit rester entre nous. Personne d'autre ne doit être au courant. Si tu ne tiens pas ta langue, on va finir à l'asile et Jeff avec. T'as bien compris ?

— Quand est-ce qu'on mange ? répondit Ariane en faisant mine de détourner la conversation.

— Tu ne manges pas. Ce site hallucinogène va te secouer la tête comme si tu entrais dans une machine à laver. Tu ne veux pas vomir sur ma moquette, tout de même ?

Ariane eut un mouvement de recul. Elle se demandait si KODT n'avait pas trop perturbé son amie. Un petit neurone explosé et puis « Pafff », le délire ! L'asile pour demain !

Elle termina d'un trait son scotch.

— Bon, maintenant, tu vas te préparer à aborder KODT. Tu restes fluide. On va faire un petit exercice de yoga pour te détendre. Ne laisse pas entrer l'angoisse en toi, je serai à tes côtés durant tout le voyage. Tu n'as qu'à te concentrer. Ton objectif, c'est cette tache blanche sur la carte que tu crois être une base militaire. Sois vigilante et cherche à me ramener des informations sur ce voyage.

K, O, D, T, quatre lettres virevoltaient sur l'écran. Lumi s'était placée de trois quarts pour ne pas les voir, elle regardait Ariane. Son amie s'était enfin détendue. Bien calée dans le fauteuil, elle était concentrée sur ces quelques filaments lumineux qui prétendaient la faire basculer dans un état d'hypnose. D'un seul coup, ses yeux se révulsèrent, sa bouche se crispa dans un rictus de douleur. Elle s'agrippa aux accoudoirs pour ne pas tomber. Ses muscles se tétanisèrent et elle eut un dernier sursaut. On aurait dit qu'elle cherchait à s'échapper. L'instant d'après, elle gisait au sol, inconsciente. Quelque chose était sorti d'elle, happé par ce virus cathodique aux pouvoirs surnaturels. Il lui avait arraché son esprit, sa force vitale ou peut-être son âme. C'était comme si elle était morte et que son cœur ne le savait pas. Il battait encore, telle une mécanique qui n'avait rien à voir avec cette chose-là. Pourtant, on se doutait qu'il était en sursis, que si la chose ne revenait pas, il se désespérerait pour finir par s'arrêter de battre inutilement.

Lumi décida de la hisser à nouveau sur le fauteuil, en prenant bien soin de ne pas regarder l'écran. Tout en arrangeant sa coiffure, elle lui chuchota avec douceur une phrase d'encouragement :

— Sois courageuse, Ariane, n'oublie pas ton voyage vers ce village…

Une heure plus tard, Ariane se réveilla en pleurant. Elle était manifestement sous le choc. Comme Jeff, elle avait rencontré l'ami Freud. Mais son introspection s'était encore plus mal passée. Déchirée par ses sanglots, elle hoquetait plus qu'elle ne parlait. Elle répétait sans fin qu'elle avait raté sa vie. Tout juste bonne à raconter tous les jours des salades que personne n'écoutait, elle se mentait à elle-même et aux autres. Sa vie n'avait aucun sens, mieux valait y mettre un terme. Et ça au moins, elle le réussirait…

En plein milieu de ses gémissements, Ariane reçut une gifle.

— Quoi, qu'est-ce c'est ?

— Tu es bien vivante et tu vas le rester. Tu as juste fait un mauvais rêve. Ce virus t'a fait toucher le fond. Il aime s'attaquer aux gens, les casser. Mais c'est pour qu'ils en ressortent plus forts, plus conscients du rôle qu'ils ont à jouer dans cette vie. Il te replace au centre de l'univers. Les pieds dans la terre et la tête dans le ciel. As-tu vu ce village ?

— Je ne m'en souviens pas.

— Fais un effort, Ariane… Un village accroché dans la pente, dans un écrin de montagnes enneigées. L'air pur et transparent, tu t'en souviens ?

— Attends, je me souviens de petites lumières dans des maisons de pierres sèches. Il faisait nuit. J'ai… J'ai vu des ombres qui passaient devant des bougies…

Lumi regarda sa montre, il était vingt heures et nous étions en hiver. Sous le dôme de verre, toutes les nuits tombaient à vingt et une heures, mais cela devait être différent à l'extérieur. Quelle erreur !

— Lumi, tu m'écoutes ? Ça y est je me souviens. Avant ça, j'ai pu voir le plus beau crépuscule de ma vie. L'air était cristallin au-dessus des montagnes. J'ai même pu sentir l'humidité qui tombait. Que c'était beau, Lumi ! Ces dégradés de rouge et d'orangé qui se combinaient. Le brouillard laiteux dans le fond des vallées. C'était bien plus vrai que dans un cyber-voyage ! Bien plus grandiose…

— C'est sans doute la nuit qui t'a apporté toutes ces visions déprimantes. KODT ne peut être visionné qu'en journée et il a été lancé en hiver quand la période diurne est la plus courte. Les gens de l'ISA n'ont pas dû détecter ça. Sans compter que la plupart des internautes se connectent en fin de journée. Les déprimes doivent être plus marquées dans nos créneaux horaires que sur les autres continents… Ce serait à vérifier…

— Il te faudra des chevaux.

Lumi regarda son amie en écarquillant les yeux.

— Qu'est ce que tu dis ?

— Je dis qu'il te faudra des chevaux pour aller jusqu'à ce village.

— Qui t'a parlé d'aller là-bas ?

— K – O – D – T, articula Ariane en souriant. Tu te souviens le K dont tu m'as parlé ?

Lumi eut une bouffée de vertige. Avant-hier seulement, un homme lui faisait des remontrances pour son retard au travail après une cyber-escalade dans le Verdon. Elle le rencontrait le soir même pour un dîner amoureux. Jusque-là, tout était normal. Mais hier, son meilleur ami lui filait un mauvais virus entre les mains, comme on attrape une grippe. Et pas plus tard que le lendemain soir, deux copines projetaient en secret une sortie interdite en dehors des villes à quelques encablures du… Verdon !

Une seule force était à l'origine de tout cela. Un site internet discret mais puissant, tout au plus visité par une centaine de milliers d'internautes dont les trois quarts étaient maintenant internés dans des hôpitaux psychiatriques. Quelles pensées pouvaient-ils ruminer dans leurs cellules ?

Tout cela allait trop vite. Quelle était donc cette force contenue dans ces quatre lettres ? Quatre lettres imprégnées dans la matrice comme les quatre bases azotées dans l'ADN : Adénine, Guanine, Cytosine et Thymine. Si les secondes pouvaient créer la vie, les quatre premières semblaient être capables de faire ou de défaire l'histoire des hommes. Quatre tout petits E-prions qui reliés entre eux, devenaient une bombe pour l'esprit humain…

— Et je sais où nous pourrons nous en procurer.

— Mais de quoi tu parles ? demanda Lumi en s'extrayant à grand-peine de ses réflexions.

— Des chevaux, bien sûr ! J'ai pu repérer à environ quatre jours de marche sur ton trajet, un vieil ermite qui vit seul avec des chevaux. C'est un signe, non ?

Lumi ne répondit pas. Elle regardait Ariane. Dans ses yeux dansait une lueur de folie, semblable à celle des enfants lorsqu'ils découvrent un nouveau jouet. La déprime était oubliée, car elle venait tout simplement de s'inventer une nouvelle raison de vivre. Se doutait-elle qu'on ne pouvait sortir des villes comme l'on sort d'un immeuble ? Ou voulait-elle l'oublier pour mieux continuer à rêver ?

— Bon Ariane, je crois qu'on a pas mal avancé. Tu as un long trajet pour rentrer chez toi. Je te propose de nous revoir d'ici une semaine. Jeff viendra à la maison et on fera un point sur tout cela. D'ici là, cherche à glaner le maximum d'informations possibles sur l'extérieur. Ah, surtout, ne parle à personne de ce site et ne t'y connecte pas non plus. Tu me promets ?

— Promis, juré, craché, lui répondit Ariane sur un ton enfantin, juste avant de s'éclipser.

De nouveau seule, Lumi reprit le cours de ses pensées. Son projet prenait forme peu à peu. Avec Ariane et Jeff aux caractères complémentaires, son équipe avait déjà fière allure. Il ne lui manquait qu'un médecin pour être complète. Et elle savait à qui elle allait s'adresser : Fred, son frère, était justement médecin urgentiste. La plupart des gens nés dans la seconde moitié du XXIe siècle étaient enfants uniques. Il était donc rare d'avoir un frère ou une sœur et Lumi avait ce privilège. Elle y vit un signe de plus… Qui plus est, elle savait qu'elle pouvait compter sur lui. Elle l'appela sur le champ pour lui annoncer qu'elle passerait chez lui le lendemain même. Puis malgré la fatigue, elle se fit violence pour s'atteler à une dernière tâche : écrire un court message à Jeff avant d'aller se coucher.

> Cher Jeff

Juste un petit mot pour te dire que je suis toujours vivante. Tu ne me croiras pas, mais je pense avoir localisé l'origine de PJS. Celle-ci ne vient pas du ciel comme beaucoup le supposent, mais bien de la terre et même d'Europe pour être précis. Pour preuve : essaye de cartographier par fuseau horaire, le taux de déprime/névrose/psychose/suicide sous PJS et tu devrais trouver un pic en Europe.

Bon, je ne t'embête pas plus avec mes découvertes. Je te rappelle simplement que nous avons rendez-vous à la maison samedi prochain pour l'anniversaire d'Ariane. Mon frère aussi sera probablement là, c'est te dire si on va bien s'amuser tous les quatre !

Bises. Lumi.

Comme Lumi et ses deux amis, Fred était célibataire. Il vivait dans un appartement quasi identique à celui de sa sœur, son bureau lui servant de cabinet de consultation. Trois jours par semaine, il délaissait son travail de télémédecine préventive pour assurer sa garde aux urgences de l'hôpital Nord, à l'autre bout de la métropole où il résidait. Cela lui valait une classification professionnelle spéciale : il était « salarié de contact ». Ce qui voulait dire que ses activités quotidiennes l'obligeaient à un contact fréquent avec les autres et surtout avec la maladie. Il bénéficiait donc d'un programme d'immunisation plus poussé que le restant de la population.

Les épidémies infectieuses ou virales étaient certes rares depuis que les gens vivaient cloîtrés chez eux, mais elles n'avaient pas totalement disparu. Il faut dire que même si la médecine préventive permettait de détecter très tôt un terrain susceptible de s'infecter, les germes étaient devenus résistants à l'arsenal thérapeutique. Conséquence de cela, Fred exerçait une profession à haut risque pour une période obligatoire de dix ans après ses études. Or cette période allait précisément se terminer dans deux mois…

À peine arrivée chez lui, après trois heures de trajet éreintant, Lumi déballa d'entrée tous les détails de l'affaire KODT. Elle était toute excitée, notamment lorsqu'elle lui parla de ce petit village qui semblait bien être à l'origine du virus. Le monde entier cherchait une explication à la présence de ces E-prions et elle, la petite informaticienne de chez BB, en une journée seulement, était parvenue à « cracker » ce site ! Incroyable, non ?

Fred écoutait tout ce jargon informatique en essayant de suivre. Pour lui, ces E-prions ne pouvaient être que des traces d'un organisme viral plus important qu'il restait à découvrir au sein de la matrice. L'origine lointaine de l'agent infectieux lui paraissait plus anecdotique que déterminante. Mais il s'amusa tout de même, à l'idée que dans une région montagneuse et retirée puisse exister le tout premier mutant à l'origine de tout ce raffut. Cela le fit penser au SIDA avec l'affaire des singes de Centrafrique ou même des prostituées de Haïti... Aussi, Fred fit habilement remarquer que si un jour la théorie rocambolesque de sa sœur germait dans la tête tordue d'un technicien de l'ISA – ce qui restait hautement improbable –, ce village serait rayé de la carte en moins d'une heure !

Lumi accusa le coup, mais ne broncha pas. Elle attendait de sortir sa dernière carte. Lorsqu'elle sentit que le moment était venu, elle se connecta à internet avec l'ordinateur de son frère en utilisant le code d'accréditation de l'ISA. Puis, elle installa confortablement son frère devant l'écran...

Comme Ariane, Fred était quelque peu sceptique. Son voyage fut pourtant tout aussi fulgurant. En quelques secondes, il se tordit de douleur sur son fauteuil pour ensuite plonger dans une profonde extase.

— Décidément, rien n'arrête KODT, pensa Lumi.

À son retour, Fred roulait des yeux comme un drogué après une ligne de cocaïne. Lui qui n'était pas très amateur de cyber-jeux, semblait renaître à une nouvelle vie. Sa sœur s'en inquiéta un peu... Qu'allait-on en penser au service des urgences ? Quoi qu'il en soit, Fred avait vu ce village par un bel après-midi ensoleillé. Était-ce une autosuggestion provoquée par le récit de Lumi ? Cela restait toujours possible. Mais ce qui retint surtout son attention, c'était que Fred n'avait plus qu'une seule idée en tête : voir ce village de ses propres yeux, sans que quatre lettres ne tournoient à l'écran en guise de préambule. Lumi sourit, elle venait de rallier son frère à sa folle expédition.

Des mois plus tard, elle apprit que Fred ne s'était pas seulement arrêté dans ce village. Car dans les méandres de son voyage, un vieil homme à la barbe blanche, qui devait être leur chef, l'avait propulsé dans l'histoire incroyable d'un chaman du passé. Et ce vécu avait étonnamment les traits de la réalité…

L'empreinte de la terre

La faim tiraillait Ofon depuis des jours. Comme chaque année à pareille époque, elle le prenait au ventre pour le ronger à petit feu jusqu'aux os. Elle accaparait ses pensées et même le réveillait dans la nuit pour le pousser à finir ses dernières réserves de viande fumée. Or son instinct de survie lui disait exactement le contraire. Attendre, attendre encore, les signes avant-coureurs du retour du printemps. Quand les animaux sortiraient de leur tanière hivernale. Quand les plantes perceraient le sol gelé, livide comme la mort. Pourquoi les hommes et quelques autres alliés étaient-ils donc les seuls à subir l'assaut périodique du froid et de la pénurie ? Ah, s'il avait su que ses lointains ancêtres s'étaient fait chasser de la douceur éternelle des tropiques, nul doute qu'il aurait décidé de rejoindre au plus vite ce paradis perdu, ne serait-ce que pour retrouver cette température ambiante qu'il s'escrimait à maintenir entre sa peau et son épaisse fourrure !

Dans ces moments-là, mieux valait bouger afin de ne pas s'engluer dans de mauvaises pensées. Bouger d'accord, mais pas trop pour ne pas revenir encore plus affamé. Alors Ofon quittait sa hutte à demi enterrée et sortait dans la pâle lueur des hivers continentaux d'Europe centrale pour crier sa rage de vivre à cette terre trop rude. Il parlait au vent qui lui répondait en sifflant une mélopée toujours différente, à la pluie qui martelait sa cuirasse en peau de renard sans jamais changer de registre : « Plic, Ploc, Pliic, Plooc… ». À vrai dire, il parlait à tout le monde, aux lacs, aux montagnes, aux rochers, aux nuages et même au soleil quand il voulait bien se montrer. Mais surtout, Ofon aimait converser avec les arbres, ces êtres stoïques qui eux aussi étaient restés là à attendre le printemps. Depuis tout petit, ils étaient ses alliés, ses conseillers toujours prêts à lui susurrer quelques paroles judicieuses. De ces conversations silencieuses, il avait acquis la conviction que toutes les plantes communiquaient entre elles.

Bref, ce jour-là, Ofon affrontait le froid et arpentait la lande glacée depuis des heures à la recherche d'une maigre pitance. Qu'espérait-il ? Un lièvre blanc avec un peu de chance. Des graines sauvages ou quelques champignons, peut-être.

Rien, toujours rien ! En désespoir de cause, il décida de rentrer par les crêtes. Ce fut lorsqu'il surplombait un défilé rocheux que le temps changea. Le vent se leva d'un coup, des nuages l'encerclèrent puis le submergèrent presque aussitôt. Il continua de marcher en suivant la falaise dans un brouillard à couper au couteau. Le tonnerre gronda une première fois loin derrière lui, puis une seconde fois plus près. Lorsque tous ses poils se hérissèrent, il comprit trop tard que la foudre l'avait choisi pour cible. Partout autour de lui, le blanc laiteux grésillait et se chargeait d'électricité statique. De minuscules électrons qui dansaient en rond la toute puissance de l'univers et condensaient les forces cosmiques en un seul point de la terre. Pourquoi ici et maintenant ? Cette question le transperça l'espace d'un instant, juste avant qu'un jet de lumière étincelant ne s'abatte sur lui.

Clac ! Le bruit assourdissant de l'éclair fut synchrone avec la lumière. L'onde de choc, d'une puissance inouïe, le projeta en l'air. Tel un pantin suspendu entre ciel et terre, la nature lui donnait le droit de voler. Peut-être même allait-elle le catapulter dans le monde des esprits. Cette sensation fut de courte durée. Car déjà son corps heurtait le rocher, rebondissait puis se mit à descendre, encore et encore, toujours plus bas, vers les entrailles de la terre. Il dévala la falaise comme une pierre, mais son âme, elle, avait du mal à le suivre. Attirée par la lumière aveuglante de l'éclair, elle hésitait entre deux versions du monde, deux choix possibles. Soit remonter dans ce puits qui traversait les nuages vers le soleil, soit suivre les ténèbres vers le fond du canyon. Libre, l'âme d'Ofon était libre, comme si deux attractions s'annulaient parfaitement. Celle lointaine, mais quasi éternelle, des astres. Celle toute proche d'un amas éphémère de chair et d'os qui avait été sa maison pendant quelque vingt années.

Au cœur de l'univers, aucun équilibre ne peut rester parfait bien longtemps. L'agencement des astres se modifia légèrement, les actions justes du passé d'Ofon pesèrent dans la balance, si bien qu'une infime tension vers le bas se fit sentir. L'âme amorça sa descente et vint s'immobiliser au-dessus du corps sans vie qui gisait là sur une terrasse suspendue à mi-hauteur de la falaise.

Le spectacle n'était pas beau à voir. La tunique d'Ofon était noircie sur toute sa longueur au niveau de la colonne vertébrale. Sa jambe gauche était repliée dans une position défiant les lois de l'anatomie. Sa capuche déchirée laissait apparaître une tête ensanglantée. De minces filets de sang s'échappaient des tempes et de la fontanelle, maculant sa belle chevelure blonde.

Mais le plus extraordinaire était ailleurs. Tout autour du corps désarticulé, il y avait un tapis de blé sauvage, un de ces blés de moyenne montagne altiers et fournis qui résistent au gel avec acharnement. Un blé qui s'était caché à la vue des hommes sur cette terrasse suspendue face au sud. Il était beau, ce minuscule champ de blé doré comme le soleil. Il ondoyait au vent et se jouait de la risée en dessinant des formes inspirées : des volutes, des vagues, un semblant de point d'interrogation aussi…

L'orage se dissipa presque par enchantement, laissant place à un soleil radieux. Le tout premier signe du retour du printemps illuminait la plaine toute proche. Au loin, on pouvait voir le village d'Ofon avec une poignée d'enfants qui étaient sortis pour jouer. L'âme se détacha enfin de ce tableau idyllique. Elle se rapprocha lentement du corps et fusionna avec lui. À cet instant précis, Ofon eut mal. Juste avant, personne n'avait mal, ni l'âme, ni le corps, ni le champ de blé. Certes, il existait une douleur qui flottait inconsciente dans l'air. Mais elle ne se cristallisa qu'au moment de la fusion. La douleur était vraiment insoutenable, à tel point qu'elle plongea le pauvre Ofon dans le délire. Et le champ de blé eut mal aussi. Les épis les plus proches de sa tête ondulèrent au vent en utilisant au maximum leur élasticité pour venir effleurer ses plaies béantes. Ils tamponnaient son sang et se teintaient par endroits d'un rouge écarlate. Mélangeant leur sève, l'homme et la plante entrèrent en contact. Une sorte de contact télépathique submergea son délire. Il disait à peu près ceci :

— Petit homme, tu souffres, n'est-ce pas ? s'attristait le blé.

— Oui, l'univers m'a puni de tant de couardise. J'aurais dû m'abriter plutôt que d'essayer de rentrer chez moi sous l'orage.

— Non, l'univers n'y est pour rien. C'est moi qui t'ai appelé.

— Qu'est-ce que tu dis ! Tu ne serais pas par hasard en train de délirer, toi aussi ?

— Tu te trompes, Petit Homme. Et je peux te le prouver.

— Ah, oui ? Et comment ? sourit Ofon d'un air narquois.

— N'as-tu pas en toi une douleur encore plus tenace que tes plaies ?

— Oui, la faim. Et alors ?

— N'oublie pas que je suis ta nourriture. Et lorsque tu me manges, je suis toi. Je finis par connaître tes pensées… des pensées rongées par la faim, chaque hiver.

— Si tel est le cas, pourquoi m'as-tu appelé ? Car maintenant ton repère vient d'être découvert.

— Vois-tu Petit Homme, j'ai le désir de voyager.

— De voyager ? Le vent ne te suffit donc pas ?

— Non, je veux faire le tour du monde, traverser les mers et les déserts…

— Je n'ai pas l'intention de partir au bout du monde ! Ici, se trouve ma terre.

— Toi non, mais tes descendants lointains, blonds comme toi, blonds comme moi, le feront un jour. Ils coloniseront la terre entière et m'emmèneront avec eux sur tous les continents. Pour cela, il faut que je te confie un secret. Un tout petit secret qui t'évitera d'avoir faim.

— Ne plus avoir faim est le rêve de tous les hommes. Confie-moi ton secret.

Le blé se tut. Il semblait hésiter car il n'était plus tout à fait sûr. Il voyait au loin les fils du temps se perdre vers des scénarios contraires, vers des mondes malsains remplis de guerres pour s'approprier « Le Secret ». Fils du végétal, le règne animal n'était peut-être pas encore prêt pour cette révélation. Choisir l'espèce humaine pour porter ce lourd fardeau avait tout l'air d'une folie. Mieux valait le confier aux fourmis par exemple. Mais n'étaient-elles pas trop petites ?

Ofon, de son côté, luttait pour reprendre le contrôle de sa conscience. Déjà, certaines connexions habituelles de son cerveau émergeaient dans la douleur. Il fallait faire vite, l'opportunité ne se représenterait pas avant des… millénaires.

— Toi et les tiens devront honorer une condition essentielle, reprit le blé dans l'urgence. Vous utiliserez notre secret en gardant toujours à l'esprit que la diversité du règne végétal est sacrée. Tant que vous existerez, n'oubliez jamais de respecter ceux qui ont le pouvoir de vous enlever la faim.

— Cela va de soi, balbutia Ofon, tout simplement horrifié que les siens puissent un jour oublier une vérité aussi évidente.

Le blé ne parla plus. Sous les caillots de sang qui durcissaient, un flot d'images se déversa dans les artérioles du cortex cérébral d'Ofon. Entre bouillonnement biochimique et magie intemporelle, son délire prit l'aspect d'un film rempli de scènes fantastiques. On y voyait des hommes labourant la terre en tirant un pieu savamment incliné pour pouvoir la pénétrer. Ils triaient ensuite les plus gros grains de blé à l'aide d'une trémie sommaire, puis les lançaient en pluie au-dessus de la terre noire qui aussitôt se mettait à verdir. L'instant d'après, sur une aire blonde comme leurs cheveux, ces mêmes hommes piétinaient leur récolte en dansant pour séparer le grain de son enveloppe. Les dernières vapeurs du délire d'Ofon se dissipèrent sur des mains dans une poudre blanche comme la neige que l'on mélangeait à l'eau pour en faire une pâte.

— Des doigts qui s'agitent, pensa Ofon.

Non, ce n'était plus cela. Son état altéré de conscience prenait fin. Plus il clignait des yeux, plus une réalité s'effaçait, laissant place à une autre. Devant lui, de beaux grains de blé sauvage jamais cueillis par l'homme dansaient sous un soleil rasant. Il parvint à se mettre à quatre pattes avec une peine infinie, lacéré par des douleurs sur tout le corps. Dans un réflexe atavique, il entreprit de cueillir un à un tous ces épis qui pointaient fièrement vers le ciel. D'ordinaire, il se serait vu les manger avec tout son village réuni pour un grand repas communautaire miraculeux. Mais là, une partie de lui se disait qu'il garderait les plus gros grains au fond d'une vasque. Dans sa tête, un mot bizarre battait la chamade : *triticum, triticum*…

Quelques années plus tard, le village d'Ofon avait radicalement changé. On avait déplacé les huttes en les rassemblant sur le versant de la colline afin de laisser le plus de place possible aux étendues plates. Des tas de pierres avaient été amoncelés par endroits. Ils faisaient penser à des serpents gris immobiles enlaçant des parcelles d'un noir uniforme l'hiver et blondes en été. Vu du ciel, jamais les hommes n'avaient autant marqué un territoire. De fait, les gens s'étaient sédentarisés, ils ne couraient plus la lande ou les bois en quête d'une nourriture frugale. Tout simplement parce qu'ils n'avaient plus faim.

Il faut dire que le blé, lui aussi, avait changé. Semé sur une terre riche à souhait, il s'était allongé gaillardement et ses épis avaient doublé de volume dès la première saison. Parce qu'ils attendaient la fin de l'été pour le récolter, les hommes avaient sélectionné sans le vouloir les plants aux rachis les moins cassants, enserrant fermement le grain. Et puis surtout, on s'interdisait de manger les plus gros grains qui étaient conservés pieusement d'une année sur l'autre. Ofon en avait la garde pendant tout l'hiver.

C'est drôle comme ce blé lui parlait, de nuit comme de jour. On aurait dit qu'il l'inspirait et que l'année suivante, il finirait par pousser dans sa main… En attendant, durant les longues soirées d'hiver, absorbé par ses pensées, il plongeait inlassablement ses mains dans son trésor d'amidon pour le laisser filer entre ses doigts, comme du sable. Ses frères et ses sœurs le regardaient aérer le grain, comme il disait, en le prenant pour un magicien. Il y avait de quoi, car « l'homme-au-blé » avait fait naître une réalité proprement inimaginable quelques années auparavant. Dans son regard, bleu comme le ciel, se lisait une sorte de béatitude réservée aux seuls êtres capables de parler aux esprits. Certains villageois étaient plus circonspects : cette béatitude, on la retrouvait aussi chez les simples d'esprits, ceux qui sont tombés sur la tête ! N'était-ce pas d'ailleurs ce qui lui était arrivé ? Mais ils étaient bien obligés de constater que « l'homme-au-blé » était plus qu'inspiré. Chacune de ses décisions sur les conduites à tenir pour améliorer les récoltes se révélait exacte, lumineuse. De son côté, Ofon ne considérait pas avoir tant de mérite. Car c'était le blé qui lui parlait…

Avec le temps, l'odeur de la terre imprégna les hommes. Elle adhérait aux maisons, pénétrait par tous les pores de la peau et finissait par devenir un parfum dont on ne pouvait plus se passer. Qu'elle était douce, cette fragrance d'humus légèrement poivrée qui survivait au gel pour exploser au printemps, lorsqu'on attaquait les labours. Dès les premières giboulées de mars, on profitait que la terre soit détrempée pour la pénétrer en profondeur. En ces temps-là, aucun animal domestique ne venait soulager la peine des hommes. On souffrait sang et eau pour tirer une charrue rudimentaire constituée d'un unique pieu en bois qui cassait régulièrement. C'était le travail des hommes. Il était suivi par celui des femmes qui, à quatre pattes, plongeaient leurs mains dans la terre éventrée pour retourner les mottes une à une et les broyer. Ofon avait décrété qu'aucun homme n'avait le droit de plonger ses mains dans cette terre en préparation. Elle était une enfant vierge qui s'apprêtait à être fécondée et à ce titre, seules les femmes pouvaient la toucher. Tout cela était fort logique si bien qu'en peu de temps, il parut évident à tous que les hommes avaient pour tâche de défricher les champs et de conserver les graines, alors que les femmes auraient à faire tout le reste…

À l'approche des semailles, la fébrilité gagnait irrésistiblement tout le village. D'une année sur l'autre, on continuait à douter que le miracle de la germination puisse se reproduire. Même Ofon s'en inquiétait. Il devenait nerveux et disparaissait des jours durant. En réalité, « l'homme-au-blé » retournait dans le plus grand secret sur la petite terrasse qui l'avait sauvé dans sa chute. Là-bas, suspendu en ciel et terre, il faisait des offrandes à la Terre-Mère. De la sauge, un peu de miel et quelques petits bouts de viande qu'il enterrait. Il construisait ensuite un cercle de pierres d'environ dix mètres de diamètre et s'interdisait d'en sortir tant qu'il n'aurait pas une vision claire sur ce qu'il avait à faire pour que le blé renaisse.

Pour lui, la germination du blé sur une terre labourée n'était que le tout petit rêve d'un tout petit homme, au milieu d'une multitude d'autres rêves appartenant à l'univers. Cette vision était excessivement fragile, elle pouvait tout aussi bien disparaître car très peu d'hommes y croyaient. Plus nombreux seraient les gens qui y croiraient, plus fort deviendrait le rêve jusqu'à parvenir à se cristalliser définitivement au sein des lois de l'univers.

Ces visions venaient en général au bout de deux à trois jours de retraite. Privé d'eau et de nourriture, Ofon voyait ses forces décliner. Sa conscience au monde ordinaire s'étiolait peu à peu. Il finissait par se fondre au cercle de pierres. À sa gauche, la pierre de l'Est lui fournissait lumière et clairvoyance. Dans son dos, placée au nord, la falaise laissait sourdre un mince filet d'eau qui le guidait dans ses émotions. Sur sa droite, le vent s'engouffrait dans la pierre de l'Ouest pour l'aider à communiquer avec les esprits. Assis impassible face au sud, il fixait le paysage qui l'avait vu naître, sa terre. Dans sa quête de vision, Ofon était celui qui reliait ces quatre directions. Qu'il pleuve, qu'il vente, qu'il ait froid, il s'enracinait dans ce lieu, tel un plant de blé. Délaissant son corps, son âme partait à la recherche de réponses : Que doit-on faire pour que la germination ait lieu ? Quand semer ? Pourquoi ?

Aussi curieux que cela puisse paraître, l'une de ses visions les plus claires fut un désir sexuel. Un germe blanchâtre éclatait le tégument de la graine pour se répandre dans la terre et la féconder. Des fils torsadés entraient en érection et étreignaient des mottes de terre pour monter vers le ciel. Le blé jouissait de cette transmutation alchimique. Il était le père et le fils à la fois et se nourrissait du lait de la Terre-Mère.

Cette année-là, Ofon revint au village avec une idée en tête : les hommes devaient simuler au mieux l'acte divin de la naissance du blé. Le moment de semer était de moindre importance. Par contre ce qui importait pour favoriser la germination, c'était de réaliser un rite de fécondation. Certes les premières années, le rituel fut un peu chaotique, mais très vite il trouva ses marques.

Sur l'aire de battage, tout le village se rassemblait autour d'un grand feu pour une nuit entière jusqu'au petit matin où l'on attaquerait les semailles. C'était toujours à la nouvelle lune, ne serait-ce que pour ménager les âmes prudes.

Ceux qui étaient volontaires pour danser ne pouvaient être que des célibataires. On les reconnaissait aisément car ils étaient peints de la tête aux pieds et n'arboraient pour seul vêtement qu'un cache-sexe tissé en paille… de blé. L'excitation allait bon train au rythme des tambours et des chants, quand finalement on poussait les danseurs au centre de l'arène. Lorsque les hommes dansaient, les femmes étaient assises à leurs pieds et vice versa à chaque changement de rôle. Dans la nuit avancée, alors que la plupart des enfants tombaient de sommeil, l'assistance stimulait les danseurs à s'approcher un peu plus de leur partenaire du moment. Et l'effervescence générale montait encore d'un cran…

Jusqu'à la fin de sa vie, Ofon se souvint de sa dernière danse de la fécondation, la plus belle peut-être. Cette année-là, il avait repéré des jours à l'avance une jeune fille qui allait danser pour la première fois. Elle s'appelait Blata et maintenant elle dansait pour lui. Sa peau couverte de sueur brillait comme de l'or, sous les reflets du feu. Sa bouche grande ouverte happait l'air avec avidité. Et lorsqu'elle se reposait à ses pieds, sa poitrine nue se gonflait au rythme des tambours. Il s'était déjà frotté plusieurs fois contre elle dans ses passes chorégraphiques, espérant qu'elle répondrait enfin à ses avances. Et voilà qu'elle aussi lui faisait un signe en le choisissant pour seul partenaire. Dans ses yeux mouillés, Ofon pouvait lire l'expression d'une tension trop forte qui hésitait entre amour et peur, peur de ce qui allait peut-être se passer.

L'ébullition de la soirée était à son comble. L'assistance accélérant le rythme de ses chants poussait les danseurs à se transcender. Elle attendait un nouveau signe, plus fort celui-là. Poussé par la foule en délire, Blata trouva la force de faire ce que la tradition exigeait. S'approchant d'Ofon, elle souleva sa jambe et la posa sur son épaule. Elle sautillait sur un pied, s'offrant tout entière à lui, sous les vivats de l'assistance. Repliant peu à peu son mollet derrière la nuque d'Ofon, elle pressa son visage contre son sexe humide. Un parfum d'humus poivré ! La terre promise était là, à portée de semence… et il la lécha du mieux qu'il put.

Tard dans la nuit, sur l'aire de battage du premier village d'agriculteurs, un homme et une femme vierge faisaient l'amour devant une assistance déchaînée qui maintenant dansait de joie autour d'eux. Des dizaines de cœurs au diapason en état de transe. *Triticum, triticum*, hurlaient les tambours… Des couples s'enlaçaient pour une nuit ou pour la vie. Une spirale de prières hystériques s'amorçait lentement. Elle se changea en vortex lorsque l'hymen se déchira. Alors Blata cria sa jouissance aux étoiles. Tressaillant de plaisir dans les bras d'Ofon, elle sentit le sang chaud couler le long de ses cuisses et se répandre sur la terre. Oui, la germination aurait bien lieu demain, car les hommes venaient d'en rejouer l'histoire à la perfection…

Après quinze ans de vie commune avec Blata, Ofon pensait avoir fait l'essentiel dans sa vie. Cinq petites têtes blondes égayaient son quotidien calqué sur le rythme du blé. Si les gens de son village avaient perdu la mobilité, ils avaient gagné en échange la satiété. Signe indubitable de leur réussite, ils avaient plus d'enfants. Et cela n'était pas dû uniquement aux rites annuels de la fécondation !

Les autres chasseurs-cueilleurs des villages environnants s'étaient vite rendu compte de cette arithmétique infaillible : *plus d'enfants = plus de belles-filles et de beaux-fils = plus de blé*. Conséquence, le secret d'Ofon avait longé la rivière et mangé la plaine sur des dizaines de kilomètres.

— Petit Blé, ton voyage a déjà commencé, pensait-il tout bas en souriant.

— Tu peux faire mieux, lui répondit le blé, du tac au tac.

Ofon lui devait bien ça et il se mit en tête de lui faire sauter une montagne.

Blata n'aima pas du tout cette idée. De l'autre côté des montagnes, les hommes ne parlaient pas la même langue. On les disait puissants magiciens. Ils jouaient du tambour des nuits entières pour localiser le gibier. Quelquefois même, ils parvenaient à ensorceler les animaux afin de les attirer jusqu'à eux. Peut-être avaient-ils ensorcelé Ofon ? Car on les croyait anthropophages.

Rien, pas même les pleurs de Blata n'arrêtèrent « l'homme-au-blé ». Il partit seul, un sac de blé dans ses bagages, aux premiers signes du printemps pour un voyage qu'il estimait d'au moins six mois. Avant de partir, il confia la réserve de grains du village à son fils et lui souffla quelques conseils pour son premier rite de fécondation en tant que danseur. Il savait déjà que rien de grave n'allait se passer durant son absence. Le blé le lui avait dit.

Mais le blé ne lui avait pas dit que les autres étaient des fous furieux ! Dédaignant la cueillette, ils mangeaient essentiellement de la viande. Sous l'emprise de leur régime carnivore, leurs coutumes étaient remplies de violence : luttes claniques, sacrifices sanglants… Qui plus est, cela les obligeait à nomadiser sans cesse, à la recherche de troupeaux de rennes ou de mammouths qui se faisaient de plus en plus rares. Leurs chamans sentaient confusément que les temps changeaient. Ils frappaient du tambour de plus belle pour retenir les esprits de leurs animaux-totem, sur cette terre rigoureuse. Poussant leur sacrifice encore plus loin, ils dansaient jusqu'à épuisement les nuits de pleine lune, tout en hurlant à la mort afin que l'univers entende leurs prières.

Non, leur peuple ne voulait pas mourir. Il était prêt à changer. Et c'est ce qui sauva Ofon.

Peu avant son arrivée, Ulgan, l'un des chamans les plus réputés des Hommes du Nord, avait poussé la souffrance de sa danse en attachant à sa peau d'ours des pierres grosses comme la main. Lesté de son costume magique couvert de lanières, de branchages et de pierres, il avait empoigné son tambour avec rage, bien décidé à s'envoler vers les réponses que son peuple attendait. Et ce n'était pas cinquante kilos sur le dos qui allaient l'en empêcher !

Battant le rappel de ses animaux de pouvoir, il sautait sur place en tournant sur lui-même depuis des heures, lorsqu'il s'effondra raide mort. Oh, il ne l'était pas tout à fait, car tous ses amis qui l'avaient accompagné dans cette soirée purent le voir tressaillir par moments. Son corps fatigué venait de relâcher son âme qui aussitôt prit de la hauteur. Tout autour de son village, l'âme ne rencontra aucune horde d'animaux. Elle s'éleva encore plus haut et vit au loin un petit homme solitaire, dépourvu d'armes de chasse, qui se réchauffait autour d'un feu. L'homme parlait tout seul :

— C'est le dernier col que je passe. Trois semaines que je marche et toujours rien. Pas une âme qui vive dans ce foutu pays. Voilà que j'ai faim maintenant, comme avant de te connaître.

Fait curieux, l'homme ne parlait pas tout seul, quelque chose dans son sac lui répondit :

— Voilà qui te remet dans la peau de quelqu'un qui ne connaît pas Le Secret, lui disait son sac.

— Ne me pousse pas à bout. Si tu ne veux pas que je te mange, aide-moi à trouver un village.

Ulgan se redressa d'un bond et commença à épousseter son costume. Les autres le regardèrent avec étonnement. Tous avaient la bouche ouverte et les yeux écarquillés. Ils attendaient avec appréhension ce que leur chaman allait leur conter. D'ordinaire, celui-ci s'embarquait dans d'interminables récits racontant ses déboires dans le monde des esprits, puis finissait par leur distiller à demi-mot une petite suggestion qui s'avérait souvent pertinente. Mais cette fois-ci, il alla droit au but, sans fioritures :

— Un magicien s'avance vers nous par le sud. Dès demain, nous irons à sa rencontre. Ne soyez pas surpris, il parle tout le temps à son sac !

Ofon se retrouva nez à nez avec un groupe de chasseurs hirsutes un 22 mars, le jour de l'équinoxe de printemps. En cette journée pas comme les autres, le jour et la nuit s'équilibraient parfaitement… Pourtant, dans ce face-à-face poignant, l'homme-au-blé n'en menait pas large. Il s'était ratatiné dans sa fourrure et maintenait un sourire figé pour tout accueil. Plus grands d'une demi-tête, les autres paraissaient déçus. C'était ça, le magicien du sud, ce petit homme rondouillard qui leur souriait benoîtement ?

Ulgan reconnu l'homme de sa vision sans hésiter. Il brisa la glace le premier. Ouvrant ses bras en croix, il s'avança d'un pas assuré et prit Ofon dans ses bras, tout en poussant un rire caverneux. On aurait dit un homme retrouvant son frère amnésique après des années d'absence.

Et cet homme-là puait la viande d'orignal… Il fallut des semaines à Ofon pour s'habituer à cette odeur. Cela lui donna le temps d'apprendre leur langue. De toute façon, dans ces contrées du nord, le dégel tardait à arriver. Rien ne pressait.

Aux premières pluies, ce fut encore Ulgan qui prit l'initiative :

— Petit magicien, qu'as-tu dans ton sac que tu ne nous as pas encore montré ? Un animal ?

— Euh, rien de particulier, balbutia Ofon décontenancé par une question aussi directe.

— Petit cachottier, je sais qu'il te parle et que vous avez un secret en commun.

— Bon, d'accord, tu as raison. Toi aussi, Ulgan, tu es un grand magicien ! J'ai avec moi un animal de pouvoir pas comme les autres. Tu le plantes en terre et quelques mois après il te nourrit pour toujours.

— Un immortel ! Tu as un esprit du monde d'En Bas dans ton sac. C'est ça ?

— Oui, en quelque sorte. Mais pour qu'il aide les hommes, il faut lui faire des offrandes.

— Quel genre d'offrandes ?

— Il faut lui préparer son lit et rester auprès de lui durant toute la belle saison. Chaque année.

— Tu es fou, magicien. Tu veux nous faire crever de faim ou quoi ?

— Non, non. Mon peuple a fait ce même sacrifice il y a bien longtemps et depuis lors, il n'a plus jamais eu faim. Je te l'assure. En plus, tu verras qu'en chassant moins d'animaux, ce seront eux qui viendront à toi.

Ulgan se gratta longuement la tête. Cherchait-il un pou ou bien essayait-il de s'imaginer le monde que lui proposait Ofon ? En fait, il savait que l'homme-au-blé n'était pas là par hasard. *D'ailleurs, il n'existe pas de hasard dans l'univers.* Lui-même, n'avait-il pas localisé Ofon dans son vol chamanique, au moment précis où il s'interrogeait sur la rareté du gibier ?

— On va suivre ton idée, magicien. Et si ça ne marche pas, on te mangera, lui chuchota-t-il à l'oreille…

Cinq mois passèrent et la tribu d'Ulgan s'était convertie à la religion du blé. Ofon ne serait pas mangé, on le priait même de choisir une femme et de rester avec ses nouveaux disciples. Mais dans le cœur d'Ofon, l'appel lancinant de Blata se faisait sentir. Sa peau dorée. Sa bouche haletante. Sa poitrine, aujourd'hui moins généreuse, certes. Ses enfants qui l'espéraient. Ofon voulait rentrer chez lui avant que l'hiver ne l'en empêche. Les hommes du nord le respectaient trop pour ne pas le laisser partir. Ulgan lui fit un cadeau en guise d'adieu. Son tambour en peau de mammouth dont les vibrations si basses étaient capables de transporter n'importe quel homme de l'autre côté du monde. Il en joua pour lui la dernière nuit avant son départ.

Ofon s'était allongé au centre de la toute nouvelle aire de battage et Ulgan tournait, tournait sans cesse dans le sens des aiguilles d'une montre.

— Est-Sud-Ouest-Nord, dans le sens de la course du soleil, à l'inverse de mes habitudes ! pensa Ofon, les yeux fermés et l'esprit détendu.

Totalement confiant dans la magie d'Ulgan, il se laissa envahir par la douce sensation d'avoir accompli sa mission sur cette terre. Une plénitude que le tambour gonflait à chaque percussion. Boum ! Boum ! Les vibrations cognaient inlassablement aux portes de son âme. Elles s'immisçaient dans les moindres interstices de son corps et ouvraient des trous béants. Alors Ofon sentit son corps se répandre sur l'aire de battage en une pluie d'atomes. Il était devenu ces millions de grains de blé que l'on s'apprête à décortiquer par écrasement. Et chaque coup de tambour était une pression de plus que le blé endurait.

Au paroxysme de sa douleur, il était réellement devenu le blé. Il vit que ces graines qu'il avait plantées d'une année sur l'autre n'avaient jamais cessé de vivre. Que même si leur forme avait changé, elles avaient gardé intacte toute l'information d'une certaine petite terrasse sauvage en plein milieu d'une falaise. Qu'elles formaient en réalité un seul et même organisme. Alors, Ofon comprit que le blé était éternel, comme Ulgan l'avait dit. Cela lui donna le vertige, car en se retournant, il put apercevoir l'ébullition du monde végétal qui avait abouti à la naissance du blé. De même, en avançant vers le futur, il vit des champs de blé uniformes à perte de vue sur tous les continents de la planète. Des sacs de poudre que des monstres, brillants comme la surface de l'eau et rouges comme des baies d'églantier, déversaient sur la terre qui criait :

— Non, non, arrêtez ! Vous me brûlez !

Pénétrant toujours plus loin dans l'infiniment petit, l'essence ultime du blé lui apparut : deux filaments microscopiques qui s'entortillaient l'un sur l'autre en spirale…

C'est à ce moment précis que sa vision perdit tout son sens :

Sous des lumières semblables à des bâtons de la longueur d'un bras, des hommes vêtus d'un blanc étincelant comme l'innocence, torturaient ces mêmes filaments. Ils les écartelaient, les découpaient et y inséraient d'autres morceaux prélevés sur des animaux. Fusionnant de force le végétal et l'animal, la mère et ses fils, ils commettaient un inceste majeur. Un blé livide et insipide – mais trois fois plus gros – naissait entre leurs mains au détriment de toutes les autres plantes. On s'apprêtait à inonder la terre avec cette variété révolutionnaire. Plus surprenant encore, ces hommes étaient tous absolument identiques : le même nez, la même bouche, les mêmes yeux bleus… comme lui…

Ofon se réveilla en sursaut en pleine aube naissante. Ulgan ne jouait plus du tambour, il le secouait comme un prunier avec un rictus sur ses lèvres. Bientôt, l'angoisse se dissipa sur le visage du chaman. Dans ses yeux, bleus comme dans son rêve, dansait toute l'émotion d'un être de chair et d'os. Le gris pâle de ce matin naissant se changea peu à peu en lueur rougeoyante, tandis que deux magiciens s'étreignaient de toute leur force :

— Mon ami, enfin tu es revenu, chuchota Ulgan.

— Oui, j'ai bien failli ne plus revenir d'un de ces mondes que je ne souhaite à personne.

— Prends-le pour un message à notre intention.

— Dans ce cas, cela veut dire que nous devrons protéger Le Secret jusqu'à la fin des temps. C'est un honneur et une charge à la fois. Et malgré nos efforts, il se pourrait bien que nos descendants l'oublient un jour !

Par un matin d'automne, un chaman portant un tambour en peau de mammouth s'éloigna vers le sud. Baï, un des filles d'Ulgan, marchait en silence à deux pas derrière lui. Elle était l'ultime cadeau des Hommes du Nord à celui qui venait de changer leur vie. Ils laissaient derrière eux des vasques remplies de blé pour en retrouver d'autres à des centaines de kilomètres. Un blé immortel qui attendrait sagement le printemps prochain…

Le retour d'Ofon en surprit plus d'un. Personne de son village n'était jamais allé aussi loin. Les informations que l'on pouvait avoir sur les autres tribus étaient toujours indirectes et donc largement déformées, pour ne pas dire exagérées. Il était plus commode de s'imaginer que le monde civilisé s'arrêtait aux dernières crêtes visibles. Au-delà, c'était le territoire interdit des barbares, forcément anthropophages.

Contre toute attente, le récit d'Ofon était aux antipodes de cette dichotomie du monde. Il dépeignait les autres hommes, certes comme différents, mais aussi comme profondément humains. Baï, sa nouvelle fille adoptive, en était la preuve vivante. Elle s'inséra dans la vie du village avec une facilité déconcertante. Partout dans la vallée, on accourait pour voir cette fille du nord. Sa silhouette filiforme attirait le regard des hommes comme un aimant. Toujours vêtue d'un petit quelque chose de différent, elle était devenue la convoitise de presque tous les célibataires. Le prochain rituel de fécondation promettait d'être animé !

Loin de s'offusquer, Ofon était content que la fille d'Ulgan jouisse d'un tel succès. Elle éclipsait son exploit et lui rendait la vie plus facile. Le saut du blé de l'autre côté des montagnes était passé pour un fait négligeable. Aucun homme ne lui avait reproché d'avoir donné Le Secret à de possibles ennemis. Qui plus est, les moissons avaient été meilleures que les années précédentes, malgré son absence. Ce qui relativisait sérieusement son influence sur le cycle du blé. Ce dernier d'ailleurs, en tant que rêve, semblait avoir atteint la taille critique suffisante pour se transformer en loi immuable de la nature.

Enfin détaché de bon nombre de ses obligations communautaires, Ofon aimait à se replonger dans cette vision étrange qu'il avait eu chez les Hommes du Nord, le soir avant son départ. Emportant le tambour d'Ulgan avec lui, il remontait sur sa petite terrasse sacrée où tout avait débuté. Avec une patience infinie, il réarmait son cercle de pierre en commençant par l'Est, dans le sens des aiguilles d'une montre. Puis s'élançait dans son voyage, à la poursuite du blé.

Jamais, les hommes blancs dupliqués ne réapparurent. Il aurait pu penser que cette version du futur avait disparu de l'univers. Mais il était plutôt convaincu que ses pouvoirs se heurtaient à une limite infranchissable. Au fond de lui-même, il continuait à espérer qu'il pourrait dévier d'un souffle le futur, le rendre plus conforme à l'équilibre du monde. Usant de toute sa persuasion, le blé finit par ramener Ofon à des réalités plus concrètes. Tout futur, quel qu'il soit, se jouait ici et maintenant. Dans ce présent dilaté, tous les liens de l'univers étaient malléables. Mieux valait se consacrer à une tâche qui concernait l'instant présent.

— Tu peux encore faire quelque chose pour les tiens, si tu parviens vraiment à sentir qui nous sommes, lui dit le blé.

— Vous êtes des êtres éternels qui utilisent les hommes pour grandir et voyager. Et un jour peut-être, les hommes se rebelleront et vous utiliseront à leur tour.

— Tout n'est pas combat dans la vie. Envisage plutôt notre relation sous la forme d'une coopération. Alors tu verras que personne ne détient le pouvoir.

Ofon n'avait rien à répondre à cela. Aussi le blé continua-t-il :

— Laisse-moi te montrer notre différence. Vous, les hommes, comme tous les animaux, vous avez la capacité de vous déplacer. Vous pouvez fuir devant le mauvais temps ou un prédateur. Nous autres les plantes sommes clouées au sol et n'avançons que par petits bonds, d'une année sur l'autre. Lorsque le froid ou un prédateur nous attaque, nous n'avons d'autre ressource que de nous transformer. En m'interdisant de devenir amer et en augmentant ma charge d'amidon, j'ai échangé ma capacité de te nourrir contre l'assurance que tu me multiplieras. Ce pacte est loyal, il t'offre la paix et non la guerre. Or toutes les plantes peuvent en faire autant. Elles pourraient te soigner en échange d'un peu de protection.

Tout cela allait trop loin pour Ofon. Le blé lui ouvrait des perspectives immenses. Il poursuivit son monologue :

— Notre conscience de l'univers aussi est différente de la vôtre. Certes, je suis éternel, mais ma capacité de mémoire se limite à une petite graine, pas plus grande que l'ongle de ton petit doigt. Toi par contre, tu es un mortel. Déjà tes forces déclinent. Tu n'es plus le jeune Ofon foudroyé sur la falaise, capable d'endurer une chute de plusieurs mètres. Mais en revanche, ta mémoire peut accéder à une certaine forme d'éternité. Ton fils a les mêmes gestes, les mêmes connaissances que toi. La culture, c'est là votre richesse. Et grâce à toi, je l'ai investie. Demain, d'autres plantes, toujours plus nombreuses peupleront votre culture.

En rentrant chez lui, Ofon avait un terrible mal de crâne. Le blé qu'il mangeait chaque jour n'était-il pas en train de lui ronger la cervelle ? Il fut interrompu dans ses réflexions par Blata qui arrivait à sa rencontre en courant :

— Baï est malade. Elle ne va pas bien du tout. Dépêche-toi de rentrer, peut-être pourras-tu la sauver, lui cria-t-elle en ravalant ses sanglots.

Apparemment la nouvelle était déjà connue de tous. Plusieurs villageois, la mine déconfite, discutaient à voix basse à l'entrée de sa hutte. On s'interrogeait sur cette maladie subite qui risquait d'emporter la perle rare du village. On comptait tellement sur elle pour le prochain rite de fécondation dans quelques semaines ! D'autres s'inquiétaient de l'arrivée d'une nouvelle épidémie apportée par l'étoile du nord. Quel tabou avait-on transgressé pour que les esprits s'en prennent au village ?

Usant de son tambour à la manière d'un bouclier, Ofon fendit la foule, suivi de Blata dans son sillage. Il s'engouffra dans sa hutte pour se trouver nez à nez avec une seconde forêt de gens qu'il congédia sur le champ. Lui, l'homme-au-blé, n'avait pas encore montré tous ses pouvoirs. Là-bas, dans les lointaines contrées du nord, on l'avait initié à d'autres magies plus puissantes. Les gens d'ici n'avaient qu'à bien se tenir et tout irait pour le mieux.

Seul avec Blata pour assistante, Ofon put enfin s'asseoir auprès de Baï. La pauvre fille délirait tant la fièvre était forte. Elle ne parlait plus que dans sa langue maternelle. Des mots incompréhensibles pour les autres, mais qui renseignèrent Ofon sur son état. Elle se plaignait de démangeaisons violentes aux pieds et aux bras et parlait sans cesse d'un blé noir qu'elle avait mangé ce matin. Ce blé voulait la tuer, la renvoyer d'un seul jet de l'autre côté des montagnes.

— Cette fille va mourir, si je ne tente rien, pensa Ofon à haute voix, tandis que Blata lui posait un morceau de cuir mouillé sur le front qui la calma grandement.

Le blé noir ! Ce blé moisi, couvert de champignons lorsqu'il n'était pas assez aéré, Ofon en avait interdit la consommation parce qu'il en avait eu le pressentiment lors d'une de ses quêtes de vision. Et il avait oublié de le dire aux Hommes du Nord ! Baï ne pouvait pas le savoir… Voilà le tabou qui venait d'être transgressé.

Ofon pensa que s'il avait réellement découvert la cause de sa maladie, il avait une chance de la sauver. Il empoigna son tambour et se mit à officier autour de Baï, séance tenante. Il chanta dans sa langue maternelle pour qu'elle comprenne bien le sens de son acte. Il allait la sauver. Il appellerait l'esprit d'Ulgan pour qu'il vienne l'aider à extirper le blé noir. Elle n'avait rien à craindre.

Alliant le geste à la parole, il se mit à improviser une danse calquée sur le rythme des Hommes du Nord. C'était la deuxième fois de sa vie qu'Ofon entamait une danse cruciale. Blata le sentit bien. Elle put revoir son homme tendu comme la toute première fois lorsqu'il avait voulu la séduire. Chaque pas, chaque geste trahissait la volonté d'un grand magicien demandant instamment à l'univers de se plier. Vu de l'extérieur, cela ressemblait à une lutte. Pourtant dans le cœur d'Ofon, tout n'était que prière. Il meurtrissait son corps en guise d'offrande pour que son âme s'en échappe et aille à la rencontre du blé noir. Des heures durant, il dansa autour de Baï jusqu'à s'effondrer lourdement sur le sol. Dans sa chute, il entendit :

— Ulgan ! Attention !

C'était Baï qui criait, croyant voir son père. Mais, ces mots résonnèrent d'une bien étrange manière. Car Ofon était déjà loin.

Laissant sur place son corps rongé par la transe, il se vit plonger dans une forêt de plantes qui lui souriaient. Des corolles, des pétales, des tiges, des feuilles qui le saluaient d'un sourire humain. Ofon pensa qu'il allait avoir du mal à retrouver le blé noir au milieu de cet amas dense de végétation, lorsqu'une petite plante herbacée toute velue se détacha du lot. C'était la consoude avec ses clochettes d'un pourpre terne qui s'agitaient devant lui. Elle se multiplia sous ses yeux jusqu'à couvrir tout son champ de vision. Puis dans un mouvement lent, semblable à un ralenti, une poignée de feuilles se déposèrent dans sa main. Vint ensuite une autre plante, la petite centaurée dont une dizaine de tiges s'ajoutèrent aux feuilles de consoude. L'ensemble flottait de manière irréelle dans sa main en irradiant de la lumière.

Ofon n'eut pas le loisir de poursuivre son rêve. Une écuelle d'eau jetée en plein visage le réveilla en sursaut. La réaction de Blata était somme toute naturelle. Parce qu'elle ne connaissait pas les pratiques magiques des Hommes du Nord, elle s'était ruée vers sa réserve d'eau, dès les premiers tremblements d'Ofon. Ce qui semblait une éternité n'avait duré qu'une minute ou deux. Mais cela avait été suffisant. Car en coupant le contact avec le monde des esprits à ce moment précis, elle avait bien involontairement livré à Ofon l'essentiel. Celui-ci venait de découvrir que certaines plantes pouvaient combattre la maladie. Comme le blé, elles souhaitaient s'allier avec les hommes et étaient prêtes à donner une part d'elles-mêmes en cadeau.

Oubliant sa fatigue, Ofon sortit de sa hutte d'un pas déterminé. Il voulait en avoir le cœur net. On le vit déambuler dans les champs, tel un fou, à la recherche de quelques tiges de petite centaurée et d'une poignée de feuilles de consoude. Il plongea le tout dans une eau bouillante, sous le regard perplexe de Blata qui continuait à s'inquiéter pour la santé de son homme. Quand Baï but sa potion, elle grimaça. Ofon n'y prêta pas la moindre attention. Il fixait de tout son être les yeux de la malade. Il voulait y voir la toute première lueur de la guérison. Lorsqu'il la vit, il alla se coucher sans un mot, tant il se forçait à y croire…

Le lendemain, Baï était sur pieds et Ofon se remettait doucement de ses émotions. Il se disait qu'il aurait encore beaucoup de rêves de ce genre. Et que les gens n'allaient plus l'appeler « l'homme-au-blé ». Quel nom allait-on bien pouvoir lui trouver ?

Les années passèrent et Ofon n'était plus qu'un vieil homme. Il avait délaissé ses activités cérémonielles en l'honneur du blé pour se consacrer entièrement à sa nouvelle tâche de guérisseur. « Le chaman-aux-plantes », comme on l'appelait maintenant, était devenu une légende vivante. On venait le consulter de toute la vallée. Avec le temps et l'expérience, Ofon savait presque immédiatement quel remède administrer. Mais lorsque le cas le nécessitait, il entrait en transe pour trouver la plante qui conviendrait le mieux à son patient. Il avait pris l'habitude de dire que les plantes venaient à lui. Car dans sa réalité, les rôles étaient inversés :

C'étaient elles qui se déplaçaient,
alors que lui restait immobile.
C'étaient elles qui savaient,
alors que lui était ignorant.

Conscient que tout cela pouvait disparaître à sa mort, le vieux chaman s'entoura de jeunes apprentis qui en échange l'aidaient dans son travail. Avec chacun d'entre eux, son enseignement se résumait à une seule chose : apprendre à reconnaître cet état d'esprit si particulier qui permettait d'entrer en contact avec l'univers entier. Le mari de Baï s'avéra le plus doué de tous ses apprentis. Dès sa première quête de vision, il avait montré de drôles d'aptitudes en revenant chargé d'un rêve étrange : la farine de blé pouvait être pétrie avec de l'eau ; la pâte ainsi obtenue, mise à cuire dans un four, deviendrait un aliment apprécié des hommes… Son rêve n'avait pas manqué d'intriguer Ofon car jusqu'à présent le blé n'était mangé que sous forme de semoule. Ensemble, ils tentèrent plusieurs fois l'expérience, sans succès. Voilà qui au moins démontrait que l'apprenti avait encore à travailler !

De même, lorsque le mari de Baï eut à faire un tambour, il revint de son expédition avec une peau bien différente des autres apprentis. Il avait tué un orignal, un animal extrêmement rare sur les terres du sud. Peut-être fallait-il y voir le signe d'un changement climatique, à moins que ce ne soit Ulgan qui lui avait envoyé ce présent. Ofon pencha pour la seconde hypothèse. Cet homme était décidément doué. Il avait enlevé le cœur de la fille la plus convoitée de toute la vallée. Dans les veines de ses enfants, coulerait le sang d'un lointain chaman du nord, mélangé à celui d'un magicien du sud. Il méritait un nouveau nom. À partir de ce jour, Ofon décida d'appeler son jeune apprenti, Ulan.

Sa décision fut une fois de plus inspirée. Car Ulan jouait du tambour à la manière des Hommes du Nord. Il avait ce léger coup de poignet qui rend le son mat et puissant sans pour autant fatiguer le bras. L'orignal distillait des vibrations subtiles et plus complexes que celle du mammouth. En quelques années de pratique, Ulan dépassa son maître en virtuosité. Il avait la jeunesse pour lui et ses transes démarraient toujours avec une impulsion encore plus explosive. Les plantes venaient à lui en toute confiance. Sans doute était-il né pour cela. Ofon pouvait être rassuré, un nouveau guérisseur était né, sous ses yeux fatigués. Il était temps car ses forces déclinaient.

Au soir de sa vie, Ofon avait perdu une bonne part de l'influence qu'il avait eue sur son village. Mais de manière fort curieuse, ses enfants avaient recueilli l'ensemble de ses pouvoirs. Son fils aîné était devenu une sorte de prêtre du blé qui orchestrait les rites de fécondation et les récoltes. Et Ulan, son beau-fils, avait hérité de la fonction de « chaman-aux-plantes ». Ofon le sentait sans vraiment parvenir à le formuler : sa famille avait concentré un pouvoir sur les autres, un pouvoir fondé sur le savoir…

Ofon mourut aux premiers jours d'un printemps comme les autres, au moment des labours. Il laissait derrière lui des greniers à blé et des remèdes à base de plantes. Conformément à ses derniers désirs, on l'enterra au milieu des champs de blé fraîchement labourés, en compagnie de son tambour en peau de mammouth. Son corps était orienté vers une petite falaise qui se dessinait insignifiante à l'horizon. Dans quelques semaines, on jetterait dans ce champ une pluie blonde de grains qui germeraient sans l'ombre d'un doute, plus beaux que jamais.

Mais Ulan lui avait réservé une dernière surprise qu'il sentirait dans sa chair en décomposition. Voyant la mort du vieux chaman approcher, il avait poursuivi son rêve en secret. Et son rêve lui avait dit que quelque part une autre céréale aux épis plus velus l'attendait. Tout l'hiver, il avait cherché cet improbable cousin du blé, alternant voyages oniriques et expéditions de terrain. Tant et si bien qu'un jour d'orage, il était tombé nez à nez avec quelques brins de seigle identiques à son rêve. Il sut tout de suite que c'était ce qu'il cherchait.

Et là maintenant, devant tout le village réuni, on refermait la tombe du vieux chaman. On le laissait seul avec sa terre. On lui enlevait la vision du ciel éternel. Chaque femme présente déversa une motte de terre sur son corps paisiblement étendu. Bientôt, il n'y eut plus rien qu'un champ labouré. Alors Ulan se mit à danser avec son tambour autour du carré de terre fraîchement remuée. Lorsque sa prière fut terminée, Baï s'avança d'un pas. Elle tenait dans ses mains moites, les grains de seigle que son mari lui avait confié. À la surprise générale, car le rite de fécondation n'avait pas encore été fait, elle jeta ces graines sur la tombe en disant simplement :

— Que ton corps soit sanctifié.

Quelques mois après sa mort, Ofon était encore bel et bien présent dans l'esprit de tous. Il avait pris la forme d'un petit rectangle brun d'un mètre sur deux au milieu d'un champ blond. Les téguments avaient éclaté. Des radicelles avaient puisé dans sa chair avec détermination. Des fils torsadés, gorgés de son sang, étaient montés vers le ciel pour se changer en tiges altières qui défiaient le vent. Elles se frottaient au blé tout proche et échangeaient entre elles toute l'information du monde, en vue d'un prochain mariage divin.

Accompagné de son inséparable tambour, Ulan les regarda pousser durant tout l'été. Sous ses yeux, naissait une céréale hybride, l'amidonnier sauvage, *Triticum dicoccoïdes*. Une céréale tellement nouvelle qu'elle n'était pas sûre de rester fertile et de pouvoir se reproduire chaque année. Une céréale pensée et produite par les hommes, qui aurait besoin d'un chaman pour exister vraiment. Et cette céréale, gorgée de gluten, allait être capable de faire du… pain !

À quarante centimètres sous terre, les derniers atomes d'Ofon dansaient de joie. Ils tournaient dans le sens des aiguilles d'une montre, prêts à vivre une nouvelle aventure. Ils disaient à l'univers : attention aux choix que nous faisons…

L'herbe verte et la petite fumée

Jeff avala d'un trait une pilule tranquillisante qu'il venait discrètement d'extraire de la poche intérieure de son blouson. En ce samedi après-midi, il était attablé dans l'appartement de Lumi depuis une bonne heure et n'avait cessé de jeter alternativement des coups d'œil aux trois acolytes rassemblés en face de lui, tels une brochette de conspirateurs. Durant tout ce temps, on ne lui avait pas laissé la moindre occasion de s'exprimer. Son regard perçant ne trahissait aucune émotion particulière. Alors que dans sa tête, une tempête se déchaînait.

— Garde ton calme, se disait l'agent de la sécurité, habitué à gérer ce genre de situation…

Cela ne l'empêchait pas de s'interroger sur la santé mentale de ses amis. KODT avait dû faire quelques dégâts irréversibles dans leur cerveau. Comme pour la matrice, il s'était incrusté dans leurs neurones et les poussait à échafauder une pure folie. Combien de visites sur ce site avaient-ils effectué en vérité ? Une seule soi-disant. C'était impossible car visiblement, il avait à faire à des drogués. Mon Dieu, peut-être fallait-il envisager de les interner. Et tout cela, par sa faute…

Lumi avait ouvert le bal en exposant en détail ses visions champêtres d'un village de montagne, puis ses intimes convictions sur l'origine de ce virus. Une bande de ruraux primitifs qui, par on ne sait quel miracle, aurait des connaissances informatiques supérieures aux plus grandes multinationales !

Non décidément, tout cela ne tenait pas la route.

Ariane avait ensuite enchaîné en mettant en doute les données militaires du « point G », comme elle l'appelait. La pauvre, trop de PJS à son actif ! Ceci étant, elle avait raison sur un point : la photo produite par les militaires pour les coordonnées géographiques demandées ne ressemblait en rien à une vallée alpine. Il y avait donc eu dissimulation intentionnelle de leur part. Mais Jeff savait que les zones blanches sur les cartes publiques correspondaient bien à des villages habités dont on cherchait à cacher l'existence. Cela ne prouvait rien pour autant…

Le frère de Lumi, de son côté, parla surtout des E-prions. Il s'était documenté durant toute cette semaine. Usant d'une comparaison avec la biologie, il avança l'hypothèse que « quelque chose de plus gros » flottait au-dessus des circuits électroniques de la matrice. Ce quelque chose n'était en rien une programmation, mais plutôt une masse magnétique et cela expliquait pourquoi aucun informaticien ne pouvait la détecter. Son intervention était fort intéressante, bien qu'indémontrable. Mais ce qui surprit Jeff, ce fut lorsque Fred sauta du coq à l'âne en affirmant que médicalement un voyage jusqu'à ce village était possible à condition, bien sûr, de s'y préparer. Voilà qu'un médecin respectable et respecté partageait la conviction ambiante d'un lien de cause à effet entre le virus KODT et ce maudit village…

En fait, tout l'argumentaire des trois malades mentaux que Jeff avait devant lui, ne tenait que sur une seule petite preuve : la répartition géographique des internautes déprimés par KODT était effectivement centrée sur l'Europe. Et cela était une information primordiale que personne à l'ISA n'avait remarquée. À elle seule, elle obligeait l'agent de la sécurité à se taire pour écouter poliment les théories les plus rocambolesques qu'on voulait bien lui servir.

Lorsque tout le monde eut terminé, Jeff resta silencieux. Il avait tant espéré de cette réunion que maintenant, il en restait les bras ballants avec la désagréable sensation d'avoir perdu son temps. S'il comprenait bien, on lui proposait de monter une expédition clandestine à l'Extérieur pour rencontrer une horde préhistorique tapie dans une vallée montagneuse sur la seule base d'une intuition partagée par trois psychopathes enthousiastes !

Bien sûr, une opération de type militaire ne donnerait rien, car ces sauvages feraient mine de ne rien savoir. L'unique solution était de les contacter amicalement en simulant un groupe de fuyards échappés des villes. On pourrait alors enquêter en douceur, à la manière des anthropologues, sans attirer leur méfiance. Inutile de préciser qu'aucune institution n'autoriserait une telle entreprise : il fallait donc agir en toute illégalité. Hallucinant, non ?

Lumi sentit tout de suite que Jeff n'était pas convaincu. Son sourire de façade en disait long sur son incrédulité, voire même sa condescendance préoccupée. Après tout, cela était totalement prévisible. Cette heure de palabres n'était en fait qu'un long préambule nécessaire, une sorte d'entrée en matière destinée à immerger Jeff dans une certaine version du monde qui allait pleinement s'élargir sous l'influence de quatre lettres multicolores s'animant sur un écran informatique.

— Eh bien, Jeff, je te trouve drôlement songeur. Ne sois pas déçu, car tu vas comprendre l'ampleur de notre tâche dans quelques instants. Comme par enchantement, les pièces disparates du puzzle vont venir s'agencer dans ta conscience pour former un tout cohérent. Ce qui n'est encore pour toi qu'un ensemble nébuleux d'informations irrationnelles et indépendantes les unes des autres, va s'organiser en une logique claire et lumineuse. Tu vas te voir dans ce nouvel univers, comme un enfant qui vient de naître. Alors tu sauras quoi faire. Nous interner ou bien nous… accompagner.

Lumi termina sa phrase en poussant vers son ordinateur le fauteuil à roulette sur lequel Jeff était assis. Le simple choc de l'accoudoir sur la console alluma aussitôt l'écran qui n'était qu'en veille. Quatre lettres apparurent dans le noir et Jeff eut une réaction de recul. Son amie lui imposait un nouveau voyage cathodique sans même le prévenir. Peut-être allait-il se replonger dans son enfance, à moins que KODT ne lui enseigne cette fois-ci autre chose. Oui, par exemple, comment guérir trois malades mentaux d'une idée tenace accrochée sur les pentes d'une montagne…

Trop tard, il était déjà parti !

Jeff revint à sa conscience ordinaire du monde en souriant benoîtement. Quatre acolytes autour d'une table se regardaient en silence avec la douce sensation d'être connectés. Bref, de se comprendre. Ils partageaient le même secret et ce secret avait un sens. Il était plus fort qu'une intuition, il était une réalisation en devenir…

Ce fut Fred qui brisa le premier le silence :

— Je disais donc que ce voyage est possible à deux conditions : augmenter nos défenses immunitaires et parfaire notre condition physique. Dès la semaine prochaine, je vais vous inscrire sur le registre du personnel de contact afin de pouvoir bénéficier de toutes les vaccinations existantes. Avec ça, nous serons protégés contre bon nombre des microbes de l'Extérieur. Il faudra au minimum deux mois, on ne peut pas faire plus court à cause des rappels. Du coup, j'ai préparé un programme d'accroissement de la force musculaire sur deux mois aussi. Voilà, j'ai fait des photocopies, il suffira de suivre mes instructions et je vous garantis une forme d'athlète !

— Ce sera bon pour ta ligne, hein Jeff ? ajouta Lumi en pouffant de rire.

Jeff dodelina de la tête et finit par prendre la parole :

— Puis-je vous faire une suggestion ? Quatre personnes, deux femmes, deux hommes, en pleine santé, c'est bien. Mais, il nous manque un cinquième élément. Supposez que quelqu'un se blesse, il faudra être capable de le transporter. À mon avis, trois hommes, ce serait mieux…

— Oh, le macho ! fit Ariane. Nous aurons des chevaux pour ça.

— Heureux de l'apprendre. Mais qui est bricoleur dans l'équipe ? Toi ?

Un nouveau silence s'installa. Lumi en profita pour aller chercher des boissons fraîches dans le frigo. Tout en les déposant sur la table, elle reconnut :

— Jeff a raison. Nous devrions être plus nombreux. Avons-nous dans notre entourage un beau mâle célibataire, bien costaud qui pourrait se joindre à nous ? Attention, pas n'importe qui, une personne de confiance, solide dans sa tête…

— Ouais, d'autant plus que le temps presse, renchérit Jeff. Car pour le convaincre, il faudra qu'il puisse visionner KODT… Or celui-ci sera brouillé d'ici quelques jours seulement.

— Pas de bricoleur dans mon entourage, fit Ariane avec une moue. J'aimerais bien, pourtant ! Mais toi Lumi, tu n'as pas pensé à Kevin ?

— Ah oui, tiens je l'avais oublié celui-là. Tu as raison, je vais y réfléchir. En tout cas, chacun de nous peut continuer à chercher de son côté… Fred, j'aimerais que tu nous parles de la solution que tu as imaginée pour le problème de nos puces d'identité.

— Oui, à ce sujet, j'ai réfléchi à la question. Voilà, normalement on partirait fin avril pour revenir avant l'hiver. Cela fait six mois. Je pense pouvoir obtenir de la part de différents collègues des certificats médicaux en bonne et due forme pour un arrêt de travail prolongé. Ce ne sera pas difficile. Mais le problème principal, c'est nos puces électroniques implantées sous notre peau. Comme vous le savez peut-être, elles sont bioactives, ce qui veut dire qu'on ne peut les extraire et les laisser sur notre table de chevet. Alors j'ai pensé à des chats…

— À des chats ? s'écria Ariane horrifiée.

— Oui, à des chats. C'est certes difficile de s'en procurer. Mais toi, Ariane, en tant que journaliste, tu pourrais faire une enquête sur le sujet et je suis sûr que tu finiras par en trouver quelque part.

— Mais pourquoi faire des chats ?

— Eh bien, c'est tout simple. Par une petite opération chirurgicale, je vais implanter votre puce dans un chat qui restera pendant six mois dans votre appartement. Ces mouvements seront détectés par la matrice et tout semblera naturel. Il suffira ensuite de monter un distributeur automatique de nourriture assisté par ordinateur et le tour est joué.

— Astucieux, fit Jeff en imaginant que son service contrôlait peut-être des chats enfermés dans des appartements sans même sans rendre compte.

— Puisqu'on parle détection, j'ai appris hier en interviewant un militaire que l'Extérieur était contrôlé en permanence par satellite. Vous le saviez ?

— Mince, s'exclama Lumi, un problème de plus !

— Oui, d'autant plus que tous les déplacements humains sont étroitement surveillés, surtout dans les cinquante kilomètres autour des dômes. On risque de se faire repérer. J'ai par exemple pu suivre à la trace sur leurs ordinateurs une bande de délinquants qui tentait de s'attaquer à une des portes Sud de la ville. Eh bien, savez-vous comment ils les ont repoussés ? Avec des gaz microbiens, les vaches !

— J'ai la solution, fit Jeff fièrement. Je sais qu'il existe des combinaisons individuelles furtives. L'ISA en utilise souvent pour ses missions secrètes. Une simple manipulation informatique me permettra d'en mettre cinq au rebut, sans que personne ne s'en aperçoive.

— Voilà une excellente nouvelle ! On aura besoin de toi pour d'autres équipements : masque à gaz et détecteur de pollution, GPS pour nous repérer par satellite, armes de poing pour nous défendre contre les SDF et les animaux sauvages. Je te laisse le soin de constituer cette liste, hein Jeff ?

— OK, Lum, pas de problème.

Qu'elle était impressionnante toute cette énergie déployée dans l'appartement de Lumi. Une véritable réunion de travail pour un objectif totalement interdit : sortir d'une mégapole sans autorisation qui de toute façon n'était délivrée qu'au compte-gouttes pour des missions uniquement scientifiques ou militaires. Si les murs avaient eu des oreilles, nul doute que l'ISA aurait classé ces conversations comme « hautement répréhensibles », voire même « terroristes ». Ironie du sort, les quatre conspirateurs se seraient alors retrouvés à l'Extérieur pour une réclusion criminelle à perpétuité !

KODT était à l'origine de tout cela. Il stimulait les esprits. Tous étaient convaincus sans pouvoir en apporter la moindre preuve que là-bas se trouvait le secret du virus mutant. Ils ne pouvaient entendre au même moment les chants et les prières que cette communauté adressait à leurs dieux, mais ils en ressentaient les effets. Une sorte d'euphorie les envahissait. Ils se sentaient inspirés. D'autres les auraient qualifiés de fanatiques…

Kevin n'y croyait plus. Depuis dix jours, Lumi l'avait superbement ignoré, dédaignant même répondre aux messages réitérés qu'il avait laissés sur son incontournable répondeur. Et voilà qu'aujourd'hui, elle l'avait contacté en plein travail pour l'inviter chez elle, le soir même :

— C'est à prendre ou à laisser, avait-elle conclu sur un ton badin…

Décidément, cette femme était hors norme. Elle était entrée dans sa peau, lors de cette fameuse soirée aux chandelles ponctuée par une mémorable PJS. Et depuis, il n'avait cessé de penser à elle.

Le cœur battant, Kevin passa nerveusement une dernière fois sa main dans ses cheveux et appuya sur la sonnette. L'étroite coursive desservant une bonne centaine d'appartements était éclairée de place en place par des lumières blafardes. Soudain la lumière s'éteignit et Kevin dut retourner sur ses pas pour atteindre l'interrupteur le plus proche. L'enfilade rectiligne et déserte réapparut. Mais rien d'autre ne se passa. Lumi lui avait-elle posé un lapin ? S'était-il trompé de porte, d'immeuble, de rue ?

Kevin fouilla dans ses poches pour retrouver le papier sur lequel il avait griffonné l'adresse. Non, il ne s'était pas trompé. Aussi décida-t-il de coller son oreille à la porte. Il put entendre des bruits, signe indubitable d'une présence à l'intérieur. C'est en appuyant une seconde fois sur la sonnette qu'il se rendit compte qu'elle ne marchait pas. Il poussa alors un soupir de soulagement tout en frappant énergiquement à la porte. Celle-ci s'ouvrit enfin, découvrant Lumi toute souriante dans une agréable tenue de soirée.

— Salut Kevin. Oh, désolée, j'ai complètement oublié de te prévenir que la sonnerie était en panne. Tu sais, moi et ces petits détails dans une maison, ça fait deux. J'espère au moins que tu ne t'es pas trop inquiété...

Kevin esquissa un sourire coincé. Cet incident l'avait perturbé. Il s'était préparé pendant des heures à ce premier contact physique. Mais là, sous l'effet d'un événement impromptu et somme toute angoissant, son image de play-boy qu'il s'était construite pour mieux séduire Lumi, s'était envolée, lui faisant perdre toute son assurance. Il sauta sur l'occasion pour se rattraper :

— Attends, je vais t'arranger ça...

— Oh, comme c'est gentil de ta part. Ça ne t'embête pas trop ? fit Lumi sur un ton attendrissant, avec une pointe de malice qu'elle ne put réprimer...

Dix minutes plus tard, Kevin avait retrouvé son calme et pouvait s'enorgueillir d'avoir réussi à réparer cette sacrée sonnette. Lumi l'attendait à table en jouant avec son verre. Elle l'invita à s'asseoir et tout naturellement la conversation dériva sur ses qualités de bricoleur...

Elle servit ensuite le dîner. L'ambiance était différente de la dernière fois. Lumi paraissait plus charnelle, plus présente. Elle s'intéressait aux détails de sa vie, de son enfance, elle semblait aller vers lui. Et cela détendit Kevin. Il avait l'impression qu'une relation intime était en train de se tisser. Il baissa peu à peu sa garde pour se montrer tel qu'il était. Un homme seul comme beaucoup d'autres, avec ses qualités et ses défauts, ses espoirs et ses peurs. Un homme qui rêvait de lui faire l'amour.

Plus le temps passait et plus Lumi se rendait compte des sentiments que Kevin nourrissait à son égard. Et elle, que ressentait-elle ? Juste une attraction pour un homme séduisant. Un homme de plus pour s'offrir du plaisir. Rien que du plaisir. Car son cœur ne vibrait pas, elle le savait. Il était destiné à un autre, un bel inconnu qu'elle rencontrerait un jour. Tout ce qu'elle pouvait dire de Kevin, c'était qu'il partirait avec elle à la rencontre des hommes du « point G », si elle le désirait. Oui, il la suivrait par amour au bout du monde, si elle le lui demandait. Et elle décida qu'il en serait ainsi...

C'était facile, il suffisait d'avancer sa main sur la table de quelques centimètres.

Kevin ne vit pas cette légère translation de nature insignifiante à l'échelle de deux vies humaines. Mais par contre, en plein milieu de la conversation, il sentit monter en lui une folle envie de couvrir cette main qui était entrée dans sa bulle émotionnelle. Il hésita un long moment. Qu'allait-elle penser d'un geste aussi hardi ?

C'est à prendre ou à laisser.

La voix de ce matin résonna en lui.

Il plongea ses yeux dans ceux vert émeraude de Lumi, inspira profondément et avança sa main à l'assaut de ce qui était devenu pour lui une forteresse. Ses doigts étaient chauds. Ils bougèrent mais ne se retirèrent pas. En fait, ils se plaquaient contre les siens. Une explosion volcanique éclata dans le cœur de Kevin. Elle irradia tout son corps, hérissant ses poils, gonflant ses tempes, détruisant au passage quelques neurones.

Lumi sentit, elle aussi, cette décharge. Quel pouvoir que cet attrait des sexes opposés ! Quelques rondeurs et quelques creux, quelques centimètres carrés de peau qui faisaient et défaisaient le monde depuis la nuit des temps ! Une force puissante qu'aucun système politique ou social ne pouvait contrôler ou même endiguer ! Une force qu'elle utilisait pour qu'un homme transgresse la loi et parte à l'assaut d'une aire blanche sur une carte d'état-major, le point G... Elle prit

Kevin par la main, sans un mot, et l'emmena dans sa chambre. Cette nuit, ils allaient jouer une PJS sans PJS… Au diable, les MST, les BB, ISA et même KODT !

Le lendemain matin, Kevin se réveilla le premier. Aucun rayon de soleil ne venait baigner ce lit d'amour, car tout simplement il n'y en avait plus dans les villes. À vrai dire, personne ne s'en plaignait, car en échange on avait gagné une lumière vive et constante quinze heures par jour, bien plus bénéfique pour la santé. La romance était ailleurs. Dans l'odeur de Lumi qui imprégnait les draps. Dans ses vaguelettes rousses qui inondaient l'oreiller. Dans son souffle fragile et chaud qui n'était que musique.

Kevin se laissa bercer par ces instants radieux qu'aucune cyber-combinaison ne pouvait offrir. Certes le plaisir sexuel était comparable, mais il n'y avait pas le facteur temps. Ce temps que si peu de gens savaient apprécier. Le temps, oui. Juste le temps qui passe. Et qui faisait qu'en le prenant pleinement, ils n'iraient pas au travail, aujourd'hui. D'ailleurs, il était neuf heures précises. La masse informatique venait de se déplacer d'un quart de planète. C'était peut-être tout simplement cela qui avait réveillé Kevin…

Ses doigts glissèrent sur la peau de Lumi et elle se réveilla en frémissant. Il voulut l'enlacer, mais elle se dégagea, comme une savonnette qui vous glisse entre les doigts. Elle s'habilla aussitôt et alla dans la cuisine préparer le petit-déjeuner. Kevin la rejoignit à contrecœur :

— Pourquoi ne pas flâner encore un peu au lit, Lumi ?

— T'as vu l'heure, on va se faire remarquer. Sûr que la matrice a dû nous repérer.

— Et alors ? L'amour n'est pas illégal que je sache ? Une petite journée d'absence dans l'année, ce n'est pas bien grave. On la déclarera dans nos congés…

— J'ai un autre programme pour toi, fit Lumi en attrapant un croissant. Je vais bosser et toi, tu vas te reposer tranquillement ici en m'attendant.

— Ah bon ? Tu n'as plus de congés ?

Pour toute réponse, Lumi déposa un dossier sur la table.

— Tiens, voici des documents qui t'intéresseront sûrement. Tu les lis et on en reparle cet après-midi. Ah, un détail important, tu ne te connectes pas sur le site en question, tu m'attends, OK ?

— OK… se résigna Kevin, déçu.

Lorsque Lumi sortit de son bureau, elle trouva Kevin à la cuisine. Il préparait un petit plat de sa création avec les rares ingrédients qu'il avait pu trouver.

— Mais qu'est-ce que tu fabriques ?

— Une omelette lardons-fromage au paprika.

— Une quoi ?

— Une surprise, quoi ! Allez à table, c'est prêt. Tu vas voir, tu vas te régaler…

Lumi s'assit, contrariée. Elle s'était imaginée que Kevin allait l'assaillir de questions et Monsieur n'avait rien trouvé de mieux que de faire la cuisine ! Peut-être s'était-elle trompée à son sujet. Un gars juste bien dans ses petits souliers…

— Alors, que penses-tu de cette affaire récemment détectée par l'ISA ?

— Ah oui, KODT ! Bien ! Bien ! Heureusement que dans quelques jours, l'affaire sera pliée…

— Mais, l'existence de ce virus dans la matrice ne t'intéresse pas ?

— Oh, tu sais moi, j'ai la tête ailleurs depuis hier soir !

Lumi rageait intérieurement. Elle était prise à son propre piège. Jouer avec le cœur de Kevin avait été une mauvaise stratégie, une idée de petite fille saugrenue. Au lieu de l'attirer vers cette expédition à la recherche des sources du virus, elle l'en avait éloigné. Pire encore, refaire machine arrière devenait impossible.

Ça passe ou ça casse, se dit-elle, mais en tout cas je serai franche :

— Tu sais, Kevin, j'ai bien vu comment en si peu de temps, tu t'es entiché de moi. Mais au fond, tu me connais à peine. En fait, je suis une femme indépendante et sans attache. Je ne crois pas que notre relation parte du bon pied. D'ailleurs, dans quelques semaines, je vais partir pour un long voyage. Tu as vu cette carte de l'Extérieur dans le dossier. Je vais sortir des villes, m'évaporer dans la nature. Pouf, plus de Lumi ! Disparue, Lumi !

Kevin la regardait les yeux écarquillés, muet comme une carpe. Elle poursuivit :

— Avec un petit groupe d'amis, je vais partir à la recherche des origines de ce virus, en toute illégalité. Alors tu vois, je n'ai pas de projet pour nous deux. Rien que cette obsession de percer les secrets de KODT.

— Je pars avec toi. Où que tu ailles, je te suivrai. Ne serait-ce que pour sentir ta sueur sur ma peau.

Lumi fut totalement désarçonnée par cette réponse si directe. Elle avait tout imaginé, même une gifle, mais pas cela. Elle réalisa qu'en une nuit, elle avait insufflé une force étrange au plus profond de cet homme. Une force qu'elle ne connaissait pas, mais qu'un jour, elle connaîtrait peut-être : l'amour !

Elle préféra se taire. C'était trop beau, trop respectable, trop fort. La raison ne se bat pas contre l'amour. Elle laissa simplement filer ce silence pour mieux prendre son temps.

Kevin continuait de la fixer avec détermination. Et son visage respirait l'innocence.

L'amour avait-il sa place dans cette expédition minutieusement préparée ? Jusqu'où cette aventure la mènerait-elle ? Une partie d'elle-même lui disait qu'elle faisait une erreur. Elle prit cela pour une méconnaissance des lois du cœur et de la nature humaine.

Cinq, avait dit Jeff.
Cinq éléments.
Un de plus que KODT.
Cinq, ils partiraient…

Le jour J, ce jour du grand départ, arriva si vite. Pendant une poignée de semaines, trois hommes et deux femmes s'étaient entraînés sans relâche, tant physiquement que mentalement, animés par une foi étrange qui balaya toutes les difficultés sur leur passage. Ils avaient accumulé dans l'appartement de Lumi, tout le matériel nécessaire avec une discrétion extrême. Ils avaient aussi répété des dizaines de fois, les différentes opérations qui leur permettraient de sortir du dôme sans se faire repérer par la matrice. Prétextant une opération de contrôle dans les docks, Jeff était même allé plusieurs fois inspecter la porte qu'ils devraient ouvrir. Tous connaissaient par cœur les vallées qu'ils auraient à traverser pour arriver jusqu'à ce fameux village. Échapper aux bandes de délinquants serait leur principale préoccupation pendant les premiers jours. Après tout irait mieux.

Cinq chats erraient dans cinq appartements de la Mégapole Paris-Lyon. Au même moment, cinq personnes tendues vers un seul objectif croisèrent leurs regards dans cet instant solennel. Dans leurs yeux, on pouvait lire toute leur détermination. Pendant des mois, ils allaient être plongés dans un milieu totalement nouveau pour eux. Plus de télévision, plus de téléphone, plus d'écran virtuel, plus de nourriture calibrée, plus de température constante… Juste la nature sauvage.

Il était 21 heures précises en ce 21 avril. Alors, la tension monta d'un cran.

Une voiture de l'ISA vint se garer au pied de l'immeuble de Lumi. Elle était pilotée par un collègue de Jeff, son meilleur ami. L'histoire a oublié son nom, mais il restera à jamais comme la seule personne qui aurait pu changer le cours des événements. L'équipe l'avait surnommé « le maillon faible » car personne à part Jeff ne connaissait son nom. Il avait pour charge de s'occuper des chats et des tracasseries administratives éventuelles. Il détenait aussi une clé USB expliquant la folle tentative de cette expédition. Sa seule consigne était de divulguer ces informations à l'ISA si l'équipe ne revenait pas dans un an et un jour.

Ils traversèrent les quartiers sud de la ville en moins d'une heure. La voiture bénéficiait d'un laissez-passer spécial qui leur permit d'entrer dans les docks au pied même des grands pylônes qui soutenaient l'armature du dôme. À cet endroit, le toit était franchement incliné et les entrepôts agricoles paraissaient se blottir sous sa voûte, tels de vulgaires baraquements tapis au fond d'une grotte, couleur anthracite.

La voiture s'arrêta sous un porche pour laisser sortir cinq personnes vêtues de combinaisons furtives chargeant cinq sacs à dos volumineux. Elle redémarra aussitôt pour se fondre dans l'obscurité. Au-dessus du groupe, de gigantesques lettres fluorescentes, couvertes de poussière, irradiaient une pâle lumière. On pouvait lire « *Section Sud-Sud-Est - Sas P4* ».

Jeff, suivi du reste de l'équipe, s'engouffra sans attendre dans le hangar principal. Des tonnes de blé y étaient entreposées sur près d'un kilomètre et demi. Difficile de s'imaginer qu'à l'autre bout de cette longue allée, une porte donnait sur le monde extérieur. Il leur fallut vingt minutes pour y arriver.

La fameuse Porte P4 dont toute l'équipe avait rêvé pendant des nuits n'était pas de taille humaine, mais à l'échelle des camions agricoles. C'était une immense plaque d'acier de dix mètres sur dix. Kevin ne se laissa pas impressionner par ce bloc titanesque. Il sortit immédiatement son ordinateur portable et une panoplie de tournevis. Ouvrant le boîtier de contrôle, il déconnecta une quantité impressionnante de fils électriques, les uns après les autres, pour les brancher à son portable. Ainsi, il put accéder au poste de commande d'ouverture des portes. Il lui injecta un petit virus labile qui allait déclencher une perte des données de surveillance des portes pendant une heure sur toute la section Sud-Sud-Est. Demain, les techniciens concluraient à une coupure de courant inexpliquée et classeraient l'affaire. Puis, il programma l'ouverture de la Porte P4 en différé et s'empressa de reconnecter tous les fils selon le schéma d'origine. Voilà, il ne restait plus qu'à attendre.

22 h 33, la Porte P4 s'ébranla dans un crissement terrible. Les tonnes de blé absorbèrent l'onde sonore, si bien qu'au poste de surveillance des docks, le vigile n'enregistra qu'un faible tremblement qu'il prit pour une secousse sismique anodine. Trois hommes et deux femmes avaient enfilé leur masque à gaz et dégainé leurs armes de poing. Ils étaient prêts à s'avancer vers le vide absolu. On ne pouvait voir leur expression derrière la fenêtre vitrée des masques, mais il est certain que tous étaient bouche bée. Devant eux, s'étendait un paysage lunaire couvert d'une épaisse couche de cendres et de boue. Mais le plus époustouflant était ailleurs : de fines gouttes d'eau tombaient du ciel.

C'étaient la première fois qu'ils voyaient une pluie et ils en restèrent pétrifiés. Il faut dire qu'ils avaient tout prévu sauf ça. Ils pensaient souffrir du froid ou du chaud, des odeurs pestilentielles, du manque d'air ou peut-être d'une attaque surprise de SDF. Rien de tout cela. Mais à la place, une immense douche.

De part et d'autre de la porte, des trombes d'eau colossales, drainées par les kilomètres carrés du dôme, s'effondraient en cascade dans un collecteur de près de vingt mètres de large. Le fracas était assourdissant. La porte donnait sur une sorte de pont-levis au-dessus d'une étendue d'eau écumeuse qui charriait toutes les saletés accumulées sur le toit. L'odeur était horrible, mais ils ne sentirent rien à travers leur masque.

Personne ne voulait avancer vers ce qui ressemblait à un champ de bataille dévasté par un bombardement. Lumi parvint la première à s'extraire de cette torpeur. Elle cria pour stimuler sa troupe. Mais personne ne l'entendit. Elle dut s'avancer d'abord vers Jeff qui était à ses côtés et le secouer. Celui-ci reprit ses esprits et secoua à son tour son voisin. Lorsque Lumi s'approcha d'Ariane, celle-ci esquissa un pas en arrière, donnant l'impression qu'elle voulait rentrer, puis elle se ressaisit. Il fallait faire vite car la porte menaçait de se refermer.

Kevin paraissait le plus touché. Abasourdi par cette découverte horrifiante, il était comme paralysé. Le doute s'était immiscé dans sa tête : il s'imagina que l'Extérieur était entièrement ravagé. Les cartes étaient des leurres, une invention des militaires pour calmer l'angoisse des gens. Voilà la vérité !

Fred et Jeff l'empoignèrent et le forcèrent à avancer. Lumi ouvrait la marche, suivie d'Ariane. Elle traversa le pont et foula la première la terre ferme. À cet instant, elle eut comme une bouffée de réconfort. Certes la terre était poisseuse, mais c'était bien cette terre-là que les hommes avaient foulée depuis des millions d'années. Kevin retrouva ses esprits à son contact. Tous avancèrent d'un pas plus déterminé en balayant le sol de leurs torches. La Terre-Mère les abreuvait d'une énergie nouvelle et, en retour, les hommes lui demandaient sa protection. Tels des cosmonautes débarqués sur la lune, ils se dandinaient sous le poids de leur charge, écrasés par la pluie.

Les cinq cents premiers mètres ressemblaient à une véritable décharge. Des détritus de toutes sortes jonchaient le sol rendant la progression du groupe difficile. Ça et là, des carcasses de camions, des blocs de béton avaient été abandonnés. Ils suivirent une piste de camion en marchant en file indienne dans le sillon d'un mètre de large, laissé par les pneus. Lumi réalisa que cette pluie était en fait une bénédiction. Non seulement, elle lavait l'air d'une bonne partie de sa pollution, mais elle avait dû contraindre les hordes de pillards à s'abriter. Où étaient-ils cachés, ces hommes et ces femmes rongés par la pollution qui tentaient désespérément d'entrer dans la ville ? On les disait nombreux. Mais peut-être que tout cela était faux.

Lumi fut interrompue dans ses pensées par une secousse tellurique. Tous eurent le même réflexe, ils se retournèrent aussitôt pour apercevoir au loin la porte qui se refermait lentement. Son crissement était couvert par les cataractes d'eau. Écrasée par l'imposante superstructure qui la dominait, elle ressemblait à un ridicule trou de souris. Au-dessus d'elle, la paroi métallique, au début verticale, s'incurvait ensuite pour monter à l'assaut des nuages. De là où se trouvait Lumi, on ne pouvait se rendre compte que c'était un dôme. L'effet d'optique donnait plutôt l'impression d'un mur infranchissable, une sorte de mur de… prison.

Lorsque la dernière secousse ponctua la fermeture définitive de la porte, les cinq fugitifs eurent un frisson qui les transperça des pieds à la tête. Ça y est, ils étaient définitivement enfermés à l'Extérieur, livrés à eux-mêmes. Sans leur entraînement intensif, ils se seraient effondrés sur place. Pour surmonter cette angoisse, Lumi trouva plus facile de s'imaginer qu'elle était au cœur d'un merveilleux cyber-jeu. Non, elle n'avait pas quitté son appartement douillet, une puce électronique continuait de s'y mouvoir, bien vivante. Tout cela n'était qu'un rêve. Comme dans une cyber-partie, elle avait froid, elle sentait les gouttes de pluie glisser sur ses vêtements et sa vie était en jeu… La 1 234e, si sa mémoire était bonne !

Le petit groupe tourna le dos à cette porte fermée. La nuit allait être encore longue. Il fallait s'éloigner le plus possible du dôme avant que le jour ne se lève. Ils savaient que cette piste sinueuse au milieu du chaos les mènerait en bordure des immenses champs agricoles qui ceinturaient la ville. Enfin, c'était ce que les photos-satellite avaient montré. Et tout le monde l'espérait.

Ils marchèrent pendant des heures, balayant sans cesse de leurs torches, le moindre monticule qui se dessinait dans l'obscurité aux abords de la piste. Tous étaient prêts à faire feu si quelque chose bougeait. Mais, ils n'eurent pas cette peine. Car le paysage autour d'eux était désert. Il semblait figé à jamais, enveloppé dans un linceul de mort.

Bientôt, une ligne crénelée apparut à l'horizon. De loin, on aurait dit une muraille menaçante. Pourtant, personne ne s'en effraya. Bien au contraire, tout le monde s'en réjouissait. Cette ligne aux formes géométriques n'était que le simple alignement des machines agricoles en lisière des champs. Elle était leur objectif pour cette nuit.

Toute l'équipe se réfugia sous le ventre d'un de ces engins. Seule Ariane fit le tour du monstre de métal. Elle promena sa lampe sur ses flancs à la recherche d'une inscription. La plaque était usée, mais elle put lire en incrustation un numéro de série qu'elle compara aux données de son listing. Satisfaite, elle rejoignit le reste du groupe en levant son pouce bien haut pour que chacun puisse le voir. Pendant ce temps, Jeff avait ouvert son sac pour sortir son détecteur de pollution. Les autres le regardaient s'activer sans bouger. Une lumière rouge s'alluma en déclenchant un compte à rebours. Dans dix minutes, ils sauraient s'ils pouvaient enlever leur masque. Fred se dit que même si les résultats étaient négatifs, il enlèverait ce sacré masque. Après tout, ne mangeait-on pas des aliments produits par cette foutue zone ?

Lumi, de son côté, montait la garde. Dos au reste du groupe, elle regardait au loin le dôme noir qui se perdait dans les nuages. Même à cette distance, la ville n'avait rien d'une bulle de cristal élégante. Elle restait un simple mur au milieu d'un cimetière. Et dire que derrière ce mur, s'entassaient plus de vingt millions d'êtres humains !

Bienvenue sur la face cachée du monde heureux, marmonna-t-elle.

La main gantée de Jeff fendit l'air et claqua celle de Fred. Le résultat était positif. Juste une teneur un peu élevée en soufre, mais pas de quoi fouetter un chat… Les deux hommes furent les premiers à dégrafer leur masque, sous le regard inquiet de Kevin qui s'attendait à les voir tomber d'inanition d'un instant à l'autre. Fred fit une grimace, l'air était peut-être respirable, mais l'odeur s'avérait insupportable. Il hésitait entre les relents d'œuf pourri et les effluves de chaussette sale. Soufre et azote, les deux principaux constituants des pesticides et des engrais, pensa-t-il.

Bien à l'abri de la pluie et de la détection satellitaire, ils enlevèrent leur combinaison furtive et changèrent de vêtements pour se sécher. Les femmes d'abord pendant que les hommes montaient la garde, puis ce fut l'inverse.

Ariane regarda sa montre, il était trois heures du matin. Tout s'était déroulé comme prévu. Il ne restait plus qu'à fixer les amarres sous le ventre de l'engin et Kevin avait deux heures pour ça. D'ailleurs, il venait de monter sur les épaules de Fred et s'activait déjà à la manœuvre. Il utilisa une colle rapide pour poser les crochets, puis s'affaira à tendre les cinq hamacs suspendus à un mètre du sol. En une heure, tout était installé ce qui allait permettre à la moitié de l'équipe de dormir un peu en attendant le lever du jour.

À six heures précises, Lumi et Ariane furent réveillées par le bruit caractéristique d'un démarreur. Les trois hommes qui montaient la garde au pied du monstre de métal sautèrent dans leur hamac sans attendre. De toute l'équipe, Ariane était la plus tendue, car c'était elle qui avait eu l'idée d'utiliser les machines agricoles pour traverser les champs d'un seul jet. Elle avait prétexté faire un reportage sur la production céréalière afin d'obtenir des détails sur les mouvements des machines. Ainsi avait-elle appris que tous les 21 avril débutait la grande période des semailles. L'opération était entièrement automatisée et pilotée depuis la ville. Un certain type d'engins avançait en ligne pour déverser des graines génétiquement contrôlées sur les cinquante kilomètres d'un seul tenant en faisant obstinément des allers-retours. D'une simplicité désarçonnante, cette idée était merveilleuse, parce qu'elle permettait de se cacher des hordes de délinquants, tout en s'économisant. Ariane n'avait qu'une seule inquiétude : la chaleur dégagée par le moteur…

La pluie avait cessé et une aube brumeuse se levait, quand l'engin s'ébranla direction Sud-Sud-Est, comme prévu. Il avançait dans la terre meuble à la vitesse d'un homme forçant son pas. À midi précis, il serait à l'autre bout du champ pour entamer seul son retour vers la ville.

La machine tanguait doucement, elle berça ses protégés toute la matinée. Ariane, qui avait la responsabilité de cette opération, lutta contre le sommeil pour rester vigilante. Les autres déclarèrent forfait. Ils furent réveillés par les cris d'Ariane vers midi moins le quart. Au loin, on pouvait voir la barrière verte d'une végétation spontanée.

Le bataillon de semeuses s'arrêta sagement à cinq mètres de la lisière avant d'effectuer un virage à angle droit. Elles longèrent en file indienne la forêt pour aller se positionner sur une autre portion du champ. Lorsqu'elles entamèrent leur retour, rien n'avait changé. Elles laissaient derrière elles, cinq fugitifs blottis au pied d'un arbre qui se congratulaient chaudement…

Équipés de leurs combinaisons furtives, Lumi et ses amis ne risquaient pas d'être détectés par les satellites. Mais le risque d'une attaque par une horde de délinquants existait bel et bien. Très certainement, eux aussi savaient utiliser les machines agricoles pour se déplacer. Sans cesse à la recherche de nourriture, ils devaient connaître cette forêt comme leur poche. C'est pour cela qu'ils décidèrent de ne pas bouger jusqu'à la nuit. Jeff en profita pour faire une mesure GPS et ainsi fixer le cap vers l'ermite aux chevaux qu'Ariane croyait avoir identifié lors de son voyage cathodique. Fred et Kevin n'étaient pas convaincus que cet homme puisse exister réellement. Mais comme il était sur le chemin du village, on avait tout de même choisi de passer par là, à tout hasard…

Dans la chaleur écrasante de l'après-midi, Lumi s'allongea pour se détendre. Tout se déroulait à la perfection, elle n'allait pas s'en plaindre. Ses mains caressaient l'herbe d'un vert plus intense que les quelques pelouses qu'elle avait pu fouler en ville. C'est curieux, elle semblait plus résistante, plus variée dans ses tons et ses formes. En un mot, elle donnait l'impression d'être plus… comment dire, vivante !

À travers le feuillage, Lumi put enfin voir sa ville comme elle se l'était imaginée. Le dôme de vitrocéramique brillait de mille éclats sous un soleil à peine voilé. Haut de près d'un kilomètre et demi, il dominait le paysage environnant de toute sa puissance et de toute sa certitude. On aurait dit un monstre endormi venu du ciel ou une énorme sangsue collée à la croûte terrestre. Cette ville n'était pas connectée à la terre. Non, elle s'en était isolée pour créer un monde à part, un monde que les hommes contrôlaient parfaitement. Plongé en son sein, il donnait l'illusion d'être autosuffisant, alors qu'en réalité, il était dépendant à chaque instant du monde extérieur. Ces champs tout autour en étaient la preuve flagrante. Et trop de monde l'avait oublié.

Le monstre sembla répondre à Lumi. Il expulsa haut dans le ciel un jet de fumées toxiques avec un sifflement de cocotte-minute. Il espérait dissiper le poison au-delà de son espace vital. Mais l'absence de vent lui donna tort. Le nuage forma un immense champignon qui hésita longuement avant de retomber sur le dôme en une fine pluie de cendres. La ville disparut sous un épais manteau gris-blanc. C'était mieux ainsi. Lumi n'avait pas à subir cette confrontation visuelle avec ce qui était toute sa vie. Pourtant, le nuage devint menaçant, il avançait sur les champs. Peu à peu, il grignotait la distance qui les séparait. Allait-on remettre les masques ? Presque par miracle, il sembla s'épuiser à quelques kilomètres de la forêt. Bientôt, il ne resta plus autour du groupe que l'herbe verte et la petite fumée…

De son côté, Kevin était nerveux. À la différence des autres, il ne pouvait tenir en place et faisait les cent pas en dévisageant de temps à autre ses équipiers. Il pensait à cette folie dans laquelle il s'était enrôlé un peu vite. Certes Lumi avait été tendre et attentionnée durant ces deux derniers mois, mais souvent elle changeait d'attitude et prenait ses distances. On la sentait tout entière tendue vers cet objectif lointain et magique. Un village dont on n'était même pas sûr qu'il existe ! Quinze à vingt jours de marche pour le savoir ! Et pour savoir quoi au juste ? se demandait-il. Décidément, l'herbe est toujours plus verte chez son voisin…

Plutôt que de tourner en rond, Kevin décida de s'aventurer un peu plus loin en suivant la lisière de la forêt. Marcher l'aiderait à chasser ses mauvaises pensées. Concentré sur le paysage, il espérait rencontrer un indice qui confirmerait la présence d'êtres humains dans les environs. Peut-être même que Lumi l'admirerait pour son audace et sa perspicacité !

Il passa une première crête, puis une seconde. Il devait être à plus d'un kilomètre des autres lorsqu'il vit au loin une pancarte adossée à la forêt. De là où il se trouvait, il ne pouvait la lire. Mais elle lui indiquait au moins que des gens étaient venus jusqu'ici. Il pressa son pas vers cette unique chose qui à des kilomètres à la ronde n'était pas l'œuvre de la nature. Pendant qu'il avançait, il s'imagina que les hommes de la forêt avaient placé un message à l'intention de tout citadin fraîchement expulsé des dômes. Un message d'espoir, d'alliance ou d'amitié… La pancarte était rouillée et il fallut s'en approcher au plus près pour la déchiffrer. Le cœur battant, Kevin articula à haute voix :

ATTENTION
Suite à l'explosion d'une centrale nucléaire
VOUS ENTREZ DANS UNE ZONE CONTAMINÉE
Entrée interdite sans protection adaptée

Kevin sentit monter en lui une bouffée d'angoisse. La radioactivité était devenue un sujet tabou dans les villes. Personne ne savait au juste ce que c'était. On savait seulement qu'elle était une énergie des temps anciens que l'on avait renoncé à utiliser étant donné sa très haute toxicité. Il avait là l'explication à tout ce mystère. Mais ce qui l'inquiétait encore plus, c'était que l'expédition n'avait emporté aucune protection contre elle. Voilà qui changeait tout. Mieux valait renoncer à cette folle idée d'entrer dans la forêt. Kevin retourna sur ses pas en ruminant cette nouvelle information dans tous les sens. Comment les autres allaient-ils réagir ? Qu'allait-on décider ?

Ariane et Fred discutaient à voix basse, Jeff somnolait, Lumi rêvassait adossée à un arbre. Tous furent tirés de leur torpeur par un Kevin haletant. Il gesticulait bruyamment et paraissait avoir perdu tout *self-control*. Ses yeux étaient exorbités, sa mine défaite, lorsqu'il annonça aux autres qu'on ne pouvait continuer plus loin. Une pancarte rouillée en était la cause.

Lumi sortit aussitôt son ordinateur portable et interrogea sa base de données. Comme on pouvait s'y attendre, il n'y avait que peu d'éléments sur la radioactivité. De son côté, Jeff réfléchissait aux conséquences de cette nouvelle en échafaudant tous les scénarios possibles. Fred observa surtout Kevin et remarqua certains signes cliniques préoccupants : peur panique, gestes incohérents, fébrilité, compulsions. Par tous les pores de sa peau, il exhalait l'angoisse. Et cette angoisse flottait au-dessus du groupe en tentant de s'immiscer à l'intérieur de chacun.

Ariane fut la première à prendre la parole. Elle fit judicieusement remarquer que cette prétendue radioactivité ne devait pas être mortelle, en tout cas pas à court terme, puisqu'il existait des délinquants autour des villes. Kevin la rabroua sur le champ en lui demandant si elle en avait vu dans les environs. Elle s'abstint de répondre pour ne pas envenimer la situation.

En fait, la position d'Ariane reflétait l'avis général. À l'exception de Kevin, personne n'était vraiment touché par cette découverte, aussi surprenante soit-elle. Certes, on avait oublié de prendre un compteur Geiger pour en avoir le cœur net et des combinaisons adaptées. Mais cela n'allait pas arrêter leur progression.

Lumi proposa de poursuivre l'aventure au moins jusqu'à l'ermite. Si cet homme existait réellement, il pourrait sans doute les renseigner sur la radioactivité. Sa proposition fut mise au vote, elle fut acceptée par quatre voix contre une. Kevin finit par s'asseoir un peu à l'écart des autres. Son visage était enfoui entre ses mains et il pleurait discrètement.

Le temps s'était à nouveau couvert, comme s'il cherchait à mettre une pression de plus sur les épaules d'une poignée de fuyards avançant vers l'inconnu. La nuit tomba lentement en virant du gris au noir ce qui ne manqua pas de les surprendre car dans les villes, les crépuscules passaient du blanc intense au jaune tamisé en l'espace d'une minute à peine. Ils se mirent alors en route pour s'enfoncer dans la forêt. Lumi ouvrait la marche et Jeff, derrière elle, lui donnait de temps à autre des indications sur le cap à tenir. Très vite, ils jugèrent que la ligne droite n'était pas le chemin le plus rapide. Comme dans les villes peuplées de lignes de métro, la nature avait ses lignes de force et ses lignes de faiblesse. Dans les sous-bois obscurs, Lumi s'exerçait à les déchiffrer. Elle prit peu à peu l'habitude de se passer de sa lampe torche. Elle sentait plus qu'elle ne voyait. Bientôt elle cessa de compter le nombre de toiles d'araignées qu'elle déchirait sur son passage…

Vers deux heures du matin, ils décidèrent de s'arrêter au bord d'un petit ruisseau. L'endroit était idéal pour une halte. Demain, ils reprendraient leur marche de jour sous le couvert de la forêt omniprésente. Après tout, ils s'étaient suffisamment éloignés du dôme pour se le permettre. D'ailleurs, il était temps d'oublier l'existence même des villes pour mieux se concentrer sur le présent et ses éventuels dangers. Dans leurs têtes, ils ne devaient plus se considérer comme des fugitifs, mais comme des voyageurs quittant un monde pour basculer dans un autre. Cela était plus sain pour leur équilibre psychique.

Cette marche dans la forêt les avait transformés. Au milieu de la nuit, sous l'effet des efforts physiques répétés et de la forte chaleur, une sorte de transformation alchimique s'était opérée en eux : ils avaient tout simplement perdu ce sentiment obsédant de progresser en terrain ennemi. Ivres de sueur, ils s'étaient fondus dans la masse végétale pour faire corps avec elle. Les bruits de la forêt avaient changé, ils ressemblaient maintenant aux battements d'un cœur. Tous eurent alors la sensation qu'elle était bien vivante et même bienveillante à leur égard. Tous sauf un. Car Kevin s'affala au bord du ruisseau dans un tout autre état. La forêt lui piquait la peau et les yeux. Elle asséchait sa bouche. Elle le rongeait de l'intérieur par cette satanée radioactivité. Il s'en ouvrit longuement au médecin de l'équipe. Il avait mal là, là et puis là. Le foie devait être touché. Ses poumons aussi car il avait une crise d'asthme. Fred s'activa autour de son patient avec dévouement. Sortant sa trousse d'urgence, il pallia aux premiers symptômes apparents pour finalement changer de stratégie en lui injectant un barbiturique.

Dans la nuit noire, quatre voyageurs conversaient à voix basse en tenant un conseil de guerre. La situation était grave. Selon Fred, l'état de Kevin allait empirer dans les jours à venir. Convaincu d'avoir affaire à une forêt radioactive, il développait une série de réactions psychosomatiques en chaîne qui probablement n'avait rien à voir avec la radioactivité elle-même. Si ce diagnostic s'avérait exact, les médicaments ne serviraient à rien. La stupeur pouvait se lire sur les visages. Jeff préconisa de changer d'itinéraire pour sortir au plus tôt de la forêt. Ce changement pourrait avoir une influence bénéfique sur son moral. On décida aussi qu'on l'inviterait à marcher en tête le plus souvent possible, dans l'espoir d'occuper ses pensées.

Durant les trois jours qui suivirent, l'état de Kevin ne fit qu'empirer, et ceci malgré les fortes doses de morphine et d'antidépresseurs administrées par Fred. La forêt spontanée en ces lieux désertés par l'homme était partout. Elle était comme un océan entourant des îlots de technologie dans lesquels s'entassait la population mondiale. En fait, la maladie de Kevin n'était autre qu'une profonde phobie de la nature et elle se cachait derrière l'excuse de la radioactivité. Le seul traitement possible aurait été de retourner sous le couvert d'un dôme rassurant en vitrocéramique…

À chaque halte, Kevin s'affalait un peu plus lourdement sous le regard impuissant de ses équipiers. Il n'avait plus faim et ses joues s'étaient creusées. Malgré le scepticisme de Fred, il affirmait avoir un cancer de la gorge qui l'empêchait d'avaler quoi que ce soit. Il était même devenu indifférent à la présence plus soutenue de Lumi à ses côtés. Car il rêvait d'une certaine jeune femme en robe de soirée et non pas de cette paria en tenue de combat qui se collait à lui en signe d'encouragement. Elle lui disait que bientôt ils arriveraient chez l'ermite aux chevaux, dans une clairière immense… sans radioactivité.

— Mon œil ! Un simple baraquement au milieu de rien !

Lorsqu'il marchait en tête, Kevin avait ce que Fred appelait avec tact « une période de rémission ». On lui disait un peu à droite, un peu à gauche, mais il marchait avec une énergie retrouvée. Ses pensées hypocondriaques étaient quelque peu encombrées par une multitude d'arbres qui défilaient sans cesse. Derrière, il y avait des visages d'hommes et de femmes, aussi nombreux que dans une ville. Insaisissables et toujours furtifs, on ne pouvait les voir, mais c'est certain, ils étaient là, juste derrière les troncs. Et puis à chaque nouvelle crête, il forçait le pas dans l'espoir de découvrir un dôme étincelant sous le soleil. C'était son dôme à lui, celui que personne n'avait tracé sur les cartes, mais qui un jour ou l'autre apparaîtrait dans cette réalité. Et contre toute attente, il arriva… sous la forme d'une flèche en plein cœur.

Kevin ne comprit pas bien ce qui venait de se passer. Le soleil l'aveuglait en une pluie d'étincelles. Il entendit seulement Lumi crier « Couchez-vous ! », puis la déflagration puissante d'une arme automatique. Pourquoi donc tout ce remue-ménage, au moment même où il touchait enfin à son but tant espéré ? Son dôme. Oui, son dôme à lui, rempli de lumière et de technologie…

Jeff avait été le plus prompt à dégainer son arme. Sans même réfléchir, il avait arrosé copieusement tout le périmètre devant lui. Les balles avaient fusé au-dessus de la tête de Lumi et deux masses s'étaient effondrées au loin dans le feuillage. N'écoutant que son instinct de survie, Fred, qui fermait la marche, s'était aussitôt retourné pour en faire de même à l'arrière. Les feuilles lacérées par les balles s'agitèrent frénétiquement. Et dans la confusion, il crut discerner plusieurs silhouettes qui s'enfuyaient.

Lorsque le silence revint, Lumi rampa jusqu'à Kevin. Elle voulait lui soutenir la tête pour l'aider à respirer. Mais c'était déjà trop tard. Kevin était mort, emporté par les images d'un dôme éternel. Elle l'enlaça une dernière fois en pensant à l'étrange pressentiment qu'elle avait eu le jour où il lui avait annoncé qu'il la suivrait par amour jusqu'au bout du monde. Son bout du monde s'arrêtait ici, au beau milieu de nulle part. Elle se dit qu'elle n'y pouvait rien. Aucun destin n'était écrit à l'avance, chacun pouvait choisir le sien à condition d'écouter son cœur. Et Kevin avait écouté son cœur…

L'âme de Kevin s'éleva vers le ciel. Elle traversa le corps sanglotant de Lumi en esquissant une dernière caresse. Mais cette caresse-là était beaucoup trop subtile. Elle plana ensuite au-dessus du groupe qu'il sentit fort et solidaire dans la douleur. Transperçant la canopée, l'âme de Kevin arracha quelques particules de vie aux feuilles comme si elle se réconciliait avec la forêt. Non, ces arbres n'étaient pas radioactifs. Ailleurs peut-être, mais pas ici. Kevin s'était empoisonné la vie à cause d'une petite idée de rien du tout. Et cette idée avait attiré la mort sur lui. C'était ça, la vérité !

S'élevant toujours plus haut, l'âme vit aussi une bande de fuyards qui se dispersait en courant. Dans leur fuite effrénée, ils dessinaient une étoile virtuelle au sol. La marque de leur peur. Il comprit alors qu'ils avaient été suivis pendant deux jours. Ces sauvages avaient repéré leurs traces dans la forêt. Remontant jusqu'à eux, ils les avaient épiés pendant de longues heures en se cachant derrière les troncs des arbres. La peur au ventre, ils s'étaient finalement décidés à les attaquer juste avant que le groupe ne débouche dans la… clairière. La clairière, oui la clairière de l'ermite aux chevaux ! Elle était là sous les yeux de Kevin ! Une vaste plaine qu'aucun sauvage n'aurait osé traverser !

L'âme monta encore plus haut, la clairière n'était plus qu'une tâche microscopique. Au loin, on pouvait voir le dôme majestueux des hommes technologiquement avancés, et de l'autre, il y avait un petit village blotti dans une vallée montagneuse. C'est drôle, un homme chantait et dansait autour d'un feu. L'âme voulut rejoindre le dôme qui était toute sa vie. Mais ce chant l'attirait tel un insecte fasciné par l'illusion lumineuse d'une ampoule en pleine nuit. Kevin hésita. Il voulait rejoindre son chat, sa puce électronique et reprendre une vie douillette entre quatre murs. Mais ce chant l'enivrait, il lui faisait miroiter une autre vie plus libre, plus ouverte. Lumi irait jusqu'à ce village. Ce fut l'élément décisif et il vira plein sud.

Le corps de Kevin reposait en paix sous un monticule de pierre. Aucune inscription, aucun objet à ses côtés. On ne savait pas honorer les morts dans les villes. Deux hommes et deux femmes s'étaient remis en marche, le cœur rempli d'amertume et la tête pleine de doutes. Ils marchaient comme des automates dans la pénombre des sous-bois depuis à peine deux heures, lorsqu'ils débouchèrent sur la clairière inondée de lumière. Enfin on pouvait voir le ciel d'un bleu profond, immense et incommensurable. Plus majestueux que la plus belle des cathédrales, il réchauffa instantanément le cœur des marcheurs.

Sous l'effet de l'émotion, Ariane s'agenouilla en pleurant à chaudes larmes. Sa vision se confirmait au moment même où elle n'y croyait plus. Lumi et Jeff tombèrent dans les bras, en proie à une confusion totale. Qui venait de créer cette clairière inconnue du reste du monde ? Dieu ou bien leurs propres pensées ? Étaient-ils dans la réalité, dans un rêve ou dans une cyber-partie ? Seul Fred resta stoïque. Oubliant les règles les plus élémentaire de prudence, il regardait les bras ballants ses premiers vrais chevaux qui broutaient paisiblement sous un soleil de plomb.

L'ermite était un vrai magicien. Ses connaissances sur le monde qui l'entourait étaient aussi vastes qu'une bibliothèque. Pourtant il n'avait ni électricité, ni ordinateur. Il devait avoir quatre-vingts ans et n'était jamais entré dans une mégapole. Le dôme Paris-Lyon, il l'avait vu de loin quand il était en construction, puis une autre fois, bien des années après. Mais cela ne l'intéressait pas. Pour lui, sous les dômes, il n'y avait pas la connaissance, juste un amoncellement de savoir-faire. Des savoirs *sur* des choses, mais pas la connaissance *des* choses de la vie. La connaissance, c'était différent. C'était comme vivre de l'intérieur une information, la voir grandir dans son ressenti et non pas la lire sur un écran informatique, comme si on prenait un objet sur un rayonnage. Ainsi, l'ermite connaissait la forêt de l'intérieur, il la savait jeune et saine, sans radioactivité. Il savait aussi qu'un groupe d'hommes et de femmes viendrait un jour à la recherche de la vérité. Son rôle serait alors tout tracé : leur apprendre qu'il n'existe pas une vérité, mais de multiples vérités…

La veille de leur arrivée, l'ermite avait pressenti l'attaque des sauvages. Il savait que l'un des membres de l'équipe était mort à quelques kilomètres de la clairière. Si le destin l'avait voulu, il aurait pu changer le cours de cet événement, mais il n'aurait pas pour autant sauvé Kevin. Car sa mort avait un sens, elle était comme une borne qui rythmait le temps, une sorte d'épreuve nécessaire.

Lorsque l'âme hésita entre deux directions opposées, l'expédition avait précisément atteint son point de non-retour. Il fallut toute l'énergie d'un danseur mystérieux pour faire pencher la balance vers le sud. Cet homme était rusé parce que son chant magique attirait la femme pour mieux capter l'âme du défunt. Alors, l'ermite comprit à cet instant précis que quelque chose d'important se tramait dans un lointain village de montagne nommé Pentium. Là-bas, une force puissante était en gestation. Patiente et fragile à la fois, elle attendait Lumi...

L'ermite ferma les yeux et tenta de percevoir son énergie. Pourquoi donc cette jeune femme était-elle si importante ? Il ne put le savoir car dans son cœur, une tempête de remords se déchaînait. Elle qui était si confiante auparavant, venait d'être ébranlée au plus profond de sa chair par la mort de son ami. Ses convictions s'effondraient, son énergie se dispersait dans l'univers. Elle allait peut-être renoncer et rentrer chez elle. Le point de non-retour n'avait pas été totalement passé. Le vieil homme devait faire quelque chose. Il prononça simplement ces paroles :

— Ne dis pas à ton Dieu combien est grande la tempête que tu affrontes. Change de point de vue et dis à la tempête combien est grand ton Dieu.

Les quatre voyageurs se regardèrent interloqués. Pour Ariane, Jeff et Fred, cette phrase n'était qu'une belle pensée philosophique. Mais pour Lumi, ce fut bien différent. Elle pensa à Kevin, à KODT, à tous ses efforts pour arriver jusqu'ici. Le vent avait tourné. Comme par miracle, ses remords s'étaient évaporés dans le ciel bleu. Et l'univers se comprimait à nouveau.

Cette halte dans la clairière aux chevaux dura bien plus longtemps que prévu. Initialement, ils avaient pensé s'arrêter juste quelques jours, le temps de négocier l'achat des chevaux et d'apprendre à les mener. Mais le vieil homme ne semblait pas pressé de les voir repartir. Il leur donna bien plus que des chevaux, à savoir toute sa connaissance du terrain. Il leur montra quantité de plantes sauvages comestibles ou médicinales. Il leur enseigna aussi comment brouiller les pistes pour ne pas être suivi, comment poser des pièges ou choisir un bivouac pour la nuit et bien d'autres choses encore. Enfin, il les conseilla sur le trajet qu'il leur restait à parcourir. Mieux valait éviter les ruines des grandes agglomérations, elles étaient trop chargées de mauvaises vibrations…

Le soir venu, l'ermite aimait parler du passé à sa façon. Il s'adossait à la façade de la maison pour contempler le paysage en guise d'inspiration et allumait un feu à ses pieds pour se réchauffer. Ses hôtes s'allongeaient dans leurs duvets sous la voûte céleste et l'écoutaient raconter comment des hommes en étaient venus à construire des dômes pour s'isoler de la nature.

Au début, leurs intentions avaient été plus modestes, ils souhaitaient simplement la transformer pour pouvoir en tirer le meilleur profit. L'étape suivante fut d'essayer de la contrôler dans ses moindres détails. Mais là, la machine s'était enrayée car un seul élément de la nature ne pouvait contrôler tout le reste. Ignorer que l'homme faisait partie d'un vaste ensemble cohérent était une erreur. Comment contrôler les inondations, le climat, les microbes, la pollution, l'air, l'eau, la terre et même le feu ? Mieux valait se tourner vers un objectif accessible : exclure la nature dans un périmètre donné. Voilà le rêve des hommes des cités. Et ce rêve fut assez puissant pour vider les campagnes. Car en contrepartie, sur des écrans informatiques, on pouvait recréer l'illusion de la nature afin que l'homme ne se sente pas seul.

L'illusion de la nature ! Lumi, la fille des mégapoles, était bien placée pour en juger, elle qui avait été une cyber-joueuse invétérée. Entre la voie lactée qu'elle avait sous les yeux et celle virtuelle qu'elle avait vu des centaines de fois, il n'y avait aucune différence. La même infinité de points lumineux, les mêmes variations d'intensité à très peu de chose près, le même noir profond.

Pourtant, en cherchant bien, un détail était différent, c'était son ressenti. Dans ce monde-ci, elle se sentait happée par les étoiles, un peu comme si elle pouvait tomber dans le vide. Oui, la différence, c'était qu'elle se sentait liée dans sa chair à ces étoiles et celles-ci l'appelaient. Elles n'étaient pas un spectacle comme dans une cyber-construction, mais une… connaissance.

Finalement, lorsque l'ermite parlait de la nature, il ne se référait pas à l'ensemble des êtres et des choses extérieures à l'être humain, comme la plupart des gens auraient pu le penser. Il voulait dire tout à la fois Dieu et l'Univers. Et pour lui, dans les dômes, l'homme tentait d'exclure Dieu pour le remplacer par une nouvelle créature à son image. Au bout de son rêve, il avait inventé des mondes virtuels parallèles, des cyber-réalités, des entités mille fois plus puissantes que la matière elle-même. Et ces mondes allaient submerger l'esprit humain.

Lumi regarda à nouveau le ciel. Quelle différence y avait-il entre une étoile et une cyber-étoile ? Elle hésita longtemps avant de répondre :

— Juste l'intention que l'on y met. Certes. Mais si l'intention est la même ?

Elle crut que l'ermite avait parlé et se retourna pour mieux l'observer. Le vieil homme dormait affalé sur sa chaise, parti vers on ne sait quelle étoile. Mais une voix résonnait dans la tête de Lumi.

C'était celle du magicien qui lui disait :

— Alors la cyber-étoile devient… réelle !

La nuit suivante, l'ermite se mit en tête de leur raconter comment tout cela avait commencé. Aussi loin que l'on puisse remonter, le Quatrième Âge, comme il l'appelait, était né il y a cinq mille ans dans une grotte sur les contreforts de l'Himalaya…

La brûlure du feu

Cela faisait treize lunes, peut-être plus, que Deh s'était isolé dans cette grotte, au bout de la vallée. Peu importe à vrai dire depuis combien de temps il était là, car il avait renoncé à compter. Compter quoi d'ailleurs ? Les gouttes d'eau qui suintaient inlassablement de la voûte rocheuse. Les feuilles des arbres qui ondulaient gracieusement dans la lumière devant son ermitage. Les crépuscules chaque fois différents qui l'emmenaient pas à pas vers une dissolution totale de son être. Il aurait pu passer sa vie à compter l'univers autour de lui. C'était un choix possible. Mais dans ce cas, jamais il n'aurait pu atteindre l'ivresse qui l'attendait…

Qu'elle était loin cette toute première journée où il s'était installé à Rig Véda, la grotte de toutes les illuminations. Son maître spirituel l'avait laissé seul en lui jetant en pâture une dernière phrase à méditer :

— *Le jour où tu ne sauras plus qui tu es, ce jour-là, tout deviendra clair.*

Comme beaucoup d'autres avant lui, Deh était venu ici pour entrevoir la clarté. Et cela allait prendre le temps qu'il fallait. Plusieurs années, si nécessaire. À moins qu'on ne le retrouvât mort, emporté par les dieux vers la lumière éternelle.

Ses cheveux, sa barbe, ses ongles avaient poussé. C'était bien à peu près tout ce que son corps avait gagné. Car pour le reste, il avait maigri au-delà du raisonnable. Sa peau brune, couverte d'une épaisse couche de crasse, dessinait des vagues en épousant les contours de ses os. Ses yeux noirs, ronds comme des billes, s'étaient cachés au fond de leur orbite, faisant de lui un homme sans âge. De tout cela, Deh ne se plaignait pas. Il semblait même ne plus se sentir concerné par ce corps décharné.

Ses activités se limitaient à une courte marche dans les environs de la grotte, quand le temps le permettait. Glissant à pas lents entre les arbres, il ramassait avec une patience infinie le moindre morceau de bois mort qui se présentait sur son chemin, non sans oublier de lui adresser au préalable une petite prière. S'il avait faim – ce qui était rare –, il se dirigeait vers un endroit bien précis en contrebas de la grotte. Là, sous un auvent décoré de guirlandes de fleurs, gisait une statuette en pierre ornée de quelques bougies. À ses pieds se trouvait toujours un bol de riz. Deh le versait prestement dans son sac, puis reposait le bol à la même place pour repartir aussitôt. Il savait qu'il ne fallait pas s'attarder en ce lieu au risque de rencontrer quelqu'un. Ne pas parler aux êtres humains, telle était l'une des règles qu'il devait respecter jusqu'à la fin de sa retraite.

C'étaient là ses seules activités physiques. Le reste du temps, il passait sa journée et une bonne partie de la nuit assis en tailleur au centre de l'alcôve rocheuse, les mains posées sur ses jambes, le regard fixant l'horizon au loin comme s'il attendait une apparition. Des insectes pouvaient cheminer sur sa peau, il ne bougeait pas. Parfois, il se permettait une petite variante : il baissait légèrement la tête en l'inclinant sur le côté pour contempler avec dévotion son autel à prière. Trônant à ses genoux, celui-ci était des plus simples. Il se résumait à une poignée de pierres précieuses que Deh avait trouvées tout au long de sa jeunesse. Il y avait entre autres plusieurs turquoises, deux saphirs, un lapis, une améthyste, un quartz et une pyrite de cuivre qui s'agençaient entre elles pour former une figure particulière. Deh concentrait son attention sur cette figure, puis fermait les yeux des heures entières. On aurait cru qu'il s'était endormi. Mais voilà qu'il les ouvrait à nouveau et changeait la disposition des pierres pour recomposer une figure différente. Un nouveau cycle commençait.

Au cœur de la nuit, Deh s'autorisait de temps à autre à allumer un feu. Le froid n'y était pour rien, il ne le sentait pas. Il voulait juste rester plus longtemps éveillé. Le feu dansait dans l'alignement de son autel et lui tenait compagnie. Il lançait ses rayons orangés à l'assaut des parois rocheuses et surtout, il prenait un malin plaisir à jouer avec les cristaux tout proches. Chaque pierre avait sa façon à elle d'absorber la lumière en se parant de mille reflets, si bien que l'autel s'animait d'une vie insoupçonnée. Entre incandescence et matière minérale, il semblait exister une connivence particulière, une sorte de parenté puissante. Deh le pressentait parce qu'il avait la sensation que le feu s'appropriait toutes les pierres jusqu'à la grotte elle-même. Il était le seul corps étranger à l'intérieur d'un immense ventre en gestation. Il se devait d'atteindre la pureté du cristal pour vibrer au même diapason. Alors le feu le reconnaîtrait comme l'un de ses fils et la grotte formerait enfin un Tout sans aucune discontinuité. La voie était clairement tracée, il ne restait plus qu'à l'accomplir…

Cette nuit-là, Deh dessina un énième motif sur son autel. L'avait-il déjà tenté ? Fort probablement, mais peut-être pas dans cet ordre précis. C'était une spirale à plat, en forme de coquille d'escargot ouverte en direction du feu. Elle commençait par les turquoises et se terminait au centre par la pyrite de cuivre. Elle n'était pas née du hasard car Deh se laissa guider par le feu. C'était son œuvre.

Lorsqu'il posa la dernière pierre, le feu s'engouffra aussitôt dans la spirale. Deh venait à peine de reprendre sa position de méditation que déjà il ressentait un picotement au niveau du coccyx. Il étira instinctivement sa colonne vertébrale pour chasser ce désagrément. Mais à l'inverse des autres fois, les picotements ne disparurent pas. Pire, ils se changèrent peu à peu en brûlure. Deh refusa d'interrompre sa méditation ou même de changer de position. Cette brûlure n'était pas là sans raison. Le feu essayait d'entrer en lui. Il fallait le laisser parcourir son corps sans lui opposer de résistance. Relâcher cette pensée et même ne plus penser du tout.

La brûlure devint alors une boule rouge qui monta de quelques centimètres. En grossissant, elle changea de couleur et tira vers l'orangé. Elle monta encore jusqu'au plexus tout en virant au jaune. Ce n'était plus une douleur mais une chaleur puissante en pleine nuit. Le mouvement s'accéléra, mais Deh n'en avait plus qu'une conscience confuse. Il lui semblait que la grotte changeait de couleur. Elle traversa les couleurs de l'arc-en-ciel passant du jaune au vert, puis au bleu, puis au violet. Un violet qui s'étiolait peu à peu pour laisser place à un blanc étincelant. La grotte n'était plus maintenant qu'un œuf rempli de lumière blanche. Elle portait en son centre un feu rougeoyant, un escargot de pierre multicolore et un homme nu assis en tailleur. Qui pouvait bien être cet homme ? Il n'en avait aucune idée.

Ce fut à ce moment précis que l'instant présent se dilata. On aurait dit qu'il s'était figé et que plus rien n'allait jamais changer. Pourtant sur ses bords, affluaient d'un côté le futur et de l'autre le passé pour se déverser dans le présent. Cet homme anonyme prostré devant un feu dans une grotte des contreforts himalayens devenait le simple maillon d'une chaîne vivante. Une chaîne humaine, laborieuse et déterminée, qui travaillait depuis des générations, sur tous les continents, dans un sens précis : s'élever vers la lumière.

La conscience de Deh chercha à grandir un peu plus. Elle voulait repousser les parois de la grotte jusqu'à englober l'univers entier. En un mot, atteindre la plénitude. Contre toute attente, cette plénitude vint de l'intérieur. Plus précisément du centre de l'autel où siégeait la pyrite de cuivre. Celle-ci concentra toute l'énergie qui s'était formée dans la grotte et projeta Deh, ou tout du moins sa conscience, quelques vallées plus à l'ouest, chez une personne qu'il ne connaissait pas. L'homme était de dos. Face à lui, il y avait un four dans lequel rugissait un feu violent. L'homme avait enfourné une bonne quantité de minerai de cuivre et le regardait fondre. Il avait pratiqué une rainure dans la pierre de façon que le métal en fusion puisse s'écouler à l'extérieur du four dans une vasque. Il y jetait abondamment de l'eau qui s'évanouissait en vapeur tout en solidifiant la coulée.

Deh put percevoir les moindres détails de la scène : l'atmosphère suffocante du lieu, la transformation alchimique du cuivre et même la tension nerveuse de l'homme. Il fut encore plus surpris de pouvoir lire ses pensées. L'homme s'appelait Mani et avait peur de ce feu liquide. Il craignait qu'il ne se répande sur le sol et n'enflamme sa maison. Il était le premier à tenter cette expérience sans trop savoir pourquoi. Poussé par une idée tenace, il voulait juste brûler ces pierres parce qu'elles avaient des reflets dorés. Et voilà que ces reflets se séparaient du reste et prenaient la forme d'une vasque. Le feu lui offrait une pierre dorée, ronde et régulière. Qu'allait-il bien pouvoir en faire ?

Deh comprit tout de suite que ce qu'il voyait allait révolutionner l'humanité. Le tout premier métal pur venait de naître entre les mains des hommes. Certes, ce n'était pas une naissance à proprement parler, car Mani n'avait rien créé de nouveau. Il avait juste transformé une pierre. En la brûlant dans le feu, il lui avait offert une nouvelle naissance, semblable à celle qu'elle avait vécue il y a des milliards d'années. En échange de cette renaissance, Mani recevait en cadeau un métal malléable dont l'utilité lui échappait totalement.

En revanche, Deh savait ce que les hommes allaient en faire. Sa vision s'était poursuivie au-delà de ce premier four. Elle avait traversé les siècles en passant d'un fourneau à un autre, chaque fois plus sophistiqué. Des forgerons se transmettaient de proche en proche un savoir-faire soigneusement accumulé. L'invention traversait les vallées, se répandait comme une tache d'huile sur toute la planète. Des mélanges de différents minerais étaient découverts grâce à l'opiniâtreté de certains. Ils donnaient des alliages nouveaux, plus résistants, plus durs. Les hommes changeaient aussi au contact du métal. Ils devenaient plus durs, plus agressifs entre eux et avec la Terre-Mère. Leur société se complexifiait en renforçant les hiérarchies, les dépendances et les spécialisations. Deh sentait tout cela, comme une lame de fond que l'on n'arrête pas. Tout juste pouvait-il tenter d'en corriger certaines dérives. Il comprit qu'il avait un rôle à jouer dans cette grande aventure naissante. Oui, il rencontrerait Mani. Il lui donnerait l'idée d'ajouter dans son four une petite proportion d'étain. Et cet étain durcirait le cuivre pour former un alliage précieux. Le bronze !

Un nouvel âge débutait à la surface de cette terre...

Quelques braises agonisaient encore, lorsque Deh réintégra son corps au terme de son voyage visionnaire. Tout comme le feu, il se sentait vidé de sa substance. Son corps était engourdi, mais son esprit flottait agréablement et se répandait à nouveau dans chacune de ses cellules. Semblable au cuivre liquide, il renaissait à sa condition d'être humain chargé des images d'une future réalité. Cette petite mort qu'il venait de traverser, c'était ce qu'il était venu chercher au fond de cette grotte. Son illumination était certes moins éthérée que celle de ses prédécesseurs, mais elle avait été bien réelle. Signe peut-être que les temps changeaient et que l'ère de la matière commençait...

Qu'importe, sa retraite prenait fin ce soir. Deh se pencha pour ramasser la pyrite de cuivre au centre de son autel. Terne et irrégulière, elle était la moins jolie de toutes. Et cela le fit sourire. Il pensa à son maître qui l'avait encouragé à emporter ses pierres dans la grotte :

— On ne rencontre pas des pierres précieuses sur son chemin sans une bonne raison.

Demain, avant de quitter ce lieu sacré qui lui était devenu si familier, il enterrerait toutes les autres pierres. Ce serait là son cadeau en échange de l'ivresse offerte.

Le lendemain, Deh avait soigneusement fait disparaître toute trace de son séjour dans la grotte. Juste avant de la quitter, il s'était agenouillé dans l'entrée. Joignant ses mains sur son sternum, il avait remercié les dieux pour leur bienveillance et leur protection durant toute cette année de retraite. Puis, il avait rassemblé ses maigres affaires pour rejoindre d'un pas alerte le monastère de son maître.

Ce dernier ne fut aucunement surpris de le voir. La nuit lui avait apporté le présage qu'une des grottes sacrées venait de se libérer. Il écouta le récit de Deh sans l'interrompre, puis lui servit un repas copieux. C'était en fait un test, car ceux qui avaient réellement vécu l'illumination recouvraient un appétit féroce dès le lendemain. Or, l'homme qu'il avait devant lui dévorait son repas avec avidité… Cela lui laissa un peu de temps pour mesurer l'ampleur des révélations de son jeune disciple. Il prit la pyrite de cuivre dans ses mains, faisant mine de la soupeser :

— Une petite pierre si banale va changer la face du monde, dis-tu ?

— Oui, c'est là l'essentiel du message que j'ai reçu, Maître.

— Elle apportera aux hommes une force prodigieuse. Des outils pour retourner la terre, pour abattre les arbres et étendre nos cultures. Mais aussi des armes pour transpercer la chair de l'ennemi. Nul doute que les guerres se multiplieront…

— Tels semblent être les désirs des Dieux, Maître.

— Mais alors pourquoi en informer les hommes de prières que nous sommes ?

— Il faut croire que nous avons un rôle à jouer, une mission à accomplir face à ce grand changement.

— Tu as peut-être raison, Deh. Il faut que tu ailles jusqu'au bout de ta révélation. Si celle-ci se confirme, reviens nous voir pour nous en rapporter la nouvelle. Ah oui, une dernière chose, je crois que ce jour-là, rien ne justifiera que tu continues à m'appeler maître…

Deh partit le lendemain même. Il avait hâte d'être fixé sur la réalité de sa vision, car son maître l'avait mis en garde :

— Le temps n'est pas une ligne ou un fil, mais un saule pleureur. Ses branches se divisent sans cesse et retombent au sol. Elles peuvent tout aussi bien se casser sous l'effet du vent ou le poids de la neige. Une vision n'est donc jamais certaine. Elle est juste le destin le plus probable à un instant donné. L'instant d'après, les conditions ont changé et la vision aussi.

Retrouver Mani allait être difficile. Deh n'avait pour toute indication qu'une grande cité s'étendant le long d'un fleuve énorme en direction de l'ouest. Dans sa vision, il avait survolé ce fleuve couleur de jade et pouvait approximativement estimer le quartier dans lequel vivait Mani. Cela risquait de prendre des années pour le localiser. Et pendant tout ce temps, sa vision s'évanouirait lentement…

Aussi prit-il l'habitude de faire confiance à son intuition, plutôt que d'interroger les caravaniers. À chaque intersection, Deh se plaçait bien au milieu du chemin. Il relâchait ses bras le long du corps, les paumes de ses mains détendues et tournées vers les deux embranchements possibles, puis il fermait les yeux et attendait. Il restait dans cette position à l'affût du moindre picotement qui pouvait apparaître dans ses mains. Il prenait toujours le chemin le plus chaud, comme il se plaisait à dire. Sa technique l'amena en moins de dix jours dans la vallée d'Harappa. Sous ses yeux, s'étendait une forêt de ruelles et de maisons dont l'une d'elles devait abriter Mani.

Deh se posta sur une petite placette dans l'axe d'une ruelle passante. Peut-être qu'avec un peu de chance l'homme qu'il recherchait traverserait cette place. Deh le reconnaîtrait, c'est sûr. En attendant que cette chance lui sourie, le mieux qu'il avait à faire était de s'installer confortablement pour méditer. Comme à l'accoutumée depuis son entrée au monastère, il déposa son bol vide devant lui. Demander l'aumône était son droit car il faisait partie d'une certaine catégorie d'hommes, ceux qui se dédiaient tout entiers à la prière. La société était ainsi faite, elle était divisée en sous-groupes différents avec des rôles bien dévolus pour chacun. Pendant que les intouchables travaillaient pour produire les biens nécessaires à la survie de tous, une autre caste priait pour le salut de toutes les âmes et une troisième défendait la cité. C'était normal, toute société confrontée à la réussite se devait de gérer à sa manière l'explosion démographique qui la menaçait. Certaines s'étaient interdites de trop grandir en limitant la natalité par une kyrielle de tabous, d'autres se lançaient dans la conquête de terres nouvelles, la sienne avait choisi de se diviser en castes pour mieux soutenir la densité de bouches à nourrir. Et le métal allait encore durcir cette situation…

En plein cœur du quartier des intouchables, Deh se laissait bercer par le tumulte et la moiteur de la promiscuité. Par cette chaude matinée, une foule bigarrée se pressait dans les ruelles étroites. Des hommes et des femmes qui se hâtaient dans leur besogne quotidienne sans jamais se bousculer. On s'effleurait, mais on ne se touchait pas. Des mots, des cris, des odeurs, voilà ce que ces gens mélangeaient avec dévotion. Tous les jours jusqu'à la fin de leur vie, ils poursuivraient ce même rituel pour que d'autres puissent s'attarder dans le silence éternel d'une grotte sacrée… Deh remerciait sincèrement chacun de ces êtres qui défilaient devant lui sans s'arrêter. Il parlait à leurs pieds, le plus souvent nus, qui soulevaient la poussière. Il les sentait prisonniers du futur, tendus vers un objectif, un lieu où aller, une action à réaliser. Cela ne l'empêchait pas de leur souhaiter une bonne journée.

Parfois une main descendait jusqu'à lui. Elle déposait quelque chose dans son bol, puis touchait sa fontanelle en signe de porte-bonheur. C'était toujours de la nourriture, un peu de riz, un fruit ou bien un morceau de galette. Deh ne regardait jamais dans les yeux celui qui était à l'origine de l'offrande – cela ne se faisait pas –, de sorte qu'il ne vit pas l'homme qui déposa une pierre juste à côté de son bol. Il resta là un peu décontenancé à la contempler.

De la taille d'un œuf, la pierre était noire et granuleuse. Ce n'était pas une pierre précieuse, mais elle avait d'étranges reflets argentés qui intriguaient. En la regardant bien, Deh put voir qu'elle était hérissée d'une multitude de petites pointes acérées. Chacune d'elles réfléchissait la lumière et se battait déjà contre la poussière pour continuer à exister.

Quel sens pouvait-il donner à ce don ? Qu'est ce que les Dieux voulaient lui dire ? Devait-il prendre cette pierre dans ses mains pour ranimer sa vision d'un nouvel âge ? Absorbé dans ses pensées, Deh avait oublié la foule, ses odeurs et ses bruits. Son cœur se mit à battre plus fort. Il se sentait étouffer comme si un poids comprimait sa poitrine. Il tenta d'endiguer cette mauvaise sensation en se concentrant sur sa respiration. En pleine expiration, il fut arrêté net par une main qui descendait vers la pierre. L'homme se baissait pour arriver à sa hauteur.

Ses tempes s'enflammèrent lorsqu'il découvrit son visage. Ce visage, il le connaissait. C'était celui de Mani qui soufflait sur la pierre pour en chasser la poussière…

— Où as-tu trouvé cette pierre, vénérable moine ? interrogea Mani.

— Ici même, il y a quelques instants : une personne vient de me l'offrir.

— Je te l'échange contre de la nourriture, si tu es d'accord.

— Que vas-tu bien pouvoir en faire ?

— J'en ai toute une collection que je garde précieusement. Et celle-ci est différente des autres.

— Tu pourrais peut-être la brûler dans ton four.

À ces mots, Mani eut une réaction de recul. Personne ne savait qu'il avait tenté de brûler des pierres, il y a quinze jours de cela. Ce moine l'avait-il épié ?

— Vénérable moine, ta suggestion me surprend. Je ne brûle pas les pierres de ma collection. Elles sont si rares.

Deh ne répondit pas toute de suite. Il se tourna pour prendre dans son sac la pyrite de cuivre à l'origine de sa vision dans la grotte.

À la vue de cette deuxième pierre, Mani écarquilla les yeux et resta bouche bée, comme paralysé par la peur. Une angoisse diffuse montait en lui. Ce moine lui montrait la pierre qu'il avait brûlée. Soit il l'avait volée chez lui, soit il était le plus grand prestidigitateur que la terre ait porté.

— Intouchable, je t'offre la pierre qui t'intéresse. À une seule condition.

— Laquelle ? parvint tout juste à articuler Mani.

— Il faudra que tu la brûles avec celle-ci et quelques autres identiques. Et lorsque le feu liquide de cette alliance coulera, je serai à tes côtés. Ensemble, nous adresserons une prière au métal naissant afin qu'il serve le bien, ici et partout ailleurs, jusqu'à la fin des temps.

Mani pensa que le moine avait dû jeûner depuis un peu trop longtemps. Cet homme de prière semblait avoir négligé un tout petit détail : les gens de sa caste ne savaient pas prier car les moines le faisaient pour eux…

De son côté, Deh sentit que l'intouchable hésitait. Deux hommes accroupis étaient face à face dans le tumulte d'une ruelle bondée d'Harappa, chacun avec une pierre différente dans la main. Ils se regardèrent droit dans les yeux. L'un d'eux souriait naïvement, mais son regard portait à des années-lumière. L'autre ne voyait que l'instant présent : ce moine imposteur ou magicien qui lui demandait de rééditer sa folie. Deh fut le premier à interrompre cette confrontation. Il se leva d'un bond, emportant avec lui la décision.

Sept pyrites de cuivre grosses comme la main et une cassitérite gorgée d'étain pénétrèrent dans l'embrasure rougeoyante d'un four quelque part sur les rives de l'Indus. Sous la brûlure constante du feu, elles fondaient et mélangeaient leur histoire aussi vieille que les étoiles elles-mêmes. C'était la première fois que l'homme osait rejouer le big bang de l'univers à l'échelle d'une main. Et pour cela, il avait fallu la rencontre improbable de deux êtres humains issus de castes différentes !

Lorsque le feu liquide sortit, Deh s'agenouilla et pria de toutes ses forces. Il souhaita que le bronze se charge de ses meilleures intentions, qu'il puisse figer en son sein toute la bienveillance des Dieux. Pendant tout ce temps, Mani s'activait à refroidir le métal. Il ne priait pas et pour cause, il avait à faire. De toute façon, il n'aurait pas su trouver les mots. L'ambiance était encore plus suffocante que la dernière fois. Le métal durcissait plus vite, il désagrégeait l'eau avec une violence terrible. Bravant la chaleur, Mani put enfin s'approcher de la vasque. Les paroles du moine revenaient inlassablement dans sa tête :

— Prier pour que le métal serve le bien. Prier pour que le métal serve le bien.

Il regardait impuissant le métal se solidifier. Comme lui, il était pétrifié. Sans même réfléchir à ce qu'il allait faire, il parvint à s'arracher de cette torpeur. Saisissant avec rage un morceau de silex qui traînait par là, il le planta dans le métal en faisant éclater la croûte superficielle. Deux fentes côte à côte apparurent. Puis il dessina un trait perpendiculaire vers le bas entre les deux fentes. Il fit ensuite une dernière entaille béante quelques centimètres en dessous.

Voilà, c'était sa prière à lui ! Dans la vasque ronde, gisait le bronze encore tiède. On pouvait y voir deux yeux en amande, un nez stylisé et une bouche grande ouverte en forme de O. Mani avait marqué le tout premier métal composite en lui donnant une apparence humaine. Par sa simplicité, ce masque était d'une beauté saisissante. Mi-homme, mi-dieu, il était une façon toute personnelle d'approcher le divin.

Deux jours plus tard, Deh quitta Harappa pour retourner à son monastère. Il emportait avec lui un masque doré et uniforme qui rappelait la perfection. Sa brillance et sa dureté n'avaient rien à voir avec le cuivre pur. En comparant les deux pièces coulées dans le même moule, les deux forgerons avaient noté l'incroyable avantage du bronze sur le cuivre. On pouvait le marteler et en faire une lame. On pouvait lui donner toutes les formes que l'on voulait en préparant des moules différents. On pouvait aussi le refondre indéfiniment, sans jamais perdre une once de matière…

Deh laissait, dans le quartier des intouchables, un homme rempli d'idées pour une vie entière. Son acte inspiré sur le métal encore tiède l'avait complètement transformé. Il émanait maintenant de sa personne une confiance à toute épreuve. Ses fils, ses beaux-fils, ses petits-fils et arrière-petits-fils seraient forgerons comme lui. Avec le temps, ils formeraient même une classe sociale à part. Tel était son rêve et il se réalisa.

Les années passèrent et Deh devint un jour le maître suprême de son monastère. Certes, son âge avancé y était pour quelque chose. Mais ce n'était pas là l'unique raison. Car on l'appréciait surtout pour ses dons de visionnaire. Oui, Deh avait la capacité de se transporter dans le temps ; il pouvait voir, parmi tous les futurs possibles, celui qui était le plus probable. Et cette extraordinaire faculté s'appliquait aussi bien pour des phénomènes lointains que pour des événements proches.

Avec le temps, la nouvelle s'était ébruitée dans toute la vallée, si bien qu'il n'était pas rare de voir arriver un pèlerin désirant une entrevue avec « le moine visionnaire ». Le succès aidant, le monastère se vit contraint de tenir un conseil à ce sujet. Il fut alors décidé que Deh ne devait pas céder à la demande pressante des pèlerins afin d'éviter un afflux croissant de visites. En échange, on accepta qu'une partie des moines soient formés à ses techniques visionnaires. Ce fut le début de son ascension qui allait le mener jusqu'à la direction du monastère quelques années plus tard.

Lorsque Deh se retrouva pour la première fois face à ses disciples, tous volontaires pour suivre ses enseignements, il mesura l'ampleur de sa tâche. L'indicible, le contact avec les Dieux ou encore la rencontre avec les forces cachées de l'univers arrivent toujours un jour ou l'autre à chacun d'entre nous, ne serait-ce que le jour de notre mort. Mais comment le provoquer, là maintenant, au milieu de cette escouade de disciples ? Voilà à peu près ce que Deh se disait. L'enseignement du monastère n'avait pas cette prétention. Il préparait des hommes à vivre toute une vie dans la prière, parce que selon la tradition, l'équilibre du monde en dépendait. L'illumination ou même la révélation n'étaient pas obligatoires. Et quand bien même elles avaient lieu un jour, elles ne s'obtenaient que par miracle, jamais sur commande. Or Deh, pour parvenir à ses visions, commandait à volonté cette entrevue avec l'intemporel. Ses cellules avaient probablement gardé la mémoire de sa décorporation, la nuit de sa première vision. De sorte que son corps savait maintenant reproduire l'amorce de cette spirale qui vous projette dans la lumière éternelle. Ensuite, le travail était loin d'être terminé ! Il fallait recentrer son esprit sur l'instant présent, tout en gardant une certaine fluidité pour laisser affluer l'information du monde. Alors les visions arrivaient...

Deh commença par renvoyer dans une grotte tous ceux qui ne semblaient pas avoir vécu une illumination durant leur retraite. Il dit aux autres que l'objectif était de revivre dans leur chair cette même illumination, tout en restant au monastère. Ce qui finalement revenait au même à quelques kilomètres près !

Pour cela, ils allaient travailler pendant des années trois domaines particuliers : les postures, le souffle et le chant. Pendant tout ce temps, un allié de poids trônerait dans la salle de travail, juste dans le dos du maître. Discret, mais lumineux comme un soleil, il se gonflait jour après jour de l'énergie des forgerons d'Harappa. Deh n'ignorait pas que son influence irait grandissante dans le cœur de ses disciples.

L'enseignement des postures portait sur la fixation du mental. Le corps et l'esprit devaient être capables d'habiter pleinement l'instant présent. Deh appela *samadhi*, cet état d'absorption proche de la plénitude qui permettait d'arrêter la marche du temps. Le regard devait porter vers l'intérieur, au plus profond de soi. Il recentrait l'âme et le corps. Le masque avec ses yeux évidés en était l'illustration même : son regard à la fois plein et vide ne laissait aucune échappatoire aux disciples.

Le travail du souffle permettait d'atteindre la fluidité, sans quoi il était impossible de recevoir des visions cohérentes. Pour Deh, la respiration n'était pas seulement un acte vital, elle était aussi un lien constant avec l'univers. Il fallait réussir à capter le flux et le reflux du monde pour les incorporer dans le souffle. Là était le secret du mouvement harmonieux, tout en conservant l'immobilité complète des postures. Ses disciples se rendirent compte que le nez stylisé du masque pouvait les aider. Il suffisait de cheminer sans fin sur sa ligne diaphane en faisant des va-et-vient.

Les exercices de chant vinrent en dernier, bien des années après. Il s'agissait d'arriver à concilier fixité et fluidité, intérieur et extérieur. Entre ces deux opposés, il existait une frontière quasiment imperceptible, mais bien réelle. La sentir était difficile, s'y maintenir à volonté l'était encore plus ! À la recherche de cette place juste qu'aucun mot ne pouvait décrire, le chant se révéla être l'outil idéal. Deh n'inventa qu'un seul chant et même qu'un seul son. Il était simple et clair comme de l'eau de roche : « Ooomm ». L'idée de s'exercer sur une seule syllabe en l'allongeant indéfiniment lui était venue du masque, bien sûr. Sa bouche de lumière, ronde comme un O, renfermait le vide le plus absolu, le noir le plus profond. Elle indiquait clairement que l'alliance entre fixité et fluidité n'était qu'un point microscopique au cœur de chaque être humain.

Les disciples travaillaient sans compter. Plus ils avançaient et plus il leur semblait que le but final de tout cela s'éloignait. Deh lui-même commençait à douter. Après tout, peut-être que ce don ne pouvait pas s'acquérir. On l'avait à la naissance ou on ne l'avait pas. Presque tous ses élèves avaient atteint ce point magique dont parlait Deh. Mais aucun d'entre eux n'était pour autant devenu visionnaire.

Un moine cependant sortait du lot. Il s'appelait Moksa et se distinguait des autres parce que depuis tout petit, il avait pris pour habitude de se raser le crâne. Le chauve, comme on le surnommait, ne se déplaçait pas vers le futur à la manière du maître, il faisait autre chose : dans ses moments d'extase, il voyageait dans l'espace. Ainsi, il avait pu rejoindre sa maison familiale et voir son frère aîné, devenu père de famille, s'occuper de sa vieille mère. À la demande de Deh, il était aussi parti plusieurs fois dans le quartier des intouchables d'Harappa. Et les nouvelles qu'il rapportait de ses voyages s'avéraient conformes à la prophétie de son maître. Une ruelle entière s'était remplie de forgerons. Mani avait partagé son secret. Il s'était spécialisé dans les objets d'art et les accessoires de table très appréciés par la caste dominante. D'autres ne produisaient que des outils agricoles.

Au bout de la rue, le dernier forgeron installé venait de recevoir une commande de poignards pour l'armée de la ville…

En fait, Moksa était un peu l'exception qui confirmait la règle. Il sauvait le bilan des années de travail sous la houlette du Maître-visionnaire. Il donnait aussi espoir à tous les autres disciples pour continuer dans la voie qu'il avait tracé.

L'important n'est pas le but final, mais le chemin lui-même.

Tel était l'enseignement de toute quête spirituelle.

Un jour pourtant, il se passa un phénomène étrange. Comme à l'accoutumée, tous les disciples s'étaient assis en cercle pour travailler. Moksa était à la droite de Deh, dos au masque. Et ce jour-là, tous les moines parvinrent à focaliser ensemble ce fameux point magique qui n'est ni à l'intérieur, ni à l'extérieur. C'est alors qu'une énergie prodigieuse se mit à circuler entre tous les participants. Plus rien ne pouvait la ralentir, car ce cercle avait la pureté du cristal. Deh se sentit soulevé par cette force qui accélérait, accélérait encore. Il put voir que tous les autres moines flottaient dans la pièce au-dessus de leur corps. Ce fut sa dernière vision de l'instant présent, car déjà le futur affluait avec une puissance comme jamais il ne l'avait ressentie. Deh fut projeté dans un futur si lointain et si improbable qu'il n'en crut pas ses yeux :

Partout, il y avait du métal. Des barres argentées, semblables à des piliers de pierre, baignaient dans un liquide visqueux en ébullition. Elles crachaient toute leur violence et se rongeaient peu à peu en dégageant une chaleur intense aussi puissante que le soleil. Elles répandaient une colonne de vapeur d'eau, bien plus dense que celle qui avait solidifié le masque de bronze. Confronté à ce combat de titan, le métal poussait un cri strident qui ressemblait à un crépitement mortel. Des hommes masqués vénéraient le monstre sans oser s'en approcher. Ils tapaient sur des petits cubes couleur crème sur lesquels étaient gravés des signes mystérieux. Et ces signes se matérialisaient sur une fenêtre lumineuse. Ils détenaient toute l'information du monde, toutes les paroles proférées par les hommes depuis la nuit des temps, tout le savoir accumulé par la vie de génération en génération.

Deh revint de son voyage dans le temps en se tapant le postérieur par terre. Au sens propre, comme au sens figuré. Il avait chuté d'une bonne trentaine de centimètres. C'était là toute la distance qui le séparait d'une centrale nucléaire !

Ses disciples n'avaient pas fait le même voyage. Tous étaient cependant conscients que quelque chose de spécial s'était passé dans le cercle. Chaque participant avait vécu dans sa chair l'illumination, exactement au même moment. Ils s'étaient vus flotter dans la pièce, bien au-dessus de leur corps, avant de fusionner pour ne former qu'une seule entité. C'était cette énergie commune qui avait propulsé Deh bien au-delà de ses seules capacités. La vision avait été si forte que son corps s'était soulevé. Il était même sur le point d'être emporté dans le vortex provoqué par sa vision, lorsque Moksa avait senti le danger. Son maître risquait d'être aspiré dans sa propre vision et de disparaître à jamais. Il comprit alors qu'il devait se placer entre lui et le flux d'énergie pour tenter de le réguler. Ce qu'il fit immédiatement. Dans son combat pour sauver son maître, Moksa avait vu la fin de cette vision. Il venait de réaliser qu'elle n'était pas gratuite, mais pleine d'enseignements : les signes écrits étaient une autre puissance inextricablement liée à l'âge du bronze. Ils étaient le contrepoids de la folie du métal qui menaçait les hommes.

À partir de ce jour, Deh et ses disciples se trouvèrent une nouvelle tâche. Ils n'étaient pas là dans ce monastère pour former une élite capable de forcer les mystères du temps. Non, il y avait quelque chose de plus urgent à faire : réguler les soubresauts de l'humanité. Autrement dit, ils allaient se consacrer à fabriquer un contre-pouvoir au métal. L'invention de l'écriture approchait…

Graver la parole dans la pierre ou le papier, c'était la rendre immuable. Presque éternelle comme les Dieux. La puissance de l'écriture était infinie. Elle rendait la parole aux morts. Elle permettait de transmettre intact un enseignement, une expérience sans que le temps ne puisse l'abîmer. Très certainement d'autres peuples lointains avaient dû avoir la même idée. Mais leurs premiers signes servaient à compter.

Compter les richesses accumulées, telle était sûrement la toute première idée de ces hommes. Mais ce qui différenciait les moines, c'était qu'ils ne comptaient pas… Les signes qu'ils allaient inventer ne parleraient pas du matériel ou du métal, mais du sensible, du divin. Ils voulaient retranscrire leurs visions, leurs illuminations, leurs espoirs pour une nouvelle humanité, plus proche des Dieux. Et cette volonté mystique, transmise de générations en générations, dans le silence des monastères, produirait un pouvoir spirituel au moins aussi grand que celui du métal…

Moksa devint le grand contremaître de cette œuvre. Inventer des signes n'était pas une mince affaire. Les moines ne voulaient pas simplement dessiner des hiéroglyphes qui ne transmettent que des images. Ils voulaient reproduire des sons. Pour cela, il fallait s'immerger dans l'abstrait. Face à ce défi nouveau, ils inventèrent des lettres dont le pouvoir était d'engendrer des syllabes. Moksa savait qu'il faudrait toute la patience des hommes de prière pour arriver au but. C'était là une autre façon d'apprivoiser le temps. Un jour, c'est sûr, un moine réussirait à maîtriser l'écriture avec aisance. Il lirait ce que l'on allait appeler le sanskrit. Ce jour-là, il écrirait le tout premier manuscrit : un livre de prières. Il pourrait alors déposer la première pierre de ce qui devenait l'Histoire avec un grand H. Nul doute que le temps couché sur le papier se durcirait et qu'avec lui, le cœur des hommes aussi. Le combat contre le métal n'était-il pas à ce prix ?

Deh ne compta jamais toutes ses années passées au monastère. Il y était entré dès l'âge de six ans pour la vie, ou plus exactement pour cette vie. Sa rencontre avec Mani n'était plus qu'un lointain souvenir. Le bronze s'était diffusé plus vite qu'il ne l'avait imaginé. Il avait suivi la course du soleil pour se répandre jusqu'à l'océan. Il encerclait maintenant une petite mer intérieure grouillante d'activité humaine qui elle aussi cherchait l'écriture.

Ah, l'écriture ! C'était sa plus grande fierté. Lui, le maître suprême de tous les monastères de la vallée, il laissait sur cette terre une empreinte indélébile, quand bien même le futur oublierait son nom. Des centaines de moines sous la direction de Moksa travaillaient sans relâche pour qu'un jour le métal soit contrôlé. Deh souriait à cet étrange destin d'une invention qu'il avait fallu corriger par une autre. Il s'en confiait souvent à Moksa :

— Nous sommes entrés dans un nouvel âge, Moksa. Un âge où la matière se bat contre le spirituel.

— Vous-même avez dit que c'était le dessein des Dieux. Nous ne progressons que dans l'adversité.

— Certes. Mais si c'était à refaire, j'aurais voulu recevoir une autre vision.

— Toutes les visions se valent, Grand Maître. L'essentiel est d'accomplir celle qui nous vient.

— D'autres prophètes viendront après moi, je le sais. L'un d'entre eux sera un roi qui renoncera à ses fonctions pour vivre dans le dénuement le plus complet. Un autre se fera crucifier pour montrer le chemin. Un autre encore soulèvera les nomades dans le désert. Tous utiliseront la parole divine contre la matière et leurs paroles seront relayées par l'écriture pendant des siècles et des siècles.

— Tous accompliront à leur manière la même vision, si je vous comprends bien, Grand Maître.

— Oui, car ce nouvel âge durera cinq mille ans.

— Cinq mille ans ! S'il doit durer si longtemps, je ne puis vous assurer de la constance des moines… Déjà, je vois poindre une élite religieuse qui accapare le pouvoir. Qu'en sera-t-il dans quelques siècles seulement ?

— Le métal aussi crée son propre pouvoir. Il aura un jour ses temples et ses monastères à lui.

— Les nôtres pourraient alors se vider !

— Aie confiance, Moksa. Nous aurons plusieurs vies pour vivre tout cela…

Deh s'en alla un jour d'automne. Conformément à son souhait, on érigea un monticule de bois sur la colline qui dominait le monastère. Depuis l'emplacement funéraire, on pouvait voir toute la vallée qui égrenait un chapelet de villages au beau milieu d'une mosaïque de rizières. Au loin, quelques montagnes aux neiges éternelles s'étaient invitées à la cérémonie.

— Quelle belle journée pour un dernier voyage ! pensèrent tous ses disciples.

Le cortège, dirigé par un moine chauve en costume d'apparat, s'ébranla en direction du sommet de la colline. Le corps de Deh avait été enveloppé dans un linceul rouge et sa garde rapprochée arborait la même couleur. Elle précédait une douzaine de moines armés de gongs en bronze qui réglaient la marche d'un rythme lancinant. C'était là le dernier cadeau de Moksa à son maître. Suivaient ensuite, tous les moines du monastère, puis les hauts dignitaires non religieux de la vallée. Point de forgerons dans ce cortège, aucun d'eux n'avait été invité.

On plaça le corps de Deh sur le monticule de bois, sans aucun objet personnel. De toute façon, il n'en avait plus depuis bien longtemps. Quand Moksa l'embrasa avec une torche, les gongs s'arrêtèrent. Voilà, c'était sa dernière brûlure, sa dernière purification pour le grand voyage. Il n'y avait pas de quoi être triste, car comme pour le bronze, rien n'allait se perdre et tout se transformerait.

Des cendres s'envolèrent haut dans le ciel. Elles emportaient quelques particules du moine visionnaire vers les neiges éternelles. D'autres coulèrent d'un feu liquide sur la terre. Certaines descendaient déjà jusque dans les rizières. L'une d'entre elles serait un jour écrasée par le marteau d'un forgeron sur une enclume. Ainsi vont les choses…

Rencontre avec les Hommes Vrais

Comme à son habitude, Ishi s'était réveillé avant l'aube. Sans horloge, ni sonnerie, juste parce que la lumière du soleil s'avançait vers cette portion de terre où il avait toujours vécu. Avec près de cinq cents âmes, tout Pentium s'éveillait dans la sérénité d'une nuit évanescente comme les autres pour honorer une fois de plus la course des étoiles.

Dans la pénombre de la maison des célibataires, le jeune homme, encore allongé, conversait à voix basse avec Couraré, son meilleur ami d'enfance, au sujet des rêves de la nuit. Tout le monde faisait cela dans le village. C'était un bon moyen pour mieux se découvrir, pour prendre des décisions importantes ou encore évacuer les tensions inévitables de la vie. Car les rêves étaient chargés de sens. La plupart d'entre eux étaient d'ailleurs considérés comme des messages émanant directement du monde invisible qu'il fallait décoder, si l'on voulait en retirer un enseignement :

—… Et le bolide a dérapé. Il a fait plusieurs tonneaux avant de s'écraser dans la foule. Alors, le mot « Error 404 » s'est mis à scintiller sur un écran. Puis j'ai vu un homme d'origine asiatique en train de corriger ce qui ressemblait à un programme informatique.

— Ishi, tu es encore parti sous les dômes ! C'est dingue ce que la masse de ces activités humaines t'appelle. Tu es trop tourné vers l'extérieur.

— Que veux-tu, je suis comme ça. Trop sensible à ce qui nous entoure.

— Après tout, dis-toi bien que tu n'es pas le seul à ressentir cette pression du monde dominant. Près de douze milliards de pensées qui travaillent vers un seul et unique but, ce n'est pas rien. Tu devrais quand même essayer de te recentrer sur quelque chose de plus… existentiel.

— Ouais, tu as raison. Il faut que je me purifie. Le soleil va bientôt se lever, je te laisse si tu le permets.

— Je t'en prie, Ishi. Fais ce que tu sens. Et que ta journée soit belle.

— Que ta journée soit belle, Couraré, mon frère.

Ishi couvrit ses épaules d'une simple étoffe et sortit. L'aube rougeoyante était encore fraîche en ce mois de mai. Il se hâta pour rejoindre la rivière. Sur ses berges, plusieurs dizaines d'hommes et de femmes, jeunes ou vieux, s'égrenaient çà et là, tel un chapelet de prière.

— Que ta journée soit belle, lui lança une jeune fille de son âge qui venait de s'installer. Entièrement nue comme tous les autres, elle commençait à peine ses assouplissements avant d'attaquer ses ablutions. Ishi admira au passage la courbure de ses reins, le galbe de ses seins, tout en lui souriant.

— Que ta journée soit belle, lui répondit-il courtoisement avant de continuer.

Il trouva un emplacement idéal un peu plus loin. Il était temps car la pointe du soleil perçait déjà au-dessus des crêtes. Remettant à plus tard ses exercices physiques, Ishi plia rapidement son étoffe pour en faire un coussin et s'assit en tailleur. Il ferma les yeux afin de se laisser pénétrer par la quiétude du lieu. L'eau jouait entre les rochers. Elle l'abreuvait de sa musique, de son écume, de sa joie éternelle. Il sentit que les premiers rayons de soleil montaient en crescendo. Ils lui mordillaient la peau, lui réchauffaient le cœur, irradiaient son corps en produisant des volutes lumineuses qui explosèrent en cascade sous ses paupières. C'était comme des compositions artistiques modulées par la danse sonore de l'eau. Une sorte de mélodie mélangeant intérieur et extérieur qui lui distillait des messages pour la journée à venir. Ishi se sentit apaisé. Quelques paroles inédites lui vinrent en guise de prière :

Merci ô Grand-Père Soleil pour cette renaissance radieuse
Que ta force éclaire tous les hommes sur cette terre brumeuse
Puisses-tu nous guider avec justesse tout au long de la journée
Car nous sommes tes enfants chargés d'intentions déterminées
Entre dans nos cœurs et enseigne-nous la voie de la sagesse
Celle de la vie éternelle qui peuple tout l'univers avec largesse
Merci ô Grand-Père Soleil...

Une image venue de nulle part interrompit sa prière. La rivière hérissée de plusieurs dizaines de méditants s'animait en une seule entité vivante. S'agglutinant de morceaux disparates, elle se transformait en une conscience unique qui prit la forme d'un serpent multicolore. L'animal se mit à ramper dans la vallée en ondulant doucement. Bientôt il se lova sur lui-même et se propulsa dans le ciel. Il se dirigea droit vers le soleil qui en quelques secondes, devint énorme. Agité par des flammes monstrueuses, l'astre doré avala le serpent et Ishi crut qu'il était devenu le Grand-Père Soleil. Dedans, il n'y avait rien, absolument rien, juste le vide le plus complet. Et ce vide parfait attendait sagement qu'une intention naisse pour enfin la réaliser. Car il était énergie pure.

— Joie et harmonie, plutôt que tristesse et chaos, clama avec exaltation un homme âgé, en amont de la rivière.

Sa voix résonna dans la vallée.

— Joie et harmonie, murmura le village entier.

Ishi avait toujours les yeux fermés et sa sensibilité était comme à fleur de peau. Où que sa conscience le porte, il voyait. Plus exactement, il percevait avec son être. Il vit la truite cachée sous le rocher devant lui qui happait une larve. Il vit un loup dans les gorges sauter sur un lapin pétrifié. Il vit un chat avec une puce électronique sous la peau qui se ruait sur des granulés tombant d'un distributeur automatique. Il vit quatre chevaux, deux hommes et deux femmes qui traversaient un fleuve en ce petit matin. Il pénétra même les pensées de Lumi et il sentit qu'elle avait peur. Alors, il répéta la phrase magique à voix basse, rien que pour elle et ses amis :

— *Joie et harmonie, plutôt que tristesse et chaos.*

Lumi changea d'attitude. Un sourire se dessina sur son visage. Dans trois jours, trois petits jours, elle verrait enfin ce sacré village...

Ishi termina sa prière par des ablutions dans la rivière. L'eau était glacée, mais il n'avait pas froid. Encore dégoulinant, il fit une série d'exercices physiques qui ressemblaient à s'y méprendre à du Taî-chi. Totalement serein, il remonta ensuite jusqu'à la maison communautaire avec l'impression de s'être purifié mieux qu'à l'accoutumée. Couraré était attablé en compagnie d'autres amis, il dégustait tranquillement son tofu du matin. Lui aussi avait prononcé la parole magique, mais il était resté dans son lit. Il héla aussitôt Ishi :

— Ouah ! La prière de ce matin était particulièrement connectée, hein ?

— Tu ne crois pas si bien dire ! J'en ai encore la chair de poule.

— Tiens, sers-toi, fit Couraré en lui tendant le plat de tofu. Tu ne connais pas la nouvelle ? C'est aujourd'hui que l'on va commencer à réduire notre production biosouterraine. Ton père vient de l'annoncer, les cultures de surface recommencent à produire suffisamment. On va passer en alimentation estivale, vieux ! Fini le tofu !

Ishi pensa à cette énorme masse biologique qui grouillait dans les caves du village. Bien à l'abri de la lumière, le mycélium hybride se nourrissait d'eau et de roche pour produire le tofu, l'aliment de base de Pentium. Sans lui, le village ne pouvait être autosuffisant durant les longs mois d'hiver. Il aurait fallu chasser tous les jours et cultiver le blé sur des zones extensives pour survivre. Ainsi, le tofu évitait une surprédation du milieu environnant. Grâce à lui, la chasse n'était plus qu'une activité rituelle et le travail au champ restait une agréable passion pour mieux diversifier leur alimentation. Les cultures estivales n'étaient pas une nécessité, mais un luxe. On les appréciait pour le plaisir des yeux, la variété des goûts et les fêtes cérémonielles qui en découlaient.

Et puis, le mycélium hybride avait une autre fonction essentielle : il dégageait une masse d'énergie considérable qui servait à chauffer les maisons durant l'hiver. Le principe était simple, les émanations chaudes, produites par l'hyperactivité biologique du mycélium, circulaient dans les murs de pierre et à travers le sol avant d'être rejetées par les cheminées. Pas étonnant dans ces conditions que ce champignon miraculeux ait donné son nom au village…

— J'imagine que tu as prévu d'aller aider les ouvriers pour ouvrir les regards des caves, demanda Ishi en s'extrayant de ses pensées.

— Oh toi, quand tu commences comme ça, c'est que tu as une idée derrière la tête…

— Tu lis dans mes pensées ou quoi ?

— Eh bien, je m'entraîne, je m'entraîne… et si ça continue, je vais te rattraper !

— À vrai dire, ce matin, j'ai vu le groupe des informaticiens. Ils viennent de traverser la Durance. D'ici trois ou quatre jours, ils seront en vue du village.

— Incroyable ! Alors notre plan a fonctionné…

— Oui. Si je ne t'ai rien dit jusqu'à présent, c'est parce que l'espoir de leur venue était fragile. Mais ça y est, je crois que notre rêve va se réaliser.

— Ishi, il faut que tu en parles ce soir au Conseil des Sages. Nous devons nous préparer à les accueillir. Tu sais que selon la prophétie, l'une d'elles est peut-être notre messie.

— Le Conseil des Sages est déjà au courant. On a simplement tenu la nouvelle secrète car rien ne dit que Lumi saura réaliser la prouesse que nous attendons tous. Mieux vaut ne pas donner de faux espoirs.

— Ah, Elle… Elle s'appelle Lumi. Quel beau nom ! Et tu ne m'en as rien dit…

— Tu connais notre dicton ? Ne parle jamais de ton rêve, si tu ne veux pas qu'il s'évanouisse… Mais j'ai un cadeau pour toi. Tu vas être le premier à la voir de tes yeux. Tu vas entrer dans l'histoire, mon vieux !

— D'accord. Qu'est ce que je dois faire ?

— Ce matin, à la prière, j'ai eu un mauvais pressentiment. L'enchaînement était trop évident : un loup attaque un lapin, puis un chat qui mange et ensuite Lumi inquiète. J'ai peur que l'expédition ne soit confrontée à une ultime difficulté. Je ne sais pas, un obstacle, une attaque. Que sais-je ? Je te propose d'aller au-devant d'eux.

— Et alors, que me conseilles-tu de faire ?

— Tu ne te montreras pas, tu les suivras à bonne distance en les protégeant si nécessaire. Tu es un excellent chasseur, n'est-ce pas ? Ensuite, il te suffira de venir nous prévenir la veille de leur arrivée.

Couraré hocha la tête. Cette mission lui convenait à merveille. Être le tout premier homme de la communauté à voir la prophétie se réaliser était un énorme privilège. Ishi pouvait compter sur lui.

— Je me prépare et je pars tout de suite. Si tout se passe bien, demain, ils seront en vue.

— Merci pour ton aide, Couraré. Je prendrai ta place pour ce qui est du travail communautaire.

— Tout le plaisir est pour moi, vieux !

Le soleil était déjà haut dans le ciel. Ishi se présenta au comité chargé de gérer la culture du mycélium. Il pensait à son ami qui, à cette heure-ci, devait être déjà bien engagé dans les gorges. On lui attribua une place dans une équipe qu'il rejoignit sans tarder. Le travail était dur, mais cela ne le dérangeait pas, bien au contraire. La force musculaire des jeunes n'était-elle pas au service de la communauté tout entière ? Chacun avait sa place, certains cuisinaient, d'autres cultivaient, d'autres encore préféraient méditer. Et leur travail spirituel était tout aussi important pour la vie du village. Tous pouvaient changer d'activité, du jour au lendemain, sans que l'on ne leur en tienne rigueur.

Aucune comptabilité des heures travaillées n'était enregistrée. Ce n'était pas nécessaire. Un conseil du village avait été créé pour cela. Il servait à informer la population des tâches prioritaires à réaliser. De nombreux volontaires répondaient toujours présent à l'appel au point qu'il fallait refuser du monde et constituer des listes d'attente.

Quatre hommes furent nécessaires pour soulever la dalle. Un gaz chaud s'échappa aussitôt. Mais très vite les vapeurs se dissipèrent. Sous l'effet de la lumière, le mycélium stoppait sa croissance pour entrer dans une sorte d'hibernation. Ishi jeta un œil par le regard. En dessous, dans la cave longue d'une centaine de mètres, des hommes et des femmes armés de râteaux s'activaient pour ramasser le tofu, la dernière récolte avant plusieurs mois. Leurs gestes délicats mettaient à nu le champignon agrippé à la roche. Celui-ci rongeait le calcaire, année après année, creusant un peu plus la cavité. Ishi avait sous les yeux, toute la force et l'essence même de Pentium : des hommes accrochés à la terre et qui se nourrissaient de son sous-sol. Des hommes solides et résistants comme le roc qu'ils mangeaient.

Dans l'après-midi même, Lumi et les siens débouchèrent sur une énième rivière. Ils en avaient traversé des vallées depuis la lointaine retraite de l'ermite aux chevaux. Mais celle-là était particulière, car l'eau qui dansait en furie devant eux descendait tout droit de ce village chimérique. Ariane s'agenouilla sur la berge, elle voulait goûter l'eau comme si en faisant ce geste symbolique, elle touchait enfin au but. Fred l'en empêcha. La rivière était peut-être empoisonnée et il fallait l'analyser avant de songer à la boire. Lumi se surprit à souhaiter que Fred ait raison. Au moins, elle serait fixée si ses visions étaient exactes. Car plus ils approchaient du but, plus Lumi doutait. Il y avait de quoi : pas une seule âme qui vive depuis dix jours, aucune empreinte, aucun chemin, la forêt sauvage partout et des villages en ruine par dizaines.

— Négatif, eau potable.

— Je le savais, cria Ariane pour couvrir le bruit de l'eau. Pourquoi donc empoisonner une rivière ? Pour se défendre contre qui ? Je vous le demande.

Jeff avança au milieu de la rivière en sautant d'un rocher à un autre. Ces quinze jours de marche lui avaient donné un pas sûr et averti. Il avait pris goût à cette expédition et se demandait déjà comment il ferait pour se réhabituer au monde policé des villes. De son point de vue, il put apercevoir l'enfilade de la vallée. Au loin, une gorge étroite se dessinait. Emplacement idéal pour se défendre, pensa-t-il. Contourner la gorge prendrait trop de temps, il fallait passer par ce défilé au risque d'être attaqué. C'est drôle, mais il eut l'impression d'être épié. Il revint jusqu'à son sac à dos pour en extraire ses jumelles et fouilla la forêt de longues minutes. Sans succès.

Cette marche à travers un pays désert avait aiguisé leurs sens. Ils étaient maintenant capables de percevoir la moindre brise, le cri étouffé d'un animal dans la forêt ou les prémisses d'un changement de temps. Mais là, ce qu'ils ressentaient était nouveau. Cela ressemblait à une pression sur leurs épaules comme lorsque quelqu'un vous regarde intensément dans la nuque. Lumi fut la première à remarquer que les chevaux étaient nerveux. Il flottait une intention autour d'eux. Et cette intention était agressive.

Ils décidèrent de ne plus bouger et d'attendre. Le simple fait de rester concentré sur les alentours changea peu à peu l'atmosphère. Au bout de quelques minutes, cette mauvaise sensation avait disparu. Ils reprirent alors leur chemin pour trouver un meilleur endroit où ils pourraient bivouaquer. Cette nuit, ils organiseraient un tour de garde et le feu ne s'éteindrait jamais, comme l'ermite le leur avait conseillé, s'ils venaient à pressentir un danger.

Le lendemain en milieu de journée, l'expédition atteignit les gorges. Coincée entre les parois, la rivière rugissait de plus belle et ils s'inquiétèrent à l'idée d'être obligés de la traverser plusieurs fois à la recherche d'un passage praticable. Laissant son cheval, Lumi partit en éclaireur pour se faire une idée de ce qui les attendait. Plus elle avançait et plus elle se rendait compte que les difficultés allaient en grandissant. Aucun cheval ne pourrait suivre le lit de la rivière. Et peut-être même qu'un peu plus loin, une cascade leur couperait le chemin. Décidément, ce village était une vraie forteresse !

Elle promena son regard sur les parois du canyon en imaginant une voie d'escalade. Quelques ressauts faciles, puis une goulotte que sans doute Fred aurait du mal à passer, puis… Lumi écarquilla les yeux. Tout là-haut, un chemin étayé par des murs de pierres vertigineux zébrait la pente. Elle suivit du regard ce chemin en zigzag qui disparaissait derrière un éperon. Le cœur battant, elle redescendit le cours de la rivière pour changer son angle de vue. Et au méandre suivant, elle tomba nez à nez avec le départ du sentier. Tourné face à la montagne, il était absolument invisible en montant. Elle courut jusqu'à lui et avala les cinquante premiers mètres de dénivelé au pas de charge. Oui, ce sentier continuait bien le long des gorges en se jouant des difficultés. Excitée par sa découverte, Lumi mit un moment à prendre conscience d'un détail d'une signification extrême. Mais lorsqu'elle l'enregistra, elle laissa exploser sa joie en poussant un cri qui résonna dans toute la vallée : le sentier était entretenu, débarrassé des pierres que l'érosion du temps aurait dû fatalement accumuler ! Il était la première preuve physique de l'existence d'un village encore vivant…

Quelques heures plus tard, alors que le sentier les avait menés au-dessus du premier défilé, ils reçurent une seconde preuve encore plus forte. Jeff marchait en tête, lorsque, au détour d'un virage, il s'arrêta net, pétrifié. Son cheval se cabra. Ses mains se crispèrent sur la longe. Mais il ne put contrer la force de son cheval. Il fut littéralement renversé en arrière et traîné sur plusieurs mètres. Fred, qui marchait en second, avait lâché ses rênes sous l'effet de la surprise. Il fit un écart pour éviter le cheval qui le précédait et se retrouva à la hauteur du pauvre Jeff toujours agrippé à ses rênes. Fred avait dégainé son arme, mais ce qu'il vit le pétrifia tout autant que son ami. Là, à moins de dix mètres, quatre loups aux babines retroussées lui faisaient face. Bloquant le chemin sur toute sa largeur, ils grognaient tout en fixant intensément du regard leurs proies. Leurs muscles étaient bandés prêts à bondir, ils n'attendaient que le signal du chef de meute.

— Tire ! Bon Dieu, tire ! se criait Fred à lui-même.

Mais ses bras restaient désespérément paralysés. Il sentait sur lui la pression du prédateur, toute sa détermination sauvage, toute sa hargne pour le contraindre à accepter sa condition de proie. Sous la tension extrême de ce duel à distance, l'air s'était électrisé et le temps semblait se condenser. L'animal allait gagner.

La suite se passa en un éclair. Sortie du néant, une flèche fendit l'air et vint se ficher dans la carotide du chef de meute. Les grognements se changèrent en glapissements. L'animal s'affala, mortellement touché. Les trois autres s'enfuirent dans la seconde qui suivit, laissant le silence reconquérir les lieux.

Jeff qui était resté au sol, évalua aussitôt l'angle de tir. Leur sauveur était posté sur l'autre versant. Il avait vu les loups se préparer pour l'attaque et n'était intervenu qu'en dernier recours. Ce chasseur devait être très expérimenté. Plus que les deviner, il avait dû pénétrer les intentions du chef de meute et n'avait tiré qu'au moment où celui-ci allait bondir. Une seule flèche. Sûre d'elle et protectrice. Par cet acte de bravoure, il signait de son âme, un laissez-passer sans condition jusqu'au village. Une signature qui forçait le respect et l'admiration...

Lumi avait fait le même raisonnement. Son regard fouillait la forêt, mais elle savait que cet homme ne se montrerait pas. Ses pensées se bousculaient dans sa tête. Un virus pas comme les autres dans la matrice. Une masse qui flottait au-dessus des circuits électroniques, capable de renseigner quelques personnes élues sur l'origine géographique du signal. Quatre lettres pour quatre êtres humains qui s'avançaient à leur rencontre. Un enchaînement incroyable de situations et de signes pour parvenir à cristalliser dans la réalité une intention aussi labile et impalpable qu'une hallucination cathodique. Ces hommes étaient plus civilisés, plus avancés que n'importe quelle mégapole. Ils manipulaient des énergies, des domaines qu'aucune multinationale n'avait jamais tenté d'investiguer. Qui donc maîtrisait le plus la réalité ? Lumi et les siens ou bien ce village… d'extra-terrestres ?

Deux jours plus tard, le village était en vue. Les quatre citadins, dans un état de fébrilité élevé, se passèrent à tour de rôle leur unique paire de jumelles pour analyser les moindres détails du site. Il y avait là une cinquantaine de bâtiments en pierre couverts de tuiles d'ardoise noire, des champs peu importants qui trahissaient la présence de tout au plus une centaine d'habitants. Quelques éoliennes, beaucoup de cheminées, mais peu de bois coupé. Aucune antenne, aucune parabole, quelques panneaux solaires vétustes dont certains devaient être en panne. Très peu de plastique, de fer ou de verre.

— Niveau technologique ultra-faible, chuchota Jeff en passant ses jumelles à Fred. À moins que tout cela ne soit caché ailleurs…

— Le plus surprenant, c'est qu'on ne voit personne ni dans les ruelles ni dans les champs, ajouta Ariane.

— Ils savent qu'on est là, fit Lumi qui avait été la première à bénéficier des jumelles.

— Attendez, dit Fred. Ils sortent du bâtiment octogonal ! Ils sont nombreux. Très nombreux ! Ils sont habillés de…

Lumi n'attendit pas la suite. Équipée de sa seule combinaison moulante en lycra et de son gilet furtif pour montrer qu'elle n'avait pas d'armes, elle contourna le rocher contre lequel ils s'étaient adossés pour se montrer à découvert.

— Bon Dieu, mais qu'est ce que tu fais ! lui cria Jeff affolé.

— Laisse tomber, lui rétorqua Lumi. Le premier contact, c'est maintenant…

Jeff rameuta les autres en toute hâte. Montrer une seule personne du groupe pouvait être mal interprété. Les trois autres s'avancèrent à découvert pour se placer derrière Lumi. Tant pis, s'ils s'étaient trompés. Ils mouraient ensemble, dans une vallée alpine classée zone blanche par l'armée !

Le cortège avançait lentement au son d'une musique étouffée par un vent contraire. Il descendait la vallée droit vers eux, en s'étirant interminablement le long du chemin. Il y avait là plusieurs centaines de gens, bien plus que deux cents, peut-être le double. À cette distance, on ne pouvait pas bien discerner leurs vêtements et encore moins les visages. Lumi décida aussi d'avancer, puis se ravisa :

— Ariane, on a oublié les cadeaux ! Vite, retourne aux sacs à dos. Prends ce qui te tombe sous la main. Des choses de chez nous. Je sais pas moi, la combinaison furtive de Kevin…

— Sa montre que l'ermite n'a pas voulue, rajouta Jeff empreint d'une agitation qu'il avait du mal à contenir.

Puis il chuchota à Fred :

— Ils avaient des armes sur eux ?

L'autre ne répondit pas, il secoua simplement la tête.

Lorsqu'Ariane revint, elle distribua un objet à chacun. Jeff hérita de la combinaison. Après tout, c'était lui qui les avait obtenues… Lumi, qui ne quittait pas la procession des yeux, reçut dans ses mains un miroir. Ariane donna à Fred la montre et garda pour elle, un baladeur lecteur de CD. Fred pouffa de rire en voyant son cadeau, mais se garda bien de lui faire une remarque. Alors, ils s'avancèrent.

Le premier contact approchait. Tout indiquait que le village avait souhaité rendre ce moment solennel, comme si leur venue était de la plus haute importance. La musique lancinante imposait un rythme lent à la rencontre. Les tambours en peau de mouton au son grave fixaient le tempo. Les flûtes laissaient planer une légèreté apaisante. La distance se réduisant, Lumi commença à distinguer les habits. Elle trouva leur accoutrement pour le moins bizarre. Hommes, femmes et enfants, tous étaient vêtus d'une simple robe blanche en coton qui descendait jusqu'aux pieds. Et sur ces robes, étaient fixés des disques métalliques d'une dizaine de centimètres qui brillaient de mille reflets au soleil. Il fallut encore avancer pour qu'elle comprenne que ces objets étaient en réalité des… CD !

De son côté, Jeff remarqua autre chose : la plupart des hommes étaient barbus. Il se demanda si l'islam était parvenu jusque dans cette contrée retirée. La procession s'immobilisa à quelques mètres des quatre voyageurs. Les flûtes s'arrêtèrent et il ne resta plus que les tambours. Ceux qui étaient en queue de cortège s'étalèrent sur les côtés pour finalement former un arc de cercle. Deux hommes se placèrent aux extrémités ; chacun d'eux tenait une vasque avec un feu sur lequel ils déversaient de temps à autre de l'encens. Dans l'assistance, beaucoup d'enfants pleuraient ou s'accrochaient à la robe de leur mère.

Jeff eut une pensée amusée à l'idée que le satellite devait en ce moment même enregistrer une image bizarre : un serpent constitué de centaines de petits points venait de se transformer en une demi-lune. Nul doute que les techniciens détecteraient cet attroupement parfaitement géométrique. Mais aussi loin que la définition satellitaire porterait, ils ne pourraient détecter au point focal de la demi-lune, quatre citadins habillés de combinaisons furtives…

Le Patriarche de la communauté, qui était au centre de l'arc de cercle, leva la main et le silence le plus total se fit. Ishi, son fils, était à sa droite. Il regardait Lumi avec une rare intensité. Ses yeux bleus comme le ciel semblaient pénétrer en elle. Lumi le sentit, elle fut attirée par cet homme plutôt que par la multitude de visages qui la fixait. Alors, elle réalisa que cet homme était celui de ses visions. Celui qui avait chanté pour elle.

Le Patriarche se mit à parler et Lumi dut à contrecœur se détacher de ce visage.

— Voyageurs du bout du monde, bienvenus à Pentium. Aussi loin que porte votre vision, vous ne voyez ici que des amis qui vous attendaient. Ces hommes, ces femmes, ces enfants, ces maisons, ces champs, cette rivière, cette forêt, ces montagnes. Nous savons que vous venez de très loin. Votre courage pour arriver jusqu'ici n'a d'égal que votre amour pour les choses vraies. Nous, les Hommes Vrais, vous accueillons les bras ouverts, dans le respect de votre différence. Soyez ici chez vous, aujourd'hui comme pour l'éternité.

Lumi ne s'attendait pas à une telle déclaration et n'avait bien sûr rien préparé. Elle sentit qu'elle devait répondre sur un ton similaire. Aussi improvisa-t-elle :

— Grand chef, sage parmi les sages, merci pour ton accueil. Merci à vous tous, merci à votre Dieu, merci à notre Dieu qui ont rendu possible cette rencontre par-delà les mondes. Nous ne venons pas ici animés par de mauvaises intentions. Notre quête du savoir, aussi vieille que l'humanité, nous a poussé jusqu'ici. Autant dire que nos intentions sont pures et sans jugement. Puissiez-vous un jour être accueillis de pareille manière sous nos dômes de cristal.

Lorsque Lumi eut terminé, la foule manifesta sa joie par une clameur qui alla en s'amplifiant :

— Hourra ! Hourra !

Le Patriarche leva à nouveau sa main et le silence revint. Il regarda Ishi en lui faisant un petit signe de la tête. Alors Ishi s'avança vers Lumi. Il n'était plus qu'à un demi-mètre d'elle et il semblait hésiter. Lentement, il souleva son bras gauche, celui du cœur, pour tendre sa main vers le visage de Lumi. Ses doigts tremblants se rapprochèrent de sa joue. Ishi sentit son cœur s'accélérer. Ce n'était pas le moment de flancher. Il allait toucher la créature qu'il avait appelée. Il allait faire coïncider un rêve avec une prophétie. Et par ce contact, tout pouvait se passer ou au contraire s'évaporer. Lumi, était-elle réelle ? Lumi était-elle…

Son odeur, quelque chose qu'il n'avait jusqu'à présent jamais perçu, parvint jusqu'à ses narines. Cela lui donna du courage. Centimètre après centimètre, l'écart qui les séparait fondait. Ishi ferma les yeux pour mieux sentir avec ses doigts, la peau douce et sans rides de Lumi. Elle eut un frisson, ou bien était-ce une étincelle au milieu de l'univers. Quoi qu'il en soit, lorsqu'il ouvrit les yeux, elle était toujours là, bien réelle. Alors, il prononça la phrase que tout le monde attendait :

— *Ce n'est pas un esprit, une illusion ou un espoir, mais bien une Femme Vraie !*

Et une nouvelle clameur s'éleva dans la foule.

Le protocole n'était pas terminé pour autant. Ishi prit son écharpe blanche et la passa autour du cou de Lumi. Il s'avança encore plus près et lui chuchota à l'oreille :

— Que tes journées soient belles parmi nous.

Lumi se sentit émue par ces paroles. Mais il n'y avait pas que ça. Son corps tremblait sous l'effet de la présence si proche d'Ishi. On aurait dit que ses cellules voulaient prolonger le contact. Alors, sans même réfléchir, elle lui répondit du tac au tac comme toutes les filles de la ville, en y mettant une tournure plus… locale :

— Que nos corps connaissent un jour l'extase.

Ishi parvint à maîtriser ses émotions par miracle. On ne prend pas une étrangère dans les bras en plein protocole ! La foule en délire était derrière pour le soutenir. Il répondit au sourire séducteur de Lumi par un sourire courtois. Le temps de se ressaisir et il lui envoyait déjà une petite pique :

— Lumi, ton petit cadeau, tu en fais quoi ? Tu le gardes ou tu me le donnes ?

— Oh, mon Dieu, où avais-je la tête ? Tiens, c'est pour toi en signe d'amitié.

— Chez nous, on aurait plutôt dit : que la lumière de ce miroir t'éclaire pour les jours à venir.

— Oui, peut-être… Mais, au fait, qui t'a dit mon nom ?

— Tout. Le vent, la rivière, les montagnes, le loup dans les gorges, l'ermite aux chevaux, ton chat avec sa puce, tout…

Lumi fronça les sourcils. Cet homme était beau, mais en plus il était magicien. Peut-être lisait-il dans les pensées comme le font les médiums. La suite de l'aventure promettait d'être délicate. Mais déjà, il se retirait à reculons. Elle le héla une dernière fois :

— Eh, je ne connais même pas ton nom ?

— Ishi. C'est facile à retenir : quatre lettres…

Le protocole continua sous le brouhaha constant de la foule. Deux charmantes jeunes filles vinrent à tour de rôle orner Jeff puis Fred d'une écharpe blanche. Puis ce fut le tour de Couraré de s'avancer fièrement vers Ariane. Tous prononcèrent les mêmes paroles :

Que tes journées soient belles parmi nous.

Et tous furent surpris du cadeau qu'ils reçurent. Mais, après tout, on ne pouvait en tenir rigueur à des étrangers qui venaient de si loin.

De son côté, Ariane eut même un peu honte au moment où elle avait donné son lecteur de CD à cet homme qui en avait toute une collection en pendentif. Elle se promit d'en toucher deux mots à Fred.

Le Patriarche décréta la fin de la cérémonie officielle. La demi-lune se transforma alors en soleil. Tout le monde se précipitait pour toucher les étrangers. Oui, ils étaient bien réels. Oui, la prophétie était en marche. Le lycra plaisait beaucoup. On voulait apprécier sa finesse, tester son élasticité. « Clac » faisait le lycra lorsqu'il était pincé puis relâché.

La foule les escorta jusqu'au rocher. Et bien sûr, il y eut trop de volontaires pour emporter quatre sacs à dos et quatre chevaux ! Un cortège désordonné et bon enfant remontait la pente vers le village. Il se dirigeait vers la maison que la communauté avait choisi de mettre à leur disposition. Dans les ruelles étroites en pierres sèches, point de dôme sur la tête, aucun éclairage, juste quelques treilles de glycine. Lumi remarqua cette étrange odeur de champignon ou de soja qui flottait dans l'air. Avec le temps, elle ne s'en aperçut même plus…

On leur offrit à boire du vin. Le premier vin depuis près d'un mois. Il avait des arômes de framboise et de sous-bois. Un vrai délice ! Puis on leur apporta un plat chaud. Ils durent l'avaler devant un parterre fourni de curieux qui voulaient s'assurer une fois de plus que ces étrangers n'étaient pas des esprits. Car tout le monde savait que les esprits pouvaient prendre une apparence humaine, mais en revanche étaient incapables d'avaler le moindre aliment.

La « ratatouille du jardin », comme ils disaient, était excellente. Agrémentée d'une purée jaune-orangée qui n'était autre que du tofu, elle avait un goût subtil qui réveilla leurs papilles gustatives habituées aux rations alimentaires de la ville. Quand ils eurent fini, la nuit tombait. Tout le monde se retira dans la discrétion pour les laisser se reposer.

Jeff attendit que la pièce soit vide pour poser à Lumi une question qui lui brûlait les lèvres depuis un bon moment :

— Qu'est ce qui t'a pris de leur parler de notre fameuse « quête du savoir » ? Je croyais que l'on devait se présenter comme étant des fugitifs.

— N'as-tu pas remarqué comment ces gens sont clairvoyants ? Ils savaient que nous allions arriver. Ils connaissaient même mon nom. Je n'ai pas pu leur mentir ou peut-être m'ont-ils empêchée de le faire…

— Si ces gens lisent dans nos pensées, ils ne nous diront rien. Autant construire un scénario crédible pour les amener à nous confier leurs secrets.

— Quel scénario ? Le vieux et son acolyte nous l'ont dit à demi-mot : ce sont eux qui nous ont attirés ici, ce sont eux qui tirent les rênes de cette histoire depuis la toute première seconde où tu m'as annoncé l'affaire KODT. Leur secret, comme tu dis, ils vont nous le déballer en pleine poire dans moins d'une semaine. Et crois-moi, il va nous décoiffer !

Joie et harmonie, plutôt que tristesse et chaos.

Une sorte de déferlante traversa le cerveau de Fred en plein sommeil. Il se réveilla en sursaut comme s'il sortait d'un cauchemar, et chercha à se souvenir de ce qui avait bien pu le réveiller, mais il ne trouva rien. L'aube se levait sur Pentium. Cela lui donna l'envie d'aller à la fenêtre pour profiter des premiers rayons de soleil sur la vallée. Encore à moitié endormi, il se dirigea vers la fenêtre et tira le rideau. Le spectacle qu'il vit le laissa pantois. Là, sous ses yeux, près de quatre cents personnes nues s'échelonnaient le long de la rivière ! La plupart d'entre elles méditaient assises dans la position du lotus, d'autres moins nombreuses se jetaient de l'eau sur la fontanelle. Un son diffus montait de la rivière. Il était difficile à identifier, mais il ressemblait à quelque chose comme « mmm ».

Fred alla tirer du lit ses compagnons en toute hâte et se délecta à observer leur tête au moment où ils s'approchèrent de la fenêtre. Cette coutume pour le moins exotique aurait pu les amuser, s'ils n'avaient pas immédiatement perçu l'énorme énergie qui s'en dégageait. Jeff qui était resté le plus calculateur des quatre dut se rendre à l'évidence : Pentium n'était pas un ramassis de sauvages, ni même un village des temps anciens. Il ressemblait plutôt à une communauté spirituelle d'un nouveau genre. Et si l'on poussait l'analyse jusqu'au bout : Pentium prenait, à bien des égards, l'apparence d'un seul et même… organisme vivant.

Durant les jours qui suivirent, les étrangers furent lentement immergés dans la vie du village. On les laissait seuls et libres de leurs mouvements, la plupart du temps. Parfois Ishi ou Couraré venaient les chercher pour leur faire visiter une partie du village ou découvrir certaines activités communautaires. Ils furent aussi invités à assister à des réunions du village où l'on débattait des affaires courantes. Par contre à aucun moment, on ne leur demanda de participer aux prières, aux grands repas communautaires, ni même au travail dans les champs.

Ils furent surpris de découvrir que les travailleurs agricoles se divisaient en deux groupes. Il y avait ceux qui travaillaient la terre proprement dite et ceux qui jouaient de la musique dans les champs. Le résultat était étonnant : Pentium se retrouvait baigné de musique modulée par le vent, durant toute la journée ! Ishi leur expliqua que cette musique n'était autre qu'un engrais physiologique. Les vibrations mélodieuses avaient une influence sur la production agricole. Certaines stimulaient la croissance des plantes, d'autres accéléraient la maturation des fruits, d'autres encore développaient les qualités gustatives ou caloriques. Ce dernier domaine était d'ailleurs en pleine investigation, car la gamme musicale à explorer était vaste, pour ne pas dire infinie. Le mécanisme, selon lui, faisait intervenir la biologie moléculaire. Les vibrations sonores appropriées entraient en résonance avec certaines parties bien précises de la chaîne d'ADN végétal qui s'en trouvaient stimulées. L'hyperexcitation de ces chaînons conduisait à une augmentation spécifique de l'activité biologique.

Le quatrième jour, Lumi et les siens découvrirent pourquoi on les tenait à l'écart de la plupart des activités du village. Au début, ils avaient cru que c'était par pudeur, mais en réalité, ils apprirent qu'ils faisaient l'objet d'une mise en quarantaine discrète. Certains villageois étaient tombés malades dès le lendemain de leur arrivée. Une forte pneumonie les avait cloués au lit. Plusieurs guérisseurs avaient dû être mobilisés pour endiguer l'épidémie. Ceux-ci utilisaient des huiles essentielles et aussi des chants de guérison, selon un principe identique à celui des cultures agricoles. Fred découvrit d'ailleurs bien plus tard que la médecine dans Pentium était très développée. Elle faisait notamment intervenir des thérapies douces telles que l'hypnose, l'autosuggestion, le décodage biologique et même le passage des mains. En fait, la quarantaine se relâcha à partir du quatrième jour, quand les premiers malades recouvrèrent la santé. Pentium s'était immunisé avec succès contre l'injection brutale de quatre corps étrangers…

Durant cette première semaine, les liens entre Lumi et Ishi devenaient de plus en plus étroits. Ishi l'observait sans cesse car, en secret, il essayait de percevoir si cette femme allait pouvoir réaliser la prophétie. Lorsqu'il en serait certain, il parlerait enfin. Pendant ce temps, cela lui permettait de mieux la connaître et de se forger un plan.

De son côté, Lumi avait compris que cet homme, fils du sage parmi les sages, était la clé du mystère KODT. Elle n'ignorait pas qu'il la sondait et elle jugea plus judicieux de lui ouvrir son cœur plutôt que de chercher à le fourvoyer. Les conversations évitaient prudemment tout ce qui avait trait au virus informatique ou aux raisons de sa venue à Pentium. Lumi lui parlait de sa vie sous les dômes et de leur fonctionnement. Ishi en faisait de même au sujet de son village.

Elle se rendit compte qu'aussi clairvoyant qu'il puisse être, il n'avait probablement aucune idée de la puissance militaire des Mégapoles Unies. Si l'ISA avait su qu'un groupe clandestin enquêtait sur le virus KODT à Pentium, elle aurait pu dépêcher dans l'heure même, une escorte héliportée. Face à l'absence de coopération des villageois, l'Agence aurait alors décidé d'une action « musclée » sans que les médias n'en soient avertis. Et dans une escalade regrettable des faits, le village aurait même pu être rayé de la carte. Que pouvaient faire quatre cents paysans contre douze milliards de citadins technologiquement tout-puissants ?

Dans ce scénario catastrophe, Lumi ne maîtrisait qu'une partie des données, elle ne savait pas comment Ishi et les siens réagiraient. Elle supposa qu'ils prieraient et adopteraient des attitudes non-violentes. Elle ne se doutait pas qu'ils travaillaient depuis des décennies sous forme préventive pour qu'une telle éventualité n'arrive jamais. Aussi conclut-elle qu'Ishi, s'il était bien l'instigateur du virus KODT comme elle le supposait, jouait avec le feu en toute inconscience.

En fait, Pentium ne jouait pas avec le feu, mais avec des fous, des chevaux de Troie, des diagonales et une… reine. Il était en pleine partie d'échecs avec le monde technologique. Une partie d'échecs qui s'appuyait sur des armes tellement nouvelles, qu'aucun citadin n'aurait pu voir venir l'action terroriste qui se cachait derrière…

Le sixième jour, Ishi posa une question saugrenue, il demanda à Lumi ce que signifiait son prénom. Elle fut bien embêtée car à l'inverse de tous les prénoms des villageois, le sien n'avait pas de sens.

— Crois-tu ? lui répondit-il. Lumi, c'est la lumière, cette lumière qui éclairera un jour le monde…

Elle trouva sa réponse poétique et s'empressa de lui retourner la question. Ainsi, Lumi put apprendre qu'Ishi était le nom du dernier amérindien sauvage qui se rendit au gouvernement américain, au début du XXe siècle. Il vivait seul depuis plus de dix ans dans les montagnes de Californie et regardait avec tristesse l'Homme Blanc construire ses villes dans la plaine qui autrefois avait été son territoire de chasse. Plusieurs fois, il avait failli être découvert par des trappeurs. Alors, il avait pris l'habitude de nomadiser sans cesse pour ne pas qu'on l'attrape. Il enterrait ses réserves de nourriture sous terre et chaque matin recouvrait de terre les cendres encore fumantes de son feu. Il avait abandonné les pâturages et son tipi pour vivre dans de minuscules grottes à mi-hauteur de la falaise. Des branchages en dissimulaient l'entrée. Il n'avait sur lui que des objets fabriqués par ses soins. Et en silence, il continuait de veiller sur les morts de tout un peuple…

— Mais pourquoi s'est-il rendu ?

— Il lui manquait une femme pour reconstruire le monde…

— Et il pensa qu'une étrangère allait faire l'affaire, n'est-ce pas ?

— Décidément, on ne peut rien te cacher, fit Ishi en lui souriant

Lumi eut un élan de tendresse pour cet homme qui rêvait. Reconstruire le monde, rien que ça ! Mais au fond d'elle-même, une voix lui disait :

— Et pourquoi pas, si le début de l'aventure consiste à lui faire un enfant ?

Elle voulut l'embrasser et le prendre sauvagement. Elle se retint parce qu'elle savait que ce n'était pas encore le moment.

Le soir du septième jour, les étrangers furent invités à une cérémonie. C'était la première fois qu'on les priait de se joindre au Conseil des Sages. Il y avait là sept hommes âgés dont le Patriarche de la communauté. Sept personnes plus Ishi. La hutte n'était pas bien grande et tous durent se tasser pour offrir une place aux étrangers. On les plaça dans un ordre bien précis. Ariane et Lumi encadraient Fred et Jeff. Ishi était à la droite de Lumi. Son père en face. Les quatre étrangers formaient un arc de cercle entre le Nord et l'Ouest, précisément dans la direction d'où ils venaient.

Un feu avait été allumé au centre. Le gardien de la porte, placé à l'Est, l'alimentait régulièrement. Il lui offrait de la sauge et du cèdre qui crépitaient dans les flammes en une gerbe d'étoiles. L'odeur était enivrante et la chaleur devint vite suffocante. Comme on pouvait s'y attendre, tous les sages se dévêtirent et Ishi en fit de même. Les étrangers gardèrent un tee-shirt et leurs sous-vêtements ; ils ne purent aller plus loin…

Alors le Patriarche lança la cérémonie en ces termes :
Dans ce lieu sacré, tout peut être dit.
Car nous ne sommes plus sur cette terre,
Mais dans le ventre de notre mère.
Quel fœtus pourrait avoir de mauvaises intentions
ou mentir à sa mère ?
Nous remontons le temps
Pour faire de nous des frères de sang.
Demain, nous renaîtrons sur cette terre
Avec une nouvelle vie et de nouveaux critères.
Chacun repartira avec son secret de la vie éternelle.
Et il ne tiendra qu'à lui d'entretenir cette étincelle.

Un des sages sortit une pipe qu'il bourra de tabac. Il la présenta aux quatre directions puis l'alluma. Il aspira ensuite une bouffée et la passa à son voisin de gauche. La pipe fit ainsi trois tours complets. À chaque passage dans la main de son gardien, celui-ci prononçait toujours la même phrase :

— Que le tabac sacré ait la force de nous relier.

D'autres rituels se succédèrent et Lumi sentit qu'elle tombait peu à peu dans une sorte de léthargie. L'excitation des premiers instants s'était changée en prostration. C'était comme si elle entrait dans les couches profondes de son être. Elle ne regardait plus, ne jugeait plus, elle faisait et vivait tout simplement chaque geste, chaque prière. De l'extérieur, on aurait pu penser qu'elle somnolait, alors que dans son ressenti, des paquets immenses d'informations arrivaient en elle. Une phrase l'éveilla encore plus. Elle disait :

— Étrangers, vous êtes venus ici pour connaître le secret de KODT. Nous vous avons préparé au mieux pour l'entendre. Il est temps pour vous de savoir. Ishi va vous le confier.

Ishi ? Il a dit ISHI ! Lumi s'écroula en pleurs. Ce qu'elle pressentait depuis des mois sans pouvoir le formuler, ce qu'elle sentait depuis des jours sans pouvoir le dire, se confirmait enfin de la bouche même d'un des habitants de Pentium. Et pas n'importe lequel, un des membres du Conseil des Sages ! Elle ouvrit les yeux et chercha qui avait parlé. Elle ne le saurait jamais, l'instant était passé. Quelqu'un d'ailleurs avait-il parlé ?

Ishi lui prit la main et lui chuchota d'en faire de même avec son voisin de gauche. Il articula lentement et clairement afin qu'elle comprenne qu'il fallait que sa main gauche soit tournée vers le ciel, alors que l'autre devait être orientée vers la terre. Vraiment trop compliqué ! Le gardien du feu se leva et vint corriger la position d'une des mains de Fred qui fatalement avait du mal à suivre le déroulement des opérations.

Lorsque tout le monde fut correctement relié, le cercle se referma avec une telle force que Lumi fut parcourue par une décharge électrique. Devant elle, un anneau de lumière s'était constitué et une image apparaissait en son centre. Elle vit la lettre K se teinter de bleu tout en tournant sur elle-même de plus en plus vite. Alors un jeune chasseur amazonien se dessina dans la pénombre. Il se nommait Kiétu et était accompagné d'un vieux sorcier aux cheveux grisonnants qui préparait un breuvage au-dessus d'un feu. Sa vie défila à la vitesse de la lumière. Elle sut tout sur lui. Son invention de la sarbacane, son amour pour Nupa, ses prouesses de passeur et même sa mort. C'était comme si elle avait vécu sa vie. Puis une autre lettre apparut. Un T majuscule d'un jaune intense. Et de la même manière, elle fut Toa jusque dans les moindres cellules de sa peau, depuis son tout premier rêve d'un filet de pêche jusqu'à la dilution de son âme dans les eaux chaudes de la Mer de Timor. Ensuite, elle s'aima dans le rôle d'Ofon plongeant ses mains dans le premier grenier à blé de l'humanité. Elle sentit même les racines du seigle plonger dans sa chair lorsqu'il fut enterré. Enfin, elle devint Deh en lançant sans le vouloir, depuis les premières forges d'Orient, la grande histoire qui menait jusqu'aux dômes de cristal.

Elle pensa à l'ermite aux chevaux qui lui aussi connaissait la vie de cet homme…

L'anneau de lumière était toujours là et une voix lui contait à présent comment un village entier de méditants était parvenu, année après année, à amasser les particules de ces quatre chamans du passé. Cette voix familière, elle la connaissait, c'était celle d'Ishi !

Ce village de méditants, elle le connaissait, c'était Pentium !

Chacun de ces hommes exceptionnels avait maîtrisé un des quatre éléments primaires : l'air, l'eau, la terre et le feu. Avec le temps, les atomes de leurs corps s'étaient dispersés aux quatre coins de la terre. Ils avaient explosé en une gerbe à peine croyable qui maintenant couvrait la planète entière, tels les morceaux épars d'un satellite retombé sur terre. Et le défi était immense : récupérer toutes, absolument toutes les particules pour pouvoir recréer chacun de ces êtres.

Un travail de fourmi ! Dix ans pour y arriver !

Le Patriarche prit la parole. Il se rappelait d'une particule de Toa coincée dans un sous-marin nucléaire que les Russes avaient volontairement coulé en Mer de Kara. Un de ses amis, aujourd'hui décédé, avait trouvé un corpuscule de Deh dans une vache folle incinérée puis enterrée au fin fond de la campagne anglaise. Il y avait aussi cette histoire abracadabrante d'une particule de Kiétu qui était partie aux confins du système solaire sur la sonde Voyager 2 ! Mais la plus dure à trouver, oui, celle que personne n'arrivait à localiser et qui fut découverte en dernier, il y a de cela un an à peine, appartenait à Ofon. Elle était dans la matrice, mais pas sur un circuit électronique. Elle était une information qui circulait sans cesse d'un serveur à un autre. C'était à cause de cette mobilité qu'elle leur avait échappé pendant si longtemps. Et ironie du sort, la chance du débutant, ce fut un jeune enfant lors de sa première méditation qui la débusqua.

Une fois toutes les particules de ces quatre chamans récupérées, le Conseil des Sages décida de les assembler dans une hutte de sudation comme celle-ci. Ainsi, Kiétu, Ofon, Deh et Toa furent ressuscités. Mais ils étaient vivants sans l'être réellement. Comment dire, ils étaient présents d'une autre manière. L'agencement exact des molécules était impossible à retrouver. Pensez donc, des milliards de milliards de combinaisons possibles ! Quoi qu'il en soit, cette grande aventure avait au moins débouché sur quelque chose : elle permettait de connaître leur histoire dans les moindres détails…

Ishi reprit la parole :

— Nous avons ici une prophétie qui dit qu'un jour la nature sera à nouveau vénérée par tous les hommes. Ce jour-là, le quatrième âge, celui du métal, prendra fin et une nouvelle ère naîtra. Une ère différente, plus forte, plus consciente, plus mûre. Alors cette découverte inattendue d'une particule flottant dans la matrice m'a donné une idée. Je l'ai soumise au Conseil des Sages qui l'a acceptée. À vrai dire, à cette époque, Pentium avait rassemblé les quatre éléments, mais ne savait pas quoi en faire. Nous savions seulement que nous avions là une puissance phénoménale. J'ai donc proposé d'envoyer l'assemblage entier sur la matrice pour voir ce que cela donnerait. Et très curieusement, cela a donné le virus KODT.

Il s'arrêta pour reprendre son souffle.

— D'après les informations que nous avons, ce virus n'est pas mortel pour la matrice. Il est juste capable de faire douter les gens qui ont perdu un sens à leur vie. D'ailleurs, vos techniciens l'ont muré très facilement en quelques semaines. Mais, à la réflexion, peut-être que KODT n'est qu'une étape, car les quatre chamans continuent de circuler librement dans la matrice. Et si KODT est une étape, il a juste servi à ce que quatre étrangers arrivent jusqu'à nous. Quatre, pas cinq !

À ces mots, Lumi eut la nausée. Trop d'informations peut-être, elle perdit son *self-control* et s'écria :

— Vous avez tué Kevin !

Ishi répondit, mais sa voix était plus humaine :

— Kevin a choisi librement de venir ici. Il est heureux. Il s'est réincarné dans un enfant en pleine santé d'à peine quatre semaines.

Le Patriarche intervint aussitôt pour calmer l'atmosphère :

— Ce qui est fait est fait. Vous êtes ici des êtres libres. Vous pouvez nous dénoncer et repartir dans un de vos hélicoptères en brûlant au passage Pentium au napalm. Vous pouvez aussi vous immerger dans nos croyances et goûter au bonheur qu'elles nous procurent. Tout le monde ici pense qu'il nous manque un cinquième élément. Peut-être qu'il nous viendra d'un dôme ou d'une tribu retirée d'Amazonie, nul ne le sait. KODT ne nous appartient pas. Il ne nous a jamais appartenu. Il est juste un travail spirituel que nous avons fait pendant une dizaine d'années. Il est aussi libre que vous et que chacun d'entre nous.

— Que la paix inonde ce conseil, renchérit un des sages.

— Que la paix inonde ce conseil, répéta l'assistance y compris Lumi.

Le Patriarche laissa le silence reprendre ses droits. De toute façon, personne ne voulait parler. Tous méditaient et le feu s'était éteint. Il s'écoula plusieurs minutes avant qu'il ne se décide à clore la cérémonie :

Tout ce qui devait être dit a été dit.
L'aube d'un nouveau jour se lève.
Puissiez-vous entretenir l'étincelle.

Puis il conclut à la manière lakota :

Mitakuye Oyasin, nous sommes tous parents.

Le gardien de l'Est se leva et ouvrit la porte. Une faible clarté rougeoyante vint arroser le cercle. Lumi put enfin sentir l'air frais sur sa peau. Elle semblait se réveiller d'un long sommeil et n'avait aucune idée de l'heure qu'il était. Elle marcha en titubant vers la rivière et s'affala sur la berge à demi inconsciente, une main tendue vers l'eau vive.

Joie et harmonie, plutôt que tristesse et chaos.

Elle venait d'arriver juste avant que cette phrase ne soit prononcée. C'est étrange, mais elle se crut serpent à l'assaut du soleil naissant…

Formule une intention, lui disait le vide doré.

Comment peut-on avoir une intention après une nuit pareille ?

Lentement, elle se redressa, enleva son tee-shirt et ses sous-vêtements, puis entra dans la rivière telle une somnambule. L'eau était glaciale, mais elle n'avait pas froid. Elle prit de l'eau dans le creux de ses mains et la versa sur sa fontanelle. Alors, elle sut qu'elle était cette cinquième force que Pentium attendait.

La cinquième porte

À son retour de la prière, Lumi trouva ses trois compagnons en pleine méditation. Jeff était encore perdu dans les échoppes des premiers forgerons d'Harappa. Fred marchait en silence dans le désert australien vers les Monts du Bout du Monde. Plongée dans ses pensées, Ariane regardait d'un autre œil les champs de blé du village qui ondulaient sous la brise. Lumi fit exploser toutes ces images en une seule question :

— Bon et maintenant, on fait quoi ?

— Une masse magnétique au-dessus des circuits électroniques ! J'avais raison ! dit Fred content de lui.

— Et si on essayait de convaincre le Conseil des Sages de retirer ces quatre énergumènes de la matrice, proposa Jeff sans conviction. Une partie de lui-même continuait de raisonner en agent de la sécurité de l'ISA. Mais une autre partie lui disait précisément le contraire : KODT était un élément précieux de l'aventure humaine, sa place ne pouvait être que dans la matrice, là où se concentrait le fruit du travail des hommes depuis des générations et des générations…

— N'as-tu pas écouté les Sages ? Pentium, le virus KODT, notre venue ici, tout cela a un propos, un sens qu'il nous faut découvrir. Je l'ai ressenti au plus profond de mon être. Et dire que le jour où tu m'as parlé pour la première fois de KODT, je venais de rêver de Toa !

— Quant à moi, ajouta Fred, j'ai rencontré Deh lorsque je me suis connecté au site KODT, il y a deux mois de cela… Ces hommes sont réellement vivants dans la matrice, j'en suis sûr !

— Ce qui est certain, fit Ariane, c'est que ces quatre chamans, aujourd'hui rassemblés, ont en eux une force capable de changer le monde. Rendez-vous compte, ils nous relient à nos origines, à notre histoire…

Ishi arriva sur ces entrefaites. Il savait que Lumi était allée à la rivière et que par conséquent, elle avait vu la lumière éternelle dans les entrailles du soleil :

— Tu ne crois pas si bien dire. Ces quatre chamans sont comme des bornes du temps. Il y a vingt mille ans, Kiétu, écoutant l'appel des singes, inventait la sarbacane dans la forêt vierge. Cinq mille ans plus tard, Toa donnait aux hommes la capacité de maîtriser l'océan et ses poissons. Il avait entendu le message de nos frères les dauphins. Encore cinq millénaires et Ofon parlait au blé pour découvrir l'agriculture qui allait révolutionner l'humanité. Tel un métronome, il y a de cela cinq mille ans exactement, les pierres contactèrent Deh pour que naisse l'âge du métal. Chers amis, nous sommes au cœur du battement du temps.

— Une invention majeure tous les cinq mille ans, d'où la prophétie pour un cinquième âge ! renchérit Lumi.

— Oui, c'est ce que nous enseigne KODT. Ces chamans ont traversé le temps jusqu'à nous pour réveiller cette prophétie qui sommeillait dans nos cœurs depuis la création du village. Car Pentium est né au début du siècle pour préparer les hommes à ce changement que certains pionniers avaient lu dans les étoiles. Aujourd'hui, tout comme hier, la question est toujours la même : qui ouvrira cette cinquième porte ? Qui sera l'élu ?

Jeff dodelina de la tête :

— Puis-je vous faire remarquer que Deh est aussi à l'origine de l'écriture. Or, au bout de ce chemin, il y a la matrice. Elle est la somme de toutes les écritures, la quintessence de la parole écrite et du savoir de l'humanité : 0-1-0-0-1-1, juste des impulsions électriques qui contiennent toute l'information du monde. Si la prophétie doit se réaliser, elle ne peut que passer par la matrice.

— Le cinquième élément serait donc la matrice, selon toi ? demanda Ishi surpris.

— Je n'ai pas dit ça. J'ai simplement dit que la matrice jouera un rôle prépondérant dans la prophétie. KODT est peut-être en train d'interagir avec elle. Qui peut le savoir ?

— Il y a un moyen de le savoir. Il vous faudrait faire une quête de vision. La technique est simple et a été utilisée pendant des milliers d'années avec succès : vous vous isolez sur une montagne sacrée, dans un cercle de pierre pendant cinq jours. Sans manger, avec seulement un peu d'eau à votre disposition, rien d'autre. Durant votre retraite, vous verrez vos peurs, vos espoirs, vos illusions. Si vous les laissez s'évanouir dans l'univers, il se peut que vous ayez la chance de recevoir un message de la nature. Ce message-là peut être clair ou au contraire difficile à déchiffrer, mais dans tous les cas, il aura valeur d'information sur le monde qui nous entoure... Alors, qui est partant pour tenter l'expérience ?

Enthousiasmée, Lumi leva la main la première. Voyant la décision de sa sœur, Fred accepta aussi. Ce qui eut pour effet de convaincre Ariane à son tour. Jeff, de son côté, hésitait. Il sentit que tous les regards convergeaient sur lui.

— Et les loups, vous avez pensé aux loups ?

— Il est probable que les loups te dévoreront dans tes rêves. Mais dans cette réalité-là, tout dépendra de ton comportement. Si tu maîtrises ta peur, ils ne t'attaqueront jamais. Mieux, ils t'aideront.

— Et si l'on veut renoncer avant la fin ? questionna à nouveau Jeff, toujours aussi préoccupé.

— Chacun est libre d'accomplir ou non ses rêves. Cela est vrai à tout moment dans la vie, expliqua calmement Ishi. D'ailleurs, il arrive parfois que l'on obtienne une réponse dès la première nuit. Dans ce cas, mieux vaut rentrer dès le lendemain… Et puis je ne serai pas loin. Je vous accompagnerai durant toute votre quête de vision. Moi aussi, je vais partir sur la montagne sacrée. J'y ferai une chasse rituelle car dans nos croyances, *Iyaari*, le cœur d'un cerf, doit être ramené au village chaque année. C'est important pour nous si nous voulons préserver l'unité de notre communauté. Or cette année, aucun chasseur n'a encore eu cette chance.

— Ça va, ça va, te fatigue pas. Je vais la faire, ta quête de vision…

Quelques jours plus tard, quatre citadins accompagnés d'un chasseur armé de son arc parvinrent sur la crête nord du Verdon. Là, sous leurs yeux émerveillés, s'étendait le canyon avec ses falaises magiques. Figé dans sa solitude, il n'avait plus vu de citadins depuis près d'un demi-siècle. Les sentiers s'étaient refermés. Les parkings autrefois remplis d'automobiles, de touristes et de bouteilles en plastique avaient disparu sous un épais maquis. Et dire que ces mêmes parkings étaient encore intacts dans la mémoire de millions de cyber-visiteurs ! Car sous les dômes, on continuait à honorer le Verdon dans la douceur écologique de sa représentation virtuelle, éternellement torride et proprement ordonnée…

Lumi s'avança au-dessus de la falaise. Elle voulait voir *sa* voie d'escalade, promener son regard sur ces gratons qu'elle avait caressés avec tant de délectation. Elle eut un mouvement de recul, le vide immense l'attirait. Il était incroyablement plus présent que dans la cyber-réalité. Elle sentit un frisson lui parcourir le corps, un peu comme si ses cellules se souvenaient qu'à cet endroit, elles avaient vécu une petite mort.

Drôle de coïncidence, pensa-t-elle. Ishi devait connaître des dizaines de lieux appropriés pour une quête de vision et pourtant, il avait choisi de l'emmener ici. Se doutait-il qu'elle avait un lien particulier avec cet endroit ?

Ishi ne lui laissa pas le temps d'aborder ce sujet. Il pointait du doigt l'autre rive, d'un air préoccupé. Les arbres y étaient moins nombreux et plutôt chétifs.

— Voici la limite sud de notre territoire. De l'autre côté du Verdon, le désert se répand. Il aimerait bien avancer encore, mais la rivière l'en empêche. Son entaille profonde retient l'humidité descendue des montagnes et lui oppose une barrière féroce. Pour combien de temps encore ? Les dômes continuent d'expulser des quantités énormes de gaz carbonique. La terre se réchauffe toujours plus. Mais les hommes des villes ne semblent pas s'en préoccuper. Bien à l'abri de leur propre pollution, ils se croient protégés. Il leur suffira d'augmenter un peu plus leur climatisation, se disent-ils. Voilà leur raisonnement à court terme. Pourtant un jour, pas si lointain, le riz et même le blé ne voudront plus pousser. Et ce jour-là, les hommes mourront par milliards dans la douleur. Si nous sommes là, c'est un peu pour éviter cela. Car la prophétie ne parle ni de guerre, ni d'apocalypse. Elle parle d'un changement dans l'allégresse.

— Dans l'allégresse ! répéta Ariane interloquée. J'ai dû manquer un épisode ! Dans les villes, on nous enseigne que tous les changements se font dans la douleur. Sans crise, révolution ou guerre, il n'y a pas de changement possible. La loi du plus fort, c'est ça le moteur de l'évolution. Les plus faibles doivent mourir. Les plus aptes survivent en se nourrissant de leur chair.

— Ta vision est celle d'un monde où toutes les espèces sont en compétition pour la survie. Et cette idée est à l'image de votre société tournée vers la concurrence et la violence, sans aucune solidarité entre les individus. La nature est pour vous un ennemi qu'il faut dompter et exploiter pour pouvoir survivre dans un monde hostile aux hommes. À Pentium, nous avons une autre conception des choses : nous sommes tous parents, tous gardiens d'un univers qui fleurit et réalise ses rêves. Lorsqu'un rêve se réalise, il y a changement, ce que tu appellerais un saut dans l'évolution. Ainsi la prophétie ne promet pas l'enfer aux pauvres pêcheurs qui oublient de vénérer la nature comme une mère. Elle leur offre le paradis éternel, celui des rêves qui ne se réalisent jamais… et je crois que vous appelez ça le désir. Mais pour tous les autres qui respectent au quotidien les lois de la nature, la réalisation continuera !

— Vous êtes terriblement mystiques dans ce village ! s'exclama Jeff pour venir en aide à Ariane.

— Si pour vous, un mystique est quelqu'un qui doute à chaque instant, alors je dis oui, nous sommes tous de véritables mystiques. Car à Pentium, nous doutons de tout, de nos espoirs, de nos croyances et même de cette prophétie. Maintenant, c'est à votre tour de douter, ici sur les bords de ce canyon, dans un cercle de pierre. Vous allez connaître les vertus du doute : Qui êtes-vous au fond de vous-mêmes ? D'où venez-vous ? Où allez-vous ? Pourquoi êtes-vous ici ? Autant de questions qui menacent la raison et peuvent vous faire sombrer dans la folie.

Lumi n'avait pas pris part à cette conversation. Comme son frère, elle écoutait Ariane et Jeff se débattre pour sauver leurs ultimes certitudes. C'était sûrement la peur qui les empêchait de reconnaître que KODT travaillait en eux depuis des mois. Ariane n'avait-elle pas vu l'inutilité de sa vie de journaliste lors de sa première rencontre avec le virus ? Et Jeff avait-il oublié son voyage dans l'enfance ? De cette profonde introspection découlait un enchaînement de faits qui l'avait mené jusqu'ici. Ainsi, cette quête de vision n'était autre qu'une nouvelle rencontre avec soi-même, dans le droit fil des enseignements de KODT. Une rencontre sans écran, sans artefact, mais en prise directe avec la nature. Et dans cette confrontation autrement plus puissante, l'explosion mentale menaçait toute personne incapable de trouver son centre. Oui, son centre, l'unique point fixe que l'on puisse rencontrer dans un monde en constant mouvement…

— *Se recentrer sur l'essentiel.*

Lumi attaqua sa première journée de jeûne en méditant sur cette phrase. Elle passait et repassait dans sa tête, telle une balle de tennis. Seul le soleil passa sans revenir. Et avec la nuit, la balle se perdit dans l'obscurité. Alors Lumi ne pensa plus.

Le deuxième jour, elle commença à sentir ses forces décliner. La chaleur écrasante y était pour quelque chose. Elle imagina Ishi courant la forêt ombragée sur les traces d'un cerf et lui souhaita bonne chance. Pour toute réponse, elle reçut un souffle d'air frais sur son visage. La brise lui disait de se concentrer sur la vie qui grouillait autour d'elle. L'herbe rêche dans les interstices du rocher s'était-elle battue pour arracher son droit à la vie ou bien le rocher l'avait-il appelée en se fissurant pour lui faire une place ? Tout était question de point de vue. Mais le mieux était encore de lui demander son avis. Lumi attendit longtemps une réponse.

Quand le soleil déclina, la plante se décida à parler. Sa voix était comme un écho irréel sorti du fond des âges. Elle ne répondait pas directement à la question. Elle lui disait qu'elle avait toujours été vivante, ici ou ailleurs, sous cette forme ou sous une autre, et qu'elle passait cet instant en compagnie d'un rocher et d'une jeune femme !

La nuit suivante, Lumi fit des cauchemars. Dans ses rêves, l'univers entier l'empêchait de dormir. Des conversations par milliers s'enchevêtraient pour former une cacophonie insoutenable. Oui, les arbres, les pierres, les ruisseaux, les montagnes, les étoiles parlaient entre eux.

— Sais-tu qu'ils parlent sans cesse, de jour comme de nuit ? En fait, ils te parleront, si tu prends la peine de les écouter, lui disait une voix s'élevant au-dessus du tumulte…

Le troisième jour, Kiétu, Ofon, Deh et Toa vinrent la visiter. Oh, ils ne se présentèrent pas en personne. Ils étaient à ses côtés de manière symbolique. Ainsi, une araignée vint tisser sa toile juste devant elle. L'araignée s'appelait *Iktomi* et prenait de multiples formes. Elle s'arrêtait parfois dans son travail pour lui raconter une histoire. Celle par exemple d'une tribu d'Indiens des Plaines qui en avait fait sa déesse. Là-bas, sur cet autre continent, on lui prêtait le pouvoir suprême d'avoir aidé les hommes à sortir de terre. Ainsi, les êtres humains étaient passés du monde d'En Bas à celui du milieu. Un jour ou l'autre, ils accéderaient au monde d'En Haut pour continuer leur voyage et ainsi refermer un cercle de transformations.

L'araignée lui montra aussi comment on pouvait tisser le monde. Un fil par ci, un fil par là, tout était dans le rythme. Des pulsations inspirées par les étoiles, bien au-delà de la génétique. Sur le net aussi, il y avait des pulsations. Et les informations circulaient de la même façon au rythme des pulsars.

— Cela te mettra sur la voie, lui avait dit l'araignée…

Puis vint le tour de Toa. C'était l'herbe rêche d'hier qui s'était transformée en… aloès. Elle lui disait que jusqu'à présent les hommes s'étaient concentrés sur son suc aux mille vertus. Mais ils avaient oublié de regarder sa forme.

— *Chacune de mes pointes s'affine et se durcit pour montrer une direction différente. Elles t'enseignent que la précision n'est rien, sans une vue d'ensemble…*

La canicule était à son paroxysme, lorsque l'aloès se transforma en blé. Lumi eut beau se frotter les yeux, le blé ne disparut pas pour autant. Il lui raconta son histoire. Ses millions d'années à attendre patiemment qu'une alliance à sa mesure se dessine enfin. L'aventure humaine avait été pour lui une grande expérience. Mais aujourd'hui, face au changement climatique, le blé s'apprêtait à casser son pacte pour s'inventer une nouvelle vie. Non, décidément, l'homme était trop orgueilleux : tel fut son enseignement.

Tard dans l'après-midi, Deh succéda à Ofon. Une pièce en cuivre, surgie de nulle part, gisait là dans le cercle. Elle fut brève, car le blé avait été trop long avec son discours fataliste. Elle ne partageait pas cette opinion. Tout était encore possible, le futur restait ouvert. L'âge du métal valait la peine d'être vécu. Il était une étape obligée, en quelque sorte. Et puis, la matrice n'existerait pas sans lui.

— Inspire-toi du cuivre. Combiné au feu, il est capable de se transformer. C'est de l'alchimie appliquée à la matière. Utilise ce même principe sur l'esprit et c'en sera fini de mon époque…

Le quatrième jour, le temps changea. Une pluie drue se mit à tomber. Et avec elle, plus aucune voix ne se fit entendre. Lumi luttait contre le froid. Elle se sentait terriblement seule et s'était repliée sur elle-même pour mieux résister. C'était sans doute une épreuve qui lui était infligée, comme si quelque chose ou quelqu'un la poussait à renoncer. Qui voulait tester sa force ? Jusqu'où irait ce calvaire ?

Au plus fort de la tempête, sa tête menaça d'exploser. Elle allait retourner chez elle, oublier ce virus mutant aujourd'hui muré et inoffensif, cette maudite prophétie inventée par une poignée de mystiques rétrogrades pour continuer à résister au monde dominant. Tout n'était que construction de l'esprit. Donc tout disparaîtrait à condition d'y mettre la bonne intention. Elle s'imagina poussant la porte de son appartement aux mille et une lumières. Elle allumait la télévision pour écouter les nouvelles palpitantes du monde entier. Avec sa télécommande, elle contrôlait l'univers. Ouvrant son frigo, elle se choisissait de bons petits plats, puis s'installait confortablement dans son canapé pour déguster son petit plateau télé. L'instant d'après, elle s'asseyait à son bureau. Certes le travail était banal, voire même un peu débile, mais ô combien rassurant. Elle s'attendait à voir Kevin, toujours prêt à lui lancer une boutade de bon matin. Mais à la place, ce fut Ishi qui débarqua dans son bureau. Il déposa son arc et son carquois sur le clavier de son ordinateur et resta planté là, devant elle, sans dire un mot. Qu'il était beau ce chasseur pétri par le soleil et le vent ! On le sentait fort et fier de son histoire, car l'univers où il avait grandi était à sa mesure. Pourtant, qui aurait pensé qu'il était prêt à abandonner tout cela pour suivre une femme ? Oui, il rejoindrait la blancheur aseptisée des dômes pour l'amour d'une femme à la chevelure rousse. À moins que…

Lumi hésita. Son cœur battait la chamade au rythme des gouttes de pluie qui frappaient obstinément sa peau nue. Elle en eut la chair de poule. À moins que ce ne soit… l'INVERSE ! Au plus fort du doute, elle sut qu'elle aimait cet homme…

Au cinquième et dernier jour de sa retraite, Lumi fut happée par le néant. Elle ne bougeait plus, ne sentait plus, ne pensait plus. Existait-elle vraiment ? Son seul souvenir de la journée fut un aigle qui tournoyait au-dessus d'elle. Dans le sens des aiguilles d'une montre. Toujours au même endroit. Bien centré sur le cercle de pierre. Et cet aigle lui disait qu'elle ne reverrait plus jamais les dômes…

Quand la nuit arriva, elle s'anima à nouveau. C'était sa dernière nuit. Elle allait accomplir ce qui devait être accompli. Ishi en serait fier. Certes, les messages qu'elle avait reçus restaient énigmatiques, mais en y travaillant à plusieurs, on pourrait peut-être en déchiffrer le sens…

Lumi s'interrompit. Dans l'obscurité, une masse sombre avançait vers elle. À cette distance, on ne pouvait l'identifier. Était-ce un loup, une chimère sortie tout droit de son imagination ou bien un homme ? Qui pouvait bien passer par là en pleine nuit ? Un chasseur ? Un autre méditant, peut-être ? Jeff ? Oui, pourquoi pas Jeff renonçant à cette ultime nuit de souffrance ?

Quoi que cela puisse être, Lumi resta confiante. Elle s'étonna d'ailleurs de cette tranquillité intérieure qui ne lui ressemblait guère. Aucune peur ne se manifestait en elle. Mieux, elle s'aperçut qu'elle pouvait appeler la chose. Plus elle s'ouvrait à l'inconnu, plus la silhouette avançait. Bientôt, elle put voir que ce n'était pas un homme, mais un cerf. Ses ramures de près d'un mètre de long se découpaient dans le ciel étoilé. Son museau expulsait des nuages de vapeur d'eau. L'animal ne parla pas, il entra dans le cercle et vint s'allonger à ses côtés. Ce n'était pas une hallucination car Lumi sentit son corps chaud qui exhalait un parfum musqué. Sa peau nue frottait sur son pelage. Et de ce contact naissait une étrange sensation de bien-être. Elle eut envie de se blottir contre lui. Le cerf ne bougea pas. Il lui offrait sa chaleur protectrice.

Lumi caressa l'animal. Ses mains glissaient sur ce duvet d'une douceur extraordinaire. Elle enfonçait son visage dans son poitrail et s'enivrait de ses effluves. Elle se pressa tout contre lui pour entendre le battement de cœur. Alors quelque chose d'étrange monta en elle. Fort et puissant. Au début, elle ne sut pas ce que c'était. Mais peu à peu, elle réalisa que c'était un… désir sexuel. Son corps était en feu et sa tête en pleine confusion. Dans la tempête qui suivit, elle n'était plus blottie contre un cerf, mais dans les bras d'Ishi. Des flashs de son visage apparaissaient puis disparaissaient aussitôt. Ils étaient remplacés par le pelage bien réel de l'animal.

Lumi avait la sensation d'être entre deux réalités parfaitement superposables. Son esprit emporté par le désir créait Ishi, alors que son corps, travaillant dans le sens opposé, rétablissait une autre vérité plus… sauvage. Elle cessa de penser et se donna toute entière à l'instant présent. Une furie de sensations se déchaîna alors dans son corps. Ses seins frottaient le pelage. Des informations contradictoires lui disaient qu'elle était écrasée par le corps d'une bête, puis tout de suite après qu'elle embrassait sauvagement son chasseur du Verdon. Tout se mélangea dans la confusion la plus extrême. Mais une chose était sûre : sa jouissance atteignait des sommets jamais égalés.

Au rythme des pulsars, l'orgasme approchait. Son corps se cabra, ses ongles se plantèrent dans la chair de cette chose qui l'enlaçait. Au moment précis où elle cria son plaisir aux étoiles, son âme fut propulsée dans la matrice. Elle n'eut pas le temps d'être surprise car déjà l'information affluait en elle. La matrice venait de se retourner sur elle-même comme un doigt de gant et lui donnait la clé qui lui manquait. Alors, elle sut pourquoi elle était née et ce qu'il lui restait à faire.

Le lendemain, Lumi ne se réveilla que vers midi. Elle se souvenait clairement de tous les détails de sa rencontre avec le cerf jusqu'au voyage dans la matrice. Mais après, c'était le black out complet. Elle en conclut qu'elle s'était évanouie suite au choc de cette révélation trop lourde à porter. Si on s'en tenait à la version des chamans, Lumi avait vécu une mort chamanique durant la nuit. Sous l'effet de l'orgasme, son corps et son âme s'étaient dissociés. Elle était donc virtuellement morte d'une maladie connue depuis la nuit des temps : le rapt de l'âme. Jusque-là tout était cohérent.

Une seule chose l'intriguait. Comment son âme avait-elle pu revenir dans son corps ? Quelqu'un ou quelque chose avait dû l'aider.

Elle se leva lentement en réalisant combien ses forces étaient faibles. Malgré cela, elle s'obligea à disperser les pierres du cercle. Elle les remercia une à une en leur souhaitant une longue vie et bien d'autres quêtes de vision en compagnie des générations futures. Lorsque plus aucune trace de son séjour ne subsista, elle se hâta pour rejoindre les autres.

Seul Ishi était au rendez-vous. Il l'attendait patiemment autour d'un feu au-dessus duquel plusieurs quartiers de viande avaient été placés pour être boucanés. Dès qu'il la vit, il se leva pour aller à sa rencontre. Sans un mot, ils tombèrent l'un et l'autre dans les bras. L'accueil d'Ishi était tendre et réconfortant, mais Lumi en voulait plus. Ses mains remontèrent le long de son dos jusqu'à sa nuque et elle l'embrassa rageusement. Son beau chasseur, son magicien des montagnes ne semblait aucunement surpris par ce geste. Il la souleva avec délicatesse et l'emmena dans ses bras jusqu'au camp.

L'odeur de la viande fumée éveilla en elle une sensation qu'elle avait oubliée. Elle voulut parler, mais Ishi posa son doigt sur ses lèvres pour l'en empêcher. Il lui tendit d'abord un jus de tofu puis s'activa autour du feu pour lui découper un morceau de choix.

Pendant qu'elle dévorait sa viande, il lui donna des nouvelles de ses compagnons. Tous étaient sains et saufs. Tiraillé par la faim, Jeff avait renoncé au troisième jour. Quant à Ariane et Fred, la pluie du quatrième jour les avait découragés. Aucun d'eux n'était déçu pour autant. Ils étaient repartis hier matin au village pour mieux méditer les quelques enseignements de cette retraite. Enfin, c'était ce qu'ils avaient dit, car ici, il n'y avait plus rien à manger !

Ishi lui raconta ensuite sa rencontre inattendue avec un cerf solitaire. Selon lui, ce genre de mâle était plutôt rare dans la région et bien difficile à chasser… Du type insaisissable et futé… Lumi, en fine psychologue, l'écoutait attentivement. De qui parlait-il au juste ? De sa proie ou de lui-même ?

Bref, Ishi l'avait pisté toute la journée. Emporté par sa fougue, il se leva pour mimer tour à tour le cerf aux abois puis le chasseur embusqué. Il semblait tout excité :

— Lorsqu'en fin d'après-midi le vent s'est mis à tourner, j'ai enfin eu ma chance. Une seule chance… Tu sais, la chasse à l'arc, c'est quelque chose de particulier. Le chasseur doit fixer sa cible, mais aussi porter sa flèche. Il y a dans cet exercice-là un moment magique où tu ne fais plus qu'un avec la bête. J'ai décoché une seule flèche en plein cœur comme la tradition l'exige. Tout le monde sera content au village. Il y a des signes qui ne trompent pas…

Souriant comme un enfant, Ishi revint s'asseoir à côté de Lumi. Avait-il oublié la prophétie ou bien jouait-il avec elle ? Lumi fouilla le camp du regard. Elle finit par trouver ce qu'elle cherchait. Là-bas, de l'autre côté du feu, une fourrure de cerf était sommairement roulée.

— Et le soir, qu'est-ce que tu as fait ? demanda-t-elle en souriant.

— Ben, j'ai dépecé le cerf et mis la viande à boucaner…

— Rien d'autre ? Tu es sûr ?

— Non, rien d'autre. Après ça, je me suis endormi en pensant à toi, fit Ishi d'un ton ingénu.

Lumi voulut en avoir le cœur net. À quatre pattes, elle passa derrière Ishi et l'embrassa dans le cou. Sa bouche descendait plus bas ce qui lui donna une bonne raison de dévêtir son dos. En fait, Ishi ne se fit pas prier. Il enleva lui-même sa chemise, découvrant son dos lisse et sans aucune marque. Il ne vit pas l'expression de stupeur qui se dessina sur le visage de Lumi. Prise de court, elle l'enlaça et posa sa tête sur son dos en soupirant.

— Tu ne veux pas savoir ce qui s'est passé pour moi, mon chéri ?

— Bien sûr que j'en brûle d'envie. Mais chez nous, nous avons un proverbe : ne demande jamais à quelqu'un de parler de sa vision, car ta question pourrait lui enlever ses rêves.

Lumi soupira une seconde fois. Comment pouvait-elle raconter cinq jours de souffrances et de rêves ? Cinq longues nuits passées à parler avec l'univers entier. Les étoiles, les pierres, les plantes, les araignées et même un… cerf ! Peut-être pourrait-elle mimer, comme Ishi… Non, cela était au-dessus de ses forces, elle préféra aller à l'essentiel :

— J'ai l'information qu'il te manque, gros cerf ! La matrice engloutira les dômes dans l'allégresse. C'est écrit dans les étoiles, comme dans ta prophétie. Et tiens-toi bien, c'est moi qui vais le faire ! Un tout petit programme informatique qui en se fixant sur KODT, sera capable d'envoyer le moindre internaute dans la fiction qu'il a téléchargée. Pouf ! Parti dans les cyber-étoiles ! Pour toujours !

Ishi en eut le souffle coupé. Une larme discrète roula le long de sa joue. Une seule comme pour les flèches quand on chasse le cerf. Cette fille n'était pas seulement l'amour de sa vie, elle allait devenir le messie pour tout un village et bien au-delà, pour tous ceux qui résistaient au monde dominant des dômes.

— Pourquoi moi ? Pourquoi tant de responsabilités ? balbutia-t-elle en étouffant un sanglot.

— Je ne te l'ai pas dit pour ne pas t'influencer, mais à présent je peux te le dire. Certains pensent qu'un simple battement d'aile de papillon peut déclencher un ouragan à l'autre bout de la planète. Eh bien, sais-tu que tu es la preuve vivante de cette loi ? Car tu es la seule personne à avoir eu une particule de chacun des quatre chamans. Avec le jeu des probabilités, cela ne s'était pas produit depuis cinq mille ans… Tu es l'Élue, Lumi !

Elle encaissa la nouvelle sans broncher. Alors Ishi se retourna pour l'embrasser. Elle en voulait plus. Ses mains glissèrent sur sa peau bien plus douce, bien plus réelle qu'hier dans ses rêves… Et leurs corps s'enlacèrent pour une nuit d'amour.

Lorsque Ishi et Lumi rentrèrent au village, la nouvelle se répandit comme une traînée de poudre. La jeune femme avait eu une révélation majeure durant sa quête de vision ! Son intention n'était pas écrite dans la prophétie, elle était même incompréhensible pour la plupart des villageois, mais tous saisirent qu'elle était assez puissante pour changer le monde. Bientôt, on ne parla plus que de son « programme de dématérialisation » capable de catapulter l'immense majorité de la population mondiale dans le pays des rêves.

À vrai dire, cette exaltation pour la révélation de Lumi se nourrissait d'un autre phénomène tout aussi rare : le même jour, le fils du Patriarche en personne avait ramené le cœur d'un cerf. Comment ne pas y voir un message clair de la nature ? À travers le succès d'Ishi, *Iyaari* lui-même se rangeait du côté de la prophétie. Il renforçait la conviction des villageois que quelque chose d'exceptionnel se préparait.

Dès le premier jour, les quatre étrangers avaient longuement débattu entre eux de la proposition de Lumi. Ils purent se rendre compte que leur regard sur le monde avait changé avec cette quête de vision. Car ce qui avait été impensable, voire inadmissible, il y a une semaine seulement, devenait envisageable et même cohérent. Pour Lumi, Ariane et Fred, il ne faisait aucun doute que ce programme était une chance pour la nature et donc pour les hommes. Il n'était pas une arme terroriste, mais un instrument de salut. Ce n'était pas une guerre sainte contre les dômes, mais une libération des âmes. Question de point de vue.

De son côté, Jeff essayait de garder la tête froide. Durant sa quête de vision, il avait été confronté à des cauchemars de nature dévastée et d'apocalypse. Il était donc sensible à un projet indéniablement moins sanglant que ses visions. Mais ce qui l'inquiétait, c'était l'importance de l'enjeu. De quel droit une poignée de personnes pouvaient-elles décider du sort de milliards d'individus ?

Ariane lui fit remarquer que les quatre chamans, eux aussi, avaient été à l'origine de transformations profondes du monde, sans pour autant avoir consulté le reste de l'humanité. Toute invention était le produit d'un individu inspiré par la nature qui imposait des changements radicaux aux générations futures. In fine, qui était responsable ? Qui décidait ?

Après tout, le monde technologiquement avancé garderait la maîtrise de son futur. Il allait fatalement réagir à cet événement inattendu et peut-être s'adapter. S'il se crispait en pensant être victime d'un acte terroriste menaçant sa survie, alors, oui dans ce cas, il créerait une crise, sa propre crise... À l'inverse, s'il voyait dans ce changement une opportunité pour évoluer, tout restait possible. Le futur n'était-il pas ouvert à chaque instant ?

Jeff s'était laissé convaincre par ces paroles pleines de bon sens. Tout était allé très vite depuis leur départ du dôme. Le temps avait semblé s'accélérer. Il leur restait des mois à vivre ici avant de songer ou non à un éventuel retour. Il fallait considérer l'intuition de Lumi comme une expérience scientifique passionnante. Finalement, il réalisait son rêve, ce même rêve rejeté par la direction générale de l'ISA, quelques mois plus tôt : tester KODT ! Aussi décida-t-il de collaborer pleinement avec Lumi. Seul informaticien à des dizaines de kilomètres à la ronde, elle avait besoin de lui.

Une fois l'unanimité obtenue, les quatre étrangers informèrent le Conseil des Sages de leurs intentions. Une telle décision n'était pas à prendre à la légère, elle nécessitait l'accord de tous et un appui inconditionnel du village. Le Conseil étudia cette proposition à la lumière de la prophétie. Il fallut plusieurs passages de la pipe sacrée pour clarifier les esprits tant le domaine de l'informatique leur était étranger. Les sages en déduisirent que ce programme de dématérialisation ne présentait aucun élément contraire à la prophétie. Pour eux, l'univers virtuel des jeux vidéo décrit par Lumi pouvait être assimilé à des mondes chamaniques parallèles. Donc, les étrangers ne faisaient que construire une technique nouvelle de voyage magique alliant transe corporelle et extase mentale. Par leur programme, on pouvait considérer qu'ils initiaient des milliards d'internautes à la spiritualité. Cela était tout à fait acceptable sur le plan éthique...

Ils donnèrent leur accord à ce projet en demandant que des petits comités de quartier soient constitués afin que tout le monde puisse être informé des détails de l'opération. Beaucoup de questions furent soulevées à cette occasion. On voulait savoir comment étaient ces cyber-mondes, s'ils étaient plus vastes que celui des rêves, si on devait les considérer comme appartenant aux plans supérieurs ou inférieurs, etc. Autant de questions qui désorientaient Lumi et ses compagnons peu habitués à ce genre de débats. Ils trouvèrent un consensus en émettant l'hypothèse que la cyber-réalité faisait partie du monde du milieu avec des débordements aussi bien vers le haut que vers le bas, notamment lorsqu'il s'agissait de jeux de combat.

Lumi s'attendait à être interrogée sur la souffrance que pourrait occasionner la dématérialisation. Fort curieusement, personne ne se posa la question. Les habitants de Pentium semblaient confiants de ce côté-là, un peu comme si ces morts virtuelles ne les effrayaient aucunement. En fait, la mort elle-même ne les effrayait pas. Dans leurs croyances, elle n'était qu'une nouvelle naissance. Toutes ces âmes avalées par la matrice transiteraient par le royaume des morts avant de se réincarner dans la nature au sens large, c'est-à-dire dans l'univers entier.

Lumi et Jeff avaient une vision plus pragmatique des choses. Certes, si leur programme fonctionnait correctement, les internautes ne verraient pas leur mort arriver. Mais à un moment donné, ils se sentiraient prisonniers du jeu, sans possibilité d'en sortir. Quelles seraient alors leurs souffrances ? Là était le cœur de leurs scrupules. Ils étaient bien les seuls à s'en inquiéter !

Le reste des questions portait sur les réactions possibles des instances dirigeantes des dômes. On savait que la démocratie là-bas était un simulacre, que des technocrates indéracinables décidaient pour la masse, qu'ils avaient une armée et des services secrets à leur disposition. Qu'allaient-ils faire, face à ces disparitions massives ? Jeff voulut être clair sur ce point. Le programme via la matrice se diffuserait dans le monde entier dès les premières minutes, rendant plus difficile toute recherche de son origine. Mais l'opiniâtreté de millions d'investigateurs et de policiers pouvait les mener à localiser Pentium comme étant la source de leurs problèmes. Si cela arrivait avant l'implosion du système économique, les choses pourraient mal tourner. L'élimination physique du village n'était pas à exclure.

Plus Jeff cherchait à être clair sur les conséquences dramatiques d'une frappe chirurgicale des Mégapoles Unies, plus il voyait un sourire béat se dessiner sur les visages. Dans leurs yeux, brillait la fameuse étincelle éternelle que le Patriarche avait invoquée tant de fois lors de ses prières. Lumi et ses compagnons en eurent froid dans le dos. Ces hommes et ces femmes étaient bien de véritables mystiques, ils avaient en eux une force comparable à celle ressentie durant leur quête de vision, mais cette force était des milliers de fois plus puissante. Leurs prières n'étaient pas de simples paroles qu'ils se répétaient pour se convaincre d'une vie après la mort, ils les vivaient au plus profond de leur être…

— La mort n'est rien, si à chaque instant tu es relié à l'univers, énonça calmement une vieille femme qui voyait Jeff s'angoisser face à l'absence de réaction de l'assistance lorsqu'il énumérait les armes à la disposition des dômes.

— Imagine que tu repartes aujourd'hui et que tu reprennes une vie normale sous les dômes sans jamais savoir si ce programme peut marcher. Voilà une mort douloureuse pour toi, renchérit Couraré.

— Chaque nuit, nous mourons pour renaître au petit matin. Chaque matin, tu as une nouvelle chance d'apprécier la vie, rajouta un autre au fond de la salle.

Toutes ces réunions de quartier se terminaient immanquablement par un long débat philosophique sur la vie, les mondes parallèles, l'univers ou bien la prophétie. Ce que Jeff avait pris pour des réunions d'information visant à obtenir l'accord de la population devenait une sorte de colloque ésotérique pour échanger, apprendre et grandir ensemble. Elles avaient même une influence subtile sur le projet : elles donnaient de l'énergie à leurs créateurs !

À la fin du cycle des réunions, il y eut bien sûr un vote final du village. Tout le monde s'était réuni dans les champs pour une grande fête communautaire, un dimanche caniculaire de juin. Et juste avant de déjeuner, le Patriarche leva sa main pour demander la parole, comme lors du premier jour de l'arrivée des étrangers. D'une voix solennelle, il posa la question que tous attendaient impatiemment :

— Chers amis, lorsqu'un être vivant avance, toutes ses cellules sont tendues vers le même objectif. Nous sommes ici réunis pour choisir un destin en notre âme et conscience. Êtes-vous d'accord pour que le rêve des étrangers voie le jour ? Êtes-vous prêts à soutenir, aider, défendre jusqu'au bout, le programme de dématérialisation de Lumi ? Que celui ou celle qui a une objection s'exprime maintenant parce que demain il sera trop tard. Il en sera remercié car sa conscience est sûrement inspirée. Une seule voix a valeur de veto, telle est la coutume à Pentium.

Un silence de plomb s'abattit sur la foule. On entendait les mouches voler. Il dura cinq bonnes minutes avant que le Patriarche ne se décide à entériner le vote :

— Si consensus il y a, il doit être exprimé. Qui est d'accord ?

Le silence vécut ses derniers instants. Cinq cents personnes venaient de lever leur bras gauche, paume vers ciel, comme un seul homme. Alors, une clameur de joie se fit entendre dans toute la vallée. Elle était si forte, si déterminée qu'elle ébranla Lumi. Elle se sentit prise de vertiges, tel un fétu de paille emporté par une bourrasque. Qui décidait de ce destin ? Les hommes, Pentium, les montagnes, le ciel ou bien le vent ? Et si elle s'était trompée ?

Elle préféra s'asseoir pour mieux encaisser le choc. Autour d'elle des gens pleuraient, d'autres se congratulaient. Personne n'osa s'approcher de celle que tous considéraient déjà comme le messie. Il lui restait encore tant de travail à faire !

L'équipe se mit au travail dès le lendemain. Elle était à nouveau composée de cinq membres car Ishi s'était installé dans la maison des étrangers. Non pas pour la symbolique de ce chiffre, mais tout simplement parce que Lumi était plus heureuse comme ça. Elle voulait vivre et partager toutes ses émotions avec lui, une décision qu'elle n'aurait jamais imaginée prendre quelques mois plutôt avec Kevin. Sa présence n'était d'ailleurs pas qu'un réconfort affectif, elle stimulait toute l'équipe dans ses recherches. Le premier jour, on lui demanda par exemple de mieux préciser ce qu'était l'assemblage corpusculaire de KODT. Son exposé fut écouté de tous car Ariane et Fred, sans être informaticiens, collaboraient pleinement au projet. La discussion tourna autour de l'expression « *Être présent d'une autre manière que physiquement* » qui avait été citée lors de la toute première cérémonie du Conseil des Sages. Personne ne comprenait ce que cela voulait dire et Ishi eut bien du mal à l'expliquer avec des mots. C'était un peu comme une information flottant dans l'air sans aucun support physique.

L'équipe n'était pas plus avancée. Toute information avait nécessairement une base physique, que ce soit par des circuits électroniques, des molécules chimiques ou des ondes. En désespoir de cause, deux pistes de travail furent retenues : soit les quatre chamans n'avaient pas la cohérence biochimique d'origine, soit ils n'avaient pas d'âme depuis leur reconstruction.

Lumi et Jeff ressortirent les trois ordinateurs portables qu'ils avaient emportés et Fred dut s'improviser technicien pour l'entretien des panneaux solaires et des batteries. Il fut même le seul à sortir à l'extérieur durant toute la mise au point du programme car ses activités de bricolage l'obligèrent à constituer une petite équipe de soutien logistique avec quelques volontaires du village.

Quelle aventure lorsqu'il fallut fabriquer une nouvelle batterie ! Très tôt, Fred comprit que le jour où les trois ordinateurs rendraient l'âme, l'informatique n'existerait plus à Pentium. Comment ressouder un circuit électronique avec des vaches, du blé et du tofu ? Il se garda bien d'en informer les autres, de peur qu'ils ne se démoralisent.

Ishi était très impressionné par la capacité de concentration intellectuelle des quatre étrangers. De déductions en déductions, ils avançaient comme des fourmis roulant une boule de tofu en plein désert. On tirait d'un côté, on poussait de l'autre, en écrivant des tonnes de signes abstraits sur des bouts de papiers. Et de tout cela naissaient des idées pour basculer de l'autre côté de la montagne. Enfin, de la crête de sable, plus exactement !

Un monde fictif se créait sous ses yeux. Il grandissait, grandissait jusqu'à se plaquer sur les murs de la maison qui s'en imprégnaient. Quand donc ces fabricants d'idées auront-ils envie de sortir de leur bulle pour simplement sentir le soleil sur leur peau ? Leur soleil, il était enfermé au plus profond d'eux-mêmes… Une sorte d'autosuffisance chimérique tendue vers un seul objectif : produire des signes dans un langage secret qui défilaient sur un carré lumineux… C'était ça, un programme !

En voyant la tête d'Ishi lorsqu'il regardait les ordinateurs, Lumi s'aperçut que les habitants de Pentium avaient pris une décision sans savoir réellement ce qu'était l'informatique ! Elle n'avait pas emmené de jeux vidéo et ne voulait pas en télécharger en se connectant à la matrice parce que celle-ci enregistrerait son signal d'entrée. Mais elle avait emporté une caméra. Aussi, décida-t-elle de filmer Ishi et de lui montrer son image dans l'ordinateur. Ses réactions l'intéressaient pour son travail.

Tant que les images étaient en direct, Ishi s'en amusa. Pour lui, l'écran de l'ordinateur était devenu une belle flaque d'eau sans rides capable de tenir à la verticale. Un beau tour de magie, comme il savait en faire ! Mais lorsque Lumi projeta les mêmes images en différé, son expression changea du tout au tout. Il semblait préoccupé comme si l'ordinateur lui avait volé son âme.

Ariane réagit aussitôt :

— Ishi est victime du syndrome de La Ciotat ! Lorsque les frères Lumière projetèrent pour la première fois les images d'un train entrant en gare de La Ciotat, tous les spectateurs se levèrent d'un bond pour se précipiter au fond de la salle. Ils avaient peur que le train les écrase !

Incroyable, je ne pensais pas qu'il existait encore sur terre des hommes comme ça, plus de deux siècles après…

— Que veux-tu dire ? fit Jeff sentant que quelque chose d'important se cachait sous cette boutade.

— Eh bien, c'est simple. Le cinéma a fait naître une nouvelle race d'hommes. Des hommes capables de différencier les images réelles et virtuelles. Depuis, nous sommes capables d'extrapolations visuelles. L'histoire filmée n'est pas la réalité, mais nous pouvons nous y plonger à volonté comme si cela était un monde réel. C'est la base même des jeux vidéo. Une sorte d'ubiquité conditionnée. Je te rassure tout de suite, le virus s'attrape en quelques heures ! Demain, Ishi ne reculera plus devant un cheval fonçant sur lui au galop !

— Conditionnement pour conditionnement, cela veut dire que cette transformation psychique nous empêche de sentir les mondes parallèles, s'exclama Lumi en pleine excitation. Pour parvenir à les saisir, il nous faut une sorte de reconditionnement à l'envers. Ce que cette marche en forêt pendant plusieurs jours, la rencontre avec l'ermite et les cérémonies ici à Pentium ont fait petit à petit…

Jeff approuva en claquant dans ses mains.

— Oui, oui, tu as raison. Plus on marchait dans la forêt, plus on sentait de choses. Il faudrait demander à Ishi ce qu'il ressent lorsqu'il est clairvoyant. En se connectant à des mondes parallèles, il doit capter comme le reflet de la personne à des centaines de kilomètres. Et si on va plus loin, comment fait-il pour orienter ou modifier un événement à distance ?

Ishi avait décroché de la conversation. Trop de questions, trop de raisonnements tissant des liens dont il ne percevait pas la pertinence. Et puis, cette image de lui passant en boucle sur l'ordinateur le gênait terriblement. Il se sentait oppressé, vidé de sa substance. Incroyable que beaucoup de gens sous les dômes aient plaisir à filmer leur vie de tous les jours ! Sans le savoir, ils perdaient des parcelles de leur âme qu'ils enfermaient ensuite dans des boîtes… Ils ne pouvaient que s'affaiblir en éclatant ainsi leur énergie vitale ! Et cela devait engendrer quantité de maladies nouvelles dans les villes…

Torturé par cette pensée, Ishi demanda qu'on arrête la projection. Lumi s'exécuta et reposa la question en détachant bien chaque mot :

— Ishi, qu'est ce que tu fais quand tu veux influencer des événements à distance ?

— Rien.

— Certes, mais dans ta tête, qu'est-ce qui se passe ?

— C'est comme si je rêvais avec une intention précise. Pour nous, il n'y a pas de différence entre réalité et virtualité. Ce sont tous des rêves à des niveaux de réalisation différents. Il suffit d'en pousser un plus qu'un autre pour qu'il se réalise.

Ariane se frotta le front, dubitative.

— On n'est pas plus avancé. Il nous parle d'idées et nous, on est dans la matière. C'est quand même autre chose, des particules atomiques à déplacer à travers un écran d'ordinateur.

— Attends ! Attends ! fit Jeff. On n'est pas si loin : un tube cathodique est aussi un flux de matière, électromagnétique en l'occurrence, dirigé vers l'extérieur. Il suffit d'inverser ce flux vers la matrice pour obtenir une situation similaire à ce qu'il fait. Si tant est qu'on puisse dire qu'il fait quelque chose…

— Oui, car rêver, ce n'est pas une action vers l'extérieur. C'est une disposition d'esprit vers l'intérieur de soi, rajouta Lumi.

— OK, moi je trouve que l'on a pas mal avancé. Nous avons le principe, il nous manque le moteur, conclut-il.

Dans les jours qui suivirent, l'équipe travailla beaucoup sur les liens qu'il y avait entre l'internet et le réel. Ainsi, dans les cybermondes, l'internaute jouait un rôle, ce qui finalement était peu différent de la réalité. La vie n'était-elle pas une comédie ? Un immense cirque où les gens jouaient à tenir leur place, la place que l'on attendait d'eux. La société créait des goûts, des modes, des comportements, des fonctions, des diplômes, des professions dans lesquels les individus devaient à tout prix se reconnaître au risque de se faire exclure. Dans la vie ordinaire, tout n'était que convention ou illusion, socialement et culturellement reconnue.

Dans les jeux vidéo, c'était un peu pareil. Le geste juste conduisait à la cyber-réponse adéquate. On expérimentait des milliers de vies et l'objectif était toujours d'avoir la bonne intention définie par le programme. Le joueur faisait corps avec la machine, il en faisait une réalité. Il réalisait un rêve imaginé par des informaticiens selon des standards préconçus. La barrière entre réalité et virtualité était donc très mince. La seule différence était l'infinité de situations et de droits à l'erreur que l'on offrait aux joueurs. Mais en échange, sans le savoir, ils étaient prisonniers d'un cadre figé et prédéfini. C'était sur ce cadre-là qu'il fallait travailler. Faire en sorte qu'il se referme sur le joueur…

Ishi suivait toutes ces conversations d'une oreille distraite. Ses actions étaient discrètes, mais néanmoins utiles. Il veillait par exemple à l'alimentation des chercheurs pour épurer leur organisme de toutes ces « folies » qu'ils produisaient par leurs pensées… Il sentait aussi que le « labo », comme ils disaient, se chargeait d'énergies venues du fin fond de l'univers. S'il avait été physicien, il aurait parlé de ces trous noirs qui replient les espaces et déforment le temps…

C'est curieux, mais tout le monde avait trouvé sa place dans cette équipe. Lumi et Jeff programmaient, lorsqu'ils n'étaient pas en train d'échafauder des théories. Ariane posait toujours des questions ingénues qui ouvraient de nouvelles pistes. Fred, quand on ne le sollicitait pas pour un bricolage d'urgence, parlait biologie pour ne pas que les informaticiens s'égarent. Quant à Ishi, outre ses actions dans les plans subtils que personne ne percevait, il se contentait de répondre aux questions qu'on voulait bien lui poser.

Un soir, la question lui parut si incompréhensible qu'il demanda un temps de réflexion. Il sortit quelques minutes pour revenir avec un os de cerf. Il le déposa ensuite dans le feu en suivant d'un œil attentif les phénomènes de calcination. Puis, il le sortit et examina longuement les craquelures à sa surface en demandant que la question soit reformulée en des termes simples, du genre option A ou B. Les quatre étrangers se regardèrent médusés lorsqu'ils réalisèrent qu'Ishi ne faisait rien d'autre qu'une divination ! Oui, Ishi suivait les chemins tracés par la brûlure du feu pour renseigner des scientifiques dans leurs recherches ! Incrédule, Jeff se promit de ne plus jamais poser de questions bêtes…

C'était sans compter sur Lumi qui en secret continua de consulter son gourou de chasseur !

Au bout de trois semaines, le programme avait bien avancé. Si on parvenait à l'insérer sur le virus KODT, il parviendrait à refermer le cadre fixé des cyber-jeux sur le joueur, tout en restant invisible aux yeux des techniciens de l'ISA. Le principe était au point. Pourtant il leur manquait toujours le moteur capable d'inverser le flux de matière vers l'intérieur de la matrice. Et toute l'équipe buta sur cette énigme pendant plusieurs jours. On commençait à se désespérer.

Contre toute attente, ce fut Ariane qui débloqua la situation par une de ses questions saugrenues dont elle avait le secret :

— Mais pourquoi KODT n'est pas dans l'ordre chronologique ?

— Plaît-il ? fit Jeff absorbé dans ses pensées.

— Oui, la séquence historique est K-T-O-D pour Kiétu, Toa, Ofon et Deh en dernier…

— KTOD ! CATHODE ! Source primaire d'électrons dans une électrolyse ! Comment se fait-il que je n'y aie pas pensé plus tôt ? C'est vrai ça, pourquoi nos quatre cyber-chamans ne sont-ils pas dans l'ordre chronologique sur la matrice ? Tu as une idée, Ishi ?

— J'ai toujours pensé que le virus KODT n'était qu'une étape dans la prophétie. C'est comme un bébé en devenir. Notre village peut probablement réorganiser sa séquence par une méditation appropriée, c'est à tenter…

Fred se permit d'intervenir :

— KODT ou KTOD, cela me fait penser à une inversion des bases azotées de l'ADN. Ce ré-agencement peut tout à fait lui donner une autre fonction.

Lumi trembla des lèvres. Ses yeux clignèrent plusieurs fois nerveusement. Elle tenait la dernière clé :

— Et cette transformation lui donnera la capacité d'absorber les âmes des cyber-joueurs. Un rapt des âmes, comme le font les chamans depuis la nuit des temps ! Grâce à notre programme, le reste du corps suivra l'âme kidnappée par la matrice. Ils ne souffriront pas ! Ils renaîtront à une nouvelle vie !

Puis, elle chuchota quelque chose que personne n'entendit :

— Incroyable, ce que l'univers est capable de faire pour se débarrasser d'un parasite…

Un mois après la grande réunion de juin, tout Pentium se rassembla à nouveau dans les champs. L'été était déjà bien engagé et la canicule insoutenable. Tous avaient été informés que l'on avait besoin d'eux pour déplacer à distance quelques petits éléments de la matrice par la force de leur concentration. Et tous répondirent présents. Un son semblable à un souffle, murmuré par quelque cinq cents bouches, fut le vecteur de leur synchronisation :

« mmmmMMMM… »

Il s'amplifia dans la vallée, sûr de lui.

Lumi, tout comme les autres méditants, était trop concentrée pour s'apercevoir que le temps venait de s'arrêter l'espace d'un instant. Aucun oiseau ne vola dans le ciel de Pentium. Aucune brise. Aucun bruit. Pas même le mugissement de la rivière. Le soleil lui-même suspendit sa course. Cet instant-là fut la dernière seconde de l'âge du métal, mais personne ne s'en rendit compte. Seul l'univers savait…

Le soir même, les cinq concepteurs du programme de dématérialisation se connectèrent pour la première fois à la matrice. Ils savaient que les serveurs centraux enregistreraient la connexion parmi des milliards d'autres. On pouvait raisonnablement espérer qu'a posteriori, personne ne retrouverait cette donnée insignifiante comme ayant un lien avec les transformations qui allaient survenir.

Tous avaient le cœur battant lorsqu'ils découvrirent que les quatre chamans s'étaient ré-agencés dans l'ordre chronologique prévu. Il ne restait plus qu'à injecter le programme lui-même sur KTOD.

Toute la pression se concentra sur les épaules de Lumi. Elle n'avait qu'un seul clic à faire pour transférer le fichier sur la matrice. Un petit mouvement infime de ses doigts qui, si leurs calculs étaient justes, allait faire disparaître près de douze milliards d'individus dans les semaines à venir !

Lumi regarda un à un ses compagnons. Aucun ne voulut croiser son regard. Elle les sentit douter.

Un grand bond dans l'histoire ou un grand saut dans le vide. Lumi hésitait encore. Les rêves ont-ils une emprise sur le réel ? Elle sentit la main d'Ishi se faufiler dans la sienne. Chaude et moite, elle lui insuffla un regain d'énergie. Comme le jour où Ishi avait touché pour la première fois sa joue, il fallait avoir le courage de ses rêves. Alors la jeune femme rousse, que tout le monde appelait ici le messie, appuya sur la touche « Enter ».

— *Que celui qui n'a jamais rêvé me jette la première pierre.*

Telles furent ses paroles, plus tard rapportées par Ishi, au moment où la cinquième porte s'ouvrait…

Cyber-disparitions

La moto fonçait en plein désert du Tassili, crachant de sa roue-arrière une gerbe de sable brûlant à l'assaut du grand ciel bleu. Le bruit du moteur poussé à son maximum était assourdissant et les dunes défilaient à une vitesse à peine croyable. Joy, lycéenne de quatorze ans à Cologne-Düsseldorf, grimaçait de douleur pour contrôler les écarts furieux de sa machine. Elle cuisait dans sa combinaison noire tout en pestant contre la multitude d'obstacles qui surgissaient au dernier moment dans son champ de vision. Sa bouche était sèche, mais aucun grain de sable ne crissait sous ses dents.

Elle se laissa surprendre par une crête un peu plus prononcée que les autres. Et lorsque sa moto décolla du sol, elle sut qu'elle aurait du mal à encaisser le choc. Sa roue-avant se planta dans le sable mou et elle passa par-dessus le guidon. La chute fut violente. Sans un cri, elle encaissa un puissant coup-de-poing dans l'épaule, puis se releva aussitôt pour remonter sur sa machine encore intacte.

Quoi qu'il arrive, elle devait finir cette satanée spéciale !

Serrant les dents pour surmonter la douleur qui pulsait en elle, elle termina les derniers kilomètres, à plein régime, comme si rien ne s'était passé. Au moment où elle passa la bannière d'arrivée, elle eut un soupir de soulagement. Ce soupir fut pour elle l'ultime sensation de son corps car déjà le noir profond l'enfermait. Elle s'attendait à voir apparaître l'incontournable « GAME OVER » en lettres d'or, mais rien ne vint. Absolument rien. Et ce noir, semblable au néant, dura une éternité… Alors Joy vit apparaître peu à peu une infinité de minuscules points blancs. C'était un ciel étoilé comme elle n'en avait jamais vu. Il semblait plus vrai, plus présent que dans n'importe quel cyber-simulation. La voie lactée l'aspirait sans lui laisser la moindre chance de s'échapper. Au plus profond d'elle-même, Joy ne ressentait que de l'étonnement. Aucune peur. Aucune angoisse. Aucun souffle à retenir. Juste une sensation d'émerveillement comme dans les contes de fées de sa plus tendre enfance. L'instant d'après, elle ne se souvenait même plus de qui était Joy. Elle était devenue l'univers jusque dans ses plus infimes recoins…

Tout Bangkok dormait à cette heure avancée de la nuit. Mais Padang, lui, n'avait pas sommeil. Il surfait sur internet depuis des heures à la recherche d'une fille facile. Le hasard de ses pérégrinations l'avait emmené jusqu'à New Delhi où une jeune informaticienne répondant au doux pseudonyme d'Agra lui faisait la causette depuis un bon moment.

En vrai célibataire endurci, Padang avait sa technique pour cacher ses soixante ans passés et emballer les filles. Il s'était confectionné une image de play-boy californien en guise de représentation holographique qui faisait de lui un tombeur. Son stratagème était poussé à l'extrême, il connaissait tout de San Francisco : ses spectacles et ses restaurants à la mode, les derniers résultats sportifs et même les numéros de téléphone de certaines vedettes du show-biz…

Bref, Agra se laissa séduire par un si charmant jeune homme à l'autre bout de la planète. La conversation dérapa fatalement sur le terrain des plaisirs amoureux ce qui l'excita encore plus. Allumant sa webcam, elle lui offrit un petit strip-tease maison, à la mode indienne. C'était exactement le genre de préliminaires que Padang aimait. Il lui envoya en cadeau la vidéo d'un bel inconnu, censé le représenter, en train de prendre une douche. Puis, ils s'adressèrent un long baiser à travers l'écran, avant de se glisser dans leur cyber-combinaison pour une Partie de Jeu Sexuel endiablée.

Au paroxysme de leur orgasme, Agra et Padang virent arriver sur eux une pluie d'étoiles. Leur dernière sensation physique fut une chute libre dans le vide. Comme pour Joy, ils n'eurent pas le temps de s'en inquiéter. La voie lactée était belle et la planète Terre s'éloignait d'eux à la vitesse de la lumière. Lorsqu'elle ne devint plus qu'un point parmi tant d'autres, Padang et Agra avaient oublié jusqu'à leur existence. Flottants dans une sorte d'euphorie, ils sentaient que toutes ces étoiles formaient un Grand Tout indissociable et harmonieux…

Au même moment, il était treize heures à New-York-Washington DC. Plus que deux heures à tirer et Billy finirait enfin son boulot. Il était comptable dans une multinationale et en cette période de l'année, son travail était plutôt tranquille. Il décida de s'offrir une petite partie de *Dark Weapons* pour passer le temps. C'était un jeu de guerre qui lui plaisait bien. Il connaissait tous les recoins des couloirs dans lesquels l'ennemi se cachait. Malgré cela, il y avait toujours de l'imprévu grâce au moteur aléatoire qui générait des situations inattendues.

Billy en était à son quatrième tableau et avait déjà liquidé une bonne centaine de guérilleros, lorsque le téléphone sonna. Il voulut appuyer sur « Pause », mais la touche ne fonctionna pas. Toujours agrippé à son joystick, il continua d'arroser l'ennemi avec sa kalachnikov en se disant qu'il perdrait cette partie s'il décrochait son combiné. Il préféra poursuivre son jeu tout en écoutant d'une oreille distraite son correspondant déposer un message sur le répondeur.

L'appel était important, il émanait de son supérieur hiérarchique :

— Billy ? Allô, Billy… Vous êtes au travail ou quoi ? Qu'est-ce que vous foutez, nom de Dieu !

— Fait chier…

Billy voulut se redresser pour couper le programme depuis son clavier, mais à sa grande surprise, ses muscles ne répondirent pas. En grand joueur qu'il était, il eut le réflexe de se cacher dans un recoin du cyber-relief pour se protéger des balles et ainsi pouvoir réfléchir calmement. Seuls ses doigts avaient conservé leur mobilité, le reste de son corps était entièrement paralysé et même anesthésié. Il ne sentait plus ses membres. Une angoisse monta en lui. Il comprit que le jeu était en train de le capturer. Il lui imposait sa réalité et lui interdisait de retrouver le monde ordinaire.

Ses réflexions furent de courte durée car déjà l'ennemi l'encerclait. Il continua de se défendre la peur au ventre. Sous l'effet du stress, Billy, le cyber-guerrier expérimenté, avait perdu de sa superbe. Ses gestes étaient moins précis. Il sauta maladroitement pour éviter une rafale. L'instant d'après, il fut transpercé par un infâme androïde armé d'une lance. Sur l'écran, son corps explosa en mille morceaux. Grimaçant de douleur, Billy attendait désespérément qu'apparaisse le message salvateur : « GAME OVER ». Mais il ne vint pas. À la place, une lave incandescente remplissait peu à peu son champ de vision. La lave l'entraînait vers le magma de la terre. Il n'eut aucune brûlure car il avait oublié qui il était. À en croire ses sensations, il était même devenu cette lave. Et cette lave avait conscience d'être le cœur de la Terre. Enrobée d'une fine couche qui n'était autre que la croûte terrestre, elle vibrait à l'unisson des… étoiles ! Tels des protons enfermés dans le noyau d'un atome, elle pulsait au rythme des électrons…

Lorsque le téléphone sonna, Greg laissa échapper un grognement qui en disait long sur son mécontentement. Qui pouvait bien l'appeler en cette fin d'après-midi ? Il avait justement monté le filtrage de son téléphone au maximum pour ne pas être dérangé en plein milieu de sa distraction favorite : une bonne partie d'échecs avec l'un des meilleurs joueurs de la planète. Il décida d'avancer son cavalier comme il avait prévu de le faire, tout en se disant qu'il regretterait peut-être son empressement. Mais ce choix avait au moins un avantage : il lui donnait le temps de renvoyer à son travail cet indigent qui se permettait de le déranger sur sa ligne prioritaire à un si mauvais moment…

Il décrocha à la cinquième sonnerie :

— Allô, Inspecteur Greg Carson ?

— Oui, c'est moi.

— Excusez-moi Monsieur l'inspecteur de vous déranger à cette heure indécente de la journée. Ici, le bureau central de l'ISA. Nous avons un problème grave, votre collaboration est requise d'urgence.

— Bien, bien, pas de panique, mon gars. Adressez-moi votre dossier par E-mail et je l'étudierai dès ce soir.

— Euh, Monsieur l'inspecteur, votre… comment dire… votre présence est requise d'urgence au bureau. Une voiture est même en bas de votre immeuble prête à vous y conduire… Le problème en question est classé « Alerte Rouge », Monsieur…

— Alerte quoi ? s'exclama Greg incrédule.

— Rouge, Monsieur.

Greg n'en crut pas ses oreilles. En quinze ans de carrière en tant qu'inspecteur principal à l'ISA, il n'avait jamais eu à traiter une affaire de niveau rouge. Pourquoi avait-on sauté les étapes jaune et orange ? Quel technocrate angoissé avait bien pu prendre une décision pareille ? Ce niveau, l'avant-dernier dans l'échelle des risques, équivalait à un péril majeur pour les Mégapoles Unies.

— OK, j'arrive, fit-il laconiquement.

— Un dernier détail, Monsieur. Prenez quelques affaires personnelles avec vous. Le bureau central a organisé une cellule de crise avec hébergement sur site.

La tour adverse se déplaça sur la case A5 de son écran géant. Elle clignota pendant cinq secondes avant de se figer au moment où Greg raccrochait. Il ne fut pas surpris par ce coup-là, mais déjà ses pensées étaient ailleurs. Il envoya un bref message à son ami pour lui signifier qu'à son grand regret, il ne pouvait continuer la partie. La réponse ne se fit pas attendre. Elle était même ironique en laissant entendre qu'il était peut-être en difficulté. Greg pesta de ne pouvoir lui dire la raison exacte de cette interruption. Un Inspecteur de Classe A se devait de rester discret sur ses activités professionnelles en toute occasion…

Greg coupa la connexion, prit un sac dans son placard et se dirigea sans plus tarder vers sa chambre pour y prendre quelques effets personnels. Bien que concentré sur son paquetage, il pensait à ce coup de fil surprenant. Aucune nouvelle alarmante n'avait été présentée au journal télévisé de 15 heures. En tant qu'inspecteur de police spécialisé dans les affaires criminelles, il n'avait à gérer que des problèmes de niveau jaune. Pourquoi donc le sollicitait-on pour une affaire de si grande importance ? Certes, quelques-unes de ses enquêtes avaient été classées « Orange » quand, par exemple, un tueur en série particulièrement malin avait donné du fil à retordre à la police pendant plusieurs semaines. Greg se souvenait même d'une prise d'otages politique placée d'emblée au niveau orange. Son rôle dans cette affaire s'était limité à une analyse psychologique des terroristes. Quel détraqué pouvait bien justifier une telle alerte ? Cela ne pouvait être qu'une action terroriste d'ampleur mondiale…

Avec un QI de 185, Greg faisait partie de ces hommes et de ces femmes issus de la sélection génétique pour servir les dômes. Ses facultés de raisonnement, bien au-dessus de la moyenne, étaient proprement phénoménales. Et l'ISA avait besoin de gens comme lui.

Elle avait mis au point depuis une quarantaine d'années, un programme de procréation visant à obtenir des surdoués. Le génie génétique, très efficace dans beaucoup de domaines, n'était pas parvenu à localiser les gènes de l'intelligence. Si bien que l'on avait dû se rabattre sur la bonne vieille technique de l'eugénisme consistant à croiser les gamètes des individus les plus doués. Greg était né de cette première vague d'expériences. Citoyen à part entière, on l'avait simplement mis dans une école spécialisée qui préparait aux carrières administratives. Ensuite, il avait pu choisir sa branche d'activité en toute liberté. Question d'éthique et d'équilibre psychique.

À vrai dire, Greg avait fini par découvrir le secret de ses origines. Cela l'avait aidé à comprendre pourquoi il pourfendait avec tant d'opiniâtreté, année après année, les criminels, les détraqués et les terroristes qu'on voulait bien lui jeter en pâture. Son corps et même son âme n'étaient là que pour rétablir l'ordre et faire respecter les lois qu'une société s'était donnée pour fonctionner. Portant son secret de famille comme un fardeau, il comprenait parfois ces délinquants qui faisaient voler en éclats les règles morales. Peut-être, était-il un excellent enquêteur parce qu'il était capable de se mettre dans leur peau…

— Au diable, toute cette métaphysique ! Ceux qui t'ont donné la vie attendent de toi que tu les sauves. Au boulot, mon vieux !

Greg s'engouffra dans la voiture qui l'attendait. Dans une heure, une nouvelle enquête rouge comme le sang l'attendrait. Elle allait sans doute être la plus passionnante de sa vie, à en croire l'ordre impérieux et énigmatique qu'il avait reçu. Une vraie partie d'échecs avec des fous et un roi à sauver… De quoi peupler son imaginaire des pires fantasmes !

La voiture ne prit pas la direction du bureau central de l'ISA. Greg s'en inquiéta auprès du chauffeur. L'homme, conformément aux consignes, ne se retourna pas. Il se contenta de lui répondre sobrement que sa mission était de le conduire au quartier général des Mégapoles Unies.

— Fichtre ! Les militaires se sont invités au bal, pensa-t-il en souriant.

Le hall d'entrée était désert. Un improbable badaud passant dans les parages n'aurait rien trouvé d'anormal. Greg posa son sac sur le tapis roulant et traversa le portique magnétique. La machine fit un « Bip » discret en identifiant au passage sa puce électronique. Le gardien, les yeux rivés sur son écran, l'accueillit d'un ton protocolaire :

— Bonsoir, Inspecteur… Greg Carson. Voici votre badge, vous êtes attendu en salle C765, cinquième ascenseur à gauche.

« Beep », l'ascenseur vérifia aussi son identité. C'était bien pratique, car il en déduisit automatiquement l'étage à desservir. Greg déboucha sur un long couloir grouillant d'activité. Le contraste était saisissant entre le silence feutré du hall d'entrée et l'effervescence ambiante. Il y avait là des responsables de l'ISA facilement reconnaissables à leur insigne, des militaires, mais aussi beaucoup d'autres personnes sans uniforme particulier. L'attroupement principal devait être devant la salle C765. Greg s'y dirigea, tout en vérifiant d'un coup d'œil au-dessus des portes que son intuition était la bonne. Il reconnut au loin son chef de service Rob qui fumait nerveusement une cigarette, comme à chaque fois qu'une affaire se présentait mal. Il allait le rejoindre, lorsqu'une hôtesse manifestement débordée l'intercepta :

— Monsieur, Monsieur, s'il vous plaît. Permettez-moi de vous indiquer votre chambre. Vous pourrez y déposer vos affaires. La conférence débute dans un quart d'heure. Si vous voulez bien me suivre.

D'un geste gracieux, l'hôtesse lui indiquait la direction opposée. Ils repassèrent devant l'ascenseur pour continuer dans des coursives plus étroites. Elle lui demanda son nom et vérifia sur son listing quelle chambre lui était attribuée. Greg admira au passage la courbure de ses reins. Il en profita aussi pour l'interroger discrètement :

— Quel travail ce soir, n'est-ce pas ?

— Oui, Monsieur.

— Combien d'hôtes avez-vous à placer ?

— Cinquante, Monsieur.

— Tous militaires ou enquêteurs de la police !

— Non, Monsieur. Nous avons aussi des universitaires, des chercheurs, des informaticiens et des médecins. Les meilleurs de Paris-Lyon, paraît-il. Voilà, nous sommes arrivés. Voici votre chambre. Je vous souhaite une bonne conférence, Monsieur.

Une bonne conférence ! ironisa Greg.

L'affaire devait être sérieuse…

Greg prit son magnétophone de poche et un petit calepin, puis s'empressa de rejoindre les autres. Rob était déjà rentré dans la salle, il était même attablé parmi les conférenciers. Greg remarqua que les places étaient réparties par corps d'activité. Il alla rejoindre l'équipe de l'ISA où deux autres inspecteurs de Classe A étaient déjà en grande discussion.

— Salut, Phil. Ça fait un bail qu'on n'a pas travaillé ensemble ?

— Depuis l'affaire de l'Armée des Douze Singes !

— T'as cuisiné Rob ? On sait de quoi il s'agit ?

— Black out total, mon vieux ! Tout ce que je sais, c'est que nous ne sortirons pas de ce bâtiment tant que nous n'aurons pas trouvé les assassins.

— Ah bon, il y a eu meurtre ? fit Greg intéressé.

— Je n'en sais pas plus que toi. Mais vu le charivari, c'est au moins le président des Mégapoles Unies qui a été tué. Tu ne penses pas ?

Greg haussa les sourcils. Sacré Phil, toujours prêt à tirer des plans sur la comète !

Une voix s'éleva au-dessus de la mêlée :

— Messieurs ! Messieurs ! S'il vous plaît. Nous allons commencer.

C'était un militaire bedonnant, à la mâchoire carrée, qui réclamait le silence. Bien campé au centre de la table des conférenciers, il semblait impatient de commencer. Il poursuivit d'une voix rocailleuse :

— Nous sommes tous réunis, ici dans les locaux de la direction générale des Mégapoles Unies, pour travailler sur une affaire de la plus haute importance. Je remercie l'ISA d'avoir pu réunir en si peu de temps les meilleurs spécialistes dans différents domaines. Autant vous dire d'entrée que rien de ce qui va être dit ici ne doit filtrer à l'extérieur. D'ailleurs, certains d'entre vous ont déjà été informés que vous resterez cantonnés ici tant que la menace ne sera pas écartée.

Un brouhaha s'éleva dans l'assistance et le général dut marquer une pause. Il agita sa main et même sa tête pour tenter de faire revenir le silence. L'homme était nerveux, pressé d'en finir avec les préambules. Il savait que ce qu'il avait à dire jetterait un froid dans la salle, ce qui lui permettrait de continuer sans être dérangé à tout bout de champ. Il poursuivit :

— L'affaire est gravissime. S'il vous plaît, Messieurs, jugez-en vous-mêmes. Nous avons à déplorer la disparition brutale d'environ un million de citoyens dans le monde en moins de trois jours. Rien que dans notre belle cité, ce sont près de 4 000 individus qui se sont évaporés dans la nature en seulement soixante-douze heures ! Certes, cela n'est rien à l'échelle mondiale : une personne sur dix mille. Mais ce qui est inquiétant, c'est la courbe de ces disparitions.

Le silence le plus total avait envahi la salle. Un écran s'alluma derrière le conférencier montrant une belle courbe exponentielle.

— 150 000 disparus le premier jour, 300 000 le deuxième, 600 000 le troisième. Ces chiffres, je le précise, correspondent à la déconnexion des puces électroniques humaines. Ils sont en cours de vérification sur le plan physique, mais jusqu'à présent, nous n'avons jamais retrouvé une personne déconnectée. Selon notre prévision, nous devrions atteindre un millième de la population mondiale dans trois jours et 1 % dans une semaine. À ce rythme effrayant, en deux semaines, ce sera 10 % de la population mondiale que l'on aura perdue sur nos écrans de contrôle. Le temps presse.

Un universitaire voulut intervenir. Le général le rabroua sans ménagement :

— S'il vous plaît, vous poserez toutes les questions que vous voudrez quand j'en aurai terminé… Cette attaque terroriste, car il faut bien appeler un chat un chat… Cette attaque terroriste, je disais donc, est une forme d'agression caractérisée sur les Mégapoles Unies et le monde civilisé d'un genre tout à fait inédit. Aucun de nos spécialistes n'a pu avancer une explication qui tienne la route. Voici les faits.

Un assistant passa dans les rangs en distribuant un rapport polycopié.

— Les gens disparaissent chez eux. Aucune disparition n'a été enregistrée dans un lieu public, une salle de spectacle ou un centre commercial. Les appartements des disparus sont le plus souvent fermés à clé, les lumières et la télévision sont en général allumées, l'ordinateur est par contre toujours éteint. On trouve souvent un appartement en l'état avec une table non desservie ou une boisson non terminée, une vaisselle qui traîne, du linge non rangé. Ce qui donne l'impression que la personne est partie en coup de vent comme si elle avait reçu un appel urgent ou une visite impromptue. Pourtant les caméras des immeubles n'enregistrent aucune sortie ou visite peu avant les disparitions. Autre détail, il n'y a pas de traces de vol ou de violence dans les appartements des disparus. Des prélèvements biologiques ont été effectués, ils n'ont rien donné jusqu'à présent… Le crime parfait, si je puis dire…

Rob prit la parole :

— Messieurs, vous avez entre les mains un rapport circonstancié de l'ISA qui rassemble le maximum d'informations sur ces disparitions. Elles sont le fruit de nos enquêteurs qui se sont déplacés sur place. Je vous engage à les consulter, peut-être y trouverez-vous des indices précieux qui pourraient orienter notre enquête. Nous vous donnons une soirée de réflexion. Demain, nous formerons cinq équipes pluridisciplinaires qui mettront en commun leurs réflexions, ici même, toutes les douze heures, pour élaborer un rapport journalier qui sera adressé au Conseil des Mégapoles Unies. Messieurs… il nous faut des résultats dans les quarante-huit heures. Des questions ?

L'universitaire qui s'était fait interrompre par le général fut le premier à lever la main :

— Y a-t-il des témoins de ces disparitions ?

— Aucun jusqu'à présent, répondit Rob.

— Cela touche-t-il plus les hommes que les femmes ? Des enfants disparaissent-ils ? Bref, avez-vous détecté un profil particulier des disparus ?

— Pas vraiment, toutes les classes de la population sont touchées, avec une légère prédilection pour les célibataires.

— Connaît-on la répartition géographique de ces disparitions ? demanda un homme au fond de la salle.

— Elle est homogène sur toute la planète.

— Y a-t-il un pic horaire ? demanda un autre.

— Nous avons seulement observé une fréquence de disparition plus élevée en dehors des heures de travail et de sommeil. Mais il faudrait peut-être creuser…

— Avez-vous envisagé que ce soit une nouvelle maladie ? interrogea un homme qui devait être médecin.

— C'est à vous de me le dire. Seul petit problème, vous n'aurez pas le loisir de faire ne serait-ce qu'une seule autopsie !

Un rire parcourut l'assistance avant qu'une autre personne ne prenne la parole :

— Comment se fait-il que les médias n'en aient pas encore parlé ?

Le général répondit à cette question :

— Pour beaucoup de célibataires, la nouvelle n'est pas encore connue. Pour les familles, nous avons demandé qu'elles respectent le secret de l'enquête policière en cours. Nous essayons par tous les moyens d'étouffer l'information. Mais il va sans dire que si le rythme des disparitions s'accélère, nous allons être débordés. Si nous n'apportons pas de réponses très vite, nous aurons alors affaire à un véritable vent de panique.

Un flot de questions continua de se déverser dans la salle. Greg suivait les débats d'une oreille attentive, tout en réfléchissant à un détail qui l'intriguait. Il préféra attendre la fin de la réunion pour en parler en privé à Rob :

— Eh Rob, pourquoi donc les ordinateurs sont-ils toujours éteints ?

— Quels ordinateurs ?

— Ceux dans les appartements des disparus.

— Je ne sais pas moi… Peut-être parce qu'ils ont un programme de coupure automatique, non ?

— Essaye de mettre un enquêteur en alerte cette nuit pour qu'il arrive le plus tôt possible après une disparition, juste pour voir…

— Pour voir quoi ?

— Ben, si l'ordinateur est allumé, pardi !

Rob regarda Greg d'un œil suspicieux. Il avait un bon millier d'idées en tête et l'un de ses meilleurs inspecteurs lui en rajoutait une des plus farfelues. Mais comme il n'ignorait pas que Greg avait des intuitions surprenantes, il se promit d'y penser :

— Bien, bien, nous regarderons cela… fit-il en s'éloignant.

— En fait, il faudrait savoir à quelle heure il y a eu déconnexion des ordinateurs, lança-t-il alors que Rob s'enfonçait dans la foule.

De retour dans sa chambre, Greg compulsa les données à la recherche de toute information concernant les ordinateurs. Elles étaient peu nombreuses, tout simplement parce que les ordinateurs étaient éteints. Il remarqua cependant que plusieurs dépositions faisaient état de combinaisons PJS retrouvées sur le lit des disparus. Elles étaient presque toujours entièrement boutonnées et même quelquefois dans une position faisant penser à un coït en cours. Étrange, non ?

Et puis, il y avait cette étonnante déposition d'une mère de famille indiquant que sa fille était en train de jouer à un jeu vidéo dans sa chambre. À sa connaissance, elle n'en était pas sortie. Comment imaginer qu'une adolescente puisse sortir par la fenêtre du 55e étage ?

Greg rêva toute la nuit de jeux vidéo. Autant dire qu'il avait passé une mauvaise nuit car il n'était pas grand amateur de ce genre de distractions ! Il fut réveillé en sursaut par Rob qui tambourinait à sa porte. Son chef de service était tout excité. Il débarqua dans la chambre comme s'il entrait dans un bureau :

— Tu as tapé dans le mille, Greg ! Les ordinateurs s'éteignent tous dans la minute qui suit la disparition des puces électroniques ! Comment avons-nous pu laisser passer une information aussi évidente ? Je me le demande encore… Tout ce que l'on sait, c'est qu'au moment de la disparition, les gens étaient connectés à la matrice. Pour le reste, difficile de le savoir avec précision, les adresses IP ne sont pas systématiquement enregistrées par la matrice, sans compter tous ceux qui ont bricolé des programmes pour ne pas être repérés. Mais beaucoup étaient sur un jeu vidéo ou une simulation virtuelle et même en PJS. Pouf, partis en plein milieu d'un orgasme ! Incroyable, non ? Qu'en dis-tu ?

— Que ces programmes détruisent la cohésion physique des internautes, fit Greg encore endormi.

— Oui, oui… Mais comment ?

— Ah, ça c'est aux informaticiens qu'il faut le demander…

— D'accord, je m'en occupe. Mais tu n'aurais pas par hasard une autre bonne idée ? demanda Rob comme s'il s'adressait à un devin.

— Ben, il faut interdire tous ces programmes.

— Greg, tu ne penses pas ce que tu dis ! Si les Mégapoles Unies interdisent l'accès à ces programmes, on frise la révolution ! Les gens vont s'ennuyer chez eux, ils vont déprimer et descendre dans la rue pour manifester leur colère. Sans cyber-divertissements, les hôpitaux psychiatriques seront pleins en moins de quarante-huit heures…

— Je sais, je sais, fit Greg en prenant un air préoccupé pour la circonstance.

— Faut chercher autre chose, mon vieux ! Réunion pluridisciplinaire dans une heure. T'as juste le temps de prendre une bonne douche pour nous trouver une autre idée… lumineuse de préférence.

Rob sortit de la chambre aussi vite qu'il était entré. Pauvre Rob, pensa Greg, il doit marcher aux amphétamines depuis le début de cette affaire. À ce rythme, il ne va pas tenir la distance…

Rapport de la commission d'enquête Europe à J4

Nombre des disparitions avérées : 2 254 970

Après analyse des faits, il apparaît une forte synchronicité entre les disparitions physiques des citoyens sus-dénombrés et les déconnexions informatiques sur la matrice, ce qui conduit à postuler l'existence d'un lien de cause à effet direct. La plupart des programmes consultés au moment des disparitions semblent être de type cyberloisirs. Les informaticiens n'enregistrent cependant aucun transfert de données pouvant laisser penser que tout ou partie des corps des disparus transitent par la matrice. En conséquence, l'hypothèse la plus plausible serait que certaines ondes des écrans informatiques, notamment lors de jeux vidéo, détruisent la cohésion biochimique des internautes. Nous serions dans ce cas en présence d'une nouvelle maladie, non virale pour une fois. La commission préconise une étude neurobiologique des effets des dits programmes sur la santé et recommande une restriction d'accès temporaire à ces mêmes jeux.

Pendant les deux jours qui suivirent, les scientifiques travaillèrent d'arrache-pied pour trouver de nouveaux éléments. Il apparaissait de plus en plus évident que les cyber-jeux, mais aussi les cyber-voyages de vacances étaient la cause directe des disparitions. Greg s'amusa à imaginer un internaute bronzant sur une plage de sable fin des Caraïbes en train de se décomposer sous le soleil torride. Un genre de mélanome fulgurant ! Mais cette fameuse nouvelle maladie était polymorphe. Si bien qu'un autre « malade » au même endroit pouvait mourir noyé, ou plus exactement liquéfié, dans la grande bleue…

En fait, l'inspecteur Greg Carson pouvait se permettre de passer son temps à imaginer les scènes les plus folles concernant ces disparitions, car dans son registre, les éléments d'enquête restaient extrêmement faibles. Toujours aucun témoin visuel. Toujours les mêmes dépositions des agents de l'ISA, le rendant impuissant. Alors, il continuait de réfléchir sur ces maigres détails, hallucinants de simplicité, en utilisant son mode habituel de réflexion : la relaxation. Il mettait une musique douce et aérienne. Il se laissait bercer par ses ondes et se transportait dans la peau d'un internaute moyen. L'homme était concentré, bien plus qu'au travail, bien plus qu'un joueur d'échecs perdu dans les méandres de ses propres projections. Ses yeux scrutaient les moindres détails du cyber-relief. Tout son être se donnait à la machine…

Une seule chose l'intriguait : Pourquoi donc l'ordinateur s'éteignait après la disparition ? S'il rayonnait simplement ses ondes maléfiques, alors il n'était que passif et n'avait aucune raison de s'éteindre. La commission s'était orientée vers l'idée d'une « Maladie Passivement Transmissible » influencée par les rapports sur les ondes nocives dégagées par les écrans informatiques. Les membres de la commission n'avaient fait que ressortir de leur inconscient collectif des données anciennes pour les adapter à une situation nouvelle qui pourtant n'avait rien à voir. Non, rien à voir, car l'ordinateur était actif, commandé par une force cachée dans la matrice. Et personne ne voulait voir cette réalité en face…

Rapport de la commission d'enquête Europe à J6

Nombre des disparitions avérées : 9 643 860

En progression toujours exponentielle, la maladie dite du syndrome cyberdéficient acquis (SCDA) est sur le point d'atteindre la barre fatidique des un pour mille individus. À ce stade de l'épidémie, il paraît évident que la nouvelle sera découverte par les médias et donc rendue publique dans les tout prochains jours. Nous réitérons auprès des autorités notre recommandation d'interdire l'accès aux programmes déjà incriminés dans nos rapports précédents.

Les recherches ont montré que les jeux vidéo et les PJS déclenchent une hyperexcitation de certaines zones temporales du cerveau. Au paroxysme de la stimulation, les neurones se synchronisent pour vibrer tous ensemble à une fréquence particulière, baptisée thêta. Cette fréquence est proche du rythme alpha que l'on rencontre dans le sommeil paradoxal, c'est-à-dire dans les périodes de rêve au cours du sommeil. On peut donc penser que les rêves produits par les cyberjeux constituent la porte d'entrée de la maladie.

Dans les prochaines semaines, les scientifiques auront développé un appareil à stimulation électromagnétique empêchant la survenue d'ondes thêta chez tout cyber-joueur. Cet appareil, sous la forme d'un casque, réduira probablement le plaisir des internautes, mais devrait sauver des vies. Il permettra ainsi de ne pas interdire l'accès aux programmes de jeux, si nécessaires à l'équilibre psychique de nos concitoyens. Pour plus de sécurité, nous recommandons même que ce casque soit porté la nuit pour éviter l'apparition de rêves endogènes.

Greg n'avait pas été d'accord avec cette ultime phrase. Toutes ses intuitions lors des enquêtes, tous ses petits plaisirs lorsqu'il ne travaillait pas, ne venaient-ils pas de ses rêves ? Profitant de cette crise, voulait-on s'attaquer aux dernières libertés cachées au plus profond de chaque individu ? Avec l'avènement des cyber-divertissements, on avait sciemment émancipé les libertés virtuelles au détriment de toutes les autres. Et maintenant, crispé sur cette mystérieuse menace, voilà que l'on voulait à nouveau tout contrôler. Jusqu'au dernier rêve du dernier citoyen…

En fait, c'était les militaires qui avaient demandé que cette phrase soit rajoutée. Et les scientifiques trop occupés à chercher un remède contre cette fameuse maladie s'étaient inclinés sans rechigner. Car les militaires préparaient déjà leur plan de bataille : donner une explication toute faite aux médias, lorsque la nouvelle deviendrait publique.

Au huitième jour, la nouvelle éclata au journal télévisé de 21 heures G.M.T. Il était 15 heures à New York et elle se diffusa instantanément dans le monde entier. Toutes les chaînes reprirent en boucle l'information incroyable : « *Des dizaines de milliers de disparitions dans le monde* ». Preuve à l'appui, une vidéo amateur montrant un jeune newyorkais de sept ans disparaissant de sa chaise. Dans sa chambre ! En un éclair de seconde !

Il s'appelait Bobby et le petit Bobby aimait jouer à Peter Pan. On le voyait tout sourire, respirant l'innocence, devant la caméra de son père. Pour son anniversaire, il venait de recevoir un accès illimité aux cyber-jeux de Walt Disney. Il était heureux, il allait enfin pouvoir s'amuser comme tous les gosses de son âge. Les images le montraient soufflant sur ses bougies tout en tenant rageusement à la main son « Pass » magnétique à vie. Le papa avait laissé sa caméra tourner pour garder un souvenir de son premier jeu et Bobby se retournait de temps à autre vers l'objectif en criant sa joie de toutes ses dents. Puis au bout d'un moment, l'enfant, trop concentré sur son jeu, ne se retourna plus. Alors le papa décida de changer d'angle pour faire un gros plan sur les yeux brillants d'émotions de son fils. Bobby ne bougeait pas, il regardait fixement l'écran, lorsque d'un seul coup, une sorte d'éclair horizontal apparut devant son visage. L'instant d'après, Bobby avait disparu dans un affreux grésillement. La caméra n'enregistrait plus qu'une chaise vide dans un silence de mort.

Ces images marquèrent l'inconscient collectif de milliards de téléspectateurs. Elles passaient tous les quarts d'heure, entrecoupées de témoignages de gens affirmant qu'ils avaient perdus un proche lors de cyber-vacances ou que la police était venue enquêter chez eux au sujet d'un voisin probablement disparu. Une japonaise en pleurs racontait que son mari avait disparu en jouant sur son ordinateur pendant qu'elle faisait la cuisine. Le temps de se retourner et il n'était plus là…

Plus la nouvelle se répandait et plus l'angoisse montait. L'émotion produite par des milliards d'êtres humains au même moment sur toute la planète étreignait la croûte terrestre, tel un boa constrictor s'enroulant sur une proie. Une onde négative couvrit le monde peu à peu, comme un frisson d'adrénaline parcourant un corps. C'est curieux, mais ce jour-là, plusieurs sismographes sur différents continents enregistrèrent des vibrations inhabituelles. La chose passa totalement inaperçue, vu la gravité de la situation, mais plusieurs volcans loin des dômes se réveillèrent dans le monde…

À 22 heures, soit une heure après le tout premier communiqué télévisé, le président des Mégapoles Unies s'adressa au monde entier dans un discours minutieusement préparé :

« Mes chers concitoyens, c'est avec émotion que je m'adresse à vous en ces instants douloureux. Depuis quelques jours à peine, une maladie nouvelle vient de toucher l'ensemble du monde civilisé. Appelée syndrome cyberdéficient acquis, cette maladie est à l'origine de la disparition temporaire de quelques centaines de milliers d'habitants de notre belle planète, ce qui est somme toute très peu au regard de la population mondiale. Nos équipes de scientifiques, partout dans le monde, travaillent d'arrache-pied pour trouver un médicament qui arrêtera dans les prochains jours cette épidémie. D'ici là, le gouvernement des Mégapoles Unies se voit contraint d'interdire provisoirement tous les programmes internet de cyber-divertissement : jeux vidéo, cyber-voyages et PJS.

D'après les renseignements dont nous disposons à l'heure actuelle, et ils sont nombreux, croyez-moi, les ondes dégagées par ces programmes produisent une dislocation physique temporaire des internautes. Il est permis de penser que cette maladie est le résultat d'une agression terroriste caractérisée venue d'une autre planète. Certains astronomes ont pu enregistrer récemment un rayonnement atypique émis depuis la constellation de Bételgeuse. Il se pourrait bien que ce rayonnement soit à l'origine d'un léger changement de comportement de notre système informatique à l'origine de ces ondes nocives. Bientôt, tout rentrera dans l'ordre grâce à la capacité de réaction de nos courageuses équipes scientifiques.

En attendant, je vous demande une pleine et entière collaboration, notamment en suivant nos consignes de sécurité. Chacun d'entre vous doit contrôler ses émotions et rester patient en ces jours difficiles. Nos disparus reviendront dans les prochains mois d'ici la fin de mon mandat ; j'en fais le serment. Nous les récupérerons un à un, même s'il faudra pour cela construire une sonde vers Bételgeuse. Nous avons perdu une bataille, mais pas la guerre. Le monde civilisé saura se faire respecter par la force si nécessaire. Car Dieu est avec nous. »

Ce jour-là, l'activité économique fut presque insignifiante. Seuls certains investisseurs avisés s'empressèrent de récupérer leurs billes avant qu'il ne soit trop tard et la bourse chuta à son plus bas niveau depuis cinquante ans. Les cours furent d'ailleurs suspendus dès le lendemain…

Les gens restèrent cloîtrés chez eux en n'osant plus allumer leurs ordinateurs. Ils passèrent la journée à regarder la télévision. Toutes les chaînes, tenues par trois grandes multinationales, rivalisèrent d'ingéniosité pour couvrir l'événement. Les journalistes lui donnèrent différents noms qui s'inscrivaient en permanence en haut de l'écran : « Cyber-disparitions à la pelle », « Crise dramatique sur le net » ou encore « Terreur en provenance de Bételgeuse ».

CBS avait organisé un loft rempli de volontaires pour jouer en direct sur le net. Il fut supprimé le lendemain faute de candidats, car tous avaient disparu sous les yeux effrayés des téléspectateurs… Son taux d'audience exceptionnel les premières heures, chuta ensuite vertigineusement et le directeur du journal fut limogé !

CNN avait mis en place un indicateur du nombre de cyber-joueurs actuellement connectés à la matrice. Il était encore à plusieurs millions, même s'il baissait lentement. Et l'on vit alors défiler une cohorte de politiciens, de psychiatres et de philosophes exhorter la population à respecter les consignes de sécurité. Un sexologue notamment fustigeait « *ces malades sexuels qui continuaient à utiliser les PJS pour assouvir leurs pulsions animales* ». Il prêchait pour une abstinence salutaire, tandis qu'un éminent philosophe exposait à demi-mot les bienfaits des relations sexuelles en direct. Il fut arrêté net dans son élan par un médecin, rouge de colère, qui mettait en garde la population contre les risques d'une explosion de maladies sexuellement transmissibles… L'indicateur chutait lentement, trop lentement. Et les journalistes eurent l'idée d'improviser une sorte de téléthon, non pas avec des promesses de dons pour la recherche, mais avec des promesses d'abstinence sexuelle. Des artistes défilèrent sur le plateau pour chanter pêle-mêle l'abstinence sexuelle, le courage et le civisme. Ce deuxième indicateur, vert celui-là, montait de façon encourageante : bientôt, on allait atteindre le milliard de promesses. Le taux d'audience grimpa…

De son côté, ABC, traditionnellement plus proche du gouvernement mondial, avait misé sur Bételgeuse. Des scientifiques se succédaient pour décrire la constellation dans ses moindres recoins. Ils commentaient des flashs documentaires imaginant la vie sur certaines de ces planètes. On y voyait des sortes d'araignées géantes aspirant sur leur toile des mouches curieusement anthropomorphes ! Le choix était maladroit, les téléspectateurs inquiets, voire déprimés, allaient sur les chaînes concurrentes. Branle-bas de combat dans la direction éditoriale, on changea de stratégie en quelques heures en montant un téléthon pour la recherche contre la cyber-déficience. Surfant sur la vague, l'entreprise informatique BB – par ailleurs, actionnaire de cette même chaîne – annonça fièrement au monde qu'elle faisait une donation de douze milliards de dollars, un dollar par habitant, pour accélérer l'invention de ce fameux casque protecteur. Oui, on allait tous porter un casque et survivre à cette infâme agression venue des étoiles. Le libre-marché, tout entier tendu vers la santé, se mettrait en action. L'indicateur, baptisé « Téléthon Utile » pour se différencier de la chaîne concurrente, monta vigoureusement à l'écran, en guise d'antidépresseur... ABC avait vu juste. À elle seule, elle remontait le moral du monde civilisé.

Greg ne vit pas ce grand spectacle de la cyber-déficience. Il continuait de travailler au sein des équipes pluridisciplinaires dans l'exaltation feutrée des scientifiques qui savent...

L'annonce du président des Mégapoles Unies avait été un choc pour lui. Il réalisa que partout dans le monde, des équipes identiques à la sienne travaillaient sur des pistes différentes et même parfois contradictoires. De tout cela, allait bien sortir quelque chose de significatif, car ici on coinçait lamentablement... Il avait aussi pris la mesure des mensonges que le système politico-militaire développait pour endiguer la panique. Quelques centaines de milliers de disparus temporaires ! Greg regarda le compteur affiché dans la salle : 38 201 667 disparus que l'on n'était pas du tout certain de récupérer !

Un statisticien s'affaira pour établir un compteur différentiel permettant d'estimer l'effet d'annonce au public. Le taux des disparitions au plus haut, juste avant 21 heures, avait été d'un million à l'heure. Il avait ensuite baissé dans les heures suivantes aux environs de 100 000 à l'heure. Or, d'une manière inexpliquée, il remontait lentement mais sûrement.

Comme dans toutes les équipes de travail, Greg et ses collaborateurs décortiquaient les images vidéo de ces disparitions. La baisse drastique des internautes avait produit un drôle de phénomène. Le moindre volontaire qui tentait l'aventure était désintégré presque instantanément. Les scientifiques eurent l'idée de mettre une caméra ultra-perfectionnée pour filmer une de ces disparitions. À deux mille images secondes, une réalité s'imposa à tous : l'internaute n'était pas désintégré. Non, il était... ASPIRÉ par la matrice !

La théorie de Greg s'en trouvait confirmée : la matrice était bel et bien active, n'en déplaise aux informaticiens qui ne voyaient toujours pas de transfert de données vers l'intérieur du système informatique. On était donc en présence d'un phénomène nouveau qui n'avait rien à voir avec des rayonnements nocifs ou une simple maladie.

Au matin du dixième jour, Greg déambulait dans les coursives désertes en pensant à sa partie d'échecs laissée en suspens. Une chance sur deux cent que son adversaire ne soit plus de ce monde, pensait-il, le cœur ravagé par un spleen comme il n'en avait jamais eu. Le chiffre des disparitions montait, montait toujours… L'ISA n'était même plus en capacité de vérifier sur le terrain tous les cas enregistrés. Il fut dérangé dans ses pensées par un Phil en pleine surexcitation :

— Tu es au courant de la nouvelle qui nous vient de Tokyo ?

— Non.

— La matrice a muté.

— Pardon ?

— Ouais, elle a muté, la vache ! Elle aspire maintenant à travers la télévision. Les informaticiens disent qu'elle utilise le réseau des satellites gérés par la matrice.

Greg en eut le souffle coupé. Le temps de s'imaginer l'horreur qui allait en découler et Phil reprenait :

— Partout, des techniciens s'affairent pour rétablir les anciens réseaux hertziens. Elle ne nous aura pas comme ça. On va lui enlever la TV, à cette salope !

— Tu peux me dire à quoi on sert dans cette affaire ?

— À aiguiller les informaticiens, parce que, apparemment, leur casque ne semble pas marcher.

— C'est drôle, tu as toujours le moral, toi ? fit Greg la mine déconfite.

— Faut pas être pessimiste, vieux. Tu te rappelles l'affaire KODT, il y a six mois environ ? Ce fameux site hallucinogène, hein ? Eh bien, on l'a muré et depuis on n'en a plus entendu parler. On va faire pareil avec cette vermine qui se cache dans la matrice.

Greg se frotta le menton, dubitatif. C'est vrai ça, qu'était devenu KODT ? Lui aussi, avait été dénommé « virus mutant » et comme dans cette affaire, personne n'avait pu détecter sa trace. Étrange coïncidence ! Greg se promit d'en parler à un des informaticiens de l'équipe. Il salua Phil qui retournait dans sa chambre pour se reposer et prit la direction de la salle de travail.

Rob était affalé sur une chaise, les traits tirés. Il lui fit un petit signe, mais son chef ne répondit pas. Croisant un des informaticiens, il l'interrogea prudemment :

— Sait-on ce qu'est devenu le site www.kodt.fr ?

L'autre le dévisagea quelques instants, en se demandant pourquoi un Inspecteur de Classe A posait une question aussi saugrenue. Il répondit poliment :

— Ben, il est muré… Qu'est ce que tu veux que je te dise ?

— On pourrait vérifier.

— Rien de plus facile.

L'informaticien s'approcha d'un des ordinateurs et se mit à chercher dans la base de données matricielle. Des lignes défilaient à l'écran et plus elles défilaient, plus l'informaticien tapait nerveusement sur son clavier. Au bout d'un moment, il se retourna vers Greg avec une expression de surprise sur son visage et lui dit :

— C'est curieux, KODT a disparu de nos bases de données. Il ne reste plus que notre mur-écran de brouillage, telle une coquille vide… Tu crois que ça a un rapport avec notre affaire ?

— Peut-être que oui, peut-être que non, fit Greg perdu dans ses pensées.

— Si tu veux, on peut faire une demande au Bureau Central des Sauvegardes à Seattle pour qu'ils recherchent quand il a disparu de nos bases. Mais bon, ça prendra bien quarante-huit heures, car j'imagine qu'ils doivent être débordés…

— Pourquoi pas ?

— OK, je m'en occupe. Au point où on en est, toutes les pistes sont bonnes à prendre…

En fait, il fallut attendre trois jours pour obtenir une réponse. Mais lorsque celle-ci arriva, elle fit l'effet d'une bombe. Enquêteurs et scientifiques se réunirent au grand complet pour en débattre. Au-dessus des têtes, le compteur des disparitions continuait sa folle ascension. Il approchait les 98 millions de personnes ! Bientôt, on atteindrait la barre fatidique des un pour cent. Mais personne ne faisait attention à la triste réalité des chiffres. Tous étaient concentrés sur ce qu'un informaticien venait de dire :

— Voici une information intéressante : le virus KODT a disparu de notre base de données, il y a quatorze jours exactement. Les sauvegardes étant journalières, nous n'avons pas d'indication sur l'heure précise de cette disparition. Mais en tout cas, cela a eu lieu dans les 24 heures qui ont précédé la première disparition humaine.

— Il faut le signaler aux autres équipes de recherche dans le monde, déclara le délégué militaire.

— Certes, fit Rob, nous le ferons. Mais ne peut-on pas aller plus loin dans nos réflexions ? Que sait-on exactement sur KODT ?

L'informaticien reprit la parole :

— KODT est un virus mutant ultra-mobile, non détectable sur le plan informatique. Sa seule marque était, car il faut parler au passé, un site internet dit hallucinogène qui a été brouillé en trois semaines. Ce site produisait des introspections et surtout des déprimes chez les internautes. Beaucoup d'entre eux ont dû être internés dans des hôpitaux psychiatriques. À noter à ce sujet que le taux de dépression était plus élevé sur la région Europe. Une caractéristique que l'on n'a jamais pu expliquer.

— Bien ! se félicita Rob. On va ressortir nos rapports sur cette affaire. Quelqu'un a-t-il une autre idée ?

— Qu'est ce que c'est exactement une hallucination ? demanda Phil.

Un neurologue lui répondit :

— Une sorte de rêve éveillé tout droit sorti de notre inconscient ou de notre imagination, si vous préférez.

C'était la pièce du puzzle qui manquait à Greg. Car depuis trois jours, il cogitait sur cet incroyable enchaînement de circonstances qui l'avait amené à faire un lien inattendu entre KODT et ces disparitions actuelles. Il avança prudemment :

— Rêve éveillé et cyber-rêve. Étrange, non ? On dirait que KODT est une sorte de fusée à deux étages. Le site muré correspond à la première phase de lancement qui en se transformant devient un nouveau péril. Si c'est le cas, alors quelque chose ou quelqu'un a dû l'activer dans les vingt-quatre heures qui ont précédé la première disparition. Pourquoi ne chercherions-nous pas un fichier déposé sur la matrice ce jour-là ?

— Impossible, s'exclama un informaticien. Des milliards de fichiers sont enregistrés chaque jour sur la matrice. Tous les rapports ! Tous les messages ! Toutes les mises à jour des sites internet ! Et puis, que devrions-nous chercher ?

— Et si on cherchait les connexions qui ont ce jour-là déposé un fichier dont on ne retrouve plus la trace aujourd'hui, deux semaines plus tard ? KODT est indétectable, non ? Alors le fichier que l'on recherche doit l'être aussi.

— Cinq cent mille fichiers au bas mot !

— Sur l'Europe seulement ?

— Cent mille, disons…

— Divisé par le nombre de dômes en Europe. Il y en a cinquante, non ?

— Cela ne ferait que deux mille fichiers à contrôler par équipe de travail, énonça fièrement Rob pour venir en aide à son inspecteur. C'est faisable en deux ou trois jours. Les employés de l'ISA devront aller chez chaque internaute concerné pour vérifier les caractéristiques du fichier envoyé ce jour-là. Beaucoup auront été effacés pour des raisons faciles à établir en quelques minutes seulement.

L'informaticien sceptique regarda alternativement Greg et Rob, incrédule.

— Vous insinuez que vous aller trouver un petit internaute dans Paris-Lyon qui aurait envoyé un fichier mystérieux capable de transformer un virus mutant que personne sur Terre n'a jusqu'à présent compris ou pénétré !

— Nous supposons, nous supposons, fit Greg en souriant pour détendre l'atmosphère. Vous ne faites jamais de suppositions, vous, les informaticiens ? Parce que dans les enquêtes criminelles, nous ne faisons que cela…

— Et puis, ça donnera un travail un peu plus valorisant à notre personnel, rajouta Rob. Débarquer à longueur de journée dans des appartements vides, c'est déprimant au bout de quinze jours !

— Cela nous prendra vingt-quatre heures sur nos bécanes. Et pendant ce temps, nous laisserons filer d'autres pistes plus intéressantes !

— Lesquelles ? demanda Phil sur un ton moqueur.

La réunion faillit dégénérer en une empoignade entre informaticiens et inspecteurs de l'ISA. Il fallut toute la diplomatie des médecins pour calmer la salle. Trop de tensions depuis deux semaines ! Le délégué militaire s'éclipsa pour en référer à sa hiérarchie. Il revint quelques minutes plus tard avec une autorisation en bonne et due forme. On allait tenter la piste du fichier mystérieux…

Le lendemain, Rob tenait dans ses mains le listing informatique des connexions qu'il avait demandé et il faisait grise mine. Non seulement, il y en avait plus que prévu : 183 663, pour être précis. Mais en plus, il doutait. Greg, l'un de ses meilleurs inspecteurs, n'avait fait qu'une supposition. Et cette petite supposition allait coûter à l'ISA des journées et des journées de travail, peut-être pour rien.

Il fit venir son collaborateur pour en discuter :

— Greg, j'ai des scrupules à téléphoner à cinquante de mes collègues pour leur dire d'enquêter, chacun de leur côté, sur près de 3 700 internautes ayant déposé sur la matrice, il y a quinze jours, un fichier que l'on ne retrouve plus aujourd'hui.

Il attendit une réponse, tout en jouant de ses doigts avec la tranche de l'impressionnante pile de papiers qui n'était autre que le listing des données. Greg ne répondait toujours pas.

— Crois-tu réellement que dans cette pile, il y a un homme ou une femme directement responsable de la mort de plus de cent millions de personnes ? Cette enquête n'est pas comme les autres, Greg ! On ne peut se permettre de perdre des jours pour suivre une piste aussi osée. Cette attaque terroriste nous vient de l'extérieur, comme d'autres équipes de travail semblent l'avoir montré. Qui dans un dôme, pourrait avoir une si mauvaise idée ? Hein, Greg ?

— Comment se présente ce listing ? finit par dire Greg.

— Une liste d'adresses IP avec le nom de l'internaute, les coordonnées cardinales GPS de la connexion et le nom du fichier incriminé.

— Peut-on les mettre sur une carte géographique ?

— Bien sûr, sinon comment ferions-nous pour localiser chaque internaute ?

— Laisse-moi quelques heures avant de prendre une décision.

À ces mots, Rob souffla. Greg n'avait pas tenté de le convaincre de prendre une décision qui pouvait lui coûter sa tête en tant que chef de service. Il le laissa partir, soulagé. Demain, on travaillerait sur une autre piste, si avec un peu de chance son inspecteur se décourageait aussi.

Greg s'installa devant un ordinateur, accéda au listing et lui demanda une représentation géographique. Il fallut trois minutes à la matrice pour afficher une belle carte d'Europe illuminée de milliers de points. Cinquante villes concentraient la totalité des points jusqu'à dessiner des tâches blanches dispersées sur le tout continent. Il cliqua sur une zone plus précise et il put voir en détail sa ville, Paris-Lyon, remplie d'étoiles comme dans le ciel, avec des galaxies et des trous noirs. Où était Bételgeuse dans cette voie lactée ?

Il revint en arrière sur une vue plus générale et resta planté devant cette carte qui était le résultat de son intuition ou de sa folie. Pendant des heures, il s'immergea dans cette vue comme s'il attendait un appel, un message en provenance d'un lieu précis. Derrière lui, le brouhaha général de la salle de travail ne le gênait pas. Dans sa tête résonnait une des phrases prononcée par son chef : *Où est cet homme ou cette femme directement responsable de la mort de plus de cent millions de personnes ?*

Il n'y en avait qu'un.

Alors, il vit ce qui était devant ses yeux depuis des heures.

Il vit un point blanc minuscule qui n'était pas sur un dôme, mais en pleine nature. Un seul. Il crut d'abord que c'était une poussière sur l'écran. Et lorsque sa main ne fit pas disparaître le point, son cœur se mit à battre plus fort. Une décharge d'adrénaline eut pour résultat de dresser tous ses poils. Il cliqua sur ce point au Sud-Sud-Est de Paris-Lyon et l'ordinateur indiqua :

IP 345-787-321, Lumi Richard,
Appartement T36, Immeuble NATO6, Paris-Lyon
Coordonnées GPS : Nord 43° 58' 35" - Est 6° 12' 34"
Fichier : Ishi.exe (666 MB)

Pourquoi donc une femme domiciliée dans Paris-Lyon avait-elle envoyé un fichier, aujourd'hui introuvable, sur la matrice depuis une vallée perdue des Alpes ? Il imprima cette donnée et changea de programme sans plus attendre. La sonnerie du dîner venait de sonner. Mais Greg ne l'entendit pas, il accéda aux fichiers confidentiels de l'ISA pour tout savoir sur cette femme. Elle était informaticienne chez BB, responsable de programmation de… jeux vidéo. Elle n'était donc pas anthropologue ou zoologue, ni même militaire. Aucune raison de se trouver hors des dômes. Il imprima toute la biographie de cette femme. Peut-être était-elle morte ou disparue, quelqu'un aurait alors pu usurper son identité. Il interrogea le Fichier Central des Puces Électroniques pour en avoir le cœur net. La réponse fut un soulagement pour lui : non, elle était chez elle… à quelques kilomètres de là !

Greg se dit qu'il avait rêvé, que ce point lumineux était un bug dans le programme de compilation des données. Il reçut une grande claque dans le dos au même moment. C'était Phil :

— Eh, Greg, tu rêves ou quoi ? Tu ne viens pas manger avec nous ?

Greg se leva, un peu décontenancé par cette irruption brutale. Il prit les feuilles dans le bac de l'imprimante, les rangea dans sa serviette et partit avec Phil en direction du réfectoire. Le temps de choisir une soupe légère et il s'asseyait en face de Rob.

— Alors, Greg, je ne t'ai pas revu de tout l'après-midi. On laisse tomber cette idée d'enquête chez les internautes, hein ?

— Chef, j'aurais besoin de sortir demain. Pourrais-je obtenir une autorisation ?

Rob faillit s'étrangler.

— Tu rêves Greg ! Aucun membre de la commission d'enquête n'a pu sortir jusqu'à présent. Même Phil, qui a sa fille malade, s'est fait refouler.

— Mais c'est pour les besoins de l'enquête, chef !

— Tu ne vas pas me dire que tu as trouvé un suspect ? Et puis, arrête de m'appeler chef…

— Disons que je veux écarter un suspect. Comme ça, je te le promets, je passerai à autre chose après. J'accepte même qu'un militaire m'accompagne, à condition qu'il reste en retrait.

— Mais on ne peut pas envoyer un de nos agents sur place ?

— Je préfère le faire moi-même. Question d'intuition, Rob. Tu connais mes intuitions, n'est-ce pas ?

— Bon, ça va ! Je suppose que tu ne m'en diras pas plus. Quand tu as une intuition, tu veux toujours la vérifier toi-même. Alors laisse-moi manger en paix et je verrai ce que je peux faire pour toi…

Le lendemain après-midi, l'inspecteur Greg Carson, suivi comme son ombre par un militaire, put sortir du quartier général des Mégapoles Unies grâce à une autorisation spéciale. Durant la journée, il avait compulsé toutes les données disponibles sur cette femme. L'interrogatoire qu'il s'apprêtait à mener allait être le plus important de sa vie. Un modèle du genre, rempli de psychologie et de pièges tendus dans le seul but de savoir si elle mentait.

Il briefa une dernière fois le militaire pour lui demander instamment de ne pas se montrer lorsque la porte s'ouvrirait, puis il sonna à l'appartement T36. Rien ne se passa. Il insista une seconde fois sans résultat. Lumi était-elle sortie ? L'inspecteur prit alors son téléphone portable pour consulter le Fichier Central des Puces Électroniques. L'ordinateur fut catégorique : Lumi Richard était vivante en ce moment même dans son appartement !

Greg ne pensait pas que le militaire qui l'accompagnait lui servirait à quelque chose. Il se trompait. Celui-ci sortit un passe magnétique et déverrouilla la porte. Puis aussitôt, dans un geste mille fois répété et devenu instinctif pour lui, il effectua un demi-tour en arrière pour venir se plaquer contre la paroi du couloir. Un pistolet dans sa main pointait le sol.

Greg poussa la porte en réprimant un sourire amusé : sacrés militaires ! Il n'eut pas le temps de penser à autre chose, car un chat traversa en trombe l'encoignure de la porte et fila entre ses jambes.

« Tchouck » ! Une déflagration étouffée arrêta net le félidé dans sa course effrénée. Greg laissa échapper un soupir de consternation. L'interrogatoire allait être encore plus difficile qu'il ne l'avait imaginé !

Sans plus attendre, il entra dans l'appartement en clamant haut et fort :

— Madame Richard ? Vous êtes là ? Nous sommes inquiets, pourquoi ne répondez-vous pas ? Madame Riiichard ?

L'appartement était vide. Il y avait des déjections un peu partout et une odeur tenace de fauve. Tout était parfaitement rangé. Aucun doute, personne ne vivait là depuis des semaines. À moins que…

Il dégaina son portable et interrogea une fois de plus le Fichier. La réponse fut tout autant laconique, mais différente : « Puce électronique agonisante dans le couloir »…

— Merde alors ! lâcha-t-il en écarquillant les yeux avant de se ruer dans le couloir.

Le militaire n'avait pas bougé de son poste et le visait sous l'effet de la surprise. Il baissa son arme lorsqu'il réalisa que ce n'était que l'inspecteur, et le regarda s'approcher du chat sans bien comprendre où pouvait être le suspect à arrêter.

— On ne me vise pas ! On peut rengainer, le suspect vient d'être tué. Félicitations !

Voilà qui calmerait le militaire. Greg prit le chat sanguinolent dans ses mains. Il palpa longuement la peau à la recherche d'un corps étranger caractéristique et finit par le trouver dans le cou.

— Adjudant, sans trop vous commander, auriez-vous l'amabilité de ramener ce chat dans l'appartement et de prélever avec votre couteau le petit module placé dans son cou ? demanda-t-il poliment avant d'entrer à nouveau dans l'appartement.

L'inspecteur passa plusieurs heures à fouiller toutes les pièces, sans rien trouver d'intéressant. Il interrogea aussi l'ordinateur domestique et en déduisit que Lumi Richard ne vivait plus ici depuis le 20 avril, c'est-à-dire depuis trois mois ! Et pour cause, elle s'était évaporée dans la nature pour un motif qui ne pouvait être que parfaitement calculé…

Voici le rapport que Greg adressa à sa hiérarchie, le soir même :

Suite à nos recherches, il a été prouvé que le virus mutant KODT, programme terroriste non élucidé ayant infecté la matrice il y a six mois, a subi une transformation dans la journée qui a précédé la première disparition dite du syndrome cyberdéficient acquis.

De manière concomitante et encore inexpliquée, une jeune informaticienne, spécialiste des jeux vidéo, du nom de Lumi Richard a déposé sur cette même matrice, un fichier-programme nommé « Ishi.exe » dont on ne retrouve aucune trace, y compris dans la sauvegarde de la journée d'émission. Ce fichier d'une taille étrange de 666 MB a été envoyé non pas du dôme où elle réside, mais d'un lieu hors de contrôle des Mégapoles Unies, à deux cents kilomètres au Sud-Sud-Est de Paris-Lyon. Qui plus est, dans son appartement a été retrouvé un chat portant sa puce électronique ce qui démontre que sa sortie illégale des dômes a été soigneusement préparée.

Ce complot terroriste curieusement synchrone avec l'apparition du SCDA, mérite une enquête. Le bureau de l'ISA et tout spécialement l'inspecteur de classe A, Greg Carson, sollicitent donc une mission d'exploration sur le lieu même où la suspecte doit se trouver. Il va sans dire que ce complot organisé nécessite une enquête habile plutôt que l'usage de la force, ceci dans le but d'éclaircir le fonctionnement du programme « Ishi.exe » en relation éventuelle avec le virus mutant KODT. À la clé se trouve peut-être la possibilité d'arrêter l'hémorragie des disparitions s'élevant au quinzième jour de l'agression à 150 000 000 individus, soit un peu plus de 1 % de la population mondiale.

La réponse du Bureau Général des Mégapoles Unies ne se fit pas attendre. Il faut dire que les disparitions se poursuivaient à un rythme soutenu. À la fin de cette troisième semaine d'infestation, on risquait d'approcher la barre fatidique des 10 % qui selon tous les sociologues produirait un effondrement total de la cohésion sociale. Oui, d'ici quelques jours, l'anarchie menacerait le système à tout moment. Et pourtant les Mégapoles Unies n'avaient pas d'autre choix que de maintenir le secret concernant l'ampleur de l'attaque terroriste. Officiellement, on était encore bien en dessous des un individu pour mille, soit dix fois moins que la réalité. Ainsi, les gens continuaient à disparaître en silence au bureau et leur représentation holographique donnait le change pour ne pas inquiéter tous ceux qui étaient en sursis.

Bref, au matin du dix-septième jour de l'attaque terroriste, un hélicoptère décolla de Paris-Lyon. À son bord, s'était entassée une escouade de militaires dont certains appartenaient aux services spéciaux du président. Tous étaient sous les ordres de Greg Carson, unique représentant de l'ISA autorisé à mener l'enquête. Ce dernier était même détaché temporairement de l'Agence, il dépendait maintenant des Mégapoles Unies. Un objectif clair lui avait été assigné : ramener Lumi Richard ou à défaut le fameux fichier « Ishi.exe » dans les 48 heures !

Enfin, c'était ce qu'on avait bien voulu lui dire…

Voir, savoir, pouvoir

Joie et harmonie, plutôt que tristesse et chaos…

Pressant le pas, Ishi remonta de la rivière le visage illuminé par un sourire aussi limpide que le ciel bleu de cette belle matinée. Un sourire qui en disait long sur la sérénité qui l'habitait. Qu'importe si la fraîcheur n'allait pas durer. Sa joie, elle, lui venait de bien plus loin…

Déjà le soleil dorait chaque brin d'herbe avec la ferme intention d'arracher, une à une, toutes les gouttes de rosée offertes par les étoiles. L'univers reprenait d'une main ce qu'il avait donné de l'autre. Et dans ce va-et-vient gigantesque, il y avait peut-être d'infimes particules issues des dômes. D'ailleurs, la chaleur accablante de l'été n'était-elle pas une de leurs conséquences ? Qu'importe si Pentium devait être marqué au fer rouge à cause des rêves du monde technologique. Car ici aussi, on avait des rêves. Et ils se réalisaient…

Ishi déboula dans la maison des étrangers et secoua doucement Lumi qui dormait encore, trop ivre de tant de tensions :

— Lumi, écoute ça. Ton programme marche !

La jeune femme n'en crut pas ses oreilles. Elle s'était endormie, il y a quelques heures de cela pour aussitôt se faire assaillir par un cauchemar tenace dans lequel son index droit grossissait, grossissait, jusqu'à éclater en libérant un pus nauséabond. Ce même doigt qui avait appuyé sur la touche « Enter »... Puis, elle avait enfin trouvé la paix en se blottissant dans les bras d'Ishi. Et voilà que celui-ci la réveillait pour lui annoncer cette incroyable nouvelle.

— Comment peux-tu en être aussi sûr ? balbutia-t-elle.

— Je l'ai vu de mes propres yeux. Derrière le soleil, là où les intentions se formulent, j'ai vu ton rêve se réaliser. Comment te dire ? C'était comme des particules humaines expulsées par la matrice, dans un jet puissant. Elles se dispersaient dans la voie lactée. Elles se fondaient aux étoiles et reprenaient l'état qu'elles avaient connu, il y a des milliards d'années de cela. Était-ce à cause de leur vitesse ou bien d'autre chose ? Mais en tout cas, elles ont aboli le temps qui passe et sont parvenues à rejoindre le temps du rêve. Tu sais, le Dreamtime dont parlent les aborigènes d'Australie... Ah, c'était beau, c'était... naturel !

Jeff avait tout entendu à travers la porte restée ouverte. Excité par la nouvelle, il accourut dans la chambre ce qui obligea Lumi à remonter son drap. Il ne s'en rendit pas compte, car une obsession le taraudait, il voulait en savoir plus :

— Comment peux-tu être sûr que ces particules humaines, comme tu dis, ne sont pas simplement des morts naturelles qui n'ont rien à voir avec notre programme de dématérialisation ?

— Lors d'un décès chez vous, pratiquement aucune particule ne va dans les étoiles, Jeff ! Elles restent dans les dômes. C'est vrai que quelques-unes sont expulsées dans la fumée des dômes, mais elles retombent le plus souvent sur le toit, comme si elles étaient attirées par les lieux qu'elles ont toujours connus. Là, c'est bien différent. Cela ressemble plus à nos rituels funéraires, quand nos prières chantent les morts pour qu'ils atteignent les étoiles... la lumière, si tu préfères.

— D'accord, supposons, supposons ! Mais peut-être que ces particules humaines viennent d'autres villages comme Pentium qui chantent aussi leurs morts.

— Il y en a trop, Jeff ! J'ai vu la gerbe s'accélérer. Elle est exponentielle. Plus rien ne va l'arrêter ! C'est une sorte de pont qui s'est formé. Et puis, il y a autre chose, les humains en question emportent avec eux de drôles de rêves, des rêves de matière. Je n'ai pas trop compris, mais on voyait par exemple un monstre hurlant de métal dans le désert qui crachait du sable avec sa roue arrière, tellement il allait vite.

— Tu veux dire, une moto ? Les particules humaines emmènent des motos dans les étoiles !

— Oh, il n'y a pas que ça ! J'ai vu des armes un peu comme les vôtres, mais plus compliquées.

— Je ne te suis pas vraiment, fit Jeff un peu perdu. Mais bon, même si je ne comprends pas tout, est-ce que ce n'est pas grave pour vous, enfin pour l'univers je veux dire, si tous ces rêves de technologie gagnent les étoiles ?

— Les étoiles en feront ce qu'elles voudront. Tu sais, elles font partie de l'univers comme nous. Donc, elles doivent déjà connaître tous ces rêves… Je ne suis pas inquiet. À vrai dire, il n'y a pas de quoi, parce que figure-toi que pas mal d'humains emmènent avec eux autre chose de bien plus beau : de l'amour ! Oui, de l'amour ! Je ne saurais pas te dire pourquoi, mais on dirait qu'ils meurent en plein milieu d'un… orgasme sexuel.

— Bon Dieu, les combinaisons PJS reliées à la matrice ! bredouilla Jeff, à voix basse.

Lumi avait suivi la conversation sans intervenir. Au fond d'elle-même, elle savait tout cela sans pouvoir le formuler avec autant de précision. Ce qui l'impressionnait était ailleurs : Ishi voyait le grand bouillon de l'univers bien mieux qu'elle. Elle avait pensé se connecter à la matrice dans les jours suivants pour obtenir la confirmation que son programme fonctionnait. Mais Ishi s'était connecté à autre chose de bien plus simple pour un résultat, certes plus imagé, mais tout aussi efficace. En fait, Ishi s'était connecté à l'univers pour savoir…

— Comment fais-tu cela ? demanda-t-elle en attirant son homme pour l'embrasser.

— Quoi donc ?

— Comment arrives-tu à être clairvoyant ? Je veux apprendre cette force qui te permet de voir et de savoir.

— Tu l'as en toi, ma biche. Tout le monde l'a. Il suffit de la travailler.

— Pourrais-tu nous enseigner comment la travailler ?

— Bien sûr !

— Chouette, encore un stage du Nouvel Âge ! fit Jeff en plaisantant, comme s'il voulait exorciser une peur qui montait en lui.

Ishi ne répondit pas, il ne se retourna même pas. Mais Jeff sentit comme une onde le heurter. Et cette onde lui disait que sa plaisanterie était déplacée. Il ne perçut pas entièrement le message que l'homme *Iyaari* de Pentium lui adressait. Il disait à peu près ceci :

Ce stage, comme tu dis, ne durera pas quelques jours, mais toute ta vie. Tu comprendras cela le jour où tu réaliseras que plus jamais tu ne reverras un dôme. Apprête-toi à intégrer ce rêve, car il est déjà là, tout autour de toi.

Deux jours plus tard, les étrangers partirent pour rejoindre les alpages d'altitude. Une poignée de bergers avait monté le petit troupeau du village à la mi-juin. Ils devaient être relayés et Ishi eut l'idée que la clairvoyance pourrait s'étudier au milieu des moutons… Cette transhumance que l'on imposait au bétail était nécessaire pour ne pas épuiser la vallée écrasée par la chaleur estivale. Ainsi, les étrangers transhumeraient aussi. Ils allaient changer d'humus, changer de terre pour mieux percevoir la légèreté de l'air, les trombes d'eau des orages d'altitude et la force du tonnerre. Vivre à la belle étoile et mieux sentir les éléments. Tout cela avait aussi un sens plus profond que seul Ishi entrevoyait à grand-peine : les éloigner de Pentium…

Les premiers jours, on ne travailla pas trop la clairvoyance et pour cause, les moutons, sentant une présence étrangère, étaient nerveux. Le moindre prédateur approchant du troupeau déclenchait une onde de peur qui inévitablement dispersait les bêtes dans la montagne. Il fallait avoir l'odeur du mouton sur soi et penser comme un mouton pour que les choses s'améliorent. Avec le temps, il vint un moment où les apprentis-bergers firent partie du troupeau. Ils se mirent à nomadiser comme lui sans jamais penser à l'avance à un lieu où dormir. La montagne décidait pour eux. Alors, ils perdirent tout point fixe.

Voir le monde autrement, fut justement le point de départ de l'enseignement d'Ishi. Tout être vivant n'avait pas qu'un corps physique : il était animé par des émotions, des intentions, des idées et même des paroles. Ainsi, vivre, ce n'était pas seulement s'alimenter en arrachant au milieu des éléments nécessaires à la survie, c'était aussi déposer sur ce même environnement ses émotions ou ses pensées. Notre corps était donc plus vaste qu'on ne pouvait le voir. Il s'éparpillait partout où il offrait une once de lui-même. Et ceci tout au long de sa vie.

Lumi et les siens venaient de l'expérimenter dans leur chair. Le mouton était troupeau et au-delà, il était aussi montagne. Ils pouvaient extrapoler cette loi à l'univers entier : le poisson était rivière, l'homme était maison, village et au-delà, terroir. Avec l'âge du métal, il était devenu nation, puis dôme et même matrice. Et c'était probablement à cause de cela que le programme de dématérialisation marchait.

L'âge du métal était à l'origine d'une autre transformation, les hommes voyageaient plus et donc se dispersaient plus sur la planète. Ils en perdaient leur ancrage dans la terre et se laissaient attirer par les étoiles. D'ailleurs, les groupes religieux ne parlaient-ils pas de voyage astral à tout bout de champ ? Et les Mégapoles Unies n'avaient-elles pas comme unique obsession de coloniser d'autres planètes ?

Ici à Pentium, les gens formaient d'abord une communauté, un corps à lui seul, qui n'avait d'existence que par rapport à un territoire donné. Le maintenir viable était leur unique préoccupation, à l'inverse précisément des dômes qui dégradaient leur espace vital sans même s'en rendre compte. À Pentium, Lumi et les siens avaient l'impression de se ressourcer, tout simplement parce qu'ils s'enracinaient dans un lieu.

Ishi poursuivit :

— S'enraciner ne veut pas dire s'enterrer. Il faut avoir les pieds dans la terre et la tête dans le ciel, comme si l'on voulait recréer l'axe du monde. Et c'est sur cet axe fermement ancré que l'on peut voyager. Lorsque je recherche la clairvoyance, je ne me connecte pas à l'Univers, car quelque part je suis déjà l'Univers. Tout mon travail consiste à incarner l'axe du monde.

Comme d'habitude, Ariane fut la plus prompte à s'interroger :

— Où mène cet axe du monde ?

— Il mène à tout, Ariane. Tu peux voyager dans ton imaginaire et t'y perdre sans fin, ne serait-ce que pour fuir le monde quotidien, si tu le trouves trop ordinaire. Tu peux aussi revoir ton passé et cela arrive très souvent. Mais si tu vas plus loin, tu rencontreras des mondes parallèles, des mondes souterrains, les êtres de l'eau, du feu et du vent. Là aussi, ton voyage ne doit pas s'égarer. Nous appartenons à ce monde-ci et c'est ici que tu dois agir si tu veux être clairvoyante.

— Certains disent voir des vies antérieures, rajouta Fred.

— Là aussi, il ne faut pas s'égarer. Souvent les gens disent avoir vécu à Rome, en Égypte ou sur l'Atlantide. Ils ne se rendent pas compte qu'en réalité, ils ne sont connectés qu'à leur imaginaire culturel, rien de plus. L'inconscient collectif, c'est autre chose, c'est quelque chose de plus profond, de plus informe, de plus… primaire. Il n'appartient pas au passé, car le passé est illusion, au même titre que le futur. Il appartient au présent.

— Finalement, pour être clairvoyant, il faut voyager sur l'axe du monde tout en restant dans l'instant présent, fit Lumi.

— Oui, faire le vide absolu et délaisser toute projection, quelle qu'elle soit. Au plus profond du néant, des images vous viendront. Elles auront au début l'aspect de paquets de photons incohérents, informes. Mais si vous persévérez et surtout si vous restez fluide, elles s'organiseront peu à peu pour prendre un sens. Là, vous saurez que vous êtes dans l'instant présent dilaté. Alors vous verrez les intentions de ce monde-ci en cours de réalisation. Juste des intentions, rien de vraiment réel encore. Un devenir.

Ishi ne savait comment faire pour transmettre quelque chose qui ne s'apprend qu'avec des années de pratique assidue. Les mots étaient insuffisants pour traduire ce qui est du ressort du voyage intérieur. Chaque matin, la prière collective de Pentium équivalait à un enseignement sans parole. Et Ishi le vivait dans sa chair depuis plus d'un quart de siècle ! Comment donner tout cela en quelques jours ? Le maître ne pouvait transmettre qu'un état d'esprit, rien d'autre. Car pour le reste, Lumi et les siens l'avaient déjà en eux. Il suivit son intuition et leur proposa une sorte d'électrochoc. Ishi allait enterrer ses amis pendant 24 heures ! Là, sous la terre, dans le noir absolu, le vide les remplirait jusqu'à faire éclater certaines de leurs barrières. C'était à tenter…

Jeff s'abstint de tout commentaire. À cause des moutons, peut-être… Si bien que le lendemain même, les étrangers choisirent un lieu qui les appelait. Ils s'y agenouillèrent pour creuser de leurs propres mains ce qui ressemblait à une tombe. Lorsqu'ils eurent fini, l'après-midi tirait à sa fin. Ils s'allongèrent confortablement dans leurs trous et Ishi les recouvrit de terre, un à un, tout en adressant une petite prière à la Terre-Mère pour implorer sa bienveillance. Il leur donna aussi un fin tube de roseau d'une vingtaine de centimètres pour leur permettre de respirer. Ce fut leur dernier souvenir avant que les ténèbres ne les engloutissent…

Ishi passa la nuit puis la journée au milieu des quatre étrangers enterrés. Son sommeil fut agité. Il sentait sourdre de la terre les émotions de chacun. Tous, peut-être un peu moins Lumi, exsudaient leurs angoisses par tous les pores de leur peau. Et la terre les aspirait. Parfois Ishi se mettait à chanter. Alors, les moutons s'approchaient pour l'aider. En apparence, ils broutaient paisiblement parmi les morts-vivants comme si de rien n'était… Pourtant aucun d'eux ne marcha sur une des tombes…

Lorsque Ishi les déterra à la tombée de la nuit, tous les visages étaient livides. Personne ne voulait parler. Ils avaient la bouche pâteuse et ankylosée après tant d'heures passées à embrasser un roseau pour ne pas mourir. Ishi leur donna à boire, tout en leur conseillant de ne rien dire jusqu'au lendemain. Ils étaient encore vivants. C'était une chance extraordinaire. Mieux valait profiter de ce cadeau divin en silence.

Ishi savait que l'électrochoc ne pouvait pas marcher pour tout le monde. Qu'importe, chacun avait un enseignement à tirer de cette épreuve. Il lança le lendemain, un tour de parole en ces termes :

— Dans toute voie spirituelle, nous cherchons à tendre vers Dieu, vers la lumière, vers la plénitude, appelez-le comme vous voudrez. Pourtant, plus que le but, c'est le chemin qui est important. Marcher sur la voie de la conscience est un but en soi. Et chacun doit cheminer à son rythme… Quoi que vous ayez pu vivre hier, ceci a un sens pour vous et pour vous seul. Il suffit de le trouver.

Jeff fut le premier à parler. Il voulait se débarrasser de ses cauchemars : l'apocalypse approchait, la terre s'effondrait, elle allait exploser et pulvériser tous les êtres vivants. Ishi lui fit remarquer que peut-être c'était sa propre conception du monde qui s'effondrait. La fin d'un monde, mais pas la fin du monde…

Ariane ne se souvenait de rien. Peut-être avait-elle dormi ? Ishi n'était pas de cet avis. Personne ne pouvait dormir en pareille circonstance. Elle voulait simplement oublier pour ne pas sombrer dans la folie. Un jour sûrement tout cela remonterait à la surface et il lui faudrait l'accepter sans jugement.

Fred était plus loquace. Il avait vu l'axe du monde et avait rencontré un vieux guérisseur, gardien antique de ce lieu perdu dans les montagnes qui venait ici pour cueillir ses plantes médicinales. Celui-ci lui avait confié que les intentions et les pensées étaient actives sur l'univers. Selon lui, avoir une mauvaise intention à l'égard de quelqu'un était aussi grave que de passer à l'acte. Souhaiter du mal à son voisin ou lui faire du mal revenait au même. Tous les hommes se devaient de maîtriser leurs pensées, leurs émotions, s'ils voulaient vivre harmonieusement en société.

Ishi chercha ses mots avant de répondre :

— À Pentium, nous respectons tous ce principe. Il est possible que tu aies rencontré l'esprit de notre village… Mais peut-être aussi, n'as-tu fait que ressasser inconsciemment tout ce que j'ai dit avant-hier. Tu l'as trituré dans tous les sens pour arriver à penser comme nous.

Il marqua une pause avant de reprendre :

— Il n'y a pas d'axe du monde. Personne ne l'a jamais vu. Il est juste une construction de plus avec des mots. La clairvoyance, c'est autre chose. Les images te viennent sans aucun contrôle, elles sortent du néant et t'envahissent comme dans un délire, parce que tu es… le monde bouillonnant.

Puis, sans laisser le temps à Jeff de répondre, il se tourna vers Lumi :

— Raconte-leur avec tes mots.

Lumi semblait perdue dans ses pensées. Elle lâcha tout de go :

— Les étoiles nous renvoient des particules sur Terre.

Ishi en eut le cœur retourné. Elle avait réussi ! Ce que des hommes et des femmes mettaient toute une vie à acquérir, elle l'avait obtenu en une nuit. Décidément, cette femme était une des plus grandes magiciennes que la Terre ait portée !

Passé la surprise, il se ressaisit :

— Que veux-tu dire par là ?

— Je ne peux pas être plus précise que ça. J'ai simplement vu que les étoiles nous font un contre-don. Elles semblent nous adresser de l'énergie, mais je n'ai pas pu voir le résultat, ici sur Terre.

— Si ta perception est exacte, nous ne tarderons pas à le savoir. En tout cas, c'est normal que tes visions soient un peu vagues. Elles sont toujours plus fortes au moment de la prière du matin, lorsque plusieurs centaines personnes méditent ensemble. Dans ces instants-là, l'énergie du groupe vous porte. Il faudra que vous l'expérimentiez un jour.

Ishi termina ce tour de parole. On ne pouvait brûler les étapes. Les moutons, qui avaient une sainte horreur des discours, s'étaient échappés sur l'autre versant de la montagne. Il devenait urgent de les rattraper. Cinq bergers se remirent en route, les jambes endolories par deux journées d'inaction. Lorsqu'ils eurent rejoint le troupeau, quelle ne fut donc pas leur surprise de rencontrer Couraré. Il était monté le jour même avec deux autres compagnons et attendait tranquillement à l'ombre d'un sapin. Il se redressa d'un bond, tout sourire, pour se jeter dans les bras d'Ishi.

— Alors, tu t'en sors avec les moutons ? lui demanda-t-il en forme de boutade.

— Et toi, deux semaines sans me voir, on dirait que ça te manque…

— Non, non, je t'assure.

— Eh bien tant mieux, parce que cela veut dire que tu es venu pour me dire quelque chose d'important.

— Tu ne crois pas si bien dire ! Tiens, c'est pour toi.

Couraré sortit de sa besace une plante un peu flétrie, pas plus grosse que sa main et la lui tendit. Ishi examina la plante, puis regarda son ami, interloqué.

— Tu ne vas pas me dire que tu es monté jusqu'ici pour me demander le nom de cette plante. Parce que si c'est le cas, tu as fait tout ce trajet pour rien.

— T'inquiète, t'inquiète, je savais bien que tu ne connaîtrais pas cette plante.

— Ah bon ! Et pourquoi donc ?

— Parce qu'elle n'a pas de nom, pardi !

— À quelle devinette joues-tu, Couraré ? Parce que je ne te suis pas du tout.

Couraré ne répondit pas. Il souriait d'un air narquois, juste pour faire durer le plaisir. Lumi s'approcha des deux compères et prit la plante dans ses mains. Elle qui ne connaissait presque rien à la botanique, se permit d'intervenir :

— Les étoiles nous envoient des plantes nouvelles…

Ishi ne comprenait plus rien. Il avait la douloureuse sensation d'être à la traîne. Il s'aperçut par contre que Couraré avait perdu son sourire. Il faisait même la moue :

— Ah non, Lumi, tu ne vas pas me casser la baraque !

— Quelle baraque ? fit Ishi, un tantinet nerveux.

— Bon, ça va, ça va, on ne s'énerve pas. Depuis quelques jours, il se passe un phénomène curieux dans la vallée : il y a une ex-plo-sion de la biodiversité. Tenez-vous bien, on a vu apparaître des espèces botaniques nouvelles comme s'il en pleuvait. Plus étrange encore, les gens qui s'occupent du potager ont vu pour la première fois des doryphores jaunes et aussi de grands papillons bleus semblables à ceux d'Amazonie ! Il a fallu inventer de nouveaux chants pour les éloigner de nos cultures. Il y a même un chasseur qui a cru voir un singe dans la forêt ! Mais ça, ce n'est pas encore confirmé. Le Conseil des Sages pense que tout cela est lié au programme de Lumi. La disparition massive des êtres humains aurait une influence sur l'évolution naturelle.

— Voilà un juste retour des choses, dit Ariane. Nous qui avons tant œuvré pour détruire cette biodiversité !

— Le grand va-et-vient de l'Univers, bredouilla Ishi.

— Tout s'éclaircit, ajouta Lumi. Si l'évolution du vivant n'est pas une arborescence et encore moins une pyramide avec l'homme à son sommet, alors, elle est juste une intention de l'univers. De ce point de vue-là, l'apparition puis l'évolution de l'homme n'est qu'un geste dans le temps. S'il se retire en masse, il produit des phénomènes émergents. Une autre intention, d'autres gestes, des actions nouvelles. Le monde change, mes amis ! Il y a même à parier que l'on verra apparaître des nouvelles lois physiques…

Couraré profita d'un moment de silence pour enchaîner :

— Ça, c'est la bonne nouvelle. Mais il y en a aussi une mauvaise. Le Conseil des Sages pressent que les enquêteurs des dômes nous ont localisés. Ils s'attendent à une visite armée d'un jour à l'autre. Leur message est clair : ne descendez pas au village.

Lumi et les siens se regardèrent sans dire un mot. La joie était retombée d'un coup. Dans leur tête, défilaient les pires scénarios.

— C'est la fin, parvint à articuler Jeff. Vous n'avez pas idée de ce qu'ils peuvent faire. Mieux vaut que nous nous rendions, cela sauvera peut-être le village.

— Hors de question ! Mes ordres sont formels, s'écria Couraré en direction des étrangers d'une voix cassante.

Pour la première fois, un habitant de Pentium prenait un ton autoritaire. Il y avait dans cette voix toute la détermination d'un guerrier. Il poursuivit :

— Pentium entend mener cette bataille à sa manière. Nous nous y préparons depuis toujours. Il fallait bien que cela arrive un jour. Mais, nous ne voulons pas avoir un paramètre de plus à gérer. C'est-à-dire vous. Restez à l'écart, ayez confiance et tout se passera bien.

— Êtes-vous sûr d'avoir toutes les cartes en main ? demanda Lumi d'une voix douce.

— Le Conseil des Sages saura.

— Sait-il par exemple que les enquêteurs des dômes auront des détecteurs de métal et qu'ils pourront localiser en moins d'une minute notre matériel informatique, même s'il est caché à l'intérieur d'une grotte ? Ishi, il faut que tu descendes pour cacher notre matériel dans les combinaisons furtives…

— Cet ordre m'inclut-il de manière formelle ? demanda Ishi.

— Non, reconnut Couraré un peu gêné de s'être emporté si vite.

— Alors, chers amis, vous avez une soirée pour me dire tout ce que vous pensez utile à la survie de notre village. Demain, je descendrai rejoindre le Conseil des Sages pour affronter à leurs côtés notre destin commun.

L'inspecteur Greg Carson souffla un grand coup. L'hélicoptère venait d'atterrir dans ce qui ressemblait pour lui à un immense terrain vague, une sorte de décharge publique non autorisée. Aucune rue droite, aucun immeuble, aucune perspective ordonnée, mais des ruelles étroites et tortueuses, des haies serpentant sans queue ni tête, de l'eau qui coulait sans fin comme si on avait oublié de fermer un robinet. Et puis surtout, rien de plat dans ce monde de fous ! De l'herbe, juste de l'herbe à perte de vue. De l'herbe même pas verte comme sur un green de golf…

Il ajusta sa combinaison puis son masque qui lui donnait un air de chirurgien se rendant dans une salle d'opération.

— 1, 2, 3, vous me recevez ?

Son oreillette lui gueula dans l'oreille :

— 5 sur 5, Greg. Merci de redresser votre caméra.

Greg marmonna quelque chose d'inaudible. L'autre, confortablement installé dans un bureau de Paris-Lyon, crut qu'il se raclait la gorge… Il ne pouvait voir que l'inspecteur s'empressait de réduire le volume de son écouteur. Il vit par contre son champ de vision se remettre d'aplomb après deux ou trois tentatives infructueuses. Il faut dire que la caméra, placée au-dessus de l'oreille de Greg, n'était pas plus grosse qu'une tête d'épingle…

— Bon, messieurs, vous connaissez notre plan. Je suis ici le seul homme habilité à causer avec ces sauvages. Vous serez en liaison permanente avec moi. Aucun mot, aucun geste, ne vous échappera, vous pourrez à tout moment me donner des conseils. Le minimum, s'il vous plaît ! En tout cas, tant que je ne serai pas en difficulté, vous ne sortirez pas du périmètre que nous allons établir autour de l'hélico. C'est d'accord ?

— OK, lui répondit Ralph Lowen, le chef des forces spéciales qui était assis en face de lui.

— Top chrono, c'est parti !

Ralph ouvrit la porte vitrée qui les séparait encore de Pentium et une bouffée de chaleur suffocante envahit aussitôt l'habitacle.

— Merde, ils n'ont même pas la clim, pesta un des soldats qui sauta en premier.

Quatre militaires casqués et armés jusqu'aux dents prirent pied autour de l'hélico au pas de charge. Ils repoussèrent trois enfants qui voulaient toucher le monstre de métal, plantèrent en toute hâte quatre piquets et déroulèrent un ruban de plastique rouge et blanc, semblable à une guirlande de Noël. Quand ils eurent terminé, ils se placèrent aux quatre angles du carré et l'un d'eux hurla :

— Périmètre sécurisé, chef !

Les gens arrivaient peu à peu. La plupart des enfants accouraient. Il fallait voir l'expression sur leurs visages qui hésitait entre un émerveillement sans borne et une peur effroyable. Certaines personnes venaient de loin car elles avaient entendu l'incroyable rugissement du monstre à des kilomètres à la ronde. Tous s'agglutinèrent autour du carré dans un silence religieux.

— Drôle de rituel, pensa un des villageois.

— Pourquoi donc leurs moines portent-ils une marmite sur la tête ?

— Ils doivent craindre le soleil, interpréta un autre.

— Quatre côtés, quatre moines. Nul doute, ce sont bien les hommes du quatrième âge, celui du métal, se dit un troisième.

— C'est bon pour nous, chuchota Ralph à l'oreille de Greg. S'ils s'amassent comme ça, c'est qu'il n'y a pas de kamikaze parmi eux.

Greg fit semblant d'acquiescer d'un air complice, mais il ne put s'empêcher de penser :

— Sacrés militaires ! Dans leur tête, le mal est partout. Pourvu que ça ne dégénère pas comme l'autre fois avec le chat…

Il fut dérangé dans ses pensées par le copilote qui annonçait fièrement :

— Aucune trace d'armes conventionnelles dans un périmètre de deux cents mètres. Recherche des armes non conventionnelles en cours, mais cela prendra un peu plus de temps.

Greg savait que cette deuxième recherche ne servirait à rien. Comment peut-on détecter des armes que l'on ne connaît pas ? Imbécile ! Il en avait assez entendu et décida de mettre pied à terre, un énorme sac de bonbons à la main. La porte de l'hélico se referma aussitôt derrière lui.

Ses gestes étaient calculés. Il avança avec une lenteur infinie jusqu'à la limite du périmètre, en prenant la précaution de ne pas approcher des villageois à moins d'un mètre. Son regard se promenait sur les visages. Plus que de voir, il essayait de sentir. Ces hommes ont-ils peur ? Vont-ils nous résister ? Nous cacher la vérité ? Qui connaît Lumi ? Où est-elle ?

En apparence, les habitants de Pentium étaient des gens semblables à ceux des dômes. Mais Greg se doutait que dans leur tête, le monde ne tournait pas de la même manière. Certaines réactions de leur part pourraient le surprendre. Et même le conduire à de fausses intuitions. Cette enquête n'allait pas être comme les autres…

Il prit un bonbon dans le sac et le dégusta sans précipitation.

Plus de trois cents millions de morts ! Quelques dizaines de milliers de plus, lorsqu'il aura fini ce bonbon ! Ces hommes seraient-ils des assassins ? Des terroristes de la pire espèce ? Avec quelles revendications ?

Il ne put l'expliquer, mais il avait l'impression que le village faisait bloc. Car il ne pouvait percevoir aucune émotion, aucune intention. C'était peut-être à cause de ce silence de plomb, aussi lourd que ce satané soleil qui déjà lui tapait sur le système.

Il tendit son sac en invitant d'un geste l'homme placé devant lui à se servir. L'homme prit un bonbon, l'avala, puis plaça la paume de sa main sur son cœur en signe de remerciement. Greg lui répondit d'un léger signe de la tête. Il suivit la ligne du périmètre, dit sécurisé, en distribuant ses bonbons. Tous, petits ou grands, le remerciaient de la même manière. Avec une sérénité peu commune.

Lorsqu'il eut terminé un tour complet, il donna le sac qui disparut aussitôt dans les rangs. En le voyant partir, il se demanda qui, des villageois ou de son équipe, allait attraper en premier un mauvais virus. Cette pensée le fit sourire derrière son masque en carton. Il se trouvait ridicule avec ce filtre sur la bouche. Encore une de ces précautions des Mégapoles Unies ! Aussi décida-t-il de l'enlever, tout en douceur pour ne pas toucher la caméra perchée sur le lobe de son oreille.

C'était le moment qu'attendait le Patriarche pour intervenir. Il toucha du doigt l'homme devant lui, qui s'écarta aussitôt. Alors, Greg vit avancer à pas lents un vieillard aux cheveux blancs. L'homme soutenait son regard avec une rare intensité. Il vint se placer face à lui, juste à la limite du ruban en plastique :

— Voyageurs du bout du monde, bienvenue à Pentium. Si votre libellule de métal est venue jusqu'à nous, c'est que quelque part vous aviez besoin de nous. Puissiez-vous trouver ici ce que vous cherchez et bien plus encore. Quant à toi qui semble être leur chef, tu as fait le geste que nous attendions tous. Tu as enlevé ce bandeau qui te masquait la bouche, montrant par là même que tu avais envie de nous parler. Je te renvoie la pareille en te libérant de l'enclos dans lequel tes amis t'ont enfermé.

Il marqua une courte pause, avant de le saluer à la manière traditionnelle :

— Que tes journées soient belles parmi nous !

À ces mots, ses mains agrippèrent le ruban de plastique et le déchirèrent d'un coup sec. Un des militaires en poste ne put réprimer un geste instinctif. Il dégaina son arme en un éclair de seconde et la pointa vers le vieux. Un mouvement de recul anima la foule entière, à l'exception du Patriarche qui resta de marbre. Greg n'avait pas fini de décortiquer le message du chef présumé, que déjà il se ruait sur le militaire pour l'obliger à relever son arme. Puis, tournant la tête sur le côté pour s'adresser à son micro, ce qui donna l'impression aux villageois qu'il parlait à la montagne, il dit :

— Ralph, aurais-tu l'obligeance de bien vouloir demander à tes quatre hommes de déposer leur arme à terre.

— Négatif, Greg. Consigne de sécurité ! lui répondit son écouteur.

Greg n'en crut pas ses oreilles. Renversant sa tête en arrière, il prit une profonde inspiration et beugla de toutes ses forces en direction du ciel :

— Écoute mon gars, tu n'es pas ici pour sauver quatre pelés, trois tondus et une libellule de métal. Tu es ici pour m'obéir. OK ? Alors tu vas ravaler ta salive et appliquer l'ordre que je viens de te donner. J'ai assez de boulot comme ça avec une bande d'Haré Krishna, pour en plus me taper un petit Pinochet dans mon dos !

— Déposez vos armes, fit une voix qui venait de Paris-Lyon. Ordre du général en chef.

Greg souffla à nouveau un grand coup. Qu'est-ce qu'il avait été inspiré d'enlever son masque ! Cela lui avait permis de crier à pleins poumons jusqu'à ébranler les tympans des généraux du QG central.

Le monde n'est qu'un tout petit dôme, pensa-t-il.

Il retourna se placer face au Patriarche et se mit en tête de reprendre la conversation là où elle en était restée :

— Vénérable Maître, veuillez m'excuser pour ce regrettable incident... Quoi que vous puissiez en penser, je ne suis pas enfermé dans un enclos, car mes amis, comme vous dites, considèrent dans leur petite tête qu'en déroulant cette jolie guirlande de plastique, ils parviendront à protéger leur libellule de métal et leur vie avec. Bien qu'en y réfléchissant à deux fois, peut-être pensent-ils vous avoir enfermé ! Alors, ne cogitons pas trop sur ce sujet dérisoire et laissons-les s'enfermer à nouveau dans leur temple sacré, puisque telle est leur sympathique coutume. Par contre, si vous le permettez c'est avec grand plaisir que je rejoindrais votre... euh... ashram.

Greg avança d'un pas pour dépasser la limite du périmètre, en se payant le luxe de marcher sur le ruban qui gisait à terre. Il n'était plus qu'à un demi-mètre du Patriarche et pensa que celui-ci allait lui tendre la main. Mais le Maître ne semblait pas disposé à ce genre de rituel. Il avança à son tour et le prit dans ses bras. Greg réprima un sentiment de dédain. Deux heures à peine qu'il était sorti des dômes et déjà il se collait à un sauvage. La sueur de la terre s'agglutinait à sa peau. Elle le brûlait, le pénétrait. Elle violait son intégrité. Nul doute qu'il allait faire une crise d'urticaire géante, dans pas longtemps !

— Accepte-moi tel que je suis et non tel que tu m'imagines, lui chuchota le vieux. Ici, on m'appelle tout simplement Patriarche. Et toi, comment veux-tu qu'on t'appelle ?

— Appelez-moi simplement Greg et ça ira, répondit l'inspecteur en desserrant l'étreinte.

La foule se fendit pour laisser passer les deux hommes. Déjà, les militaires s'affairaient pour refermer le périmètre de sécurité. Un cinquième homme venait de descendre de l'hélicoptère avec une série d'appareils de mesure. Mais personne n'y prêta attention. Tous regardaient Greg essoufflé par l'altitude qui cheminait à pas lents vers le village, une odeur tenace de champignon dans les narines…

Le Conseil des Sages au complet le reçut dans la salle de réunion. Tout le village ne pouvait y entrer. Alors on s'entassa au maximum en faisant en sorte que chaque famille ait au moins un représentant.

— Greg, veux-tu manger quelque chose ?

— C'est gentil de votre part, mais ce n'est pas dans ma coutume, répondit l'inspecteur en se souvenant de sa conversation de la veille, avec le médecin militaire : « Évitez de manger avec ces sauvages, c'est la diarrhée assurée ! ».

— Tu as raison Greg, le jeûne éclaircit les pensées. Mais veux-tu boire au moins ?

— De l'eau purifiée, si vous en avez.

— En effet, nous avons de l'eau pure…

On lui servit un bol en terre cuite rempli d'une eau cristalline. Puis le Patriarche enchaîna :

— Tu peux commencer quand tu veux. Nous sommes tous réunis pour t'écouter.

— Bien, mesdames et messieurs, attaquons sans préambule si vous le voulez bien. Comme vous devez le savoir, votre village est situé sur un territoire dépendant de la juridiction des Mégapoles Unies. En tant que représentant officiel de cette institution, je suis ici pour mener une enquête de la plus haute importance qui va nécessiter votre pleine et entière collaboration.

Il sortit une photo et la donna au Patriarche.

— Voilà, nous sommes à la recherche d'une jeune femme répondant habituellement au nom de Lumi Richard. Avez-vous rencontré cette personne ?

— J'ai rencontré cette personne, répondit le Patriarche.

— Merci de votre franchise, cela me facilite les choses. Est-elle dans ce village actuellement ?

— Elle est partie il y a deux semaines environ.

— Deux semaines, dites-vous ? Quel jour exactement ?

— Au troisième jour de la lune nouvelle, si ma mémoire est bonne.

— Ah, je vois que vous n'avez de calendrier dans votre charmant petit village... Je vais donc poser ma question différemment : depuis combien de jours est-elle partie ?

Le Patriarche consulta le Conseil. Quelqu'un se mit à compter sur ses doigts.

— Treize ou quatorze jours, nous ne pouvons pas être plus précis.

— Veuillez m'excuser, je vais parler à mon micro.

Et il enchaîna :

— Pourrais-je avoir une analyse satellitaire du village entre J-12 et J-15, s'il vous plaît ?

Le Patriarche qui ne savait pas ce qu'était un micro, répondit :

— Je m'excuse, nous n'avons pas « danalise satéliter »...

L'inspecteur le regarda d'un œil goguenard. Ce sauvage ne savait pas ce qu'était un microphone ! Était-ce possible ?

— Chers amis, ce petit engin noir pas plus gros qu'une mouche qui se maintient en permanence devant ma bouche est un... micro. Facile à retenir : « Mi-Cro ». Grâce à lui, je suis en liaison constante avec le dôme de Paris-Lyon. Mon village, si vous préférez.

— Ah, je comprends mieux pourquoi tu te fais appeler Greg. En fait, tu es l'égrégore de ton village.

— Égrégore ? demanda l'inspecteur qui ne connaissait pas ce mot.

— L'é-gré-gore, c'est-à-dire la voix de tout un groupe de gens qui communient ensemble.

— Oui, c'est ça, qui « communiquent » ensemble !

Une voix grésilla dans l'écouteur de Greg :

— Pas de sortie du village observée par satellite dans le créneau temps demandé. Juste des déplacements en aller-retour vers la périphérie du village. Activités de chasse, d'élevage, rien d'autre.

— Messieurs, mon égrégore vient de me dire qu'aucune sortie d'humains n'a été enregistrée au troisième jour de la lune nouvelle. Ne seriez-vous pas en train de me mentir ?

Un jeune homme qui se trouvait à la droite du Patriarche prit la parole pour la première fois.

— La personne que vous recherchez est partie vêtue d'une combinaison qu'elle disait « furtive ».

Greg ne fut pas surpris par cette réponse. L'ISA avait analysé toutes les prises satellitaires entre le 20 avril et le 15 juillet, date du début des disparitions et n'avait pu détecter aucune sortie clandestine du dôme, ni arrivée au village. Les techniciens eux-mêmes avaient évoqué le recours à une combinaison furtive. Il poursuivit donc son interrogatoire sans s'arrêter sur ce détail :

— Où a-t-elle dit qu'elle partait ?

Le Patriarche répondit à cette question :

— Elle a dit à Jérusalem.

— À Jérusalem ! Rien que ça ! Qu'avait-elle avec elle, lorsqu'elle est partie ?

— Cette femme est entièrement autonome. Elle est partie, comme elle était arrivée, juste avec son sac à dos et son ordinateur portable.

— Elle n'a rien laissé ici ? Des affaires personnelles ? Une lettre ? Des dossiers ?

— Non.

— Pourquoi est-elle restée ici plusieurs semaines ?

— Nous l'avons accueillie ici, comme vous. D'ailleurs, vous pouvez rester ici autant de temps que vous voudrez.

— Merci, merci, c'est très gentil. Une autre fois peut-être. Mais qu'a-t-elle fait durant son séjour ?

— Elle nous a simplement dit qu'elle avait un long travail informatique à faire et nous a demandé l'hospitalité. Elle a passé tout son temps devant son ordinateur dans une maison que nous lui avons prêtée.

— J'aurai plaisir à visiter cette maison, un peu plus tard. Mais, permettez-moi d'être intrigué, comment avez-vous pu accepter une personne qui ne participait pas aux tâches communautaires ? Vous a-t-elle donné quelque chose en échange ?

— Nous espérions qu'elle resterait. Nous sommes si peu nombreux.

— Et vous l'avez quand même laissée partir…

— On ne peut retenir personne contre son gré. Chacun a son chemin à parcourir. Peut-être reviendra-t-elle un jour.

Greg n'était qu'à moitié convaincu par cette réponse. Soit Lumi avait monnayé son séjour, soit elle les avait ralliés à son plan. Dans tous les cas, le village avait plus à dire ou à lui montrer.

— Je crois que vous ne me dites pas tout.

— Que veux-tu savoir de plus, Égrégore ? Que cette femme est une magicienne ? Que sa pensée est peut-être ici en ce moment même dans cette salle ? Que ses pouvoirs sont immenses parce qu'elle est le canal de quelque chose de bien plus grand ?

— Si comme vous le dites, elle est une magicienne, j'ai besoin de toute votre aide pour enrayer le cours des choses. Êtes-vous sûrs qu'elle n'a rien laissé ici ? Je peux négocier avec vous. Souhaitez-vous être accueillis sous notre dôme ? Il y a de la place pour tout votre village. Voulez-vous des machines agricoles ? Vous pouvez avoir un tracteur dernier cri par famille. Une connexion haut-débit gratuite à la matrice, peut-être ?

— Rien de tout cela ne nous intéresse.

— Qu'est-ce qui pourrait vous intéresser ?

— Que vous changiez d'attitude par rapport à la Terre-Mère.

Greg sentit une décharge d'adrénaline lui parcourir le corps. Ça y est, je les tiens. Voilà une revendication qui a le mérite d'être claire. Ces hommes font partie du complot…

— Tout peut se négocier. Je vous prépare un contrat de respect de la Terre-Mère en bonne et due forme, signé par le Président des Mégapoles Unies en personne et vous me donnez tout ce qu'elle a laissé ici. C'est un marché équitable, non ?

— Je n'ai pas dit qu'elle avait laissé quelque chose ici. J'ai simplement répondu à votre question. À savoir, qu'est-ce qui pourrait nous intéresser.

Greg accusa le coup. Il s'adossa à nouveau sur sa chaise pour mieux réfléchir. Ces hommes étaient plus malins qu'ils n'en avaient l'air. Leur chef surtout. Ses réponses, à la fois nonchalantes et aiguisées, donnaient l'impression qu'il anticipait chaque question. Un peu comme dans une partie d'échecs…

Une voix grésilla dans son écouteur. C'était Ralph :

— Détection des métaux terminée, Inspecteur. Aucun ordinateur dans le village. Juste de menus objets style une montre, un baladeur CD, des cuillères, beaucoup d'outils de jardinage. Mais pas de matériel informatique en tout cas.

— Il y en a. Il en y a, fit Greg à son micro, tout en continuant de réfléchir…

Il promena son regard dans la salle et ne put détecter aucune tension. Les gens le regardaient intensément, mais personne ne semblait inquiet. Lui qui avait l'habitude de ce genre de situation, fonctionnait au feeling. Et son feeling lui disait qu'un secret planait dans le village. Comment pouvaient-ils le cacher sans le moindre effort apparent ?

Il décida de changer de stratégie et de passer à l'attaque :

— Messieurs, je crois que vous ne comprenez pas bien la situation. Si je ne repars pas demain chez moi, soit avec Lumi Richard, soit avec une disquette correspondant au travail qu'elle a réalisé ici, vous pouvez considérer votre village comme en sursis limité.

— Que veux-tu dire par « sursis limité » ? demanda le Patriarche d'un ton neutre.

Greg se racla la gorge pour rendre sa voix la plus solennelle possible.

— Face au manque de coopération de votre part, le Conseil des Mégapoles Unies pourrait décider de rayer votre village de la carte du monde. Comme ça, juste pour faire un exemple.

— Je te sens nerveux, Greg. Tu entrevois des choses, mais le reste t'échappe. Alors la colère monte en toi sous l'effet de l'impuissance. Puis-je te proposer une petite cérémonie du tabac sacré pour que la paix entre en toi ?

— C'est bien gentil à vous, mais je ne crois pas que cela servirait à quelque chose.

— Mon fils, à mes côtés, a préparé spécialement pour toi ce tabac sacré. Tu sais, lorsqu'une personne te propose une rencontre sacrée, ça ne se refuse pas... Elle te permettra de voir plus clair, plus loin, j'en suis certain.

Greg ne paraissait pas convaincu. Il hésitait parce qu'il avait peur de se retrouver en terrain inconnu. Pourtant, une autre partie de lui se sentait attirée par les paroles du vieux. Il resta silencieux, tout en réfléchissant à la situation. Alors, le Patriarche reprit la parole.

— Je vois que tu hésites... Ishi, mon fils, veux-tu montrer ce tabac sacré pour qu'au moins Greg puisse le humer avant de décider.

L'inspecteur resta pétrifié. Dans sa tête, un mot frappait sa tempe sans relâche : « ISHI, ISHI, ISHI ».

Il a dit Ishi, comme le fichier « Ishi.exe ». Bordel, je n'ai pas rêvé ! Ressaisis-toi Greg, prends ce tabac que l'on te présente. Ces hommes te tendent une perche à toi et à toi seul. Abstiens-toi de répéter ce nom. Avec un peu de chance, personne au quartier général ou dans l'hélicoptère n'aura relevé. Car cet appel du pied n'est que pour MOI !

L'instant dura une éternité. Greg regardait le tabac et les gens regardaient Greg en retenant leur respiration. Une voix douce se fit entendre dans l'écouteur. C'était celle d'une femme que l'inspecteur connaissait bien. Le médecin psychologue de Paris-Lyon tentait de lui venir en aide :

— Greg, je sens une tension en vous et dans la salle. Acceptez cette invitation ! On dirait qu'ils veulent vous dire quelque chose. Acceptez, bon Dieu ! Vous êtes en train de bloquer sur une de vos peurs.

— J'accepte, lâcha-t-il entre ses dents, tandis que la foule respirait enfin.

La pipe sacrée avait été assemblée sous ses yeux dans un silence religieux. Ishi l'avait présentée aux quatre directions, puis il l'avait bourrée de tabac avant de l'allumer. Ensuite, il avait aspiré trois pleines bouffées et Greg en fit de même. Dans les secondes qui suivirent, l'inspecteur réalisa que ce n'était pas seulement du tabac, car son esprit fut projeté dans un tunnel de lumière qui déboucha sur une toile quadrillée. Des formes géométriques apparaissaient, se transformaient puis disparaissaient. Des rectangles devenaient triangles. Des croix s'empilaient sans fin. Des avenues de points d'interrogations défilaient à grande vitesse. Les couleurs étaient vives et même… agressives. Cela lui donna la nausée. Il allait vomir…

Alors une voix, venue de nulle part, se fit entendre. Et cette voix arrêta net ces visions désagréables. Elle disait :

— Ainsi, tu es venu pour voir. Or, celui qui voit, obtient le savoir et finit par acquérir le pouvoir. Permets-moi de te dire une chose : tu t'y es mal pris dans cette réunion. Tu aurais dû commencer par le commencement : Pourquoi es-tu venu ici ?

Greg répondit à cette question, mais ses lèvres ne bougèrent pas d'un millimètre :

— Parce que je veux une disquette avec un programme informatique qui porte ton nom, crapule !

— Ne brûle pas les étapes, veux-tu ? Cherche une réponse plus existentielle, plus… essentielle.

— Parce que… parce que nous avons près de quatre cents millions de morts sur les bras.

— Enfin nous voici au cœur du sujet. Cette hargne que vous avez, vient du fait que vous les considérez comme morts. Moi, je les sais encore vivants.

— Tu veux dire que tous ces morts ne sont que des disparus, comme ne cesse de le clamer le gouvernement des Mégapoles Unies ? Nous pourrions les récupérer !

— Je n'ai pas dit cela. J'ai simplement dit qu'ils étaient vivants et heureux.

— Ah ! Au paradis…

— Non, ici sur Terre, dans ce monde qui est le nôtre. Je crois que vous devriez accepter ce changement. Cela permettrait peut-être d'arrêter l'hémorragie.

— Accepter ce changement ?

— Oui, accepter de ne pas pouvoir contrôler la nature entière. La vie est une perpétuelle adaptation au changement. Rien ne l'arrête, personne ne peut la contrôler, on peut juste la suivre. Mais pour cela, on ne combat pas l'univers, on s'allie avec lui… Vous avez oublié quelque chose d'essentiel que nous pratiquons chaque jour ici avec dévotion : nous sommes tous les fils de la Terre-Mère. Si vous ne replacez pas cette pensée au centre des dômes, vous êtes perdus.

— Ah non ! Vous n'allez pas encore remettre ça sur le tapis !

— Et pourtant, ce sera ta mission quand tu rentreras dans ton dôme.

Une voix extérieure dans l'écouteur rompit le cours de la conversation. On entendait :

— Greg, vous allez bien ?

Dans la salle, on entendit un homme qui parlait tout seul, lentement car il avait des difficultés pour articuler :

— Je vais bien, docteur. Pas d'intervention extérieure, s'il vous plaît. Je négocie.

Greg expira bruyamment par le nez et put enfin se replonger dans le silence. Il ferma les yeux :

— Nous disions donc…

— Je vais te donner ce que tu veux. La femme, non, parce qu'elle est partie loin des dômes et ne reviendra plus jamais. Mieux vaut d'ailleurs que tu l'oublies. Mais la disquette, oui. Elle m'en a donné une copie et je te l'échange contre une promesse.

— Quelle promesse ?

— Que vous changiez. Car cette disquette n'est rien. Elle est juste le support de vos rêves. Et si vous ne changez pas vos rêves, rien ne changera. Il y a derrière ce programme, une force bien plus grande qui est dans la matrice. Cette force, c'est elle qui est la cause de tous vos problèmes. Vous l'avez appelée « virus », alors qu'en réalité, elle est le condensé de l'humanité. Tant que vous l'appellerez « virus », ce sera comme si vous vous rejetiez vous-mêmes !

La voix fit une pause, comme si elle attendait que Greg ait tout assimilé. Puis elle reprit :

— Maintenant, je te donne la clé qui sauvera des vies et qui par là même rend dérisoire la disquette que tu es venu chercher : KODT ne peut se manipuler avec des mots du langage informatique. Il se manipule avec l'ESPRIT.

— Exactement comme tu fais en ce moment…

Ishi fut surpris par cette réponse et ne tarda pas à ressentir dans son corps ce qu'elle impliquait. L'esprit de Greg tentait d'entrer en lui avec une volonté peu commune : il voulait connaître ses pensées et au-delà, celles du village, et au passage, il allait savoir la vérité sur Lumi. Puisant dans ses ressources, Ishi n'eut comme ultime recours que d'envoyer une décharge électrique pour neutraliser cette tentative. Son adversaire accusa le coup en grimaçant et préféra attendre une autre opportunité.

La voix reprit, de nouveau sûre d'elle-même :

— Tu es malin, Égrégore ! Dis-toi bien que vous êtes encore très nombreux et que votre avenir vous appartient. Je ne t'en dirai pas plus aujourd'hui.

Après ça, Ishi coupa aussitôt la communication et la nuit tomba dans la tête de Greg.

Ce fut la voix de Ralph qui le tira de sa torpeur :

— Greg ? Greg, votre… négociation, comme vous dites, semble, euh… finie ! Le jeune homme, je ne me souviens plus de son nom, a terminé sa cérémonie depuis trois bonnes minutes. Greg, avez-vous besoin d'aide ?

— Non, non, ça va, merci.

Ralph resta attentif. La caméra balaya à nouveau la salle. Personne n'avait bougé. Elle se fixa sur le Patriarche. Il tenait dans sa main une disquette et attendait poliment que Greg sorte enfin de sa léthargie. Sur la ligne audio, hors de portée des villageois, on entendait des cris de joie en provenance de Paris-Lyon. Une voix, celle de Rob, dominait le brouhaha :

— Ce mec est un surdoué. Je vous l'avais dit qu'il réussirait !

L'hélicoptère décolla en milieu d'après-midi. Greg avait eu du mal à le rejoindre, si bien qu'il dut être soutenu par Ishi durant toute sa descente. L'effet du grand air, sans doute…

L'escouade militaire n'était pas du même avis. On le regardait comme un pestiféré et chacun réajusta son masque de peur d'attraper un mauvais virus. Seul Ralph le regardait avec respect. Malgré le bruit des turbines, il mit un point d'honneur à le féliciter :

— Excellent travail, Inspecteur, cria-t-il dans son micro.

Greg acquiesça d'un léger signe de la tête. En bas, le périmètre de sécurité se réduisait comme une peau de chagrin. Tout autour, des hommes et des femmes continuaient d'agiter leurs bras pour saluer leur départ. Perdu dans ses pensées, il se demanda s'il reverrait un jour ce village, lorsque la voix de Ralph le glaça :

— Bombe à fragmentation armée, mon général.

— Attendez, fit Greg. Qu'est ce que vous dites ?

— Je dis que la bombe que nous avons enterrée dans le périmètre de sécurité est prête à être déclenchée.

— Général, ne donnez pas cet ordre.

— Ah bon ! Et pourquoi ?

— Général, j'ai des informations que vous n'avez pas. Ce village peut nous être utile dans les prochains jours. Attendez au moins mon retour au quartier général avant de prendre une telle décision.

Ralph intervint :

— Général, les hommes de ce village ne sauront pas désamorcer cette bombe. Personne ne nous a vu l'enterrer. Je crois que Carson a raison. Nous pourrons toujours la déclencher depuis notre base.

— Ramenez votre fraise au plus vite, avant que je ne change d'avis, hurla le général.

Au même moment, à Pentium, le bruit de la libellule de métal s'estompait dans la vallée. Déjà les gens retournaient à leurs occupations quotidiennes. Car à cause de cette visite impromptue, on avait perdu une journée de travail. Seuls le Patriarche et son fils restèrent devant le périmètre de sécurité, maintenant vide. C'était curieux, un petit carré de terre avait été labouré. Encore un de ces rituels obscurs du peuple des dômes ! Alors, Ishi murmura quelque chose à son père :

— On l'a échappé belle. Cet homme est vraiment très fort. À croire que son cerveau est gonflé aux hormones ! Il a failli entrer en moi, avec une facilité déconcertante. Peut-être même a-t-il pu m'arracher des informations importantes. Qui sait ?

Le Patriarche haussa les épaules et conclut :

— Tout est éphémère dans ce monde, mon fils. Cela nous oblige à vivre chaque instant comme s'il devait être le dernier de notre vie…

La dernière chance

— Alors, c'est quoi ces informations ?

Le général fronçait les sourcils. Bien campé sur ses jambes, les bras croisés devant lui, il semblait contrarié de n'avoir pas pu appuyer sur un bouton en guise de conclusion à cette affaire. Enfin, c'était l'impression qu'il donnait à travers la vitre de sécurité, car Greg venait d'être enfermé dans un quartier spécial pour une mise en quarantaine de 48 heures...

L'inspecteur se demanda s'il avait réellement affaire au général en chef des armées ou bien à sa représentation holographique. Peut-être que c'était une version plus imposante de sa personne pour mieux peser sur l'empoignade qui s'annonçait. Lui, le petit inspecteur, se mettait en travers d'une décision des Mégapoles Unies ! Pour combien de temps encore ?

Il pensa aussi au Patriarche qui l'avait libéré de l'enclos en déchirant le ruban en plastique. Tchak ! D'un coup sec... Ici, les choses étaient plus rigides, plus figées, en un mot plus... inhumaines.

— Alors, vous vous décidez ou quoi ? J'ai un rapport à adresser au président, dès ce soir.

Greg ne savait pas comment présenter ses intimes convictions à un militaire. Qui plus est, pressé ! Aussi, décida-t-il d'éluder la question par une autre :

— Général, avez-vous reçu les premières conclusions des informaticiens de la commission d'enquête sur le fichier de la disquette que nous vous avons télétransmis depuis l'hélicoptère ?

— À l'instant, fit le général enfin soulagé de ne plus parler à un mur. Selon eux, ce programme a bien été écrit pour refermer les cyberespaces sur tout type d'internautes. C'est une avancée déterminante dans l'enquête. Une pièce à conviction importante contre la terroriste Lumi Richard et ce village de fanatiques. Une raison suffisante pour les liquider sans attendre.

— Les informaticiens ont-ils dit autre chose ?

— Qu'il n'y a aucun lien apparent entre ce programme et le virus KODT. La disparition de KODT de nos bases de données, le même jour que l'envoi de ce fichier, serait un phénomène purement fortuit. Le programme doit probablement se connecter à une autre ressource de la matrice qu'ils n'ont pas encore découverte.

Greg sentit qu'il pouvait s'engouffrer dans ce minuscule trou de souris :

— Ils ne la trouveront pas.

— Ah bon ! Et pourquoi donc ? demanda le général à nouveau contrarié.

— Parce que ce village n'a pas abattu toutes ses cartes. Ils nous ont donné la disquette juste pour nous prouver leur appartenance au complot. Mais ils gardent en réserve une arme bien plus puissante qu'aucun de nos informaticiens ne pourra découvrir.

— Je n'ai rien entendu de tel dans les conversations que vous avez eu avec eux. Imaginez-vous les sauver à l'aide de ce tissu de mensonges ? Qu'est-ce qui vous arrive, Inspecteur ? Vos émotions sont en train de vous égarer.

— Vous avez raison, Général, ils n'ont rien dit de tel. Et pourtant, c'est là mon intuition profonde. Cette même intuition qui m'a conduit à trouver une petite disquette, si déterminante comme vous dites, perdue dans un village de montagne… là où personne n'aurait imaginé la dénicher !

Le chef des forces armées fut ébranlé par cette réponse. Il ne se découragea pas, pour autant :

— Supposons que votre intuition soit juste, pourquoi s'attaqueraient-ils à nous ?

— Ils ont une revendication.

— Plaît-il ? fit le général de plus en plus mal à l'aise.

— Ils veulent que nous changions d'attitude par rapport à l'environnement.

— Nous recyclons 90 % de nos déchets. Nous contrôlons l'air, la terre, l'eau, les incendies quand il y en a. Nous mettons de plus en plus de parcs naturels dans nos dômes. Nous avons même quelques députés verts au congrès. Que veulent-ils de plus ?

— Je ne sais pas exactement. Ils ont parlé de « respect envers la Terre-Mère ». Je crois qu'ils veulent que nous adorions la terre comme si elle était notre mère.

— Et vous vous figurez que je vais raconter ça au président ?

Greg sentit que la confiance du général, si durement gagnée, allait lui échapper. Il avait eu toutes les peines du monde à ne pas parler de cette étonnante rencontre sous l'emprise du tabac hallucinogène qui, à coup sûr, l'aurait discrédité. Pourtant, il savait que toutes ses convictions lui venaient de là. Cette histoire de Terre-Mère tombait vraiment mal. Il se jeta à l'eau avant qu'il ne soit trop tard :

— J'ai peut-être une solution. Je crois que nous pouvons désamorcer leur deuxième arme. Mais pour cela, il me faut une nouvelle équipe de recherche. Une équipe spécialisée dans le domaine de prédilection de ces terroristes. Bref, j'ai besoin des meilleurs religieux du monde.

Le général écarquilla les yeux. Mais Greg ne lui laissa pas le temps d'intervenir.

— Je sais que cette idée vous semble saugrenue. Et pourtant, elle m'apparaît comme étant la dernière chance du monde moderne. Pourquoi vous priveriez-vous de cette chance ? Laissez les autres commissions d'enquêtes travailler sur la disquette. Elles réussiront peut-être à arrêter l'épidémie, ce dont je doute fort. Il sera alors temps de détruire ce village. Par contre, si j'ai raison, je vous garantis que d'ici une semaine, vous entendrez reparler de moi.

— Sacré Carson ! C'est à se demander si ces terroristes ne vous ont pas emberlificoté. Vous aurez ce que vous voulez. Je repousse ma décision d'une semaine. D'ici là, vous avez intérêt à trouver et neutraliser cette fameuse deuxième arme. Sur ce, Inspecteur, bonne soirée. Je crois que vous avez du pain sur la planche et moi aussi.

Greg ne perdit pas une seconde. Il contacta aussitôt Rob pour lui expliquer les orientations qu'il souhaitait donner à la commission d'enquête de Paris-Lyon. Tous les autres dômes allaient décortiquer le programme de Lumi dans ses moindres détails en espérant trouver soit une faille, soit la source sur lequel il s'appuyait. Mais ici, on travaillerait sur quelque chose de plus impalpable : « l'effet Pentium ». Derrière ce nom mystérieux, se cachait en réalité une étude approfondie des relations entre l'esprit et la matière. Les informaticiens devaient chercher comment influencer un système informatique sans avoir recours à la moindre programmation. Ils partiraient de l'hypothèse que KODT existait toujours dans la matrice avec pour objectif de parvenir à le détecter. Rob et Phil ressortiraient toutes les données, déjà vieilles de six mois, sur le site hallucinogène que l'on avait muré. Et les neurologues tenteraient de refaire des simulations dans le but de pénétrer au-delà de la façade cathodique du site.

Mais la demande la plus extraordinaire de celui que l'on appelait maintenant Égrégore, laissa Rob pantois : il devait recruter un mystique de chaque religion en moins de deux jours ! Sans compter que Greg avait de drôles d'exigences… Il souhaitait un lama, bonnet rouge de préférence, un moine cistercien ou à la rigueur chartreux, un rabbi fidèle au Mur des Lamentations, un soufi spécialiste de la période pré-islamique, un sâdhu que l'on tirerait d'une grotte dans un des nombreux dômes indiens et un prêtre-sorcier du vaudou ou du condomblé. Rien que ça !

Rob ne broncha pas. Son collègue, en maître incontesté de l'enquête policière, devait savoir ce qu'il faisait. Après tout, ce village de terroristes n'était qu'un ramassis de mystiques. On devait donc les combattre sur leur propre terrain. Mais ce qui l'inquiétait, c'était comment parvenir à satisfaire cette demande. Les disparitions approchaient les 5 % de la population mondiale, tous ces religieux devaient avoir un travail monstre. Quel message leur adresser pour les convaincre ?

— Tu n'as qu'à leur dire que la cause de toutes ces morts est d'origine spirituelle. Et que sans eux, nous n'arriverons pas à endiguer l'épidémie.

Rob sentit son sang se glacer. Si Égrégore disait vrai, le monde n'était pas au bout de ses peines !

Deux jours plus tard et après une série impressionnante d'examens biologiques et de séances de décontamination, Greg put enfin réintégrer le quartier général des Mégapoles Unies. Il fut accueilli par ses collègues en héros. Grâce à lui, la commission d'enquête de Paris-Lyon s'était brillamment illustrée. Malgré cela, personne n'avait le cœur à la fête, car tout le monde restait concentré sur son travail. On n'avait pas encore gagné la guerre, mais au moins l'ennemi était connu. Enfin, c'était ce que les chercheurs pensaient, sauf peut-être Rob et Greg…

L'effervescence monta d'un cran, lorsque les premiers représentants religieux s'annoncèrent. La soixantaine débonnaire, le prêtre vaudou revêtu d'étoffes chatoyantes arriva le premier. Il amenait avec lui tout le parfum de l'Afrique, son exubérance savamment tempérée et sa confiance éternelle en Mawu. Agitant sans cesse sa canne au pommeau d'argent, il s'attela immédiatement à chasser les mauvais esprits qui peuplaient les couloirs de la commission d'enquête. Attirés par ce vacarme, la plupart des chercheurs ouvraient leur porte pour recevoir, en pleine figure, quelques gouttes du sang de Mawu. Après quoi, le prêtre leur assenait sa sentence consacrée :

— *Fa est ouvert à tous ceux qui sont inquiets de leur sort.*

Peu de temps après, le rabbi et le soufi arrivèrent ensemble, car ils avaient pris le même avion. Rob s'empressa de les accueillir sur le pas de l'ascenseur avec pour seule obsession d'empêcher un second tapage. Il n'eut pas cette peine, car les deux hommes étaient fort paisibles. Tous deux armés d'un gros livre, ils se dirigèrent vers leur chambre respective pour y déposer leurs affaires, en murmurant juste quelques psaumes. Sur ces entrefaites, le moine cistercien fit son entrée en longeant les murs. De sorte qu'on le retrouva dans la salle de réunion, en grande discussion avec un neurologue qui prenait sa pause-café.

Le sâdhu marcha jusqu'à cette même salle avec une lenteur infinie. Grâce à Dieu, il n'avait pas d'affaires avec lui, ce qui le dispensait d'aller à l'autre bout de l'immeuble pour faire une halte dans sa chambre. Il précéda de peu un moine bouddhiste envoyé par le XVe dalaï-lama. Drapé dans sa somptueuse robe rouge foncée, il traversa les couloirs en joignant ses mains sur son front à chaque rencontre. Son sourire inébranlable et sa bonhomie détendirent un peu l'atmosphère…

Tous les invités se rassemblèrent dans la salle de réunion. Le noir profond se mélangeait avec les couleurs les plus vives. Les effluves de trois continents fusionnaient ensemble. Alors, tous les yeux se concentrèrent sur Greg.

Un autre homme que Greg aurait pu être déstabilisé par tous ces regards interrogateurs. Mais lui avait cette force intérieure. Il voulait résoudre cette ultime énigme que Pentium lui avait jetée en pleine figure. L'enjeu était de taille : sauver ce qu'il restait du monde moderne. Il en avait fait une affaire personnelle. Or, seul, il ne pouvait atteindre La Vérité. Par contre, avec l'aide de ces sages du monde entier, il y parviendrait…

— Vénérables sages de différentes confessions, encore une fois merci d'avoir répondu à notre invitation. Nous sommes ici tous réunis pour répondre à la plus grande énigme de ce siècle : comment des millions d'hommes et de femmes ont-ils disparu et disparaissent encore, aspirés par un système informatique ? Cette information est confidentielle et je la tiens des terroristes eux-mêmes : il existe une force dans la matrice, nommée KODT, qui est le condensé de l'humanité et qui est la cause de tout ceci. Jusque-là, rien qui ne soit particulièrement dans vos cordes, vous me direz. Et pourtant, cette force échappe totalement à nos informaticiens parce qu'elle ne peut se manipuler que par… l'ESPRIT. Je suspecte même ces terroristes de l'avoir insérée dans la matrice, par une opération similaire. Nous avons cinq jours, pas un de plus, pour réaliser l'inverse, c'est-à-dire désamorcer cette bombe par la force de nos esprits mis en commun. Il en va de notre survie à nous tous.

À l'inverse des scientifiques, les sages n'étaient pas du genre à poser des questions. Ils restèrent silencieux, tout en sondant ce que leurs dieux auraient bien pu répondre à cela. Peut-être aussi, cherchaient-ils à sentir l'atmosphère qui planait dans ce lieu. Car Greg s'en inspira pour reprendre la parole :

— Il va de soi que je n'attends pas de vous des réponses immédiates. J'ai demandé à ce qu'une salle vous soit aménagée. Vous pourrez y faire les rituels de purification et de bénédiction qui vous permettront de vous sentir à l'aise ensemble. Je serai d'ailleurs en permanence à vos côtés pour vous aider à former une véritable équipe de travail. Je sais parfaitement que ce siècle a vu de nombreuses rencontres inter-religieuses qui se sont soldées par de belles déclarations sans aucun acte ou fait marquant. Ici, ce sera le contraire : pas de déclarations, mais un seul acte… salvateur.

S'il y avait eu une mouche, on l'aurait entendue voler ! Certains sages devaient prier, car ils semblaient étrangement absents. Greg reconnut sur ces visages la même expression de béatitude qu'il avait vue à Pentium. Aucune émotion. Aucune interrogation. Juste la présence de l'être, un peu comme si le mental s'était évaporé. Tous sentirent que l'inspecteur attendait un signe de leur part pour clore cette première présentation. Ce fut le soufi qui se dévoua :

— Ce que tu nous demandes est très difficile à faire. Car cette force dont tu parles est l'expérience vécue d'un autre. Nous tous ici, cherchons la lumière bien au-delà de la matière. Que certains mystiques se soient consacrés à la faire redescendre dans la matière a de quoi nous étonner. Mais après tout, rien n'est impossible. Aussi, nous allons t'aider. Tout simplement, parce que chacun d'entre nous a senti que sa place était ici dans ces moments difficiles que traverse le monde.

Et ces mots levèrent la séance.

Alors Rob accompagna pieusement le petit groupe jusqu'à sa salle de travail. Personne ne parlait et le sâdhu traînait toujours autant les pieds. Quelle drôle de troupe ! pensa-t-il, en se retournant pour voir si tout le monde suivait.

Lorsqu'ils arrivèrent à l'entrée de la salle, les sages défilèrent un à un devant lui en le saluant comme s'ils ne devaient plus jamais se revoir, ce qui rendit Rob encore plus perplexe. Perdu dans ses pensées, Greg fermait la marche. Les deux hommes s'échangèrent un regard incertain, juste avant de refermer la porte pour une première nuit de travail.

Rob se retrouva seul dans le silence feutré des couloirs du quartier général. Il compulsa les données de la journée qu'un employé venait de lui transmettre. Nous étions au vingtième jour de l'attaque terroriste. Quelque part entre Pentium et Jérusalem, une petite informaticienne solitaire marchait en plein maquis ou bien se reposait autour d'un feu de camp. Elle était la cause de la plus effroyable hécatombe que l'humanité ait connue. Et pendant ce temps, toutes les commissions d'enquête piétinaient devant un écueil insurmontable : comment un petit programme informatique relativement simple était arrivé à un résultat aussi démoniaque ?

À ce rythme, d'ici cinq jours, la barre des 10 % serait atteinte et avec elle, le chaos à coup sûr ! Déjà, des hommes et des femmes, partout dans le monde, préféraient se suicider pour rejoindre leurs proches… dans la matrice. Les rues se remplissaient régulièrement de manifestants réclamant une vaccination ou tout du moins, des actions concrètes pour les protéger. De son côté, le gouvernement continuait à leur mentir en les encourageant à regagner leur poste de travail, seul moyen pour que le système puisse approvisionner chaque foyer. Ainsi, la réalité était telle que chacun risquait sa vie en toute inconscience pour maintenir en fonction la matrice, indispensable à la survie des dômes. D'autres, envahis par le doute, se laissaient convaincre par des gourous annonçant la fin du monde. Ils se réunissaient dans les parcs publics en quête d'un message donnant un sens à cette catastrophe. Ils étaient prêts à croire n'importe quelle version pourvu que leur angoisse s'estompe. En fait, les agents de l'ISA n'avaient même pas le temps de consigner ces nouvelles croyances, car la police veillait au grain avec une extrême vigilance. Elle expulsait des dômes le moindre fauteur de troubles ainsi que les quelques disciples qui souhaitaient le suivre plutôt que de rentrer chez eux pour allumer une fois de plus la télévision. Cette télévision qui leur mentait sur l'ampleur du désastre et qui les laissait seuls face à eux-mêmes. Ainsi, la panique montait lentement mais sûrement. Un jour, pas si lointain, le désespoir ferait tout éclater.

Rob soupira. Derrière cette porte, se trouvait peut-être le seul groupe de recherche qui pouvait sauver le monde ! Il imagina tous les scénarios possibles, les uns plus providentiels que les autres. Mais un pressentiment tenace revenait toujours à la charge : ces hommes n'auraient pas cinq jours devant eux !

Durant les vingt-quatre premières heures, Greg eut la désagréable impression de perdre son temps. Il assista impuissant à une succession interminable de chants, de prières et de purifications, en se disant que pendant ce temps, deux cents millions de personnes supplémentaires, au bas mot, avaient disparu…

Ce n'est qu'au matin du deuxième jour qu'il prit conscience que la pièce était comme anesthésiée. Elle n'était pas seulement isolée du monde et de toutes ces morts, elle semblait suspendue dans le temps. Chaque sage avait trouvé un endroit qui lui convenait et n'en bougeait plus. Tous jeûnaient et ne buvaient que quelques gouttes d'eau par jour. On aurait dit que leur métabolisme s'était arrêté. Leur place aussi concourait à instaurer cette harmonie tant recherchée. Ensemble, ils formaient une étoile à six branches, car ils avaient étalé devant eux leurs objets sacrés, le long d'une ligne menant au centre de la salle. Là, au point de convergence de toutes les confessions, un amas de cire fondue et de cendres commençait à s'élever vers le plafond.

Dans la pénombre des bougies, Greg s'était trouvé une occupation. Il passait d'un sage à un autre pour recueillir leurs recommandations et s'activait à pas lents autour de l'autel central. Il comprit de lui-même que celui-ci devait avoir une forme précise sur chacune de ses six facettes et qu'on ne pouvait tourner autour que dans le sens des aiguilles d'une montre. Ce sens devint peu à peu l'objet de sa plus grande vigilance : surtout ne pas se tromper ! À tel point qu'il se sentit s'élever, au fur et à mesure de son parcours, en accord avec les méditants. Signe indubitable de cette imprégnation, il finit par oublier le détecteur d'incendie qui menaçait à tout moment de se déclencher !

La fumée était épaisse lorsque le sâdhu prit le premier la parole. Selon lui, un cercle de pouvoir était en train de se former, d'où la nécessité que tous les êtres ici présents soient dans un état d'esprit de non-combat. Greg se sentit le premier visé, mais ne parla pas. Le sâdhu continua :

— *L'Advaita vedanta* nous enseigne qu'il ne peut y avoir de clairvoyance dans nos cœurs, sans la paix de notre âme. Car nous ne verrons pas cette force si puissante avec nos yeux ou notre tête, mais avec notre cœur. Laissons entrer en nous l'absence totale de ressentiment. Cet acte n'est pas une action terroriste, il est une leçon pour changer et évoluer vers la lumière. Il est une chance pour l'humanité.

Il se tut et tout le monde médita des heures sur ces quelques paroles.

Greg se laissait entraîner dans une sorte de léthargie, lorsqu'il sentit que le moine cistercien l'appelait. Il lui donna une croix qu'il déposa contre un cierge sur l'autel. Le cierge se consuma et commença à faire fondre le crucifix en plomb. Alors le moine prit la parole, empêchant en cela Greg de se lever pour sauver ce qu'il restait de la croix :

— La bible nous apprend que sans pardon, il ne peut y avoir de paix intérieure. Le Christ s'est sacrifié sur la croix pour nous enseigner une seule et unique chose : tout est dans le pardon. Remercions ces hommes et ces femmes d'un village de montagne qui nous conduisent à vivre, à l'égal du Christ et au plus profond de notre chair, le pardon. Louons-les de toutes nos forces ! Acceptons de changer !

À ces mots, Greg ne put s'empêcher de sursauter. Le moine venait d'utiliser le même terme que Ishi : *accepter le changement*. Pourquoi avait-il dit cela ? Le groupe était-il en train de se rapprocher de Pentium ? Tentait-il de former un pont, une sorte d'alliance avec eux pour se connecter à leur force ? Les autres étaient plus calmes, ils méditèrent ces paroles sans aucune émotion particulière.

Au matin du troisième jour, le lama s'exprima à son tour :

— Bouddha nous enseigne que la cause de toute souffrance est le désir. Bannir le désir, renoncer au désir, se libérer du désir pour atteindre le non-désir et la cessation de la souffrance, nous fait prendre conscience de la vacuité de toute chose. Au bout de notre chemin, il y a le vide absolu. Nos amis ont placé cette force dans la matrice, car la matrice ne connaît pas la souffrance. Certes, elle est submergée de désirs et d'émotions, mais elle n'en a aucunement conscience. Ainsi, cette force est puissante car elle est à la fois très proche de nous et dans le vide le plus absolu.

Greg vit ses derniers doutes s'envoler. Les sages ne citaient pas simplement le point de vue de leurs divinités. À leur manière, ils étaient en pleine investigation scientifique. Chaque intervention était un pas vers la connaissance de cette force, en se laissant pénétrer chaque fois plus profondément par son essence. Mais que cela était terriblement long !

L'après-midi du troisième jour, le rabbi passa l'étape suivante, en ces termes :

— Jéhovah nous dit que tout est dans la parole. Chaque parole a un sens caché que la kabbale nous enseigne. K est la onzième lettre de l'alphabet, O la quinzième, D la quatrième et T la vingtième. La somme des lettres KODT donne cinquante et se résume en numérologie au chiffre 5. Hé est la cinquième lettre de l'alphabet, elle incarne l'être et l'esprit à la fois. À cela, il faut rajouter que K représente la force, O le soleil, D l'empereur et T la lune. Cela nous indique que nos respectables amis ont écouté l'univers parler et souhaitent instaurer un cinquième âge, celui de l'esprit.

Il se tut à son tour, plantant là Greg dans ses réflexions et les sages méditèrent toute la nuit ce savant calcul.

On allait trop lentement ! Il restait encore deux intervenants et deux petits jours avant l'ultimatum des militaires. Greg ne put dormir... Tant mieux, car le soufi accéléra le rythme en pleine nuit :

— Souviens-toi, nous répète sans cesse notre prophète Mahomet. Si tu tournes et retournes dans ta tête le sens des choses, alors tu rencontreras Dieu. La force de la lune et du soleil réunis donne naissance à un empereur. La force de nos inestimables amis a muté dans la matrice. Elle s'appelle maintenant... KTOD. Elle est le moteur principal du changement, en plein milieu du vide, sans jamais combattre.

Greg sentit son cœur battre plus fort. Qui parmi les sages savait ce qu'était une cathode ? Personne ! Tandis que pour les scientifiques, ceci était déterminant, comme disait le général. Il voulut se lever pour aller réveiller Rob sur le champ. Une force prodigieuse l'en empêcha. Le cercle avait atteint un certain degré d'harmonie que l'on devait préserver si on ne voulait pas que tout retombe. À cause de cela, Greg ne pouvait pas sortir.

Tous attendirent sans broncher l'intervention du prêtre vaudou. La plus petite des religions présentes détenait peut-être la clé et il fallait patienter...

Bientôt dans la nuit, Mawu vint posséder le sorcier. L'homme fut pris de tremblements, puis entra en transe, les yeux révulsés, le corps démembré. Mais il ne parlait toujours pas.

L'horreur, si prêt du but !

Quand Mawu repartit au petit matin, on put enfin entendre le prêtre vaudou :

— *Fa* est vaudou parce qu'il donne à chaque homme et à chaque femme la révélation du destin de son existence tel que Mawu l'a conçue.

Bien, bien, mais encore ! pensa Greg un tantinet nerveux…

— KTOD est l'alliance de quatre esprits humains du passé. Quatre magiciens qui marquèrent, chacun à leur époque, l'évolution de l'humanité. Unis, ils forment une force prodigieuse capable de changer le cours de l'histoire dans un sens ou dans l'autre. Placé dans un ordre donné, ils aspirent les âmes pour les éveiller à une nouvelle vie plus harmonieuse. Il suffit de changer leur ordre, pour en faire une force tout aussi puissante, avec d'autres potentialités. L'esprit peut les faire changer, m'a dit Mawu. Rien de plus, croyez-moi, mes amis !

Puis il éclata de rire, mais il fut bien le seul. Car ce rire venait de briser d'un coup l'équilibre magique obtenu par trois jours et quatre nuits de méditation. Pourtant, Greg put percevoir l'ultime seconde de cette harmonie, un peu comme si tous les sages s'étaient tournés vers lui en dernier ressort. Il attendit que le prêtre reprenne ses esprits, avant d'ajouter :

— Et si vous parvenez à réunir tous vos fidèles dans une immense prière pour la Terre-Mère, il sera possible d'inverser leur ordre dans la matrice et ainsi modifier cette force pour l'ouvrir à un nouveau destin !

Greg se leva d'un bond, oubliant presque de saluer une dernière fois l'autel. Il devait prévenir au plus vite Rob et les militaires. Il prit quand même le temps de leur donner une dernière recommandation :

— Vénérables Sages, vous savez ce que vous avez à faire. Avec l'aide de notre équipe d'informaticiens, prenez contact avec tous les leaders spirituels que vous connaissez. Organisez d'ici même une prière mondiale pour concentrer toutes les forces dans ce cercle et vous parviendrez à changer l'ordre du monde…

Ce fut à ce moment précis que Rob ouvrit la porte. Sa mine était déconfite. Il semblait porter toute l'inquiétude du monde sur ses épaules :

— Greg, j'ai quelque chose d'important à te dire en privé.

— Tu peux parler en présence de tous, Rob.

— Les militaires ne peuvent plus attendre. Ils ont décidé de tenter une expérience, celle proposée par la commission d'enquête de New York-Washington DC. Ils veulent se servir de tous les dômes comme autant de paraboles géantes pour amplifier la puissance du programme de Lumi. En augmentant cette puissance au maximum, certains informaticiens pensent pouvoir désintégrer la ressource inconnue qui se trouve dans la matrice. C'est très dangereux, mais beaucoup disent que c'est notre dernière chance.

— Rob, nous venons de trouver à l'instant même comment désamorcer cette source !

— C'est trop tard, l'expérience commence dans une heure.

— Allons dans la salle des télécommunications, je souhaite parler au général de toute urgence.

Il ne fallut que quelques minutes pour obtenir une vidéoconférence avec le général en chef. Celui-ci apparut à l'écran en affichant un calme olympien. Et Greg ne put s'empêcher de penser que cette sérénité lui venait de la satisfaction d'avoir enfin décidé d'appuyer sur un bouton…

Ce n'était pas le moment de rêvasser. Aussi, l'inspecteur alla droit au but :

— Général, si je me permets de vous contacter, c'est parce que j'ai la solution à notre problème. Nos recherches viennent de montrer que cette ressource inconnue dans la matrice est constituée d'énergie pure. Toute tentative d'amplifier son énergie se soldera par une catastrophe. Il faut au contraire baisser son énergie. C'est pourquoi, je vous demande instamment de surseoir à l'expérience en cours de 24 heures seulement. D'ici là, notre équipe aura pu stopper l'épidémie.

— Inspecteur Carson, cette fois vous ne m'aurez pas ! La décision du président des Mégapoles Unies est absolument irrévocable. Nous allons déclencher cette expérience parce que nous faisons confiance à un groupe d'experts largement plus compétents que vous en matière d'informatique et de physique. Cependant, comme je suis un homme responsable, je garde en mémoire votre suggestion et vous promets que si cette première tentative ne marchait pas, vous auriez alors une… deuxième chance.

Greg sentit qu'il ne pourrait pas faire changer d'avis le général. D'ailleurs, personne n'aurait pu. Il pouvait juste tenter de le prendre de vitesse :

— Mon Général, puis-je vous demander une faveur ?

— Dites toujours ! fit le général en se grattant l'oreille.

— Je sollicite l'autorisation de me trouver dans le village terroriste au moment où cette première expérience aura lieu. En débarquant là-bas pour officiellement continuer mon enquête, je souhaite faire diversion afin qu'ils ne se doutent pas que l'on s'attaque à leur arme secrète. Cela pourrait être un facteur de déstabilisation supplémentaire.

— Excellente idée, Carson ! Allez me secouer ces fanatiques. Mais dépêchez-vous, car l'expérience commence dans une heure.

Puis il coupa la communication sans même attendre un remerciement.

Sur un écran annexe s'affichait le message suivant :

Mise à disposition d'un hélicoptère pour
l'Inspecteur Classe A Greg Carson.
Mission prioritaire en coordination avec
le Major Ralph Lowen.
Destination : Pentium - Décollage immédiat autorisé

Greg esquissa un sourire. Ses joues s'étaient creusées, mais son regard restait vif. Quatre nuits de méditation n'avaient en rien entamé son envie de se battre, bien au contraire. L'hélicoptère était stationné juste au-dessus de sa tête, sur le toit du quartier général des Mégapoles Unies et Ralph serait probablement prêt en moins d'un quart d'heure. Il avait donc encore une chance de convaincre Ishi et ses amis de désamorcer leur « cathode ». Par cette action, il éviterait peut-être un accident majeur.

— Rob, tu viens avec moi.

L'autre le regarda d'un air perplexe :

— Que veux-tu que j'aille faire là-bas ? Ma place est ici. Je dois coordonner la commission d'enquête.

— Il faut que tu viennes avec moi. Tu pourras te rendre compte de la force étrange qui anime ce village. Ces hommes et ces femmes ont une telle foi en leur projet que même la mort ne leur fait pas peur. Ils croient qu'ils peuvent changer le monde ! C'est inouï, non ? Et en plus de ça, leur rêve va se réaliser, si nous ne décidons pas de changer. Ils nous donnent le choix, Rob ! Nous avons tous le choix et toi aussi : soit tu viens avec moi et tu prends conscience de ce changement, soit tu restes ici parce que tu as peur de ce changement.

— De quel changement parles-tu ?

— Ces hommes veulent faire basculer l'humanité dans un nouvel âge. Ils veulent que nous prenions conscience du monde tel qu'il est et non tel que nous voudrions qu'il soit. Que nous cessions d'avoir peur de la nature et de notre nature intérieure. D'une certaine façon, ils nous poussent à quitter l'Intelligence Artificielle pour rejoindre l'Inconscient Collectif de l'humanité. Un passage de l'IA à l'IC, si tu préfères. Et ce processus submergera l'ère des machines. Alors choisis où est ta place, mais vite. Tu pourras depuis l'hélicoptère déléguer ton travail. Les informaticiens doivent tout tenter pour que cette prière ait lieu au plus vite. Elle est notre dernière chance pour changer.

Rob continuait à hésiter. Un argument lui traversa l'esprit :

— Je serai absent de la commission trois jours, car je ne pourrai pas échapper à la quarantaine…

— Rob, réveille-toi ! Demain n'existe pas, il n'y a qu'aujourd'hui qui compte.

Il tira violemment le bras de son ami, en rajoutant :

— Rob, fais-moi confiance une dernière fois !

Et il le traîna de force dans les couloirs en direction des ascenseurs. Derrière eux, la salle des télécommunications était en pleine ébullition. Tous avaient entendu la conversation d'Égrégore avec le général, puis avec Rob. Beaucoup étaient en grande discussion, certains s'étaient même levés. N'écoutant que leur instinct, deux opérateurs rattrapèrent Greg pour lui demander :

— Inspecteur, emmenez-moi avec vous !

— Moi aussi, Inspecteur, s'il vous plaît.

Greg ne leur laissa aucun espoir.

— Retournez à vos postes. Nous avons besoin de vous pour mener à bien cette mission. S'il existe encore une petite chance de nous en sortir, elle ne peut se passer de vous.

Lorsque les assaillants décrochèrent, il murmura à voix basse :

— Et surtout, priez l'Univers ! Car d'une manière ou d'une autre, vous allez le rejoindre...

En cette belle matinée d'août, le pilote coupa la turbine, content de lui. Il venait de se poser pile sur le rectangle de terre retourné par la mission précédente... La précision, il n'y a que ça de vrai !

Greg était à mille lieues de cette satisfaction, car une étrange pensée le submergeait : le terrain vague avait changé ! Cela faisait précisément une semaine, jour pour jour, qu'il avait quitté Pentium et pourtant, il reconnaissait à peine le lieu. Les villageois avaient entre-temps moissonné le blé. Point de vaguelettes ondulant sous la caresse de l'hélice. La terre dénudée, hérissée de millions de poils coupés net, l'accueillait dans toute sa rudesse. Voulait-elle lui annoncer que cette fois-ci, les choses seraient plus difficiles ? Il chassa cette mauvaise pensée de son esprit. Au loin, les ruelles étroites du village lui lançaient un clin d'œil. Elles n'étaient pas laides, elles étaient juste différentes...

Elles se gorgèrent d'hommes et de femmes qui descendaient à la rencontre de la libellule de métal.

Rob, de son côté, restait silencieux. Ce qu'il avait sous les yeux n'avait rien à voir avec les images télévisées de la première expédition. Il y avait une autre dimension que le virtuel ne pouvait restituer. Comme des vibrations. Et c'était la première fois qu'il s'en rendait compte.

Égal à lui-même, Ralph les tira de leur torpeur :

— Inspecteur, avez-vous vu ce qu'ils ont fait à notre périmètre de sécurité ?

Greg baissa les yeux. Concentré sur les moindres détails à l'horizon, il n'avait pas prêté attention au petit carré laissé par les militaires. La guirlande blanche et rouge n'avait pas bougé, mais elle était décorée d'objets divers qui finissaient par la faire ployer. On pouvait y discerner des drapeaux de prière semblables à ceux des Tibétains, des rubans aux mille couleurs comme sur les costumes des chamans sibériens, des mèches tressées de cheveux et même un… compact-disc !

— Ils ont transformé notre carré en sanctuaire ! s'exclama-t-il, tout en vérifiant si son micro était bien orienté.

Puis il rajouta :

— Bon, même topo que pour la dernière fois, Ralph. Sauf que le directeur de l'ISA va m'accompagner dans le village. Et dites bien à vos hommes de ne pas toucher au ruban de plastique, c'est une sorte de bombe. Une arme non conventionnelle, si vous préférez !

Fronçant les sourcils, Ralph le regarda comme s'il avait affaire à un fou, mais s'abstint de tout commentaire. Il se contenta d'ouvrir la porte de l'hélicoptère et de la refermer derrière eux. Greg jeta un coup d'œil à sa montre au moment où il mettait pied à terre. Il était onze heures moins le quart. Dans quinze minutes, avant que la lumière ne s'allume dans les dômes d'Amérique du Nord, une expérience allait démultiplier la force de KTOD. Et là, personne ne savait ce qu'il allait se passer.

Déjà les gens s'amassaient autour du périmètre de sécurité. Certains villageois en profitaient pour déposer une offrande supplémentaire. L'inspecteur alla directement se placer au même endroit que la dernière fois. Il s'agenouilla, prit une motte de terre dans ses mains et la huma en fermant les yeux. Rob, un pas derrière lui, en fit de même sans trop savoir pourquoi. Il le sut dans les instants qui suivirent, car les deux hommes sentirent monter en eux toute la force de la Terre-Mère.

Lorsqu'ils se relevèrent, ils virent le Patriarche s'avancer jusqu'à eux. Il arborait un franc sourire, tout en marchant les bras ouverts. Il s'arrêta à la limite du ruban de plastique et dit :

— Égrégore ! Nous sommes tous heureux de te revoir ici. Cela montre au moins que tu ne nous as pas oubliés. Qui en aurait douté, d'ailleurs ! Je te trouve changé. Pas de masque et l'envie de parler sans attendre. Alors, sans plus de cérémonie, je te dis : bienvenue à toi et à ton ami !

— Patriarche, merci de ton accueil chaleureux. En effet, il y a urgence à te parler. Tel que tu me vois, je suis un homme sur le chemin. Je puis te dire que nous avons changé. Nous avons écouté vos sages paroles concernant la Terre-Mère et celles-ci ont résonné en nous. Elles vont nous transformer dans les prochains jours, j'en suis certain. Mais avant cela, nous avons besoin de votre aide. KTOD est maintenant à notre portée, mais son énergie risque de nous exploser entre les mains…

… par manque d'expérience.

Ces derniers mots, le Patriarche ne put les entendre, car ils furent couverts par les exclamations de la foule. Pour la première fois, Pentium réagissait sous l'effet de la surprise, en montrant là ses limites. Égrégore venait de prononcer un mot magique : KTOD. Il connaissait donc leur ultime secret et l'avenir s'ouvrait comme jamais ils ne l'avaient imaginé. Tout pouvait maintenant se passer, le pire comme le meilleur.

Pour Greg, un autre tintamarre s'ajoutait au tumulte. Dans son écouteur, un militaire qui n'était pas le général en chef protestait de toutes ses forces :

— Inspecteur, vous dépassez vos limites. Vous leur confiez un secret déterminant à quelques minutes du compte à rebours. Cela n'est pas la stratégie que nous vous avions accordée. Un mot de plus et vous êtes relevé de vos fonctions. Ralph, veuillez vous préparer à intervenir.

La tension monta d'un cran. Dans la tête de Greg, tout se bousculait. Il sentait le quartier général fébrile, Ralph pouvait ouvrir le feu à tout moment et devant lui, le village de Pentium semblait ébranlé. Même le Patriarche perdit son sourire. Ses lèvres frémissaient imperceptiblement.

Alors dans son dos, dissimulée par la foule, une jeune femme se décala lentement. Elle était habillée comme les autres villageois, mais Greg la reconnut aussitôt. Il en resta bouche bée. Là, à côté d'Ishi et du Patriarche, Lumi se tenait droite et sereine. Elle le regarda dans les yeux, avant de lui asséner :

— Sais-tu que depuis une poignée de seconde, nous venons de basculer dans ton rêve ? Auras-tu le courage de le réaliser ?

Greg crut qu'il hallucinait. Cette femme n'avait pas ouvert la bouche et elle venait de lui dire l'essentiel. Qui dans l'assistance avait entendu cette voix qui n'en était pas une ? Le Patriarche ? Ishi ? Tout Pentium ? En tout cas, ni Rob, ni Ralph...

Il fallait aller vite, très vite.

Bouge-toi, Greg ! Et surtout ne te trompe pas d'ennemi !

Il tourna au moins sept fois sa langue dans sa bouche.

Fit défiler à grande vitesse toutes les réponses possibles.

Écarta les plus téméraires parce qu'il ne pouvait prévoir.

Ce fut là son erreur.

Il aurait dû faire confiance à l'instant présent.

Et se laisser glisser dans l'alliance avec Lumi.

Trop de pression sur ses épaules, très certainement !

Le fou prend la reine.

L'histoire retiendra qu'il se trompa de camp :

— Lumi Richard, vous êtes en état d'arrestation. Acceptez-vous de me suivre de votre plein gré jusqu'à cet hélicoptère ?

Un silence de plomb tomba sur l'assistance et Greg fut surpris de constater que la communauté ne réagissait pas avec violence. À vrai dire, beaucoup de villageois ne savaient plus quoi penser de cette situation si délicate pour Pentium : on allait emprisonner leur messie ! Qu'allait-elle décider ?

Lumi, de son côté, n'avait rien perdu de sa confiance :

— J'accepte. Mais avant cela, veux-tu savoir ce qui va se passer dans trois minutes à peine ?

Greg était plus que curieux de le savoir, car il avait, lui aussi, un pressentiment. Ce même pressentiment qui l'avait poussé à rejoindre Pentium au plus vite, tout en tirant Rob de force. Il sentait aussi que Lumi lui donnait une seconde… chance. Mais une voix vint une fois de plus le perturber :

— Inspecteur, ne vous laissez pas embobiner par cette terroriste. Moi aussi, je peux vous dire ce qu'il va se passer dans moins de trois minutes. Carson, arrêtez cette femme !

Cette voix, c'était celle du général. Apparemment il venait de quitter de toute urgence sa liaison avec New York, pour s'intéresser de nouveau à Pentium.

— Mon général, puis-je vous suggérer une fois de plus de suspendre ce compte à rebours ?

— Je vais vous dire ce que je vais faire. Je vais ordonner à Ralph de venir vous passer les menottes, si vous ne faites pas entrer sur le champ, la terroriste Lumi Richard dans l'hélicoptère.

— Général, accepteriez-vous de repousser le compte à rebours d'une petite heure, si Lumi Richard entre dans l'hélicoptère ?

— Pourquoi le ferais-je ?

— Parce que la donne a changé entre maintenant et le moment où vous avez décidé cette expérience. Nous avons Lumi Richard. Nous savons sur quelle ressource dans la matrice elle s'est appuyée.

— Arrêtez de donner des informations à l'ennemi ! Ralph, arrêtez-moi ce fou et cette terroriste !

— Général, à combien de temps sommes-nous du déclenchement ?

— 55 secondes ! hurla le général.

— Général, si vous ne faites rien, vous vous apprêtez à vivre les 55 dernières secondes du monde moderne. Le président est-il en ligne ?

— Il est à New York avec les scientifiques.

— CONTACTEZ-LE !

Dix longues secondes s'écoulèrent avant que Greg n'entende :

— Ici, le président des Mégapoles Unies, je vous écoute.

— Monsieur le président, l'homme qui a trouvé la terroriste et le programme qui sert de base à votre expérience, vous demande instamment de stopper le compte à rebours, il en va de la survie du monde.

Greg regarda l'assistance qui stoïquement gardait son calme, puis jeta un coup d'œil à son chronomètre :

— Monsieur le président, il vous reste quinze secondes !

— Inspecteur, le groupe d'experts me dit déceler d'étranges variations sur la matrice. Cela pourrait venir des terroristes qui sont en train de rapatrier leur arme pour que nous ne la détruisions pas. Je maintiens ma décision. Nous aurons toujours le temps d'examiner votre proposition après cette expérience.

Greg reçut cette réponse comme un coup de massue. Il voulut articuler quelque chose, mais il n'y parvint pas. L'écouteur décompta :

— 5, 4, 3, 2, 1, 0.

Puis ce fut le silence complet.

L'inspecteur eut un sursaut de lucidité. Peut-être n'était-il pas encore trop tard. Il comprit qu'il avait perdu de précieuses minutes à essayer de faire changer tout un système crispé sur une certaine réalité. Son choix avait été une erreur. Il aurait dû suivre son idée de départ et demander l'aide de Lumi. Il se retourna vers elle, presque en l'implorant :

— Lumi, aidez-nous, s'il vous plaît.

— Vous avez choisi. Aujourd'hui, hier, depuis trois semaines et même depuis cinq mille ans, ceci a été votre choix, en hommes libres.

Et aujourd'hui, vous me demandez de changer ce destin, alors que c'est le travail de chacun de nous, jour après jour.

— Dites-moi au moins s'il nous reste une petite chance.

— Tout est toujours possible. Je suis même étonnée que vous ne le sachiez pas.

À ces mots, Greg reprit espoir. Il regarda l'hélicoptère derrière lui et demanda :

— Ralph, a-t-on un contact avec le Q.G. ?

— Aucun, Inspecteur. L'expérience a dû avoir pour conséquence de couper les liaisons radio. Je pense qu'il faut attendre.

— Essayez encore.

Il se retourna à nouveau vers Lumi, juste à temps pour voir la jeune femme s'envelopper d'un halo lumineux. Son corps tremblait comme une feuille et la lumière surgissait de nulle part. Elle enroba peu à peu les contours de sa silhouette jusqu'à l'envahir complètement. L'instant d'après, Lumi n'était plus que lumière pure.

Greg se frotta les yeux plusieurs fois. L'image ne voulait pas disparaître. Lorsqu'il vit la tête de Rob, il comprit qu'il ne rêvait pas. Il tenta alors d'entrer dans cette lumière. Mais, il en fut aveuglé.

Seule, Lumi le vivait :

Elle vit des gerbes de particules humaines s'élever en masse de tous les dômes de la planète. Il y en avait des milliards. C'était comme des jets d'étincelles que l'expérience scientifique avait provoqués. Mais cette fois-ci, les particules ne se dispersaient pas en direction de la voie lactée. Elles semblaient s'agglutiner pour former une immense boule de feu, bien au-dessus de la stratosphère. Lumi sut que cette bulle était le résultat de la prière des six sages qui avait pu toucher KTOD. Dans leurs efforts et avec l'aide de leurs fidèles, ils étaient parvenus à stopper le processus sans pouvoir l'inverser. Alors, Lumi entra dans cette bulle. Sans même formuler une intention précise, sa seule présence la fit exploser aussitôt. Il en résulta la formation d'un champ ceinturant la totalité de la planète. La plupart des particules restèrent en orbite géostationnaire, d'autres retombèrent au sol, en une fine pluie de lumière.

Ce fut à ce moment-là que Greg put enfin sentir quelque chose. Et cela le surprit. Car il put ressentir dans sa chair des tonnes d'informations : la joie immense de Lumi, la confiance et la sérénité d'Ishi, du Patriarche, la béatitude de chacun des villageois de Pentium. Au-delà, il sentait aussi la surprise de Rob, l'inquiétude de Ralph crispé sur ses appareils de télécommunication et même l'incompréhension totale qui habitait le pilote de l'hélicoptère…

Bientôt, une pensée lui traversa l'esprit. Elle venait de Rob :

— Greg, ressens-tu la même chose que moi ? On dirait que l'on peut lire dans les pensées des autres…

— Oui, Rob, des milliers d'émotions extérieures qui nous submergent, répondit Greg sans ouvrir la bouche.

— L'éveil pour tous les êtres humains ! ajouta un villageois en émoi.

— La clairvoyance pour tous ceux qui restent, en échange de milliards de vies humaines, formula la pensée d'Ishi, remplie d'admiration pour Lumi.

— C'est pas possible ! pensa Ralph depuis la libellule de métal.

Aucune pensée ne venait de Lumi. Elle était encore ce nouveau champ physique qui s'était formé. Allait-on la perdre ? Cette pensée traversa tous les gens présents, y compris Ralph. Alors il y eut comme une réaction, car tous expulsèrent leur volonté : ils voulaient qu'elle revienne, qu'elle puisse les guider dans ce nouveau monde, qu'elle ne les abandonne pas maintenant…

Et cette énergie fit revenir Lumi. La lumière baissa peu à peu d'intensité. Sa silhouette élancée réapparut, puis son visage toujours aussi serein. Alors, elle s'effondra comme si ses jambes étaient incapables de la soutenir. Ishi fut le plus prompt à réagir, il se précipita pour amortir sa chute et l'étendit au sol avec une infinie douceur.

Le périmètre de sécurité avait explosé. Des centaines de villageois, ravagés par l'angoisse de perdre leur messie, s'étaient précipités autour d'elle. Ils formaient un cercle parfait, ignorant la libellule de métal où, à l'intérieur, Ralph répétait de temps à autre, tel un automate :

— Allô, le Q.G., vous m'entendez ?

Tous attendaient une réponse. Celle de Lumi.

Elle repoussa avec difficulté toutes les pensées des villageois qui l'assaillaient et décida volontairement de parler plutôt que de simplement formuler ce qu'elle avait à dire. Tels furent ses premiers mots, alors qu'elle se levait enfin :

— Chers amis, ceci est le véritable début d'une nouvelle ère. Rendons grâce à tous les croyants qui peuplaient les dômes. Par leurs prières ferventes, ils se sont associés à un nouveau rêve pour l'humanité. Ceux qui restent dans ce monde-ci devront apprendre à contrôler ce don de télépathie que l'Univers nous offre. Il nous oblige à vivre sans pouvoir mentir, ni aux autres, ni à nous-mêmes. Il est à la fois un cadeau merveilleux et un lourd fardeau à porter. Puissions-nous en faire le meilleur usage, car cela dépend entièrement de nous.

Puis elle s'écria :

— *Joie et harmonie, plutôt que tristesse et chaos !*

Au loin, un écho se fit entendre. À peine perceptible au début, il s'amplifia jusqu'à devenir une clameur puissante. Partout, en Amazonie, en Australie, en Inde, en Amérique du Nord, des milliers de petits villages, semblables à Pentium, répondaient à Lumi :

— Lumi a réussi ! Oui, elle a réussi son rêve et celui-ci est encore plus merveilleux que le précédent !

Sources scientifiques

L'idée de ce livre m'est venue suite à une déclaration de Jacques Cousteau peu avant sa mort : « La Terre est cent fois trop peuplée ». J'ai alors voulu imaginer une fin heureuse et surtout un sens à cette surpopulation. Peu après, suite aux événements du 11 septembre, j'ai acquis la conviction personnelle que presque toutes les sociétés ne peuvent anticiper leur disparition ou tout changement radical. Celui-ci est forcément imprévisible et brutal. Enfin, troisième et dernière idée maîtresse de ce livre, toute évolution déterminante de l'humanité est le fait d'un seul individu à un moment précis, et ne peut résulter de l'effort conjugué d'un groupe de personnes gagnant progressivement à leur cause le reste de la population, car dans ce cas, il ne s'agirait que d'une réforme ou transformation légère.

Mon attrait pour le chamanisme a fait le reste ! C'est ainsi que tous les personnages principaux de ce roman (les quatre chamans, Lumi et Ishi) entrent en scène par une transe, sorte d'état second que l'on appelle volontiers de nos jours, état modifié de conscience. Ce serait dans cet état de conscience chamanique, lorsque l'homme se lie avec le monde invisible au-delà de nos sens, qu'il recevrait des messages de « l'univers bouillonnant » à l'origine d'inventions décisives pour l'humanité. Cette hypothèse selon laquelle toute grande innovation est issue d'une transe ou d'une extase permettant de recevoir une information-clé venant de l'extérieur, n'est pas si inattendue que cela. Elle a été formulée par d'autres auteurs avant moi (Terrence Mc Kenna, Jeremy Narby, David Lewis-William). J'ai ensuite tenu à agencer ces découvertes et leur mise en situation selon un rythme chronologique vraisemblable, tous les 5 000 ans.

Invention de la sarbacane
(- 18 000 ans av. J.-C. en Amazonie)

La transe chamanique est ici provoquée par l'ingestion d'une préparation à base de plantes renfermant des composés psychotropes, comme c'est encore le cas de nos jours en Amazonie. Les Indiens disent que ces plantes sont enseignantes, dans le sens où le savoir qu'ils ont pu acquérir leur vient de la nature elle-même. L'organisation sociale, les coutumes autour de la bière de manioc et la conception sur les tribus voisines sont largement inspirées des Indiens Jivaros d'Équateur avec lesquels j'ai vécu pendant trois ans.

Maîtrise de la pêche au filet en mer
(- 13 000 ans av. J.-C. en Asie du Sud-Est)

Les rêves sont une source importante d'inventivité et d'intuition pour tous les peuples chamaniques. Ils ne seraient pas une simple évasion dans l'imaginaire, mais une porte ouverte chaque nuit vers le monde invisible. La maîtrise de la navigation en haute mer et de la pêche au filet se situe approximativement à cette époque. Elle favorise les rencontres et échanges entre peuples distants, comme dans ce cas, avec les aborigènes déjà présents en Australie depuis plus de 40 000 ans.

Découverte de l'agriculture
(- 8 000 ans av. J.-C. en Europe Centrale)

Le coma est une autre situation particulière où la conscience se trouve dans un état modifié. L'apparition de l'agriculture est un sujet particulièrement controversé, car la Mésopotamie n'est plus aujourd'hui considérée comme son seul foyer d'origine. En fait, l'agriculture semble être apparue en même temps à différents endroits de la planète, à l'occasion d'un changement climatique. Ce même chapitre me donne l'occasion de traiter d'une autre forme d'accession à la transe : les danses et le tambour, technique chamanique sibérienne.

Âge du Bronze et Invention de l'écriture
(- 3 000 ans av. J.-C. en Inde)

Les prémisses des grandes religions panthéistes, directement inspirées par le chamanisme, m'ont donné l'occasion de placer la méditation cataleptique comme une possible source d'inventivité pour l'humanité. La fonte du bronze et l'apparition de l'écriture sont des faits contemporains dont l'un des berceaux serait la vallée de l'Indus. Là aussi, on s'est aperçu que l'explosion simultanée de ces techniques à différents endroits est un modèle plus crédible que la simple diffusion de proche en proche... En tout cas, elles ont fait entrer l'humanité dans l'ère de la matière, et plus particulièrement du métal !

Invention des mondes virtuels numériques
(2 000 ans ap. J.-C.)

L'état de conscience dans lequel nous plongent les jeux vidéos est tout à fait comparable à la transe chamanique, à la différence près qu'il correspond plus à une fuite du monde quotidien, alors que les chamans l'utilisent pour soigner une maladie ou réparer une infortune bien concrète. Le monde de l'information (de l'immatériel) est devenu en quelques décennies une réalité très structurée pour l'humanité entière. Ses conséquences seront énormes, elles transforment déjà la matière et pourraient bien nous emmener dans d'autres niveaux de réalités... d'un autre âge...

Bibliographie

sur les peuples autochtones et leur conception du monde

Chaumeil J.-P., *Voir, savoir, pouvoir*, Éditions Georg, 2000 (1983).

Clastres P., *La société contre l'État*, Éditions de Minuit, 1974.

Eliade M., *Le chamanisme et les techniques archaïques de l'extase*, Éditions Payot, 1983 (1951).

Godelier M., *La production des Grands Hommes*, Éditions Fayard, 1982.

Huxley A., *Les portes de la perception*, Éditions du Rocher, 1954 (2006).

Mc Kenna T., *La nourriture des dieux*, Éditions Georg, 1998 (1992).

Narby J., *Le serpent cosmique*, Éditions Georg, 1995.

Salhins M., *Âge de pierre, âge d'abondance*, Éditions Gallimard, 1972.

Costa J.-P., *Indiens Jivaros,* Éditions du Rocher, 1997.

L'Homme-Nature, Sang de la Terre, 2000.

Visions, Jan Kounen et Coll., Télémaque 2005.

L'ethnomédecine, Willem J.-P. & Coll., Éditions Jouvence, 2006.

Les chamans hier et aujourd'hui, Éditions Alphée, 2007.

Différents textes sur internet à http://arutam.free.fr

Pour prolonger ce livre sur Internet :
www.kodt.fr
Documents annexes & Forum des lecteurs

Remerciements

J'aimerais adresser mes profonds remerciements à Michel Mazella qui en ami fidèle a su stimuler en moi la toute première idée de ce roman, le jour de mes quarante ans, sur un sentier perdu des Alpes du sud, à Joël Soler pour ses encouragements et ses précieuses indications lors de la rédaction, ainsi qu'à mon éditeur, Jean-Paul Bertrand, pour son enthousiasme lorsqu'il fut terminé. Un grand merci aussi à tous les chamans qui m'ont transmis avec ferveur leur vision du monde, notamment Ricardo Tsakimp, Valerio Mukushiwa, Guillermo Arevalo et José Licuy.

Cet ouvrage a été achevé d'imprimer par
Soler T.G., Barcelone, Espagne

Dépôt légal : Mai 2007

Éditions Alphée
28, rue Comte-Félix-Gastaldi
Monaco

Imprimé en Espagne